W9-CGV-505

» LA GAJA SCIENZA «

VOLUME 1154

IL CACCIATORE DEL BUIO

Romanzo di
DONATO CARRISI

LONGANESI

Gruppo editoriale Mauri Spagnol

www.longanesi.it

ISBN 978-88-304-3940-5

IL CACCIATORE DEL BUIO

« Gesù, infatti, aveva comandato allo spirito immondo di uscire da quell'uomo di cui si era impadronito da molto tempo, e anche quando lo legavano con catene e lo custodivano in ceppi, spezzava i legami e veniva trascinato via dal demonio nei deserti. Gesù gli domandò: 'Qual è il tuo nome?' Ed egli rispose: 'Legione', perché molti demoni erano entrati in lui. »

Vangelo secondo Luca, 8, 29-30

« Noi siamo per gli dei come le mosche per i monelli.
Ci uccidono per lo spasso. »

Shakespeare, *Re Lear*

PROLOGO

Il cacciatore del buio

Veniamo al mondo e moriamo dimenticando.

Lo stesso era accaduto a lui. Era nato una seconda volta, ma prima era dovuto morire. Il prezzo era stato dimenticare chi fosse.

Io non esisto, *continuava a ripetersi, perché era l'unica verità che conoscesse.*

Il proiettile che gli aveva perforato la tempia si era portato via il passato e, con esso, la sua identità. Invece non aveva intaccato la memoria generale e i centri del linguaggio, e – stranamente – parlava varie lingue.

Quel singolare talento per gli idiomi era l'unica cosa certa di sé.

Mentre, a Praga, attendeva in un letto di ospedale di scoprire chi era, una notte si era svegliato e al suo capezzale aveva trovato un uomo dall'aspetto mite, con i capelli neri pettinati con la riga da una parte e il volto di un ragazzino. Gli aveva sorriso, pronunciando solo una frase.

« Io so chi sei. »

Quelle parole avrebbero dovuto liberarlo, invece erano state solo il preludio a un nuovo mistero, perché, a quel punto, l'uomo vestito di scuro gli aveva messo davanti due buste sigillate.

In una, gli aveva spiegato, erano custoditi un assegno al portatore di ventimila euro e un passaporto con un nome inventato a cui mancava solo la fotografia.

Nell'altra c'era la verità.

L'uomo gli aveva accordato tutto il tempo che voleva per decidere. Perché non sempre è un bene conoscere tutto di se stessi e, anzi, a lui era stata concessa una seconda opportunità.

« Pensaci bene » gli aveva consigliato. « Quanti uomini desidererebbero essere nella tua condizione? Quanti vorrebbero che un'amnesia cancellasse per sempre ogni errore o fallimento o dolore del passato per ricominciare da capo, ovunque desiderino? Se sce-

glierai questa via, getta l'altra busta senza nemmeno aprirla, dammi retta. »

Per agevolare la decisione, gli aveva rivelato che là fuori nessuno lo stava cercando né aspettando. Perché non aveva né affetti né famiglia.

Poi era andato via, portandosi appresso i suoi segreti.

Lui, invece, era rimasto a osservare le due buste per il resto della notte e anche i giorni a venire. Qualcosa gli diceva che quell'uomo, in fondo, sapeva già cosa avrebbe scelto.

Il problema era che lui non lo sapeva.

L'idea che il contenuto della seconda busta potesse non piacergli era implicita in quella strana proposta. « Non so chi sono » si ripeteva, ma aveva compreso presto di conoscere bene una parte di sé: quella che non avrebbe potuto trascorrere il resto della vita con quel dubbio.

Perciò, la sera prima che lo dimettessero dall'ospedale, si era disfatto della busta con l'assegno e il passaporto con l'identità fittizia – perché non ci fossero ripensamenti. Poi aveva aperto il plico che avrebbe dovuto svelargli tutto.

Conteneva un biglietto ferroviario per Roma, qualche soldo e l'indirizzo di una chiesa.

San Luigi dei Francesi.

Aveva impiegato un giorno intero per giungere a destinazione. Si era messo a sedere in uno dei banchi in fondo alla navata centrale di quel capolavoro – sintesi perfetta fra Rinascimento e Barocco – ed era rimasto lì per ore. I turisti che affollavano il luogo di culto, distratti dall'arte, non si curavano della sua presenza. E anche lui aveva scoperto lo stupore di trovarsi circondato da tanta bellezza. Fra le inedite conoscenze di cui si nutriva la sua vergine memoria, quelle che riguardavano le opere che aveva intorno non le avrebbe dimenticate facilmente, ne era sicuro.

Ma non sapeva ancora quanto c'entrasse con lui.

Quando, a tarda sera, le comitive di visitatori avevano cominciato a defluire dalla chiesa, incalzate da un imminente temporale, si era nascosto in uno dei confessionali. Non avrebbe saputo dove altro andare.

I portoni erano stati sbarrati, le luci si erano spente, solo le can-

dele votive rischiaravano l'ambiente. Fuori, la pioggia aveva iniziato a cadere. Il brontolio delle nubi faceva vibrare l'aria all'interno della chiesa.

E allora era apparsa una voce, riecheggiando. « Vieni a vedere, Marcus. »

Era così che si chiamava. Sentir pronunciare il suo nome non gli aveva fatto l'effetto sperato. Era un suono come un altro, nessuna familiarità.

Marcus era uscito dal nascondiglio e si era messo in cerca dell'uomo che aveva incontrato una sola volta, a Praga. Lo aveva scorto al di là di una colonna: in piedi, di fronte a una cappella laterale. Era di spalle e non si muoveva.

« Chi sono? »

L'uomo non aveva risposto. Continuava a guardare davanti a sé: sulle pareti della piccola cappella c'erano tre grandi quadri.

« Caravaggio realizzò questi dipinti fra il 1599 e il 1602. La Vocazione, *l'*Ispirazione *e il* Martirio di san Matteo. *Il mio preferito è proprio quest'ultimo » e aveva indicato quello a destra. Poi si era rivolto a Marcus: « Secondo la tradizione cristiana, san Matteo, apostolo ed evangelista, fu assassinato ».*

Nel quadro, il santo era riverso per terra mentre il suo omicida brandiva contro di lui una lama, pronto a colpirlo a morte. Intorno, i presenti scappavano inorriditi da ciò che stava per accadere, facendo spazio al male che si sarebbe consumato di lì a poco. Matteo, invece di sottrarsi al proprio destino, allargava le braccia in attesa del fendente che gli avrebbe donato il martirio e, con esso, la santità eterna.

« Caravaggio era un dissoluto, frequentava la parte più marcia e corrotta di Roma e spesso, per realizzare le proprie opere, prendeva spunto da ciò che vedeva per strada. In questo caso, la violenza. Perciò, prova a immaginare che non ci sia niente di sacro o di salvifico in questa scena, prova a raffigurartela con persone comuni... Adesso cosa vedi? »

Marcus ci aveva pensato un momento. « Un omicidio. »

L'altro aveva annuito, piano, e poi aveva detto: « Qualcuno ti ha sparato alla testa in una camera d'albergo, a Praga ».

Il suono della pioggia si era fatto più intenso, favorito dall'eco della chiesa. Marcus pensava che l'uomo gli avesse mostrato il dipinto con uno scopo preciso. Indurlo a domandarsi chi avrebbe potuto essere lui stesso in quella scena. La vittima o il carnefice?

« Gli altri in questo quadro vedono la salvezza, ma io riesco a scorgere solo il male » aveva detto Marcus. « Perché? »

Mentre un fulmine rischiarava le vetrate, l'uomo sorrideva. « Mi chiamo Clemente. Noi siamo preti. »

La rivelazione aveva scosso Marcus nel profondo.

« Una parte di te, che hai dimenticato, riesce a scorgere i segni del male. Le anomalie. »

Marcus non poteva credere di possedere un simile talento.

A quel punto, Clemente gli aveva posato una mano sulla spalla. « C'è un luogo in cui il mondo della luce incontra quello delle tenebre. È lì che avviene ogni cosa: nella terra delle ombre, dove tutto è rarefatto, confuso, incerto. Tu eri un guardiano posto a difesa di quel confine. Perché ogni tanto qualcosa riesce a passare. Il tuo compito era ricacciarlo indietro. »

Il prete aveva lasciato che il suono di quella frase si sciogliesse nel fragore del temporale.

« Molto tempo fa hai pronunciato un giuramento: nessuno dovrà sapere della tua esistenza. Mai. Potrai dire chi sei solo nel tempo che intercorre fra il lampo e il tuono. »

Nel tempo che intercorre tra il lampo e il tuono...

« Chi sono io? » Marcus si sforzava di capire.

« L'ultimo rappresentante di un ordine sacro. Un penitenziere. Tu hai dimenticato il mondo, ma anche il mondo si è dimenticato di voi. Però, una volta, la gente vi chiamava cacciatori del buio. »

La Città del Vaticano è lo Stato sovrano più piccolo del mondo.

Appena mezzo chilometro quadrato nel pieno centro di Roma. Si sviluppa alle spalle della basilica di San Pietro. I suoi confini sono protetti da una poderosa cinta muraria.

Un tempo l'intera Città Eterna apparteneva al papa. Ma da quando Roma era stata annessa al neonato Regno d'Italia, nel 1870, il pontefice si era ritirato all'interno di quella piccola enclave dove avrebbe potuto continuare a esercitare il suo potere.

In quanto Stato autonomo, il Vaticano ha un territorio, un popolo e organi di governo. I suoi cittadini si dividono fra ecclesiastici e laici, a seconda che abbiano preso o meno i voti. Alcuni abitano all'interno delle mura, altri al di fuori, in territorio italiano, e ogni giorno fanno la spola per raggiungere il posto di lavoro o uno dei tanti uffici e dicasteri, attraversando una delle cinque «porte» da cui si può accedere.

All'interno della cinta ci sono infrastrutture e servizi. Un supermercato, un ufficio postale, un piccolo ospedale, una farmacia, un tribunale che giudica sulla base del diritto canonico e una piccola centrale elettrica. Anche un eliporto e perfino una stazione ferroviaria, ma a uso esclusivo degli spostamenti del pontefice.

La lingua ufficiale è il latino.

Oltre che dalla basilica, dalla residenza papale e dai palazzi del governo, l'area della piccola città è occupata dai vastissimi giardini e dai musei vaticani, visitati ogni giorno da migliaia di turisti provenienti da tutto il mondo, che concludono il loro tour ammirando con il naso all'insù la meravigliosa volta della Cappella Sistina con l'affresco del *Giudizio universale* di Michelangelo.

Fu proprio lì che ebbe inizio l'emergenza.

Verso le sedici, due ore prima della chiusura ufficiale dei musei, i custodi cominciarono gentilmente a far defluire i visitatori senza fornire alcuna spiegazione. Nello stesso momento, nel resto del piccolo Stato, il personale laico fu pregato di raggiungere le proprie abitazioni, fuori o dentro le mura. Quelli che risiedevano all'interno non avrebbero potuto allontanarsi da casa fino a nuove disposizioni. La raccomandazione riguardava anche i religiosi, che infatti vennero invitati a rientrare nelle residenze private o a ritirarsi nei vari conventi interni.

Le guardie svizzere, il corpo di soldati mercenari del papa i cui membri erano reclutati dal 1506 esclusivamente nei cantoni svizzeri cattolici, ricevettero l'ordine di serrare tutti gli ingressi alla città, iniziando da quello principale di Sant'Anna. Le linee telefoniche dirette furono interrotte e fu inibito il segnale dei cellulari.

Alle diciotto di quel freddo giorno d'inverno, la cittadella era completamente isolata dal resto del mondo. Nessuno poteva entrare, uscire o comunicare con l'esterno.

Nessuno tranne i due individui che percorrevano il cortile di San Damaso e la loggia di Raffaello, al buio.

La centrale elettrica aveva interrotto l'erogazione di energia in tutta la vasta area dei giardini. I loro passi risuonavano nel silenzio totale.

« Sbrighiamoci, abbiamo solo trenta minuti » disse Clemente.

Marcus era consapevole che l'isolamento non poteva durare a lungo, il rischio era che qualcuno là fuori si insospettisse troppo. Secondo quanto gli aveva riferito l'amico, era già stata approntata una versione per i media: il motivo ufficiale di quella specie di quarantena era la prova generale di un nuovo piano di evacuazione in caso di pericoli.

La vera ragione, però, doveva rimanere assolutamente riservata.

I due preti accesero le torce per introdursi nei giardini. Occupavano ventitré ettari, la metà dell'intero territorio dello Stato Vaticano. Si dividevano in giardino italiano, inglese e francese, e raccoglievano specie botaniche provenienti da ogni angolo del mondo. Erano il vanto di ogni pontefice. Molti papi avevano passeggiato, meditato e pregato fra quelle piante.

Marcus e Clemente percorsero i viali costeggiati dalle siepi di bosso, perfettamente modellate dai giardinieri come fossero sculture di marmo. Transitarono sotto le grandi palme e i cedri del Libano, accompagnati dal suono delle cento fontane che ornavano il parco. S'inoltrarono nel roseto voluto da Giovanni XXIII, in cui in primavera fiorivano le rose che portavano il nome dello stesso papa santo.

Al di là delle alte mura, c'era il caos del traffico di Roma. Ma, dal loro lato, il silenzio e la quiete erano assoluti.

Tuttavia, quella non era pace, considerò Marcus. Non più, almeno. Era stata rovinata da ciò che era accaduto quello stesso pomeriggio, quando era stata fatta la scoperta.

Nel luogo in cui i due penitenzieri erano diretti, la natura non era stata addomesticata come nel resto del parco. All'interno del polmone verde, infatti, c'era una zona in cui gli alberi e le piante potevano crescere liberamente. Un bosco di due ettari.

L'unica manutenzione a cui veniva sottoposto periodicamente era la rimozione dei rami secchi. Ed era proprio ciò a cui stava provvedendo il giardiniere che aveva lanciato l'allarme.

Marcus e Clemente si inerpicarono su un monticciolo. Giunti in cima, puntarono le torce nella corta valle sottostante, al cui centro la gendarmeria – il corpo di polizia vaticana – aveva delimitato una piccola zona con del nastro giallo. Gli agenti avevano già svolto le indagini del caso e compiuto tutti i rilievi, poi avevano ricevuto l'ordine di abbandonare l'area.

Perché potessimo arrivare noi, si disse Marcus. Quindi si avvicinò al confine segnato dal nastro e, con l'aiuto della torcia, vide.

Un torso umano.

Era nudo. Gli ricordò subito il *Torso del Belvedere*, la gigantesca statua mutila di Ercole conservata proprio nei musei vaticani e a cui si era ispirato Michelangelo. Ma non c'era nulla di poetico nei resti della povera donna che aveva subito quel trattamento animale.

Qualcuno le aveva staccato di netto testa, gambe e braccia. Giacevano a pochi metri, sparpagliate insieme agli abiti scuri, lacerati.

« Sappiamo chi è? »

« Una suora » rispose Clemente. « C'è un piccolo convento di clausura al di là del bosco » disse indicando davanti a sé. « La sua identità è un segreto, è uno dei dettami dell'ordine a cui appartiene. Ma non credo che, a questo punto, faccia differenza. »

Marcus si chinò al suolo per guardarla meglio. L'incarnato candido, i piccoli seni e il sesso mostrati impudicamente. I capelli biondi e cortissimi, un tempo coperti dal velo, adesso erano esposti sulla testa mozzata. Gli occhi azzurri, levati al cielo come in una supplica. Chi sei?, le domandò con lo sguardo il penitenziere. Perché c'era un destino peggiore della morte: morire senza un nome. Chi ti ha fatto questo?

« Ogni tanto, le suore passeggiano nel bosco » continuò Clemente. « Qui non viene quasi mai nessuno, e loro possono pregare indisturbate. »

La vittima aveva scelto la clausura, pensò Marcus. Aveva preso i voti per isolarsi dall'umanità insieme alle consorelle. Nessuno avrebbe più visto il suo volto. Invece era diventata l'oscena esibizione della malvagità di qualcuno.

« È difficile comprendere la scelta di queste suore, molti pensano che potrebbero andare a fare del bene fra la gente invece di rinchiudersi fra le mura di un convento » affermò Clemente, come se gli leggesse nel pensiero. « Ma mia nonna diceva sempre: 'Non sai quante volte queste suorine hanno salvato il mondo con le loro preghiere'. »

Marcus non sapeva se crederci. Per quanto ne sapeva lui, davanti a una morte come quella il mondo non poteva dirsi salvo.

« In tanti secoli, un fatto simile non era mai accaduto qui » aggiunse l'amico. « Non eravamo preparati. La gendarmeria svolgerà delle indagini interne, ma non ha i mezzi per affrontare un caso del genere. Perciò niente medico legale o polizia scientifica. Niente autopsia, impronte o DNA. »

Marcus si voltò a fissarlo. « Perché allora non chiedere l'aiuto delle autorità italiane? »

Secondo i trattati che legavano i due Stati, il Vaticano poteva ricorrere alla polizia italiana in caso di necessità. Ma quell'aiuto veniva usato solo per controllare i numerosi pellegrini che affluivano nella basilica oppure per prevenire i piccoli reati che avvenivano nella piazza antistante. La polizia italiana non aveva giurisdizione oltre la base della scalinata che conduceva all'entrata di San Pietro. A meno che non ci fosse una specifica richiesta.

« Non avverrà, è già stato deciso » affermò Clemente.

« Come farò a indagare all'interno del Vaticano senza che qualcuno si accorga di me o, peggio ancora, scopra chi sono? »

« Infatti, non lo farai. Chiunque sia stato, è venuto dall'esterno. »

Marcus non capiva. « Come fai a saperlo? »

« Conosciamo il suo volto. »

La risposta colse il penitenziere di sorpresa.

« Il corpo è qui da almeno otto, nove ore » proseguì Clemente. « Questa mattina, molto presto, le telecamere di sicurezza hanno ripreso un uomo sospetto che si aggirava nella zona dei giardini. Era vestito da inserviente, ma risulta che sia stata rubata una divisa. »

« Perché lui? »

« Guarda tu stesso. »

Clemente gli porse la stampata di un fotogramma. C'era un uomo vestito da giardiniere, con il volto parzialmente celato dalla visiera di un cappellino. Caucasico, età indefinibile ma sicuramente oltre i cinquant'anni. Aveva con sé una borsa grigia a tracolla, sul cui fondo s'intravedeva una macchia più scura.

« I gendarmi sono convinti che lì dentro ci fosse una piccola accetta o un oggetto simile. Doveva averla usata da poco, la macchia che vedi probabilmente è sangue. »

« Perché proprio un'accetta? »

« Perché era l'unico tipo di arma che potesse trovare qui. È escluso che sia riuscito a introdurre qualcosa da fuori, superando i varchi di sicurezza, le guardie e i metal detector. »

« Però l'ha portata via con sé per cancellare le tracce, nel caso i gendarmi si fossero rivolti alla polizia italiana. »

« In uscita è molto più semplice, non ci sono controlli. E poi, per andar via senza dare nell'occhio è sufficiente confondersi col flusso dei pellegrini o di turisti.»

«Un arnese da giardinaggio...»

«Stanno ancora controllando che non manchi niente.»

Marcus osservò di nuovo i resti della giovane suora. Senza accorgersene, con una mano strinse la medaglietta che portava al collo, quella con san Michele Arcangelo che brandiva la spada di fuoco. Il protettore dei penitenzieri.

«Dobbiamo andare» affermò Clemente. «Il tempo è scaduto.»

In quel momento, un fruscio si mosse lungo il bosco. Veniva verso di loro. Marcus sollevò lo sguardo e vide avanzare una schiera di ombre che emergevano dal buio. Alcune con in mano una candela. Al fioco bagliore di quelle fiammelle, riconobbe un gruppo di figure col capo coperto. Portavano un drappo scuro sul volto.

«Le sue consorelle» disse Clemente. «Sono venute a prenderla.»

In vita, solo loro potevano conoscere il suo aspetto. In morte, erano le uniche che potessero aver cura delle sue spoglie. Era la regola.

Clemente e Marcus indietreggiarono per lasciare libera la scena. Così le suore si disposero in silenzio intorno ai poveri resti. Ciascuna sapeva già cosa fare. Alcune stesero dei teli bianchi, altre raccolsero da terra le parti del cadavere.

Solo allora Marcus si accorse del suono. Un unisono brusio proveniente da sotto i drappi che coprivano quei volti. Una litania. Pregavano in latino.

Clemente lo afferrò per un braccio, tirandolo via. Marcus fece per seguirlo ma, in quel momento, una delle suore gli passò accanto. E allora sentì nitidamente una frase.

«Hic est diabolus.»

Il diavolo è qui.

PRIMA PARTE

Il bambino di sale

1

Una Roma fredda e notturna ai piedi di Clemente.

Nessuno avrebbe detto che l'uomo vestito di scuro, appoggiato alla balaustra di pietra della terrazza del Pincio, era un sacerdote. Davanti a lui, una distesa di palazzi e di cupole su cui dominava la basilica di San Pietro. Un panorama maestoso, immutato da secoli, che brulicava di una vita minuscola e provvisoria.

Clemente rimase a contemplare la città, incurante del suono dei passi che si avvicinavano alle sue spalle. «Allora, qual è la risposta?» domandò prima che Marcus gli giungesse accanto. Erano soli.

«Niente.»

Clemente annuì, per nulla sorpreso, poi si voltò a osservare il compagno penitenziere. Marcus aveva un'aria disfatta, la barba lunga di qualche giorno.

«Oggi è già un anno.»

Clemente tacque per un momento, scrutandolo negli occhi. Sapeva a cosa si riferisse: era il primo anniversario del ritrovamento del corpo smembrato della suora nei giardini vaticani. In quel lungo periodo, le indagini del penitenziere non erano approdate a nulla.

Non una pista, non un indizio, nemmeno un sospetto. *Niente.*

«Hai intenzione di arrenderti?» gli chiese.

«Perché, potrei farlo?» gli rispose Marcus in tono di ripicca. Quella storia l'aveva messo a dura prova. La caccia all'uomo del fotogramma delle telecamere di sicurezza – caucasico, con più di cinquant'anni – era rimasta senza esito. «Nessuno lo conosce, nessuno l'ha mai visto. Ciò che mi fa più rabbia è che abbiamo la sua faccia.» Fece una pausa e fissò l'amico. «Dobbiamo ricontrollare i laici che prestano servizio in Vaticano. E, se non emerge nulla, dovremo passare ai religiosi.»

«Nessuno di loro corrisponde alla foto, perché perdere tempo?»

«Chi ci assicura che l'assassino non godesse di un appoggio interno? Di qualcuno che lo copriva?» Marcus non si dava pace. «Le risposte sono dentro le mura: è lì che dovrei indagare.»

«Lo sai, esiste un vincolo. Non si può per ragioni di riservatezza.»

Marcus sapeva che quella della riservatezza era solo una scusa. Semplicemente, avevano paura che, mettendo il naso nelle loro faccende, lui potesse scoprire anche qualcosa che non c'entrava nulla con quella storia. «A me interessa soltanto prendere l'assassino.» Si parò davanti all'amico. «Devi convincere la prelatura a togliere il vincolo.»

Clemente scartò subito l'ipotesi con un gesto della mano, come fosse una sciocchezza. «Non so nemmeno chi abbia il potere di farlo.»

Sotto di loro, piazza del Popolo era attraversata da comitive di turisti in gita notturna fra le bellezze della città. Chissà se sapevano che proprio lì un tempo c'era l'albero di noce sotto cui era sepolto l'imperatore Nerone, il «mostro» che, secondo una voce inventata dai suoi nemici, nel 64 d.C. aveva ordinato di incendiare Roma. I romani credevano che quel luogo fosse infestato da demoni. Per tale motivo, intorno all'anno Mille, il pontefice Pasquale II ordinò di bruciare il noce insieme alle ceneri riesumate dell'imperatore. Poi fu edificata la chiesa di Santa Maria del Popolo, che ancora conservava, sull'altare maggiore, bassorilievi che mostravano il papa intento a tagliare l'albero di Nerone.

Questa è Roma, pensò fugacemente Marcus. Un posto dove ogni verità rivelata nascondeva a sua volta un segreto. E l'insieme era ammantato di leggenda. Così che nessuno potesse sapere, realmente, cosa si celava dietro ogni cosa. Tutto per non turbare troppo le anime degli uomini. Piccole e insignificanti creature, ignare della guerra che si combatteva continuamente e di nascosto intorno a loro.

«Dovremmo cominciare a considerare l'eventualità che non lo prenderemo mai» disse Clemente.

Ma Marcus non accettava una simile resa. «Chiunque sia stato, sapeva come muoversi all'interno delle mura. Aveva studiato i luoghi, le procedure di controllo, ha eluso le misure di sicurezza.»

Ciò che aveva fatto alla suora era animalesco, brutale. Ma il modo in cui l'aveva ordito nascondeva una logica, un disegno.

«Ho capito una cosa» affermò il penitenziere, sicuro. «La scelta del luogo, quella della vittima, le modalità d'esecuzione: sono un messaggio.»

«Per chi?»

Hic est diabolus, pensò Marcus. Il diavolo era entrato in Vaticano. «Qualcuno vuole far sapere che qualcosa di terribile alberga in Vaticano. È una prova, non capisci? È un test... Lui aveva previsto ciò che sarebbe accaduto, che di fronte alle difficoltà di giungere a una risposta le indagini si sarebbero arenate. E che le alte sfere avrebbero preferito farsi divorare dal dubbio piuttosto che scavare a fondo, col rischio di portare alla luce chissà cosa. Magari qualche altra verità sepolta.»

«La tua accusa è grave, lo sai vero?»

«Ma non capisci che è proprio questo ciò che vuole l'assassino?» proseguì imperterrito Marcus.

«Come fai a esserne sicuro?»

«Avrebbe ucciso ancora. Se non l'ha fatto, è perché gli basta sapere che il sospetto ha già messo radici e che il feroce omicidio di una povera suora è poca cosa, perché esistono segreti più terribili da salvaguardare.»

Clemente cercò di essere conciliante, come sempre. «Non hai prove. È solo una teoria, frutto di tue considerazioni.»

Ma Marcus non demordeva. «Ti prego: devi farmi parlare con loro, potrei convincerli.» Si riferiva alle gerarchie ecclesiastiche da cui l'amico prendeva istruzioni e ordini.

Da quando, tre anni prima, l'aveva raccolto da un letto d'ospedale a Praga, privo di memoria e pieno di paure, Clemente non gli aveva mai detto una bugia. Spesso aveva atteso il momento giusto per rivelargli le cose, ma non aveva mai mentito.

Per questo Marcus si fidava di lui.

Anzi, si poteva dire che Clemente fosse tutta la sua famiglia. In quei tre anni, a parte rare eccezioni, era stato il suo unico contatto con il genere umano.

« Nessuno deve sapere di te e di quello che fai » gli diceva sempre. « È in gioco la sopravvivenza di ciò che rappresentiamo e il destino del compito che ci è stato affidato. »

La sua guida gli aveva sempre detto che le alte gerarchie sapevano soltanto della sua esistenza.

Solo Clemente conosceva il suo volto.

Quando Marcus aveva chiesto il perché di tanta segretezza, l'amico gli aveva risposto: « Così puoi proteggerli anche da se stessi. Non capisci? Se tutte le altre misure dovessero fallire, se le barriere si rivelassero inutili, ci sarebbe ancora qualcuno a vigilare. Tu sei la loro ultima difesa ».

E Marcus si era sempre chiesto: se lui rappresentava il gradino più basso di quella scala – l'uomo dei compiti silenziosi, il servitore devoto chiamato a mettere le mani nella materia buia e a sporcarsi con essa – e Clemente era solo un tramite, chi occupava il vertice?

In quei tre anni si era impegnato a fondo, cercando di apparire ligio agli occhi di chi – ne era sicuro – vagliava dall'alto il suo operato. Sperava che questo gli permettesse di essere ammesso a una conoscenza superiore, di incontrare finalmente qualcuno che gli spiegasse perché fosse stata creata una mansione tanto ingrata. E perché fosse stato scelto proprio lui per svolgerla. Avendo perso la memoria, non era in grado di dire se fosse stata una sua decisione, se il Marcus di prima di Praga avesse avuto un ruolo in tutto ciò.

Invece, niente.

Clemente gli trasmetteva ordini e incarichi che sembravano rispondere soltanto alla prudente e a volte indecifrabile saggezza della Chiesa. Dietro ogni mandato, però, s'intravedeva lo stesso l'ombra di qualcuno.

Ogni volta che cercava di sapere qualcosa di più, Clemente chiudeva la questione usando una frase, pronunciata con tono paziente e condita con una bonaria espressione del volto. Se ne servì anche adesso, su quella terrazza, davanti allo splendore che schermava la città segreta, per frenare le pretese di Marcus.

«A noi non è dato chiedere, a noi non è dato sapere. Noi dobbiamo soltanto ubbidire.»

2

Tre anni prima, i medici gli avevano detto che era nato una seconda volta.

Era falso.

Era morto e basta. E il destino dei morti era svanire per sempre o rimanere prigionieri nella vita precedente come fantasmi.

Era così che si sentiva. *Io non esisto.*

È triste il destino di un fantasma. Osserva le esistenze grigie dei viventi, le loro sofferenze, mentre si affannano a rincorrere il tempo, mentre si arrabbiano per un nonnulla. Li guarda dibattersi fra i problemi a cui la sorte li sottopone ogni giorno. E li invidia.

Un fantasma rancoroso, si disse. Ecco cosa sono. Perché i vivi avrebbero avuto sempre un vantaggio su di lui. Avevano una via d'uscita: potevano ancora morire.

Marcus camminava per le stradine del vecchio quartiere, la gente gli passava accanto senza accorgersi di lui. Rallentava in mezzo al flusso di pedoni. Di solito, gli bastava sfiorarli. Quel minimo contatto era l'unica cosa che lo facesse sentire ancora parte del genere umano. Ma se fosse morto lì, in quel momento, avrebbero raccolto il suo corpo dal selciato, sarebbe finito in un obitorio e, siccome nessuno si sarebbe presentato per reclamare il suo cadavere, l'avrebbero sepolto in una fossa senza nome.

Era il prezzo del suo ministero. Un tributo di silenzio e abnegazione. A volte, però, accettarlo era faticoso.

Il rione di Trastevere era da sempre il cuore della Roma popolare. Lontano dalla nobile imponenza dei palazzi del centro, aveva un suo fascino particolare. L'alternarsi delle epoche si poteva percepire nell'architettura: edifici medioevali si affiancavano a dimore settecentesche, il tutto era armonizzato dalla storia. I sampietrini – i blocchetti di leucitite che da papa Sisto V in poi lastricavano le strade di Roma – erano un mantello di velluto nero disteso lungo vie strette e tortuose, e conferivano ai passi dei viandanti un suono ineguagliabile. Antico. Così che chiunque si trovava a transitare per quei luoghi aveva l'impressione di essere proiettato nel passato.

Marcus rallentò l'andatura, accostandosi a un angolo di via della Renella. Di fronte a lui, il fiume di gente che scorreva nel quartiere ogni notte continuò a fluire placidamente al suono della musica e delle chiacchiere nei locali che facevano di Trastevere un'attrattiva per i giovani turisti di mezzo mondo. Per quanto diverse, quelle persone agli occhi di Marcus erano sempre uguali.

Passò un gruppetto di ventenni americane che indossavano shorts troppo corti e infradito, forse ingannate dall'idea che a Roma fosse perennemente estate. Avevano le gambe violacee per il freddo e acceleravano il passo stringendosi nelle felpe da college, in cerca di un bar in cui trovare rifugio e alcol per scaldarsi.

Una coppia di innamorati sulla quarantina uscì da una trattoria. Indugiarono sulla porta. Lei rideva, lui la cingeva con un braccio. La donna si lasciò andare leggermente all'indietro, appoggiandosi alla spalla del partner. Lui colse l'invito e la baciò. Un venditore ambulante bengalese di rose e accendini li puntò, piazzandosi in attesa che lo scambio di effusioni cessasse, con la speranza che volessero suggellare quell'incontro con un fiore, o semplicemente che avessero voglia di fumare.

Tre ragazzi se ne andavano in giro con le mani in tasca, guardandosi intorno. Marcus era sicuro che cercassero droga da comprare. Ancora non lo sapevano, ma dal lato opposto della strada si avvicinava un magrebino che presto li avrebbe accontentati.

Grazie alla sua invisibilità, Marcus aveva un punto di vista privilegiato sugli uomini e le loro debolezze. Ma questo poteva accadere a qualsiasi spettatore attento. Il suo talento – la sua maledizione – era ben altro.

Lui vedeva ciò che gli altri non vedevano. Lui vedeva il male.

Riusciva a scorgerlo nei dettagli, nelle *anomalie*. Minuscoli strappi nella trama della normalità. Un infrasuono nascosto nel caos.

Gli capitava continuamente. Anche se non avesse voluto quella dote, ce l'aveva.

Vide prima la ragazzina. Camminava radente al muro, poco più di una macchia scura in movimento sull'intonaco scorticato dei palazzi. Aveva le mani cacciate nelle tasche del bomber e la schiena ricurva. Guardava in basso. Una ciocca di capelli fucsia le nascondeva il volto. Gli anfibi la facevano sembrare più alta di quanto fosse realmente.

Marcus si accorse dell'uomo che la precedeva solo perché quello rallentò il passo per voltarsi a controllarla. La teneva al guinzaglio con lo sguardo. Aveva sicuramente più di cinquant'anni. Un cappotto chiaro, di cachemire, e scarpe marroni, lucide e costose.

A un occhio inesperto potevano sembrare padre e figlia. Lui, manager o professionista affermato, era andato a recuperare da un locale l'adolescente ribelle per riportarla a casa. Ma non era così semplice.

Arrivati nei pressi di un portone, l'uomo rimase in attesa che la ragazza entrasse, ma poi fece una cosa che stonava con la trama di quella scena: prima di varcare a sua volta la soglia, si guardò intorno per accertarsi che nessuno li stesse osservando.

Anomalia.

Il male gli sfilava davanti ogni giorno, e Marcus sapeva che non c'era soluzione. Nessuno avrebbe potuto correggere tutte le imperfezioni del mondo. E, anche se la cosa non gli piaceva, aveva imparato una nuova lezione.

Per sopravvivere al male, a volte bisognava ignorarlo.

A distrarlo dal portone che si richiudeva fu una voce. « Grazie del passaggio » disse la donna bionda scendendo da un'auto, rivolta all'amica che l'aveva accompagnata.

Marcus si ritirò nell'angolo per nascondersi meglio, e lei gli passò davanti con lo sguardo piantato sullo schermo del telefonino stretto in una mano. Con l'altra portava un borsone.

Marcus andava lì spesso, solo per guardarla.

Si erano incontrati appena quattro volte, quando lei, quasi

tre anni prima, da Milano era venuta a Roma per scoprire come fosse morto suo marito. Marcus ricordava bene ogni parola che si erano scambiati, e ogni singolo dettaglio del suo viso. Era uno degli effetti positivi dell'amnesia: una memoria nuova da riempire.

Sandra Vega era l'unica donna con cui avesse comunicato in tutto quel tempo. E l'unica estranea a cui avesse svelato chi era.

Ricordava le parole di Clemente. Nella sua vita precedente, Marcus aveva fatto un giuramento: nessuno avrebbe dovuto sapere della sua esistenza. Per tutti lui era invisibile. Un penitenziere poteva mostrarsi agli altri, rivelando la sua vera identità, solo *nel tempo che intercorre fra il lampo e il tuono*. Un fragile intervallo che può durare un attimo o una piccola eternità, nessuno può saperlo. Tutto è possibile in quel frangente in cui l'aria è carica di prodigiosa energia e trepidante attesa – la si percepisce. È quello il momento, precario e incerto, in cui i fantasmi tornano ad assumere sembianze umane. E appaiono ai viventi.

Così era accaduto a lui, nel corso di un potente temporale, sulla soglia di una sacrestia. Sandra gli aveva domandato chi fosse e lui aveva risposto: «Un prete». Era stato un rischio. Non sapeva esattamente perché l'avesse corso. O forse lo sapeva, ma solo adesso riusciva ad ammetterlo.

Provava uno strano sentimento per lei. C'era qualcosa di familiare che lo legava a quella donna. E poi la rispettava, perché era riuscita a lasciarsi il dolore alle spalle. E aveva scelto quella città per ricominciare. Si era fatta trasferire a un nuovo ufficio e aveva preso un piccolo appartamento a Trastevere. Aveva nuovi amici, altri interessi. Aveva ricominciato a sorridere.

Marcus provava sempre un certo stupore davanti ai cambiamenti. Forse perché per lui erano impossibili.

Conosceva gli spostamenti di Sandra, i suoi orari, le sue piccole abitudini. Sapeva dove faceva la spesa, dove amava comprare i suoi vestiti, la pizzeria in cui mangiava la domenica dopo essere stata al cinema. A volte, come quella sera, rincasava tardi. Ma non sembrava spossata, appariva solo stanca: l'accettabile residuo di una vita vissuta intensamente, una sensazione che si può scacciare con una doccia calda e una dormita. La scoria della felicità.

Ogni tanto, in una di quelle sere in cui l'aspettava appostato sotto casa sua, pensava a come sarebbe stato fare un passo fuori dall'ombra e pararsi davanti a lei. Chissà se l'avrebbe riconosciuto.

Ma non l'aveva mai fatto.

Pensava ancora a lui? Oppure l'aveva lasciato indietro, insieme al dolore? Solo l'idea gli faceva male. Come quella che, anche se avesse trovato il coraggio di avvicinarla, sarebbe stato inutile, perché non poteva esserci un seguito.

Eppure non riusciva a smettere di cercarla.

La vide entrare in un palazzo e, dalle finestre dei pianerottoli, salire a piedi le poche scale fino al suo appartamento. Si fermò davanti alla porta, frugando nel borsone, in cerca delle chiavi. Ma l'uscio si aprì e apparve un uomo.

Sandra gli sorrise e lui si protese per darle un bacio.

Marcus avrebbe voluto distogliere lo sguardo, ma lo trattenne. Li vide entrare in casa e richiudersi la porta alle spalle. E con essa, il passato, i fantasmi come lui e tutto il male del mondo.

Suoni elettronici. L'uomo era nudo, disteso supino sul letto matrimoniale, in penombra. Nell'attesa, giocava a un videogame sul cellulare. Mise in pausa la partita e sollevò il capo per guardare al di là dello stomaco prominente.

«Ehi, fa' in fretta» ammonì, rivolgendosi alla ragazzina dai capelli fucsia che in bagno si iniettava in un braccio una dose di eroina. Poi tornò a giocare.

Improvvisamente qualcosa di piacevolmente morbido gli calò sul volto. Ma la sensazione procuratagli dal cachemire durò appena qualche istante, poi subito gli mancò l'aria.

Qualcuno gli stava premendo il suo cappotto sulla faccia, con violenza.

Istintivamente annaspò con le braccia e le gambe in cerca di qualcosa a cui aggrapparsi: stava annegando e non c'era acqua. Afferrò gli avambracci dello sconosciuto che lo imprigionava e provò ad allentarne la presa ma, chiunque fosse, era più forte. Voleva urlare, ma dalla bocca gli uscirono solo striduli lamenti e gorgoglii. Poi sentì un sussurro in un orecchio.

«Tu credi ai fantasmi?»

Non era in grado di rispondere. E, anche se avesse potuto, non avrebbe saputo dare una risposta.

«Che mostro sei tu: un licantropo, un vampiro?»

Un rantolo. I puntini colorati che gli danzavano sugli occhi erano diventati lampi luminosi.

«Dovrei spararti una pallottola d'argento o infilzarti un paletto di frassino nel cuore? Sai perché proprio il frassino e non un altro legno? Perché la croce di Cristo era in frassino.»

La forza della disperazione era l'unica risorsa che gli rimanesse, perché l'asfissia stava iniziando ad agire sul suo organismo. Gli venne in mente ciò che gli aveva spiegato l'istruttore di sub durante il viaggio con moglie e figli alle Maldive, due anni addietro. Tutte le raccomandazioni circa i sintomi di ipossia. Non gli servivano a nulla in quel momento, però se le ricordò lo stesso. Si erano divertiti a immergersi per guardare la barriera corallina, ai ragazzi era piaciuto. Era stata una bella vacanza.

«Voglio farti rinascere. Ma prima devi morire» affermò lo sconosciuto.

L'idea di annegare in se stesso lo atterriva. Non ora, non adesso, si disse. Non sono ancora pronto. E intanto cominciava a perdere le forze. Le sue mani mollarono la presa sugli avambracci dell'aggressore e iniziò a muoverle nell'aria in maniera scomposta.

«Io so cosa significa morire. Fra poco sarà tutto finito, vedrai.»

L'uomo lasciò cadere le braccia lungo i fianchi, ormai i suoi respiri erano lievi quanto vani. Voglio fare una telefonata, pensò. Solo una telefonata. Dire addio.

«Stai perdendo i sensi. Quando ti risveglierai – *se* ti risveglierai – tornerai dalla tua famiglia, dai tuoi amici e da chiunque ti voglia un po' di bene in questo schifo di mondo. E sarai diverso. Loro non lo sapranno mai, ma tu sì. E se sei fortunato, ti scorderai di questa notte, di quella ragazzina e di tutte quelle come lei. Ma non dimenticherai me. E io farò altrettanto. Perciò, ascolta bene... Ti sto salvando la vita.» Poi scandì bene: «Vedi di meritartelo».

L'uomo non si muoveva più.

«È morto?»

La ragazzina lo stava osservando ai piedi del letto. Era nuda e barcollava. Sulle sue braccia i lividi di troppe iniezioni.

«No» disse Marcus, liberando la testa dell'uomo dal cappotto di cachemire.

«Chi sei?» Strizzava gli occhi come se cercasse di mettere a fuoco la scena, inebetita dagli effetti della droga.

Marcus vide un portafogli appoggiato sul comodino. Lo prese ed estrasse tutti i soldi. Si alzò per avvicinarsi alla ragazzina che, istintivamente, indietreggiò, rischiando di perdere l'equilibrio. Lui l'afferrò per un braccio e le mise il denaro in una mano. «Vattene da qui» le intimò con durezza.

La ragazza ci mise un po' a elaborare il concetto, vagando con lo sguardo sul volto di Marcus. Poi si chinò per raccogliere i vestiti e li indossò mentre si avviava verso la porta. La aprì ma, prima di andarsene, si volse indietro, come se avesse dimenticato qualcosa.

E si indicò il viso.

Marcus si portò istintivamente una mano alla faccia e avvertì una sostanza vischiosa sui polpastrelli.

L'epistassi.

Perdeva sangue dal naso quando decideva di non applicare la lezione per cui, a volte, bisogna *ignorare* il male per sopravvivergli.

«Grazie» disse, come fosse stata lei a salvarlo e non il contrario.

«Non c'è di che.»

3

Era il loro quinto appuntamento.

Ormai uscivano insieme da quasi tre settimane. Si erano conosciuti in palestra. La frequentavano negli stessi orari. Lei subodorava che lui lo facesse apposta a farli coincidere, e questo la lusingava.

« Ciao, sono Giorgio. »

« Diana. »

Aveva ventiquattro anni, tre più di lei. Frequentava l'università e stava per laurearsi. Economia. Diana andava matta per i suoi capelli ricci e gli occhi verdi. E quel sorriso dai denti perfetti, tranne l'incisivo sinistro, che era un po' più sporgente. Un dettaglio ribelle che le piaceva un sacco. Perché troppa perfezione può anche stancare.

Diana sapeva di essere carina. Non era alta, ma era consapevole di avere le forme al posto giusto, occhi castani e dei bellissimi capelli neri. Aveva lasciato gli studi dopo le superiori e faceva la commessa in una profumeria. Lo stipendio non era un granché, ma le piaceva consigliare le clienti. E poi la titolare del negozio l'aveva presa a cuore. Ma ciò che desiderava davvero era trovare un bravo ragazzo e sposarsi. Non le sembrava di chiedere troppo alla vita. E Giorgio poteva essere « quello giusto ».

Si erano baciati alla prima uscita e poi c'era stato anche altro, ma poco. Era piacevole quell'esitazione, faceva sembrare più bella ogni cosa.

Quella mattina, però, sul suo cellulare era arrivato un messaggio.

Passo alle nove? Ti amo.

L'sms le aveva infuso un'inaspettata energia. Tante volte si era chiesta di cosa fosse fatta la felicità. Ora sapeva che è una cosa segreta, impossibile da spiegare agli altri. È come se qualcuno avesse creato quella sensazione apposta per te.

È esclusività.

La felicità di Diana era finita in tutti i suoi sorrisi e in tutte le frasi durante l'intera giornata, come una specie di allegra contaminazione. Chissà se le clienti o le sue colleghe al negozio l'avevano percepita. Lei era sicura di sì. Aveva assaporato l'attesa, con il cuore che di tanto in tanto le mandava una scossa per rammentarle che l'appuntamento si avvicinava.

Alle nove, mentre scendeva le scale di casa per raggiungere Giorgio che l'attendeva di sotto, quella felicità, privata dell'attesa, assunse una forma diversa. Diana era grata per quella giornata. E se non fosse stato per la promessa segreta del futuro, avrebbe voluto che non finisse mai.

Ripensò all'ultimo sms di Giorgio. Aveva risposto solo con un *Sì* e una faccina sorridente. Non aveva ricambiato il *Ti amo*, perché contava di farlo di persona quella sera.

Sì, era lui «quello giusto» a cui dire una cosa del genere.

L'aveva portata al mare, a Ostia, a mangiare nel ristorantino di cui le aveva parlato la prima volta che erano usciti insieme. Sembrava trascorsa un'eternità dalla sera in cui entrambi non avevano fatto altro che chiacchierare e chiacchierare, forse temendo che anche un breve silenzio avrebbe potuto compromettere l'idea che fra loro potesse funzionare. Avevano bevuto un vino bianco, frizzante. Con la complicità dell'alcol, Diana aveva cominciato a inviargli segnali inequivocabili.

Verso le undici, erano risaliti in macchina per tornare a Roma.

Con la gonna aveva freddo e Giorgio aveva regolato il riscaldamento al massimo. Ma, dal sedile, lei si era sporta lo stesso verso di lui, per appoggiarsi alla sua spalla mentre guidava. Lo guardava sollevando gli occhi e nessuno dei due parlò.

Sullo stereo c'era un cd dei Sigur Rós.

Facendo leva sui talloni, lei si sfilò le scarpe. Prima una, poi l'altra caddero con un tonfo leggero sul tappetino. Era la sua ragazza ormai, poteva prendersi la libertà di stare più comoda.

Continuando a guardare la strada, lui allungò la mano per

accarezzarle una gamba. Lei si strofinò ancora di più al suo braccio, facendo quasi le fusa. Poi sentì risalire il palmo lungo il collant, fino a superare l'orlo della gonna. Lo lasciò fare e quando avvertì che le sue dita si spostavano verso il centro, allargò leggermente le gambe. Anche attraverso le calze e le mutandine, lui poteva avvertire quanto fosse già forte il suo desiderio.

Lei socchiuse gli occhi e si accorse che l'auto aveva rallentato per lasciare la via principale e immettersi nelle stradine che portavano nella grande pineta.

Diana aveva sperato che accadesse.

Percorsero a velocità ridotta qualche centinaio di metri, lungo un viale fiancheggiato da altissimi pini. Gli aghi accumulati sull'asfalto crocchiavano sotto gli pneumatici. Poi Giorgio scartò verso sinistra, inoltrandosi nella vegetazione.

Per quanto andassero piano, l'auto sobbalzava sul terreno. Per evitare gli scossoni, Diana si rimise composta sul sedile.

Giorgio, poco dopo, fermò l'auto e la spense. Anche la musica cessò. Si sentiva solo il residuo ticchettio del motore e, soprattutto, il vento che soffiava fra gli alberi. Prima non avrebbero potuto notarlo, e adesso le sembrò che avessero scoperto un suono segreto.

Lui tirò un poco indietro il sedile, poi la cinse con le braccia. La baciò. Diana sentì la carezza della sua lingua fra le labbra. La ricambiò. Poi lui iniziò a trafficare con i piccoli bottoni del suo twin-set. Le sollevò la maglia, andando in cerca del reggiseno. Si fermò per un istante, tastando la stoffa che copriva il ferretto. Quindi, infilò le dita e, facendo leva, liberò un seno raccogliendolo subito con la mano.

Com'è unica la sensazione di essere scoperta per la prima volta da qualcuno, pensò Diana. Concedersi a lui e, contemporaneamente, riuscire a immaginare ciò che prova. Sentire la sua eccitazione, la sua sorpresa.

Allungò le mani per rimuovere la cinta e sbottonargli i pantaloni, mentre lui cercava di sfilarle la gonna insieme ai collant.

Tutto questo senza che le loro bocche smettessero quasi mai di cercarsi, come se, senza quei baci, rischiassero di soffocare.

Per un attimo Diana guardò l'ora sul display del cruscotto, sperando che non fosse troppo tardi, con la breve paura che il suo cellulare potesse squillare da un momento all'altro per una chiamata della madre, spezzando così l'incantesimo.

I loro gesti si fecero più frettolosi, le carezze più profonde. In poco tempo si ritrovarono senza vestiti, contemplandosi nei pochi istanti in cui, fra i baci, aprivano gli occhi. Ma non avevano bisogno di guardarsi, stavano imparando a conoscersi con gli altri sensi.

Poi lui le posò una mano sulla guancia e lei capì che era giunto il momento. Si staccò da lui, sicura che Giorgio si sarebbe chiesto il perché, forse immaginando un ripensamento. Stava per dirgli quel « ti amo » che aveva trattenuto per tutta la giornata. Ma invece di badare a lei, Giorgio si voltò lentamente verso il parabrezza. Quel gesto la punse nell'orgoglio, come se improvvisamente lei non meritasse la sua totale attenzione. Avrebbe voluto chiedergli spiegazioni, ma si frenò. C'era uno stupore interrogativo nello sguardo di Giorgio. Allora anche Diana si voltò.

In piedi, davanti al cofano, c'era qualcuno. E li stava fissando.

4

L'avevano buttata giù dal letto con una telefonata.

L'ordine era di recarsi al più presto nella pineta di Ostia, senza aggiungere altro.

Mentre indossava la divisa, in fretta e in silenzio per non svegliare Max, Sandra cercò di svuotare la mente. Chiamate come quella capitavano di rado. Ma, quando accadeva, era come ricevere un pugno di adrenalina e paura nello stomaco.

Perciò, era meglio prepararsi al peggio.

Quante scene del crimine aveva visitato con la sua macchina fotografica? Quanti cadaveri aveva trovato ad attenderla? Mutilati, umiliati o semplicemente immobili in una postura assurda. Sandra Vega aveva l'ingrato compito di raccogliere la loro ultima immagine.

A chi sarebbe toccata stavolta la foto ricordo della propria morte?

Non fu facile trovare il punto preciso. Non c'era ancora alcun cordone di polizia che tenesse a distanza chiunque non avesse titolo per stare lì. Nessun lampeggiante acceso. Nessuno schieramento di mezzi e risorse. Quando arrivava lei, il grosso della truppa doveva ancora sopraggiungere e serviva solo per fare scena. Per i media, per le autorità, o perché la gente si sentisse più al sicuro.

Infatti, al momento c'era solo una pattuglia all'ingresso della strada che immetteva nel bosco. Poco più avanti, un furgone e un paio di auto. Ancora nessuna parata per questi morti novizi. Il tempo dello sfarzoso spiegamento di forze era solo rimandato.

Ma l'esercito giungeva sul campo di battaglia già sconfitto.

Perciò, tutte le persone che realmente occorrevano all'indagine erano già lì, raccolte in quello sparuto drappello. Prima di unirsi al gruppo, Sandra tirò fuori dal bagagliaio il borsone con l'attrezzatura e indossò tuta bianca e cappuccio per non contaminare la scena, senza sapere ancora cosa aspettarsi.

Il commissario Crespi le andò incontro. Sintetizzò la situazione in una frase scarna. « Non ti piacerà. »

Poi si inoltrarono insieme nella vegetazione.

Prima che la scientifica si mettesse a caccia di prove e di reperti. Prima che i colleghi poliziotti cominciassero a domandarsi cosa fosse accaduto e perché. Prima che il rito dell'indagine avesse ufficialmente inizio, toccava a lei.

Ed erano tutti lì, in attesa. Sandra si sentiva l'invitata ritardataria a una festa. Parlottavano fra loro a bassa voce, guardandola di sottecchi mentre gli passava davanti, sperando solo che facesse in fretta per potersi mettere al lavoro. Un paio di poliziotti stavano interrogando il podista che durante il suo allenamento mattutino aveva scoperto l'orrore che li aveva condotti lì. Era accovacciato su un tronco secco e si teneva la testa fra le mani.

Sandra andava dietro a Crespi. La quiete irreale della pineta era rovinata dal rumore dei loro passi sugli aghi di pino ma, soprattutto, dallo squillo ovattato di un cellulare. Lei ci fece appena caso, concentrandosi invece sulla scena che iniziava a intravedere.

I colleghi si erano limitati a circoscriverla con il nastro rosso e bianco. Al centro del perimetro c'era una macchina con tutte le portiere spalancate. Come da procedura, l'unico che avesse varcato quel confine fino a quel momento era il medico legale.

« Astolfi ha appena certificato i decessi » annunciò il commissario Crespi.

Sandra lo vide, era un omino sottile con l'aspetto di un burocrate. Terminato il suo compito, aveva riattraversato il nastro e ora fumava in maniera meccanica una sigaretta di cui raccoglieva la cenere nel palmo della mano. Ma continuava a osservare l'auto, come ipnotizzato da chissà quale pensiero.

Quando Sandra e Crespi gli furono accanto, parlò senza distogliere lo sguardo dalla scena. « Per la perizia ho bisogno almeno di un paio di scatti per ogni ferita. »

Fu in quel momento che Sandra comprese cosa stava catturando l'attenzione del medico legale.

Lo squillo del cellulare in sottofondo.

E capì anche perché nessuno avesse il potere di far smettere quel suono. Proveniva dalla macchina.

«È quello della ragazza» disse Crespi, senza che lei lo domandasse. «È nella borsetta, sul sedile posteriore.»

Qualcuno era allarmato perché non era rientrata a casa quella notte. E adesso la stava cercando.

Chissà da quanto tempo andava avanti. E i poliziotti non potevano farci proprio niente. Lo spettacolo doveva rispettare la scaletta, era ancora troppo presto per il numero finale. E lei avrebbe dovuto svolgere la procedura di fotorilevazione con quello straziante accompagnamento.

«Occhi aperti o chiusi?» chiese.

La domanda aveva un senso solo per i visitatori delle scene del crimine. A volte gli assassini, anche i più brutali, chiudevano le palpebre alle vittime. Non era un gesto di pietà, ma di vergogna.

«Occhi aperti» rispose il medico legale.

Quell'assassino, invece, aveva voluto farsi guardare.

Il cellulare continuava a diffondere il suo richiamo sonoro, indifferente.

Il compito di Sandra era congelare la scena, prima che il tempo e la ricerca delle risposte potessero alterarla. Usava la macchina fotografica come uno schermo fra sé e l'orrore, fra sé e il dolore. Ma, a causa dello squillo, quelle emozioni rischiavano di tracimare oltre la barriera di sicurezza, e farle male.

Si rifugiò nella routine del suo mestiere, nelle regole apprese anni prima, durante l'addestramento. Se avesse seguito lo schema della fotorilevazione, presto sarebbe finito tutto e forse avrebbe potuto tornarsene a casa e infilarsi nuovamente a letto insieme a Max, cercare il calore del suo corpo e far finta che quella gelida giornata d'inverno non fosse mai iniziata.

Dal generale al particolare, prese la reflex e iniziò a scattare.

I bagliori del flash s'infrangevano come onde improvvise sul volto della ragazza prima di dissolversi nella fredda e inutile luce dell'alba. Sandra si era piazzata davanti al cofano ma, dopo aver fatto una dozzina di foto all'auto, abbassò la macchina fotografica.

La ragazza la stava fissando attraverso il parabrezza.

C'era una regola non scritta nel suo addestramento. Insieme ai suoi colleghi, la applicavano scrupolosamente.

Se il cadavere ha gli occhi aperti, fare in modo che non siano mai puntati verso l'obiettivo.

Era per evitare un impietoso effetto « servizio fotografico con modella morta ». La ragazza per ultima, si disse. Decise di cominciare dal secondo corpo.

Si trovava a qualche metro dall'auto. Riverso per terra, con la faccia immersa negli aghi di pino, le braccia protese in avanti. Era nudo.

« Uomo, età approssimativa fra i venti e i venticinque » disse Sandra nel microfono ad archetto che portava sulla testa, collegato al registratore infilato nella tasca della tuta. « Ferita da arma da fuoco alla nuca. »

I capelli intorno al foro d'entrata presentavano evidenti tracce di bruciatura, segno che l'omicida aveva sparato da molto vicino.

Sandra cercò con la reflex le impronte dei piedi del ragazzo. Ne individuò un paio nella terra umida. La parte del tallone era profonda quanto la punta. Non stava scappando, camminava.

Non è fuggito, pensò Sandra. « L'assassino ha fatto scendere il ragazzo dall'auto e si è posto alle sue spalle. Poi ha fatto fuoco. »

Era stata un'esecuzione.

Individuò altre impronte. Stavolta erano di scarpe. « Segni di calpestamento, ricoprono un'area circolare. »

Appartenevano all'assassino. Seguì i passi impressi nel terreno facendosi precedere dalla macchina fotografica, che continuava la diligente raccolta di immagini che poi andavano a depositarsi nella memoria digitale. Giunse nei pressi di uno degli alberi. Alla base c'era un piccolo riquadro senza aghi di pino. Diede le coordinate al registratore.

« Tre metri a sud-est: la terra è stata smossa in superficie. Come ripulita. »

È qui che è iniziato tutto, pensò. È qui che si è appostato. Sollevò l'obiettivo, cercando di replicare la visuale dell'assassino. Da quel punto, attraverso il bosco, si poteva scorgere bene l'auto dei ragazzi senza essere visti.

Ti sei goduto lo spettacolo, vero? O ti ha fatto rabbia? Quanto tempo sei rimasto qui a osservarli?

Da lì riprese a scattare a ritroso, spostandosi lungo una diagonale ideale diretta verso l'auto, riproducendo l'andatura dell'omicida. Giunta nuovamente davanti al cofano, Sandra avvertì ancora su di sé lo sguardo della ragazza sul sedile, sembrava cercare proprio lei.

Lo ignorò una seconda volta, dedicandosi invece alla vettura.

Si mosse verso il sedile posteriore. C'erano, sparsi, gli abiti di entrambe le vittime. Sentì una stretta al cuore. Le venne in mente l'immagine dei due innamorati che si preparavano per uscire insieme: l'emozione provata davanti all'armadio pensando a cosa indossare per apparire più attraenti agli occhi dell'altro, un piacere del tutto altruistico.

Erano già nudi quando il mostro li aveva sorpresi, oppure li aveva costretti a spogliarsi? Li aveva guardati mentre facevano l'amore o era intervenuto per interromperli? Sandra scacciò quelle idee: non toccava a lei fornire le risposte, perciò cercò di recuperare la concentrazione.

In mezzo ai vestiti c'era la borsetta nera da cui provenivano gli squilli del cellulare. Per fortuna aveva dato a tutti un po' di tregua, ma presto avrebbe ricominciato. La poliziotta accelerò le operazioni. Era una fonte di dolore. E lei non voleva trovarsi troppo vicino a quell'aggeggio.

La portiera spalancata del lato passeggero svelava il corpo nudo della ragazza. Sandra si accovacciò accanto a lei.

«Donna, età approssimativa: vent'anni. Il cadavere è senza vestiti.»

Le braccia strette lungo i fianchi, immobilizzata al proprio posto da una corda da alpinista che l'avvolgeva al sedile reclinato all'incirca di centoventi gradi. Una parte girava intorno al poggiatesta e la strangolava.

Fra le trame di quel groviglio era piantato un grosso coltello da caccia. Il manico spuntava dallo sterno. Era stato conficcato con così tanta forza da non poter essere rimosso e da costringere l'assassino a lasciarlo lì, concluse Sandra.

La reflex immortalò la scia di sangue secco che scendeva lungo il ventre della vittima e aveva inzuppato il sedile, per poi raccogliersi in una piccola pozza sul tappetino, fra i piedi nudi e un paio di scarpe col tacco. Eleganti scarpe col tacco, si corresse mentalmente la poliziotta. E le apparve chiara l'immagine di una serata romantica.

Finalmente, si fece coraggio e passò a fotografare il volto in primo piano.

Il capo era piegato leggermente sul lato sinistro, i capelli neri spettinati: Sandra ebbe l'impulso di rimetterglieli in ordine, come una sorella. Notò che era molto carina, dai tratti delicati come solo la giovinezza sa scolpire. E lì dove le lacrime non l'avevano sciolto, si poteva ancora scorgere un'ombra di trucco. Sembrava steso con cura, per ingentilire e per rimarcare, come se la ragazza fosse pratica di quell'attività.

Faceva l'estetista o magari lavorava in una profumeria, pensò Sandra.

La bocca, però, era piegata verso il basso in maniera innaturale. Un rossetto lucido le copriva le labbra.

Sandra provò una strana sensazione. C'era qualcosa di sbagliato, ma al momento non riuscì a intuire cosa fosse.

Si sporse nell'abitacolo per cogliere meglio il viso. Rispettosa della regola dei fotorilevatori, cercò angolature che le permettessero di evitare il suo sguardo diretto. E poi non ce la faceva a fissare quelle pupille, ma soprattutto non voleva che loro fissassero lei.

Il cellulare ricominciò a squillare.

Contravvenendo al suo addestramento, la poliziotta chiuse istintivamente gli occhi, lasciando che la reflex effettuasse da sola gli ultimi scatti. E fu costretta a pensare a coloro che erano presenti in quella scena, pur senza esserlo fisicamente. Alla madre e al padre della ragazza, in attesa di una risposta che li liberasse dall'assedio dell'angoscia. Ai genitori del ragazzo, che forse ancora non si erano accorti che il figlio non era tornato a casa quella notte. All'artefice di tanto dolore che, a chilometri da lì, chissà dove, godeva del piacere segreto degli assassini – un sadico solletico sul cuore –, beandosi della propria invisibilità.

Sandra Vega lasciò che la reflex terminasse il proprio compito, quindi si tirò fuori da quell'antro angusto, che puzzava di urina e di sangue troppo giovane.

« Chi? »

Era la domanda ricorrente nelle teste dei presenti. Chi era stato l'artefice? Chi l'aveva voluto?

Quando non si può dare un volto al mostro, chiunque gli somiglia. Ci si guarda l'un l'altro con sospetto, chiedendosi cosa si nasconda dietro l'apparenza, consapevoli di essere osservati con la stessa domanda nello sguardo.

Quando un uomo si macchia di un crimine tremendo, il dubbio investe non soltanto lui bensì il genere umano a cui appartiene.

Per questo anche gli sbirri, quella mattina, evitavano di incrociare troppo gli sguardi. Solo la cattura del colpevole li avrebbe liberati dalla maledizione della diffidenza.

In mancanza, rimaneva l'identità delle vittime.

La ragazza non aveva ancora un nome. E ciò era un bene per Sandra. Non voleva saperlo. Invece, attraverso la targa dell'auto erano risaliti a quello del ragazzo.

« Si chiamava Giorgio Montefiori » disse Crespi al medico legale.

Astolfi prese nota su uno dei moduli impilati in una cartelletta. Per scrivere si era appoggiato al furgone dell'obitorio, appena giunto sulla scena per recuperare le salme.

« Voglio fare subito l'autopsia » disse il patologo.

Sandra pensava che la premura fosse dovuta alla volontà di fornire un contributo alle indagini, ma si dovette ricredere quando sentì la puntualizzazione successiva.

« Oggi dovrò già occuparmi di un incidente automobilistico e devo ancora scrivere una perizia per il tribunale » affermò senza un minimo di pietà.

Burocrate, pensò Sandra. Non tollerava che quei due ragazzi morti ricevessero meno compassione di quella a cui avevano diritto.

Intanto, la squadra scientifica prendeva possesso della scena per cominciare i rilievi e la raccolta delle prove. E, proprio nel momento in cui si poteva finalmente rimuovere il cellulare della ragazza, l'aggeggio aveva smesso di nuovo di squillare.

Sandra spostò lo sguardo dal dialogo fra il medico legale e il commissario per dirigerlo verso uno dei tecnici che, recuperato il telefonino dalla borsa nella macchina, si dirigeva verso il confine del nastro rosso e bianco per affidarlo a una poliziotta.

Sarebbe toccato a lei rispondere non appena qualcuno avesse richiamato. Non la invidiava.

« Ce la fai entro la mattinata? »

Sandra era distratta e non colse l'ultima frase di Crespi. « Cosa? »

« Chiedevo se puoi consegnare il materiale stamattina » ripeté il commissario, indicando la reflex appoggiata nel vano bagagli.

« Oh, sì, certo » si affrettò a rassicurarlo lei.

« Puoi farlo adesso? »

Avrebbe voluto scappare e provvedere una volta arrivata in questura. Ma davanti all'insistenza del superiore, non poté tirarsi indietro. « Va bene. »

Prese il computer portatile per collegare la macchina fotografica e riversare così le immagini custodite nella memory card. Poi le avrebbe inviate con una mail e, finalmente, sarebbe uscita da quell'incubo.

Era fra i primi ad arrivare sulle scene del crimine, ma era anche la prima ad andarsene. Il suo lavoro finiva lì. A differenza dei colleghi, poteva dimenticare.

Mentre connetteva la reflex al portatile, un altro poliziotto portò a Crespi il portafogli della ragazza morta. Il commissario lo aprì per controllare se ci fosse un documento. Sandra la riconobbe nella fototessera sulla carta d'identità.

« Diana Delgaudio » lesse Crespi, con un filo di voce. « Ventun anni, maledizione. »

Un breve silenzio sottolineò la scoperta.

Continuando a guardare il documento, il commissario si fece il segno della croce. Era un tipo religioso. Sandra lo conosceva poco, non era uno che si metteva in mostra. In questura era stimato più per l'anzianità di servizio che per meriti effettivi. Ma forse era l'uomo giusto per un crimine come quello. Una persona capace di gestire l'orrore senza cercare di trarne vantaggio con la stampa o per fare carriera.

Per i due ragazzi morti, uno sbirro pietoso era un bene.

Crespi si rivolse nuovamente al poliziotto che gli aveva consegnato il portafogli, restituendoglielo. Inspirò ed espirò profondamente. « D'accordo, andiamo ad avvertire i genitori. »

Si allontanarono lasciando Sandra al suo lavoro. Intanto, le foto che aveva scattato iniziavano a scorrere sullo schermo del computer, man mano che transitavano da una memoria all'altra. Osservandole, ripercorse rapidamente il lavoro della mattinata. Gli scatti erano quasi quattrocento. Uno dopo l'altro, i fotogrammi di un film muto.

Fu distratta dallo squillo del cellulare che tutti stavano attendendo. Si voltò verso la collega che stava controllando sul display il nome collegato alla chiamata. Si passò una mano sulla fronte, infine rispose: « Buongiorno signora Delgaudio, qui è la polizia ».

Sandra non poteva sapere cosa stesse dicendo la madre dall'altra parte, ma poteva immaginare cosa avesse provato sentendo una voce estranea e la parola « polizia ». Quello che fino ad allora era stato solo un brutto presentimento cominciava a prendere le sembianze di un mostro di dolore.

« Una pattuglia sta venendo a casa sua per spiegarle la situazione » provò a calmarla la collega.

Sandra non ce la faceva ad assistere. Tornò a concentrarsi sulle immagini che si succedevano sul computer, sperando che il programma facesse in fretta a caricarle. Aveva deciso che non avrebbe avuto figli, perché la sua più grande paura era che finissero in foto come quelle che le stavano sfilando davanti in quel momento. Il volto di Diana. L'espressione assente. I capelli neri spettinati. Il trucco sciolto dalle lacrime. Quella bocca piegata in una specie di sorriso triste. Lo sguardo che contemplava lo spettacolo del nulla.

Il programma del computer aveva quasi terminato l'operazione di riversamento, quando apparve fugacemente un primo piano diverso dagli altri.

Istintivamente, Sandra premette un tasto e bloccò il processo. Con il cuore che le batteva forte, tornò indietro manualmente per verificare. Intorno a lei tutto sparì come fosse stato risucchiato da un buco nero. C'era solo quell'immagine sullo schermo. Come aveva fatto a non accorgersene?

Nella foto, il volto della ragazza era sempre immobile.

Sandra si girò rapidamente in direzione della scena delimitata dal nastro bianco e rosso. Poi si mise a correre.

Diana Delgaudio aveva spostato gli occhi verso l'obiettivo.

5

« Si può sapere come è potuto accadere? »

Le urla del questore rimbombavano sul soffitto affrescato della sala riunioni, riecheggiando per tutto il secondo piano dell'antico palazzo di via San Vitale, sede della polizia di Roma.

A farne le spese era chi si trovava sulla scena del crimine quella mattina.

Diana Delgaudio era sopravvissuta. Ma siccome non le avevano prestato soccorso in tempo, ora la ragazza combatteva sul confine della morte in una sala operatoria.

Il principale destinatario delle invettive del questore era il medico legale. Il dottor Astolfi se ne stava ingobbito su una sedia, trafitto dagli sguardi. Era intervenuto per primo e aveva certificato i due decessi, toccava a lui rispondere di una simile negligenza.

Secondo il suo racconto, la ragazza non aveva polso. La temperatura notturna a cui era stato esposto il corpo nudo insieme alla gravità delle ferite riportate erano incompatibili con la sopravvivenza. « In quelle condizioni era sufficiente un'analisi oggettiva per concludere che non c'era nulla da fare » si era difeso Astolfi.

« Ma, nonostante ciò, è sopravvissuta » aveva ribattuto il questore, sempre più furioso.

Si era trattato di una « fortunata combinazione di eventi ». Al centro di tutto c'era il coltello infilzato nello sterno. Si era incastrato fra le costole e l'assassino non aveva nemmeno provato a rimuoverlo, era stato costretto a lasciarlo lì. Ma ciò aveva anche impedito che la vittima perdesse troppo sangue. La lama, poi, si era conficcata senza ledere alcuna arteria. Tuttavia, era stata anche l'assoluta immobilità, determinata dal fatto che il corpo fosse bloccato dalla corda da alpinista, a salvare la vita alla ragazza.

Tale condizione aveva contribuito a stabilizzare le emorragie interne, evitando che diventassero letali.

« L'ipotermia allora si è tramutata in un vantaggio » aveva concluso il medico legale. « Ha permesso di preservare le funzioni vitali. »

Sandra non riusciva a vedere alcuna « fortuna » in quella sequenza. Il quadro clinico di Diana Delgaudio era comunque molto grave. Anche se fosse riuscito il disperato intervento chirurgico a cui era sottoposta proprio in quel momento, nessuno avrebbe potuto stabilire che tipo di vita l'attendesse.

« Avevamo appena comunicato al padre e alla madre che la figlia era deceduta » disse il questore, lasciando intuire ai presenti quale danno d'immagine comportasse quell'errore per la polizia.

Sandra si guardò intorno. Forse alcuni colleghi pensavano che quei genitori avevano perlomeno avuto in dono una speranza. Sicuramente lo pensava il commissario Crespi. Ma nel suo caso, il cattolico praticante aveva il sopravvento sullo sbirro. Per un uomo di fede, Dio opera secondo piani imperscrutabili, e in ogni cosa, anche la più dolorosa, si nasconde sempre un messaggio, una prova o un insegnamento. Ma lei non ci credeva. Anzi, era convinta che, di lì a poco, il destino si sarebbe ripresentato da quei genitori, come un fattorino che ha sbagliato la consegna di un pacco regalo e torna indietro per riprenderselo.

Una parte di Sandra era segretamente sollevata dal fatto che Astolfi fosse stato indicato da tutti come il responsabile del fallimento di quella mattina.

Ma anche lei aveva delle colpe.

Se al termine della fotorilevazione non avesse chiuso gli occhi mentre la reflex effettuava gli ultimi scatti, avrebbe scorto prima il movimento nello sguardo di Diana. La silenziosa e disperata invocazione di aiuto.

Era stato il cellulare della ragazza a distrarla, ma questa non era una scusante. Il pensiero di come sarebbero potute andare le cose se se ne fosse accorta ore dopo, magari quando fosse tornata a casa o nel laboratorio di polizia, la torturava.

Anche lei poteva essere complice dell'omicida di quella notte. L'ho salvata? Davvero sono stata io?, si chiese. La verità era che Diana si era salvata da sola. E Sandra se ne sarebbe presa il merito, ingiustamente. E avrebbe dovuto tacere per salvare la faccia alla polizia. Per questo non ce la faceva a condannare totalmente il medico legale.

Intanto il questore aveva terminato la sfuriata. « Va bene, toglietevi dalle palle. »

Tutti si alzarono dai loro posti, ma fu Astolfi a lasciare per primo la sala.

« Lei no, agente Vega. »

Sandra si voltò a guardare il superiore, chiedendosi perché volesse trattenerla. Ma lui si rivolse subito a Crespi.

« Resti anche lei, commissario. »

Sandra si accorse che sulla soglia della porta da cui defluivano i colleghi, un altro gruppo era pronto a prendere posto nella sala.

Erano i membri dello SCO, il Servizio Centrale Operativo. Il nucleo speciale si occupava di criminalità organizzata, operazioni sotto copertura, caccia ai latitanti, delitti seriali e crimini efferati.

Mentre si mettevano a sedere, Sandra riconobbe il vicequestore Moro.

Era un poliziotto giovane ma aveva già la fama di un consumato veterano. Se l'era guadagnata catturando un boss della mafia ricercato da trent'anni. Gli era stato addosso con tanta tenacia, rinunciando ad avere una vita e buttando all'aria un matrimonio, che alla fine il latitante si era persino complimentato con lui mentre gli metteva le manette.

Era molto rispettato. Tutti volevano entrare nella squadra di Moro. Un'élite nell'élite della polizia di Stato. Ma il vicequestore lavorava quasi sempre con gli stessi, più o meno una quindicina. Gente fidata, con cui aveva condiviso fatica e sacrifici. Uomini abituati a uscire di casa la mattina senza sapere quando e se avrebbero rivisto i propri cari. Moro li sceglieva celibi, diceva che non gli piaceva dare spiegazioni a vedove e orfani. Erano loro stessi una famiglia. Anche fuori dal lavoro, stavano sempre insieme. L'unità era la loro forza.

Agli occhi di Sandra, apparivano come monaci zen. Legati da un voto che andava oltre la divisa che indossavano.

«Lo rifarà.»

Moro lo annunciò di spalle alla platea, mentre si avvicinava all'interruttore per spegnere le luci nella sala. L'informazione precipitò sui presenti insieme all'oscurità. Il silenzio che ne seguì diede un brivido a Sandra. Per un istante, si sentì dispersa nel buio. Ma poi il fascio iridescente del videoproiettore provvide a far ricomparire il mondo intorno a lei.

Sullo schermo apparve una delle foto della scena del crimine che lei stessa aveva scattato quella mattina.

La macchina con le portiere aperte, la ragazza con il coltello piantato nello sterno.

Nessuno dei presenti spostò lo sguardo, inorridito. Erano uomini preparati a tutto, ma era anche vero che, col passare delle ore, pietà e ribrezzo avevano lasciato il posto a un sentimento diverso. Ciò che la fotorilevatrice chiamava «l'illusione della distanza». Non è indifferenza, è assuefazione.

«Questo è solo l'inizio» proseguì Moro. «Ci vorrà un giorno, un mese, dieci anni, ma lui tornerà in azione, statene certi. Per questo dobbiamo fermarlo prima. Non abbiamo scelta.» Si mosse verso il centro dello schermo. L'immagine ora era proiettata anche su di lui, impedendo di scorgere il suo volto: come fosse perfettamente mimetizzato nell'orrore. «Stiamo passando al setaccio le vite dei due ragazzi per verificare se qualcuno poteva nutrire odio o rancore nei loro confronti o nei riguardi delle famiglie: ex fidanzati delusi, amanti, parenti con motivi di risentimento, creditori o debitori arrabbiati, collusioni con la criminalità, uno sgarro fatto alla persona sbagliata... Anche se non ne abbiamo ancora la certezza, sono convinto di poter accantonare da subito queste ipotesi.» Il vicequestore indicò lo schermo con un braccio: «Ma adesso non vi parlerò di indagini, prove, indizi o modus operandi. Lasciamo perdere per un po' tutta l'attività da sbirri, scordatevi la procedura. Voglio invece che vi concentriate su queste immagini. Guardatele bene». Moro tacque, mentre con un telecomando faceva scorrere le foto. « C'è del metodo in tutto questo, non vi pare? Non è uno che improvvisa: l'ha studiato. Anche se potrà sembrarvi strano, non c'è odio nelle sue azioni. È diligente, scrupoloso. Mettetevi in testa che questo è il suo lavoro, e lo fa maledettamente bene. »

L'approccio di Moro colpì Sandra. Il vicequestore aveva accantonato i metodi tradizionali d'indagine perché voleva da loro una reazione emotiva.

« Vi chiedo di memorizzare bene queste fotografie, perché se cerchiamo una spiegazione razionale non lo prenderemo mai. Invece, dobbiamo provare ciò che prova lui. All'inizio non ci piacerà, ma è l'unico modo, credetemi. »

Apparvero i primi piani del ragazzo morto. La ferita sulla nuca, il sangue, la sua nudità pallida e ostentata: sembrava una recita. Ad alcuni colleghi capitava di sorridere davanti a scene del genere. Sandra l'aveva visto accadere varie volte, ma non era mancanza di rispetto o cinismo. Era una forma di difesa. La loro mente rifiutava la realtà con la stessa reazione con cui si respinge un'assurdità, ridicolizzandola. Moro cercava di evitare tutto questo. A lui serviva la loro rabbia.

Il vicequestore continuò a mandare avanti le foto sullo schermo. « Non fatevi ingannare dal caos di questo massacro: è apparenza, lui non lascia nulla al caso. L'ha pensato, l'ha progettato e l'ha attuato. Non è pazzo. Anzi, è probabile che sia socialmente inserito. »

A un profano quelle parole potevano sembrare stridenti, come se scaturissero da una sincera ammirazione. Ma Moro stava semplicemente evitando di commettere l'errore di molti poliziotti: sottovalutare l'avversario.

Il vicequestore si sottrasse al fascio di luce del proiettore per fissare i presenti. « È un omicidio a sfondo sessuale, perché ha scelto una coppietta che faceva l'amore, ma non abusa delle vittime. I medici ci hanno assicurato che la ragazza non ha subito violenza e i risultati preliminari dell'autopsia lo hanno escluso anche per il ragazzo. Perciò il nostro uomo quando uccide non si fa guidare dall'istinto o dall'impazienza di raggiungere l'orgasmo. Non si masturberà sui cadaveri, se è questo che state sperando. Colpisce, sparisce e, soprattutto, osserva: da adesso in poi osserverà noi, la polizia. Ormai è uscito allo scoperto, sa che non può permettersi di commettere sbagli. Ma non è il solo a essere sotto esame, lo siamo anche noi. Alla fine non vincerà il migliore, ma solo chi avrà saputo sfruttare meglio gli errori dell'altro. E lui ha un vantaggio su di noi...» Il vicequestore ruotò il polso per mostrare l'orologio alla platea. «Il tempo. Dobbiamo battere sul tempo questo bastardo. Ma ciò non vuol dire avere fretta, la fretta è un pessimo alleato. Invece dobbiamo essere imprevedibili quanto lui. Solo così riusciremo a fermarlo. Perché, statene certi, ha già in mente qualcos'altro.» Bloccò la successione delle immagini proprio sull'ultima.

Il primo piano di Diana Delgaudio.

Sandra immaginò la disperazione della ragazza che, paralizzata e semincosciente, provava a far capire che era ancora viva. Guardando il suo volto rigido, però, le tornò in mente anche la sensazione avvertita mentre le scattava quella foto. Il trucco scavato dalle lacrime ma ancora abbastanza ordinato. L'ombretto, il fard, il rossetto.

Sì, c'era proprio qualcosa di sbagliato.

«Fissatela bene» riprese il vicequestore, interrompendo i suoi pensieri. «È questo che fa, perché è questo che gli piace fare. Se Diana Delgaudio, per qualche miracoloso motivo, dovesse sopravvivere, avremo una testimone in grado di riconoscerlo.»

Nessuno commentò l'affermazione, neanche con un cenno del capo. Si trattava di una segreta speranza, non di più.

Inaspettatamente, Moro si rivolse a Sandra. «Agente Vega.»

«Sì, signore.»

«Ha fatto un ottimo lavoro stamattina.»

Quel complimento mise Sandra in agitazione.

«La vorremmo con noi, agente Vega.»

Temeva quell'invito. Qualsiasi altro collega si sarebbe sentito lusingato dall'offerta di un posto nella squadra di Moro. Non lei. «Non so se sono all'altezza, signore.»

Nella penombra, il vicequestore provò a metterla a fuoco con lo sguardo. «Non è il momento di fare i modesti.»

«Non è modestia. È che non mi sono mai occupata di questo genere di crimine.»

Sandra si accorse che il commissario Crespi stava scuotendo il capo per rimproverarla.

Moro indicò la porta. «Allora mettiamola in questi termini: non siamo noi dello SCO ad aver bisogno di lei, ma due ragazzi che se ne vanno in giro là fuori senza sapere che fra poco toccherà a loro. Perché è così che andrà. Lo so io e lo sa lei, agente Vega. E con questa discussione abbiamo già sprecato troppo del tempo che rimane loro.»

Era deciso. Sandra non ebbe la forza di ribattere e Moro, d'altronde, aveva già distolto lo sguardo per passare a un altro argomento.

«I nostri stanno ancora ultimando i rilievi nella pineta di Ostia, così poi potremo analizzare i reperti, ricostruire la dinamica e il modus operandi dell'omicida. Nel frattempo, voglio che vi focalizziate su ciò che sentite nella pancia, nelle ossa, nella parte più recondita e inconfessabile di voi. Andate a casa, dormiteci sopra. Da domani inizieremo a studiare le prove. E domani non voglio vedere traccia di emozioni» chiarì bene. «Dovete essere lucidi e razionali. La riunione è sciolta.»

Il vicequestore fu il primo a imboccare la porta, poi anche gli altri si alzarono per lasciare la sala. Sandra invece rimase seduta al proprio posto, continuando a fissare la foto di Diana sullo schermo. Mentre tutti le sfilavano davanti, lei non riusciva a distogliere lo sguardo da quell'immagine. Avrebbe voluto che qualcuno spegnesse il proiettore, le sembrava inutile e irrispettosa quell'ulteriore esposizione.

Moro aveva fatto fare loro una specie di training emotivo, ma il giorno successivo li voleva «lucidi e razionali». Ma già adesso Diana Delgaudio non era più una ragazza di vent'anni con sogni, ambizioni, progetti. Aveva perso l'identità. Era diventata materiale di indagine, l'individuo generico che, avendo subito un crimine, da allora poteva fregiarsi dell'evanescente titolo di «vittima». E la trasfigurazione era avvenuta proprio là dentro, davanti a tutti, durante la riunione.

Assuefazione, rammentò Sandra. L'anticorpo che permetteva agli sbirri di sopravvivere al male. Così, mentre tutti ignoravano la foto di Diana, la poliziotta si sentì in dovere di prestarle attenzione, almeno finché non fosse rimasta sola nella stanza. E più osservava quel primo piano, più affiorava in lei la consapevolezza di trovarsi di fronte a qualcosa di inesatto.

Un dettaglio fuori posto.

Nella maschera di trucco sfatto che ricopriva il volto della ragazza, c'era qualcosa che proprio non andava. Sandra finalmente lo identificò.

Era il rossetto.

6

« Imparate a fotografare il vuoto. »

Aveva detto proprio così l'istruttore di fotorilevazione in accademia. All'epoca, Sandra aveva poco più di vent'anni e, a lei e ai suoi compagni, quelle parole erano suonate assurde. Le sembrava solo un'altra frase fatta, una cosa da sbirri spacciata per lezione di vita o dogma assoluto come « impara dal tuo nemico » o « i colleghi non abbandonano mai i colleghi ». Per lei – così sicura di sé, così sfrontata – simili espressioni rientravano nel lavaggio del cervello propinato alle reclute per non dover dire la verità. Cioè che il genere umano fa schifo e, facendo quel mestiere, molto presto avrebbero provato ribrezzo a farne parte.

« L'indifferenza è il vostro più grande alleato, perché non conta ciò che avete davanti all'obiettivo, ma quello che non c'è » aveva aggiunto l'istruttore, per poi ripetere: « Imparate a fotografare il vuoto ».

Poi, uno alla volta, li aveva fatti entrare in una stanza per le esercitazioni. Era una specie di set: il soggiorno ammobiliato di una comune abitazione. Ma prima aveva annunciato che lì dentro era avvenuto un crimine. Il loro compito era capire quale.

Niente sangue, né cadaveri, né armi. Solo un arredamento come tanti.

Per raggiungere lo scopo, dovevano imparare a ignorare le macchie di omogeneizzato sul divano, che stavano a indicare che in quella casa viveva un bambino. Così come il profumo del deodorante per ambienti, scelto sicuramente da una donna premurosa. Il cruciverba abbandonato su una poltrona e compilato per metà – chissà se qualcuno l'avrebbe mai terminato. Le riviste di viaggi sparse sul tavolino, messe lì da chi immagina di avere davanti un futuro felice e non sa che gli sta per accadere qualcosa di brutto.

Dettagli di un'esistenza interrotta bruscamente. Ma la lezione era chiara: l'empatia confonde. E per fotografare il vuoto bisognava crearlo prima dentro se stessi.

E Sandra ci era riuscita, meravigliandosi di sé. Si era immedesimata con la potenziale vittima, non con ciò che provava. Aveva utilizzato il punto di vista di quella, non il proprio. Immaginando che la vittima fosse distesa e supina, si era distesa a sua volta. E così aveva scovato sotto una sedia un messaggio.

FAB

La scena era la riproduzione di un caso reale in cui una donna morente aveva trovato la forza di tracciare col proprio sangue le prime tre lettere del nome del suo assassino.

Fabrizio. Suo marito.

E così aveva incastrato il coniuge.

Sandra scoprì in seguito che per venticinque anni quella donna era rientrata nel novero delle persone scomparse, mentre il marito la piangeva in pubblico e negli appelli in tv. E che la verità nascosta sotto la sedia era venuta fuori solo quando lui aveva deciso di vendere la casa ammobiliata. La scoperta era stata fatta dal nuovo inquilino.

L'idea che fosse possibile anche una giustizia postuma le aveva dato conforto. Un assassino non può mai sentirsi al sicuro. Nonostante la soluzione del mistero, però, il cadavere della donna non era mai stato trovato.

«Imparare a fotografare il vuoto» ripeté adesso Sandra a se stessa nel silenzio della propria auto. In fondo era quello che chiedeva il vicequestore Moro: fare una bella immersione nella propria emotività ma poi, una volta usciti, recuperare la freddezza necessaria.

Sandra, però, non era tornata a casa per riflettere su ciò che provava in vista della riunione dell'indomani, quando sarebbe iniziata ufficialmente la caccia al mostro. Davanti a lei, oltre il parabrezza, c'era la pineta di Ostia illuminata dalle fotoelettriche. Il rumore dei generatori diesel e il chiarore intenso delle luci alogene le ricordavano le feste da ballo di campagna. Ma non era estate e non sarebbe iniziata alcuna musica. Invece, c'era un inverno cattivo e nel bosco riecheggiavano solo le voci dei poliziotti in tuta bianca, che si muovevano sulla scena del crimine come in una danza di spettri.

I rilievi erano proseguiti per tutta la giornata. Sandra era tornata sulla scena alla fine del turno, assistendo in disparte al lavoro dei colleghi. Nessuno le aveva domandato perché fosse lì, ad attendere che andassero tutti via. Ma c'era una ragione.

La sua intuizione sul rossetto di Diana.

La ragazza lavorava in una profumeria. Sandra non si era sbagliata quando, dopo aver notato il trucco sul suo viso, aveva ipotizzato che fosse un'esperta in materia. Aver indovinato quell'aspetto della sua vita, però, aveva ridotto ulteriormente le distanze fra loro. E ciò non era un bene. Non bisognava mai farsi coinvolgere troppo. Era pericoloso.

L'aveva imparato a sue spese due anni prima, quando era morto suo marito e lei era stata costretta a indagare da sola su quello che, in fretta, era stato archiviato come un « incidente ». C'era voluta molta lucidità per non farsi confondere le idee dalla rabbia e dal rimpianto. E, comunque, il rischio era stato elevatissimo. Ma all'epoca era sola, poteva anche permetterselo.

Adesso c'era Max.

Lui era perfetto per la vita che si era scelta. Il trasferimento a Roma, la casa di Trastevere, altre facce, altri colleghi. Il luogo e il tempo giusti per seminare nuovi ricordi. Max era il compagno ideale per condividerli.

Professore di storia in un liceo, viveva per i suoi libri. Passava ore a leggere, rintanato nel suo studio. Sandra era sicura che, se non ci fosse stata lei, avrebbe dimenticato perfino di nutrirsi o di andare al gabinetto. Era quanto di più lontano ci fosse dal mestiere di sbirro. L'unico orrore a cui rischiava di assistere era una pessima interrogazione.

Chi si dedica alle parole non può essere toccato dalle brutture del mondo.

Max si esaltava quando Sandra gli domandava di parlargli della sua materia. Allora si lanciava in una narrazione appassionata, gesticolando animatamente e con gli occhi che brillavano.

Era nato a Nottingham, ma viveva in Italia da vent'anni. « C'è un solo posto al mondo per un professore di storia » affermava, « ed è Roma. »

Sandra non l'avrebbe disilluso raccontandogli di quanto male si concentrasse in quella città. Per questo non gli parlava mai del suo lavoro. Ma stavolta gli avrebbe addirittura mentito. Compose il numero di telefono e rimase in attesa della sua voce.

« Vega, dovresti essere a casa da un pezzo » disse scherzosamente. La chiamava per cognome, come gli altri sbirri.

« C'è un grosso caso e hanno richiesto una sessione supplementare » disse lei, ripetendo la scusa che aveva scelto.

« Va bene, allora ceniamo un po' più tardi. »

« Non credo di farcela per cena, probabilmente starò fuori parecchio. »

« Ah » fu l'unica reazione di Max alla notizia. Non era arrabbiato, solo spiazzato. Era la prima volta che accadeva che lei dovesse fare uno straordinario così lungo.

Sandra socchiuse gli occhi, si sentiva uno schifo. Sapeva di dover colmare quel breve silenzio prima che minasse la credibilità della sua storia. « Non sai che seccatura. A quanto pare, nella squadra rilevatori c'è stata una specie di epidemia di influenza o non so cosa. »

« Sei abbastanza coperta? Ho visto le previsioni, stanotte farà freddo. »

Il fatto che si preoccupasse per lei la fece sentire ancora peggio. « Certo. »

« Vuoi che ti aspetti alzato? »

« Non c'è bisogno » si affrettò a dire. « Sul serio, va' a letto. Magari riesco a sbrigarmela rapidamente. »

« D'accordo, però svegliami quando rientri. »

Sandra riattaccò. I sensi di colpa non le fecero cambiare idea. Si era messa in testa di aver svolto male il suo lavoro quella mattina perché, al pari del medico legale, aveva avuto fretta di andar via dalla scena del crimine. La scoperta finale che l'aveva elevata nella considerazione dei colleghi e del vicequestore Moro era frutto solo di una coincidenza. Se avesse seguito alla lettera il protocollo di fotorilevazione, avrebbe protetto le prove, non se stessa. Invece di usare la macchina fotografica per scandagliare la scena del crimine, se n'era servita come riparo.

Doveva rimediare. L'unico modo era ripetere la procedura, per essere sicura di non aver tralasciato nient'altro.

Nella pineta, i colleghi e i tecnici della scientifica stavano iniziando a smobilitare. Entro breve sarebbe stata sola. Aveva una missione da compiere.

Fotografare il vuoto.

L'auto dei ragazzi era stata rimossa, i mezzi della polizia che presidiavano l'area non c'erano più. Avevano dimenticato di togliere il nastro rosso e bianco. Il vento lo faceva ondeggiare insieme ai rami dei pini, ma ormai circondava uno spazio vuoto.

Sandra controllò l'ora: mezzanotte passata. Si chiese se aver parcheggiato a trecento metri fosse sufficiente. Non voleva che qualcuno notasse la sua auto.

La luce della luna era appannata da un sottile strato di nuvole. La poliziotta non poteva utilizzare una torcia elettrica, c'era il rischio che qualcuno la vedesse e inoltre avrebbe alterato la percezione dei luoghi. Si sarebbe servita del mirino a infrarossi della reflex per orientarsi nella procedura ma, intanto, lasciò abituare gli occhi al pallido bagliore lunare.

Scese dall'auto e si avviò verso il fulcro della scena. Mentre percorreva la pineta, le balzò in mente il pensiero che forse ciò che stava facendo era stupido. Si stava esponendo a un pericolo. Nessuno sapeva che era lì e lei non poteva conoscere le intenzioni dell'omicida. E se per caso fosse tornato a controllare le cose? Oppure a rivivere le sensazioni provate la notte prima, come in una specie di *amarcord* dell'orrore? Alcuni assassini lo facevano.

Sandra sapeva che, in realtà, quella visione pessimistica faceva parte di una specie di rito scaramantico. Ci si prepara al peggio col solo scopo di essere smentiti. Ma proprio in quel momento, un raggio lunare riuscì a liberarsi dallo sbarramento delle nuvole, posandosi al suolo.

Fu allora che la poliziotta notò la sagoma scura fra gli alberi a un centinaio di metri da lei.

In allerta, rallentò l'andatura ma senza riuscire subito a fermarsi. La paura aveva preso il controllo del suo corpo e fece ancora un passo scricchiolante sugli aghi di pino.

Intanto, l'ombra si muoveva su quella che era stata la scena del crimine, guardandosi intorno. Sandra era impietrita. Poi vide l'uomo fare qualcosa d'inaspettato.

Il segno della croce.

Per un attimo si sentì sollevata, perché aveva davanti un uomo di fede. Ma con un secondo di ritardo, la sua mente elaborò meglio ciò che aveva visto, al rallentatore.

Si era segnato al contrario – *da destra verso sinistra, dal basso verso l'alto.*

« Giù. »

La parola emerse come un sussurro dal buio, a pochi metri da lei. Per Sandra fu come svegliarsi di soprassalto, ma passando da un incubo a un altro. Stava per gridare, ma l'uomo che aveva parlato si fece avanti: aveva una cicatrice sulla tempia e le indicò di accucciarsi con lui dietro un albero. Sandra lo conosceva, ma ci mise qualche secondo a rendersene conto.

Marcus. Il penitenziere che aveva incontrato due anni prima.

Lui allora le fece di nuovo segno di accovacciarsi, quindi si avvicinò e le prese la mano, tirandola piano verso il basso. La poliziotta obbedì, poi lo fissò, ancora incredula. Ma lui guardava davanti a sé.

Di fronte a loro, lo sconosciuto si era inginocchiato e tastava il terreno con il palmo della mano, come se cercasse qualcosa.

« Che sta facendo? » domandò Sandra a bassa voce, col cuore che ancora le batteva fortissimo.

Il penitenziere non rispose.

« Dobbiamo intervenire » disse allora lei. Era una via di mezzo fra una domanda e un'affermazione, perché non era sicura di niente in quel momento.

« Hai un'arma con te? »

« No » ammise lei.

Marcus scosse il capo, come a dire che non potevano permettersi di rischiare.

« Vuoi lasciarlo andare? » Era incredula.

Intanto lo sconosciuto si rimise in piedi. Restò ancora qualche istante fermo sul posto. Quindi si incamminò al buio, nella direzione opposta a dove si trovavano loro.

Sandra scattò in avanti.

« Aspetta » provò a fermarla Marcus.

« La targa » disse lei, riferendosi all'auto con cui probabilmente era giunto fin lì.

Lo sconosciuto sembrò accelerare, senza accorgersi di essere seguito. Sandra provava a stargli dietro, ma i suoi passi sui maledetti aghi di pino rischiavano di farla scoprire, così fu costretta a rallentare.

Fu proprio grazie a ciò che notò qualcosa di familiare. Forse dipendeva dal modo in cui lo sconosciuto si muoveva o dalla sua postura. La sensazione fu evanescente e durò appena un attimo.

L'uomo scavalcò un dosso e uscì dalla visuale della poliziotta. Mentre si domandava dove fosse finito, udì il rumore di una portiera che si richiudeva, quindi un motore che si avviava.

Sandra si mise a correre più forte che poteva. Inciampò su un ramo, ma riuscì a conservare l'equilibrio. Con la caviglia che le doleva, forzò l'andatura perché non voleva perderlo. Le passarono davanti agli occhi le immagini dei due ragazzi morti. Se era davvero l'assassino, non poteva lasciarlo scappare così. No, lei non l'avrebbe permesso.

Giunta ai confini del bosco, però, vide l'auto che si allontanava a fari spenti. Alla debole luce della luna, la targa posteriore risultava illeggibile.

« Merda » imprecò. Poi si voltò. Marcus era fermo pochi passi dietro di lei. « Chi era? » gli domandò.

« Non lo so. »

Avrebbe voluto ricevere una risposta diversa. Era colpita dalla sua reazione così controllata. Sembrava che al penitenziere non importasse di aver perso l'occasione di dare un volto e un nome al mostro. O forse era solo più pragmatico di lei. «Eri qui per lui, no? Anche tu gli dai la caccia.»

«Sì.» Non voleva dirle che era per lei. Che spesso si appostava sotto il suo palazzo, o attendeva che terminasse di lavorare per accompagnarla a casa di nascosto. Che gli piaceva osservarla a distanza. E che, quando quella sera alla fine del turno non era tornata al suo appartamento, aveva deciso di seguirla dalla questura.

Ma Sandra era troppo presa da ciò che era appena accaduto per comprendere che le aveva mentito. «Gli eravamo così vicini.»

Lui rimase impassibile, a fissarla. Poi si voltò di scatto. «Andiamo» disse.

«Dove?»

«Quando si è inginocchiato, forse ha sotterrato qualcosa.»

7

Servendosi della luce dello smartphone di Sandra, si misero in cerca del punto in cui lo sconosciuto aveva scavato.

« Ci siamo » annunciò Marcus.

Entrambi si chinarono sopra un piccolo mucchio di terra appena smossa.

Il penitenziere tirò fuori dalla tasca della giacca un guanto di lattice e lo indossò. Poi si mise a rimuovere la terra, lentamente e con cura. Sandra osservava l'operazione con impazienza, illuminando il punto col telefonino. Poco dopo, Marcus si fermò.

« Allora, perché non vai avanti? » domandò la poliziotta.

« Qui non c'è niente. »

« Ma avevi detto che... »

« Lo so » la interruppe con calma. « Non capisco: la terra era smossa, l'hai visto anche tu. »

Si rimisero in piedi e stettero un po' in silenzio. Marcus temeva che Sandra potesse domandargli ancora cosa ci faceva lì. Per non insospettirla, si vide costretto a rimandare ogni ragionamento. « Cosa sai di questa storia? »

Lei sembrò pensarci un momento, dubbiosa sul da farsi.

« Non sei obbligata a dirmelo. Ma forse posso darti una mano. »

« In che modo? » chiese, sospettosa.

« Scambio di informazioni. »

Sandra soppesò la proposta. Aveva visto il penitenziere in azione due anni prima, sapeva che era bravo e che vedeva le cose in maniera differente rispetto a un poliziotto. Non era in grado di « fotografare il vuoto » come lei con la sua reflex, ma riusciva a scorgere la traccia invisibile che il male lasciava sulle cose. Così decise di fidarsi e iniziò a raccontare dei due ragazzi e dell'incredibile epilogo di quella mattina, con Diana Delgaudio che era sopravvissuta a una profonda ferita e al freddo di una notte invernale.

«Posso vedere le foto?» domandò Marcus.

Ancora una volta, Sandra s'irrigidì.

«Se vuoi capire cosa è accaduto stanotte e che ci faceva qui quel tizio, devi mostrarmi le immagini della scena del crimine.»

Poco dopo, Sandra fece ritorno dalla sua auto con un paio di torce elettriche e un tablet. Marcus allungò la mano. Ma prima di consegnarglielo, lei volle mettere le cose in chiaro. «Sto violando il regolamento, e anche la legge.» Quindi gli passò il tablet insieme a una torcia.

Il penitenziere guardò le prime foto. Ritraevano l'albero dove l'assassino si era appostato.

«È da lì che li ha spiati» disse lei.

«Mostrami il punto.»

Lo condusse. Sul terreno era ancora visibile la macchia liberata dagli aghi di pino. Sandra non sapeva cosa sarebbe accaduto. Era una metodologia completamente nuova rispetto a quella dei profiler della polizia.

Marcus guardò prima in basso, poi sollevò lo sguardo e si mise a osservare ciò che aveva di fronte. «Va bene, cominciamo.»

Per prima cosa, il penitenziere si segnò, ma non al contrario come aveva fatto lo sconosciuto poco prima. Sandra notò che il volto di Marcus cambiava. Erano trasformazioni impercettibili. Le rughe intorno agli occhi si rilassavano, il respiro si faceva più profondo. Non era semplicemente concentrato, qualcosa stava emergendo in lui.

«Sono rimasto qui per quanto?» si domandò, iniziando a immedesimarsi nel mostro. «Dieci, quindici minuti? Li studio bene, e intanto mi godo il momento prima di entrare in azione.»

So cosa hai provato, si disse Marcus. L'adrenalina che sale, e quella sensazione di allerta nella pancia. Eccitazione mista a inquietudine. Come quando da bambino giocavi a nasconderti.

Quel pizzicorino dietro la nuca, il brivido elettrico che fa drizzare i peli sulle braccia.

Sandra cominciava a capire cosa stava accadendo: nessuno poteva entrare nella psiche di un assassino, ma il penitenziere era in grado di rievocare il male che quello si portava dentro. Decise di assecondare la simulazione e si rivolse a lui come se fosse davvero l'omicida. «Li hai seguiti fin qui?» chiese. «Magari hai conosciuto la ragazza, ti piaceva e l'hai pedinata.»

«No. Li ho aspettati. Non li conosco. Non ho scelto le vittime, solo il terreno di caccia: lo esamino e intanto mi preparo.»

La pineta di Ostia diventava il rifugio degli innamorati, specie d'estate. D'inverno, invece, solo pochi si avventuravano in quel luogo. Chissà da quanti giorni il mostro batteva il bosco in attesa di un'occasione. Alla fine, era stato premiato.

«Perché hai pulito per terra?»

Marcus abbassò lo sguardo. «Ho una borsa con me, forse uno zaino: non voglio che si sporchi con gli aghi di pino. Ci tengo molto, perché è lì che custodisco i miei trucchi, i miei giochi di prestigio. Perché io sono come un mago.»

Sceglie il momento buono e si avvicina lentamente alle vittime, rifletté. Conta sull'effetto sorpresa: fa parte del numero di magia.

Marcus si staccò dall'albero e iniziò ad avanzare verso il centro della scena. Sandra lo seguiva a breve distanza, stupita per come stava avvenendo la ricostruzione dell'accaduto.

«Sono arrivato fino alla macchina senza essere visto.» Marcus passò in rassegna le foto successive. Le vittime nude.

«Erano già senza vestiti o li hai costretti a spogliarsi? Avevano consumato il rapporto o erano solo ai preliminari?»

«Scelgo le coppie perché non riesco a rapportarmi con gli altri. Non posso avere una relazione affettiva o sessuale. Ho qualcosa che allontana le persone. Agisco per invidia. Sì, io li invidio... Per questo mi piace guardare. E poi li ammazzo, per punire la loro felicità.»

Lo disse con un'impassibilità che gelò Sandra. Improvvisamente, ebbe paura degli occhi inespressivi del penitenziere.

Non c'era rabbia in lui, solo un lucido distacco. Marcus non si stava semplicemente identificando con l'assassino.

Lui era diventato il mostro.

La poliziotta provò un senso di smarrimento.

« Sono sessualmente immaturo » continuò il penitenziere. « Ho un'età fra i venticinque e i quarantacinque anni. » Di solito, era in quel lasso di tempo che esplodeva la frustrazione accumulata per una vita sessuale inappagata. « Non abuso delle mie vittime. »

Infatti non c'era stata violenza sessuale, rammentò Sandra.

Il penitenziere osservò la foto della macchina e si piazzò all'altezza del cofano. « Sono apparso dal nulla e ho puntato la pistola per impedirgli di rimettere in moto e fuggire. Quali oggetti ho con me? »

« Una pistola, un coltello da caccia e una corda da alpinista » riepilogò Sandra.

« Ho consegnato la corda al ragazzo *convincendolo* a legare la sua partner al sedile. »

« Lo hai costretto, vuoi dire. »

« Non è una minaccia. Io non alzo mai la voce, dico le cose gentilmente: sono un seduttore. » Non aveva avuto bisogno di sparare nemmeno un colpo d'avvertimento, anche solo per dimostrare che faceva sul serio. Gli era bastato far credere al ragazzo che aveva una possibilità di salvarsi. Che, se avesse ubbidito e si fosse comportato bene, alla fine sarebbe stato premiato. « Il ragazzo, ovviamente, ha fatto come gli ho detto. Ho assistito all'operazione, per assicurarmi che la legasse bene. »

Il penitenziere aveva ragione, considerò Sandra. La gente spesso ignorava il potere di persuasione di un'arma da fuoco. Chissà perché credevano tutti di poter gestire una situazione del genere.

Scorrendo le foto, Marcus arrivò a quella della ragazza con il coltello piantato nello sterno.

« L'hai accoltellata ma è stata fortunata » affermò Sandra, pentendosi di aver usato quella parola. « L'emorragia si è arrestata solo perché hai lasciato l'arma dov'era. Se l'avessi sfilata per portartela via, probabilmente non si sarebbe salvata. »

Marcus scosse il capo. «Non sono stato io a uccidere la ragazza. Ecco perché ho lasciato il coltello. Per voi, per farvelo sapere.»

Sandra era incredula.

«Gli ho proposto uno scambio: la sua vita in cambio di quella di lei.»

La poliziotta sembrava sconvolta. «Come fai a dirlo?»

«Vedrai, sul manico del coltello troverete le impronte digitali del ragazzo, non le mie.» Ha voluto umiliare ciò che sentivano l'uno per l'altra, pensò. «È una prova d'amore.»

«Ma se ti ha ubbidito, perché poi hai ucciso anche lui? Insomma, l'hai fatto scendere dalla macchina e gli hai sparato alla nuca, a bruciapelo. È stata un'esecuzione.»

«Perché le mie promesse sono bugie, esattamente come l'amore che le coppie dicono di provare l'uno per l'altra. E se dimostro che un altro essere umano è capace di uccidere per puro egoismo, allora anche le mie azioni saranno assolte da ogni colpa.»

Il vento aumentò scuotendo gli alberi. Un unico, grande brivido che attraversò il bosco per poi perdersi nell'oscurità. Ma a Sandra sembrò che quel vento senza vita provenisse da Marcus.

Il penitenziere si accorse del suo turbamento e, in qualunque luogo si trovasse in quel momento, improvvisamente fu riportato indietro. Scorgendo la paura negli occhi della donna, provò vergogna. Non avrebbe voluto che lei lo guardasse così. La vide compiere istintivamente un piccolo passo indietro, come se volesse mettere una distanza di sicurezza.

Sandra distolse lo sguardo, imbarazzata. Ma, nel contempo, dopo quanto aveva visto, non riusciva a nascondere il proprio disagio. Per uscire dall'impasse, gli prese il tablet dalle mani. «Voglio mostrarti una cosa.»

Sfogliò le foto finché non giunse a un primo piano di Diana Delgaudio.

«La ragazza lavorava in una profumeria» disse. «Il trucco che ha sul volto, lì dove non si è sciolto con le lacrime, è steso con cura. Anche il rossetto.»

Marcus osservò l'immagine. Era ancora scosso, forse per questo non colse subito il senso di quella precisazione.

Sandra provò a spiegarsi meglio. «Quando ho scattato la foto mi è sembrato strano. C'era qualcosa di sbagliato, ma soltanto dopo ho capito cos'è. Poco fa hai affermato che ci troviamo di fronte a un assassino con un'indole voyeuristica: attende che abbia inizio l'atto sessuale per manifestarsi. Ma se Diana e il suo ragazzo si stavano scambiando effusioni, perché lei ha ancora il rossetto sulle labbra?»

Marcus ci arrivò. «Gliel'ha messo lui, dopo.»

Sandra annuì. «Credo che l'abbia fotografata. Anzi, ne sono sicura.»

Il penitenziere registrò con interesse l'informazione. Ancora non sapeva come collocarla nel modus operandi dell'omicida, ma era convinto che avesse un posto preciso nel rituale. «Il male è quell'anomalia davanti agli occhi di tutti ma che nessuno riesce a vedere» disse quasi fra sé.

«A cosa ti riferisci?»

Marcus tornò a fissarla. «Le risposte sono tutte qui, ed è qui che devi cercarle.» Era come nel quadro del *Martirio di san Matteo* a San Luigi dei Francesi, bisognava solo saper osservare. «L'assassino è ancora qui, anche se non lo vediamo. Dobbiamo dargli la caccia in questo posto, non altrove.»

La poliziotta comprese: «Stai parlando dell'uomo che abbiamo visto poco fa. Tu non credi che fosse il mostro».

«Che senso aveva tornare qui ore dopo?» ammise Marcus. «Un assassino esaurisce la carica morbosa e distruttiva con la morte e l'umiliazione delle vittime. Il suo istinto è appagato. È un seduttore, ricordi? Lui guarda già alla prossima conquista.»

Sandra era convinta che non fosse tutto, che Marcus le nascondesse la vera ragione. Quella era una motivazione razionale, ma dal turbamento del penitenziere intuì che c'era dell'altro. «È perché si è segnato, non è vero?»

Quel segno della croce fatto al contrario, in effetti, aveva colpito anche Marcus.

«Allora chi era, secondo te?» insisté Sandra.

«Cerca l'anomalia, agente Vega, non ti fermare ai dettagli. Cosa è venuto a fare qui?»

Sandra tornò con la mente a ciò a cui avevano assistito. « Si è inginocchiato per terra, ha scavato una buca. Ma non c'era nulla dentro... »

« Infatti » affermò Marcus. « Non ha seppellito qualcosa. L'ha dissotterrata. »

« Questa è la seconda lezione del tuo addestramento » aveva annunciato Clemente.

Gli aveva trovato una sistemazione in una soffitta di via dei Serpenti. Non era molto grande. L'arredamento consisteva soltanto in una lampada e una branda accostata al muro. Ma dalla piccola finestra si poteva godere di una vista unica dei tetti di Roma.

Marcus si era portato una mano al cerotto che ancora ricopriva la ferita sulla tempia. Era diventato una specie di tic nervoso, lo faceva quasi inconsapevolmente. Dopo la perdita di memoria, a volte gli pareva che ogni cosa fosse frutto di un sogno o della sua immaginazione. Allora, era come se quel gesto gli servisse per provare a se stesso di essere reale. « Va bene, sono pronto. »

« Io sarò il tuo unico referente. Non avrai altri contatti: non saprai da dove provengono i tuoi ordini e le tue missioni. Inoltre, dovrai ridurre al minimo i rapporti con le altre persone. Anni fa hai pronunciato un voto di solitudine. La tua clausura, però, non avviene fra le mura di un convento, bensì nel mondo che ti circonda. »

Marcus aveva cercato di pensare se si potesse davvero resistere in una simile condizione. Una parte di lui, però, gli diceva che non aveva bisogno degli altri, che era già abituato a stare solo.

« Esistono alcune categorie di crimini che attirano l'attenzione della Chiesa » aveva proseguito l'altro. « Si differenziano perché contengono una 'anomalia'. Nei secoli tale anomalia ha ricevuto svariate definizioni: male assoluto, peccato mortale, diavolo. Ma non sono altro che imperfetti tentativi di denominare qualcosa d'inspiegabile: la segreta malvagità della natura umana. Da sempre, la Chiesa cerca i delitti con questa caratteristica, li analizza, li classifica. Per farlo, si serve di una speciale categoria di sacerdoti: i penitenzieri, i cacciatori del buio. »

«È questo che facevo prima?»

«Il tuo compito è trovare il male in nome e per conto della Chiesa. La tua preparazione non divergerà da quella di un criminologo o di un profiler della polizia, ma in più sarai in grado di distinguere particolari che gli altri non colgono.» Poi aveva aggiunto: «Ci sono cose che gli uomini non vogliono ammettere né vedere».

Ma lui non riusciva ancora a comprendere appieno il senso della sua missione. «Perché io?»

«Il male è la regola, Marcus. Il bene è l'eccezione.»

Anche se Clemente non aveva risposto alla sua domanda, la frase l'aveva colpito più di ogni altra affermazione. Il senso era chiaro. Lui era uno strumento. A differenza degli altri, possedeva la consapevolezza che il male era una costante dell'esistenza. Nella vita di un penitenziere non c'era posto per cose come l'amore per una donna, gli amici, una famiglia. La gioia era una distrazione, e lui doveva accettare di farne a meno.

«Come farò a capire quando sarò pronto?»

«Lo capirai. Ma per conoscere il male, devi prima imparare a operare per il bene.» A quel punto, Clemente gli aveva dato un indirizzo, quindi gli aveva consegnato un oggetto.

Una chiave.

Marcus si era recato sul luogo senza sapere cosa aspettarsi.

Si trattava di una villetta a due piani, in un quartiere di periferia. Arrivando, si era accorto che all'esterno stazionava un capannello di persone. All'ingresso era stata affissa una croce di velluto viola: il simbolo inequivocabile della presenza di un defunto.

Era entrato, passando in mezzo ad amici e parenti della famiglia senza che nessuno facesse caso a lui. Parlavano fra loro a voce bassa, nessuno piangeva ma l'atmosfera era carica di autentica afflizione.

La disgrazia che si era abbattuta sulla casa riguardava la morte di una ragazza. Marcus aveva riconosciuto subito i genitori: mentre gli altri stavano in piedi, loro erano gli unici seduti nella stanza. Sui loro volti c'era smarrimento più che dolore.

Per un attimo, il penitenziere aveva sfiorato lo sguardo del padre. Un uomo robusto, sulla cinquantina, di quelli che avrebbero potuto piegare una sbarra d'acciaio a mani nude. Invece adesso appariva sconfitto, l'emblema di una forza impotente.

La bara era aperta e i presenti le rendevano omaggio. Marcus si era confuso in quella processione. Vedendo la ragazza, aveva compreso subito che la morte aveva iniziato ad agire su di lei quando era ancora in vita. Carpendo le discussioni di qualcuno, aveva scoperto che la sua malattia era stata lei stessa.

La droga aveva consumato rapidamente la sua esistenza.

Marcus, però, non capiva come avrebbe potuto fare del bene in quella circostanza. Sembrava tutto perduto ormai, irrimediabile. Allora aveva recuperato dalla tasca la chiave che gli aveva affidato Clemente, osservandola nel palmo della mano.

Cosa apriva?

Diligentemente, aveva fatto l'unica cosa che poteva fare: provarla in ogni porta. Così si era messo a girare per la casa, stando attento a non attirare l'attenzione, cercando quella giusta. Ma senza fortuna.

Stava quasi per rinunciare, quando si era accorto di una porta sul retro. Era l'unica senza serratura. L'aveva aperta spingendola semplicemente con la mano. C'era una scala. Così era sceso nella penombra che conduceva in un seminterrato.

C'erano vecchi mobili, un bancone con gli attrezzi per il fai da te. Ma voltandosi aveva notato una cabina di legno. Una sauna.

Si era avvicinato all'oblò sulla porta. Aveva provato a guardare dentro, ma il vetro era spesso e c'era troppo buio. Così, aveva deciso di testare la chiave. Con sua grande sorpresa, la serratura aveva iniziato a girare.

Aveva aperto ed era stato subito investito dalla puzza. Vomito, sudore, escrementi. Istintivamente, era indietreggiato. Ma poi era tornato a farsi avanti.

Sul pavimento di quell'antro angusto c'era qualcuno. I suoi abiti erano laceri, i capelli increspati e aveva la barba lunga. Era stato picchiato più volte e duramente. Si evinceva dall'occhio completamente tumefatto, dal sangue secco che ricopriva il naso e gli angoli della bocca e dai numerosi lividi. Sulla pelle delle braccia, annerita dallo sporco, si scorgevano lembi di tatuaggi: croci e teschi. Sul collo aveva una svastica.

Dalle condizioni in cui versava, Marcus aveva subito compreso che era rinchiuso da parecchio tempo.

Voltandosi verso di lui, l'uomo si era schermato con una mano l'unico occhio sano, perché anche quella debole luce gli dava fastidio. Nel suo sguardo c'era autentica paura.

Dopo qualche secondo, aveva realizzato che Marcus era un nuovo personaggio di quell'incubo. Forse per questo, in quel momento, aveva trovato il coraggio di parlargli.

« Non è stata colpa mia... Quei ragazzi vengono da me, disposti a fare tutto per la roba... Lei mi aveva chiesto di prostituirsi, aveva bisogno di soldi... L'ho solo accontentata, io non c'entro... »

La foga con cui aveva iniziato quel discorso si era spenta poco a poco, e con essa la speranza. L'uomo era tornato a adagiarsi, rassegnato. Come un cane rabbioso incatenato, che abbaia ma poi si rimette a cuccia perché tanto sa che non sarà mai libero.

« La ragazza è morta. »

A quell'annuncio, l'uomo aveva abbassato lo sguardo.

Marcus era rimasto a fissarlo, chiedendosi perché Clemente l'avesse sottoposto a una simile prova. La domanda esatta, però, era un'altra.

Cos'era giusto fare?

Aveva di fronte un uomo malvagio. I simboli che si era tatuato dicevano chiaramente da che parte stava. Meritava una punizione, ma non era quello il modo. Se l'avesse liberato, probabilmente avrebbe continuato a far soffrire altra gente. Allora la colpa sarebbe stata anche sua. Così come si sarebbe reso complice di una crudeltà se avesse deciso di lasciarlo lì.

Dov'era il bene e dov'era il male in quella circostanza? Cosa doveva fare? Liberare il prigioniero o richiudere la porta e andare via?

Il male è la regola. Il bene l'eccezione. Ma in quel momento, lui non riusciva a distinguere l'uno dall'altro.

8

Usavano una casella vocale per comunicare.

Ogni volta che uno dei due aveva qualcosa da riferire all'altro, chiamava quel numero e lasciava un messaggio. Il recapito cambiava periodicamente ma non c'era un termine fisso. Potevano servirsene per qualche mese, oppure Clemente lo modificava dopo appena pochi giorni. Marcus sapeva che c'era una ragione di sicurezza, ma non aveva mai domandato da cosa dipendesse ogni volta la decisione. Anche quella banale questione, però, era indicativa dell'esistenza di tutto un mondo di cui l'amico lo teneva all'oscuro. E il penitenziere ormai sopportava con fastidio di essere tagliato fuori. Anche se Clemente lo faceva a fin di bene o per proteggere il loro segreto, lui si sentiva usato. Era il motivo per cui, ultimamente, i rapporti fra loro erano così tesi.

Dopo la notte trascorsa insieme a Sandra nella pineta di Ostia, Marcus aveva chiamato la casella vocale per chiedere un incontro. Ma, con sua grande sorpresa, l'amico l'aveva preceduto.

L'appuntamento era fissato per le otto alla basilica minore di Sant'Apollinare.

Il penitenziere attraversò piazza Navona che a quell'ora cominciava a riempirsi dei banchetti degli artisti che esponevano quadri con gli scorci più belli di Roma. I bar sistemavano i tavolini all'aperto, che d'inverno erano raccolti intorno a grandi stufe a gas.

Sant'Apollinare si trovava nella piazzetta omonima a poca distanza. La chiesa non era sfarzosa né particolarmente bella, ma la sua semplice architettura si sposava bene con l'equilibrio degli edifici che la circondavano. Faceva parte di un complesso edilizio che un tempo era stato la sede del Collegio Germanico-Ungarico. Da alcuni anni, tuttavia, ospitava la Pontificia Università della Santa Croce.

La peculiarità della piccola basilica, però, risiedeva in due storie, una più antica e l'altra più recente. Entrambe avevano a che fare con una presenza segreta.

La prima riguardava un'immagine della Madonna risalente al XV secolo. Quando nel 1494 i soldati di Carlo V di Francia si erano accampati davanti alla chiesa, i fedeli avevano ricoperto la sacra effigie con dell'intonaco per risparmiare alla Vergine la visione delle nefandezze dei militari. Ma l'immagine così era stata dimenticata per un secolo e mezzo, finché un terremoto nel 1647 aveva fatto cadere lo schermo che la nascondeva.

La seconda storia, molto più recente, riguardava la strana sepoltura nella chiesa di Enrico De Pedis, detto «Renatino», componente della sanguinaria Banda della Magliana, l'organizzazione criminale che aveva imperversato a Roma dalla metà degli anni Settanta, implicata nei fatti più oscuri della città, che spesso avevano coinvolto anche il Vaticano. Azzerata da processi e omicidi, secondo alcuni la banda operava ancora nell'ombra.

Marcus si era sempre chiesto perché al più efferato dei suoi membri fosse stato concesso un onore riservato in passato solo ai santi e ai grandi benefattori della Chiesa, oltre che a papi, cardinali e vescovi. Il penitenziere rammentava lo scandalo che si era sollevato quando qualcuno aveva rivelato al mondo quell'ambigua presenza, tanto da costringere le autorità ecclesiastiche a sfrattare la salma. Ma questo solo dopo lunghe insistenze contrapposte a una ferma e incomprensibile opposizione della Curia.

Alcuni informatori avevano sostenuto, inoltre, che insieme al criminale fossero sepolti i resti di una ragazzina scomparsa da anni proprio a pochi passi da Sant'Apollinare e di cui non si era saputo più nulla. Emanuela Orlandi era la figlia di un dipendente della Città del Vaticano e si ipotizzava che fosse stata rapita per ricattare il papa. Ma la riesumazione della salma di

De Pedis aveva rivelato che si trattava solo dell'ennesimo depistaggio che intorbidiva quella storia.

Ripensando a tutto ciò, Marcus si domandò perché Clemente avesse scelto proprio quel luogo per il loro incontro. Non gli era piaciuto come si erano affrontati l'ultima volta, né il modo in cui l'amico aveva liquidato la sua richiesta d'incontrare i superiori per il caso della suora fatta a pezzi un anno prima nei giardini vaticani.

«A noi non è dato chiedere, a noi non è dato sapere. Noi dobbiamo soltanto ubbidire.»

Sperava che la convocazione di Clemente fosse un modo per farsi perdonare e che si fosse ricreduto. Per questo, giunto nella piazzetta di Sant'Apollinare, il penitenziere affrettò il passo.

Al suo ingresso, la chiesa era deserta. I passi risuonavano sul marmo della navata centrale lungo la quale erano incisi i nomi di cardinali e vescovi.

Clemente era già seduto in uno dei primi banchi. Sulle sue ginocchia era poggiata una borsa di pelle nera. Si voltò a guardarlo e gli fece pacatamente segno di occupare il posto accanto al suo. «Immagino che tu sia ancora in collera con me.»

«Mi hai fatto venire qui perché dall'alto hanno deciso di collaborare?»

«No» rispose schiettamente.

Marcus era deluso, ma non voleva darlo a vedere. «Allora che succede?»

«Ieri notte è accaduto qualcosa di terribile nella pineta di Ostia. Un ragazzo è morto, una ragazza forse non sopravvivrà.»

«Ho letto la storia sul giornale» mentì Marcus. In realtà sapeva già tutto grazie a Sandra. Ma non poteva certo rivelargli che seguiva una donna di nascosto perché, forse, provava qualcosa per lei. Qualcosa di cui, però, ignorava il significato.

Clemente lo fissò come se avesse intuito la bugia. «Devi occupartene.»

La richiesta lo spiazzò. In fondo, la polizia aveva già messo in campo il meglio delle proprie risorse e dei propri uomini: lo SCO aveva tutti i mezzi per fermare il mostro. « Perché? »

Clemente non era mai esplicito riguardo alle ragioni che potevano esserci dietro una loro indagine. Spesso faceva riferimento a motivi di opportunità o a un generico interesse della Chiesa affinché un crimine ricevesse soluzione. Perciò, Marcus non sapeva mai cosa si celasse realmente dietro il suo mandato. Ma stavolta l'amico gli concesse una spiegazione.

« C'è una seria minaccia che grava su Roma. Ciò che è accaduto l'altra notte sta scuotendo le coscienze dal profondo. » Il tono di Clemente era inaspettatamente allarmato. « Non è il delitto in sé, ma ciò che rappresenta: il fatto è carico di elementi simbolici. »

Marcus ripensò alla messinscena dell'assassino: il ragazzo costretto a uccidere per salvarsi la vita, poi l'esecuzione con un colpo alla nuca, a sangue freddo. L'omicida sapeva che, dopo di lui, sarebbe stata la polizia a trovarsi di fronte la scena e a porsi domande che sarebbero rimaste senza risposta. Lo spettacolo era solo per i loro occhi.

E poi c'era il sesso. Anche se il mostro non aveva abusato delle vittime, era evidente la matrice sessuale del suo comportamento. I crimini di quella natura erano più preoccupanti perché generavano un interesse morboso nell'opinione pubblica. Anche se molti lo negavano, subivano un'attrazione pericolosa che poi mascheravano con lo sdegno. Ma c'era anche altro.

Il sesso era un pericoloso veicolo.

Ogni volta che, per esempio, veniva resa nota una statistica sugli stupri, nei giorni successivi questi aumentavano esponenzialmente. Invece di creare indignazione, quel numero – specie se elevato – generava emulazione. Era come se anche stupratori *in fieri*, che fino ad allora erano riusciti a controllare le proprie pulsioni, improvvisamente si sentissero autorizzati a entrare in azione da un'anonima e solidale maggioranza.

Il delitto è meno grave se la colpa è condivisa, rammentò Marcus. Per questo le polizie di mezzo mondo non diffondevano più i dati sui crimini sessuali. Ma il penitenziere era convinto che ci fosse dell'altro. « Come mai questo improvviso interesse per ciò che è accaduto nella pineta di Ostia? »

« Lo vedi quel confessionale? » Clemente stava indicando la seconda cappella da sinistra. « Nessun prete ci entra mai. Ma ogni tanto qualcuno lo ha usato lo stesso per confessarsi. »

Marcus era curioso di sapere cosa ci fosse sotto.

« In passato, i criminali se ne servivano per passare messaggi alle forze dell'ordine. Nel confessionale c'è un registratore. Si aziona ogni volta che qualcuno s'inginocchia. Avevamo escogitato questo espediente perché chi ne aveva bisogno potesse parlare con la polizia senza correre il rischio di essere arrestato. A volte quei messaggi contenevano informazioni preziose, e in cambio i poliziotti chiudevano un occhio su certe faccende. Anche se la cosa può stupirti, le parti in lotta comunicavano fra loro attraverso di noi. Anche se la gente non deve saperlo, la nostra mediazione ha risparmiato molte vite. »

Il fatto che fino a poco tempo prima lì fossero conservate le spoglie di un criminale come De Pedis era dovuto a quel patto. Ora il significato della sepoltura era chiaro anche per Marcus: Sant'Apollinare era un porto franco, un luogo sicuro.

« Hai parlato del passato, quindi non accade più. »

« Ormai esistono modi e mezzi più efficaci per comunicare » disse Clemente. « E l'intercessione della Chiesa non è più necessaria o è guardata con sospetto. »

Iniziava a capire. « Ciononostante, il registratore è rimasto al suo posto... »

« Abbiamo pensato di mantenere in essere questo prezioso strumento di contatto, ritenendo che un giorno potesse di nuovo tornare utile. E non ci sbagliavamo. » Clemente aprì la borsa nera di pelle che aveva portato con sé e ne estrasse un vecchio mangianastri. Quindi infilò una cassetta nell'apposito scomparto. « Cinque giorni fa – quindi prima che i due ragazzi fossero aggrediti nella pineta di Ostia – qualcuno si è inginocchiato in quel confessionale e ha pronunciato queste parole... »

Premette il tasto play. Un fruscio riempì la navata, disperdendosi nell'eco. La qualità della registrazione era pessima. Ma poco dopo, da quel grigio fiume invisibile, emerse una voce.

«*... una volta... Accadde di notte... E tutti accorsero dov'era piantato il suo coltello...*»

Era quasi un sussurro lontano. Né maschile, né femminile. Era come se venisse da un altro mondo, un'altra dimensione. Era la voce di un morto che provava a imitare i vivi, perché forse aveva dimenticato di essere morto. Ogni tanto svaniva nel rumore statico di fondo, portandosi appresso frammenti di frasi.

«*... era venuto il suo tempo... i figli morirono... i falsi portatori del falso amore... e lui fu spietato con loro... del bambino di sale... se non sarà fermato, non si fermerà.*»

La voce non disse altro. Clemente bloccò la riproduzione.

Per Marcus fu subito chiaro che quella registrazione non era un caso. «Parla di sé in terza persona, ma è lui.» Su quel nastro era incisa la voce del mostro. Le sue parole erano inequivocabili, almeno quanto il rancore che le ispirava.

«*... E tutti accorsero dov'era piantato il suo coltello...*»

Mentre Clemente lo osservava in silenzio, il penitenziere iniziò ad analizzare il messaggio.

«'Una volta'» ripeté Marcus. «Manca la prima parte della frase: una volta cosa? E perché parla al passato di ciò che sarebbe accaduto nel futuro?»

Oltre ai proclami e alle minacce, che facevano parte del repertorio degli assassini esibizionisti, c'erano alcuni passaggi che avevano attirato la sua attenzione.

«'I figli morirono'» ripeté a bassa voce. La scelta della parola «figli» era ponderata. Significava che l'obiettivo erano anche i genitori dei due ragazzi di Ostia. L'assassino aveva colpito il sangue del loro sangue e, inevitabilmente, aveva ucciso anche loro. Il suo odio si era riverberato come una scossa di terremoto. L'epicentro erano i due giovani, ma da loro si propagava un'onda sismica malvagia che continuava a ferire chi era intorno a loro – familiari, amici, conoscenti – fino a raggiungere tutte quelle madri e quei padri che non avevano legami con i due ragazzi ma che in quelle ore partecipavano con angoscia e dolore a ciò che era accaduto nella pineta, pensando che poteva capitare ai loro figli.

« 'I falsi portatori del falso amore' » disse ancora il penitenziere e ripensò alla prova a cui il mostro aveva sottoposto Giorgio Montefiori, illudendolo di poter scegliere fra la propria morte e quella di Diana. Giorgio aveva preferito vivere e aveva accettato di accoltellare la ragazza che si fidava di lui e credeva che lui l'amasse.

« Dovremmo far pervenire questo nastro a chi sta indagando » affermò alla fine Marcus, con convinzione. « È evidente che l'assassino vuole essere fermato, altrimenti non avrebbe annunciato ciò che stava per fare. E se il confessionale in passato era usato per comunicare con la polizia, allora il messaggio è indirizzato a loro. »

« No » disse subito Clemente. « Dovrai agire da solo. »

« Perché? »

« È stato deciso così. »

Ancora una volta, un misterioso livello superiore fissava le regole in base a una *ratio* imponderabile e apparentemente incomprensibile.

« Cos'è il bambino di sale? »

« L'unico indizio che hai. »

9

Quando era tornata a casa quella notte, aveva svegliato Max con un bacio e poi avevano fatto l'amore.

Era stato strano. Quell'atto doveva servirle per liberarsi di qualcosa, per rimuovere il malessere annidato in fondo alla pancia. La fatica del sesso le aveva lavato l'anima, ma non aveva fatto sparire l'immagine del penitenziere.

Perché mentre faceva l'amore con Max aveva pensato a lui.

Marcus rappresentava tutto il dolore che si era lasciata alle spalle. Ritrovarlo avrebbe dovuto far riaffiorare antichi traumi, come una palude che nel tempo restituisce ogni cosa che ha ingoiato. E in effetti nella vita di Sandra erano riapparsi vecchi mobili pieni di ricordi, case in cui aveva abitato, vestiti che aveva smesso. E una strana nostalgia. Ma, con sua grande meraviglia, non era per suo marito morto.

Marcus ne era responsabile.

Quando Sandra si svegliò, verso le sette, rimase a letto a riflettere su quei pensieri. Max si era già alzato e, prima di farlo anche lei, attese che lui fosse uscito per andare a scuola. Non voleva incappare nelle sue domande, temeva che avesse percepito qualcosa e che potesse chiederle spiegazioni.

S'infilò sotto la doccia, ma prima accese la radio per sentire il notiziario.

Il getto di acqua calda scorreva sulla sua nuca, mentre lei si lasciava accarezzare a occhi chiusi. Lo speaker stava fornendo il resoconto della giornata politica.

Sandra non ascoltava. Provò a mettere a fuoco ciò che era accaduto quella notte. L'aver visto all'opera il penitenziere le aveva procurato una specie di shock. Il modo in cui aveva percorso il labirinto nella mente dell'assassino le aveva fatto provare la sensazione di trovarsi davanti il vero mostro.

Una parte di lei era ammirata, l'altra inorridita.

« Cerca l'anomalia, agente Vega, non ti fermare ai dettagli. » Così aveva detto. « Il male è quell'anomalia davanti agli occhi di tutti ma che nessuno riesce a vedere. »

E lei cos'aveva visto quella notte? Un uomo che si aggirava nella pineta come un'ombra nella luce lunare. E che si piegava per scavare una buca.

« Non ha seppellito qualcosa. L'ha dissotterrata » aveva affermato Marcus.

Dissotterrato cosa?

Lo sconosciuto si era fatto il segno della croce. Ma al contrario – *da destra verso sinistra, dal basso verso l'alto.*

Che significava?

In quel momento, lo speaker alla radio passò alla cronaca nera. Sandra chiuse l'acqua per prestare attenzione e rimase nel box doccia, con una mano appoggiata alla parete di piastrelle, a sgocciolare.

La notizia principale era l'aggressione ai due ragazzi. I toni erano preoccupati, si raccomandava alle coppiette di evitare di appartarsi in zone isolate. La polizia avrebbe aumentato uomini e mezzi per garantire l'incolumità dei cittadini. Per scoraggiare l'assassino, le autorità avevano annunciato ronde notturne nelle aree periferiche, di campagna e nell'hinterland. Ma Sandra sapeva che era tutta propaganda: si trattava di un territorio vastissimo, impossibile coprirlo tutto.

Quando ebbe terminato di spiegare come le forze dell'ordine stavano reagendo all'emergenza, lo speaker passò a fornire un bollettino sulle condizioni di salute della vittima sopravvissuta.

Diana Delgaudio aveva superato anche il difficile intervento. Adesso era in uno stato di coma indotto, ma i medici non scioglievano la prognosi. In pratica, non erano in grado di dire quando e, soprattutto, se si sarebbe risvegliata.

Sandra guardava in basso, era come se le parole che uscivano dalla radio confluissero insieme ai rigagnoli di acqua nello scarico della doccia. Il pensiero della ragazza era diventato la sua malattia. Se Diana fosse rimasta in quello stato, che vita l'attendeva? La beffa era che forse non sarebbe riuscita nemmeno a fornire indicazioni utili per la cattura di chi l'aveva ridotta così. E Sandra concluse che il mostro aveva raggiunto comunque il suo scopo, perché si può uccidere una persona anche lasciandola in vita.

Non Diana, dunque, bensì l'assassino era stato fortunato.

Se Sandra confrontava gli avvenimenti delle due notti appena trascorse, c'erano troppe cose che non tornavano. L'aggressione ai due ragazzi e poi la gita dello sconosciuto alla luce della luna. E se il mostro avesse volutamente lasciato qualcosa sulla scena del crimine? E se l'avesse sotterrata perché qualcun altro andasse a dissotterrarla? Non si capiva perché dovesse usare un simile stratagemma, ma la prima delle due domande aveva un senso.

Qualunque cosa fosse, non è stato lui a sotterrarla, si disse. Era stato qualcuno intervenuto dopo. Aveva nascosto l'oggetto per recuperarlo in seguito con tutta calma. Qualcuno che voleva che nessuno scoprisse cosa aveva trovato.

Chi?

Mentre lo inseguiva nella pineta, per un istante aveva provato un senso di familiarità. Non aveva saputo distinguere da cosa dipendesse, ma era stata più di una semplice percezione.

Sandra si accorse solo allora di avere freddo, proprio come la notte prima in presenza di Marcus. Ma non dipendeva dal fatto che da più di cinque minuti era fradicia dentro il box doccia e con l'acqua chiusa. No, quel freddo proveniva da dentro di lei. A portarlo era un'intuizione. Un'intuizione pericolosa che poteva avere conseguenze gravissime.

« Il male è quell'anomalia davanti agli occhi di tutti ma che nessuno riesce a vedere » ripeté a bassa voce.

La ragazza ancora viva era l'anomalia.

Il briefing dello SCO era fissato per le undici. Aveva tempo. Per il momento non intendeva informare nessuno della sua iniziativa, anche perché non avrebbe saputo come giustificare quell'idea.

Il dipartimento di medicina legale era situato in una palazzina di quattro piani degli anni Cinquanta. La facciata era anonima, caratterizzata da finestre dal profilo allungato. Vi si accedeva tramite una scala a cui era accostata una rampa per permettere ai veicoli di parcheggiare davanti all'entrata. I furgoni mortuari sfruttavano un ingresso più discreto, sul retro. Da lì si raggiungeva subito il sotterraneo con le celle frigorifere e le sale per le autopsie.

Sandra scelse l'entrata principale e si diresse al vecchio ascensore. Era stata lì solo un paio di volte, però sapeva che i medici occupavano l'ultimo piano.

C'era odore di disinfettante, nei corridoi, e di formalina. A differenza di quanto si poteva immaginare, c'era un viavai di gente e il clima era quello di un normale luogo di lavoro. Anche se la materia di cui si occupavano era la morte, nessuno sembrava dare troppo peso alla cosa. Negli anni trascorsi in polizia, Sandra aveva conosciuto diversi medici legali. Avevano tutti uno spiccato senso dell'umorismo ed erano dotati di un cinismo positivo. Tranne uno.

Lo studio del dottor Astolfi era nell'ultima stanza sulla destra.

Mentre si avvicinava, la poliziotta vide che la porta era aperta. Si fermò sull'uscio e scorse il medico seduto alla scrivania, indossava il camice bianco ed era intento a scrivere qualcosa. Accanto a lui c'era l'immancabile pacchetto di sigarette su cui era posato un accendino.

Bussò sullo stipite e attese. Astolfi lasciò passare qualche secondo prima di sollevare lo sguardo dalle carte. La vide e parve subito domandarsi perché sulla soglia ci fosse un'agente in divisa. «Venga avanti.»

«Buongiorno, dottore. Sono l'agente Vega, ricorda?»

«Sì, mi ricordo.» Era scostante come al solito. «Cosa c'è?»

Sandra si inoltrò nella stanza. Da una rapida occhiata intuì che quell'uomo la occupava da almeno trent'anni. C'erano scaffali di libri dalla copertina ingiallita e un divano di pelle che aveva visto giorni migliori. Le pareti avevano bisogno di essere imbiancate e c'erano attestati e diplomi sbiaditi. Su tutto regnava un odore di nicotina stantia. «Ha qualche minuto per me? Ho bisogno di parlarle.»

Senza posare la penna, Astolfi le fece cenno di sedersi. «Purché sia una cosa breve, ho fretta.»

Sandra prese posto davanti alla scrivania. « Le volevo dire che mi dispiace che ieri la colpa sia ricaduta tutta su di lei. »

Il medico la squadrò in tralice. « Che significa? Lei che c'entra? »

« Be', avrei potuto accorgermi prima che Diana Delgaudio era viva. Se solo non avessi evitato di guardarla negli occhi... »

« Non se n'è accorta lei, ma non se ne sono accorti neanche i suoi colleghi della scientifica che sono intervenuti subito dopo. La colpa è solo mia. »

« Veramente sono venuta qui perché vorrei offrirle la possibilità di riscattarsi. »

Sulla faccia di Astolfi apparve una smorfia di incredulità. « Mi hanno tolto l'incarico, non mi occupo più del caso. »

« Credo che sia accaduto qualcosa di grave » lo incalzò.

« Perché non ne parla coi suoi superiori? »

« Perché ancora non ne sono sicura. »

Astolfi sembrava infastidito. « Io dovrei fornirle la certezza, allora. »

« Può darsi. »

« Va bene, di che si tratta? »

Sandra era soddisfatta perché non l'aveva ancora messa alla porta. « Mentre riguardavo le foto scattate nella pineta, mi sono accorta di aver trascurato un dettaglio nella rilevazione » mentì.

« Può capitare » la confortò il medico, ma solo per accelerare il suo racconto.

« Ho scoperto soltanto dopo che sul terreno, accanto all'auto dei ragazzi, c'era un punto in cui la terra era stata smossa. »

Astolfi stavolta non disse nulla, però appoggiò la biro sul tavolo.

« La mia ipotesi è che l'assassino possa aver sotterrato qualcosa. »

« È un po' azzardato, non le pare? »

Bene, si disse la poliziotta: il medico non le aveva domandato perché mai lo stesse raccontando proprio a lui. « Sì, ma poi sono andata a controllare. »

« E allora? »

Sandra lo fissò. « Non c'era niente. »

Astolfi non distolse subito lo sguardo, né le chiese quando fosse avvenuta la verifica. «Agente Vega, io non ho tempo per le chiacchiere.»

«E se fosse stato uno dei nostri?» Sandra pronunciò la frase di getto, sapendo che avrebbe costituito un punto di non ritorno. Era un'accusa pesante, se si fosse sbagliata ci sarebbero state serie conseguenze. «Uno dei nostri sottrae una prova dalla scena del crimine. Non potendo rischiare di portarla via, la nasconde sottoterra per tornare a prenderla in un secondo momento.»

Astolfi sembrava inorridito. «Lei sta parlando di un complice, agente Vega. Ho capito bene?»

«Sì, dottore.» Cercò di sembrare il più possibile ferma nelle proprie convinzioni.

«Un agente della scientifica? Un poliziotto? O magari anche io.» Era fuori di sé. «Sa che potrebbe profilarsi a suo carico un'accusa gravissima?»

«Mi scusi, ma lei non ha afferrato il senso della cosa: anch'io ero presente sulla scena, quindi potrei essere coinvolta al pari degli altri. Anzi, la lacuna del mio rapporto mi fa balzare al primo posto nella lista dei sospettati.»

«Le consiglio di lasciar perdere questa storia, e lo dico per il suo bene. Lei non ha prove.»

«E lei ha un impeccabile stato di servizio» ribatté Sandra. «Ho controllato. Da quanti anni fa questo lavoro?» Non lo lasciò rispondere. «Davvero non ha capito che la ragazza era ancora viva? Come si fa a commettere un errore del genere?»

«È impazzita, agente Vega.»

«Se la scena del crimine è stata davvero alterata, allora anche il fatto che nessuno abbia accertato che Diana Delgaudio era ancora viva dev'essere letto secondo una diversa prospettiva. Non una semplice svista, ma un atto deliberato per favorire l'assassino.»

Astolfi si alzò in piedi, puntandole un dito contro. «Sono solo congetture. Se lei avesse avuto delle prove non starebbe qui a parlare con me, ma sarebbe andata dritta dal vicequestore Moro.»

Sandra non disse una parola. Invece, lentamente, si fece il segno della croce, ma al contrario – *da destra verso sinistra, dal basso verso l'alto.*

Dall'espressione di Astolfi, la poliziotta intuì che era proprio lui l'uomo nel bosco la notte prima. E il medico aveva dedotto che lei l'aveva visto.

Sandra spostò volutamente la mano verso la cintura a cui era attaccata la fondina con la pistola. « È stato lei a uccidere i ragazzi. Poi è tornato nella pineta nella sua veste di medico legale, ha scoperto che Diana era ancora viva e ha deciso di lasciarla morire. Nel frattempo ha ripulito la scena da prove che avrebbero potuto incastrarla. Le ha nascoste ed è andato a recuperarle quando non c'era più nessuno. »

« No » ribatté l'altro, calmo ma con decisione. « Sono stato chiamato a svolgere il mio lavoro, c'è un ordine di servizio: non potevo premeditarlo. »

« Un colpo di fortuna » replicò Sandra, anche se lei non credeva alle coincidenze. « Oppure è vero: non è stato lei ad aggredirli, però sa chi è stato, e lo sta coprendo. »

Astolfi si lasciò cadere sulla sedia. « È la mia parola contro la sua. Ma se lei racconta in giro questa storia, mi rovina. »

Sandra tacque.

« Ho bisogno di fumare. » Senza attendere il suo consenso, prese il pacchetto di sigarette e se ne accese una.

Rimasero in silenzio, a guardarsi, come due estranei in una sala d'aspetto. Il medico aveva ragione: Sandra non aveva alcuna prova per dimostrare le sue accuse. Non aveva il potere di arrestarlo, né di costringerlo a seguirla al più vicino commissariato. Ma, nonostante questo, lui non la mandava via.

Era evidente che Astolfi stesse cercando un modo per venirne fuori, e non solo perché rischiava di vedere rovinata la propria carriera. Sandra era persuasa che, se avessero indagato un po' sul conto del dottore, sarebbe spuntato fuori qualcosa di compromettente. Magari proprio il reperto che aveva sottratto alla scena del crimine, anche se era convinta che se ne fosse già sbarazzato. Oppure no?

Astolfi spense la sigaretta in un posacenere e si mise in piedi, tenendo gli occhi inchiodati sulla poliziotta. Si diresse verso una porta chiusa che probabilmente celava il suo bagno personale. Lo sguardo del medico era una sfida.

Sandra non aveva alcun potere d'impedirglielo.

Si richiuse l'uscio alle spalle e girò la chiave. Merda, si disse lei, alzandosi per andare a sentire cosa stesse combinando.

Dall'altra parte ci fu un lungo silenzio, interrotto dall'improvviso scorrere di uno sciacquone.

Sono stata una stupida, dovevo prevederlo, pensò, adirandosi con se stessa. Ma, mentre aspettava che Astolfi uscisse dal bagno, le parve di sentire delle urla. Si domandò se le avesse solo immaginate.

Non erano nel palazzo, venivano da fuori.

Si diresse verso la finestra. Notò che alcune persone correvano verso l'edificio. Aprì e si affacciò.

Quattro piani sotto di lei, sull'asfalto, giaceva il corpo del medico legale.

Sandra ebbe un attimo di smarrimento, poi si voltò nuovamente verso la porta del bagno.

Doveva fare qualcosa.

Subito provò a forzare lo stipite con la spalla. Uno, due colpi. Alla fine la serratura cedette. Si ritrovò proiettata all'interno. Fu investita dalla corrente che proveniva dalla finestra spalancata da cui il medico legale si era lanciato. La ignorò, gettandosi carponi verso il water. Senza esitare, infilò il braccio nell'acqua trasparente, sperando che qualunque cosa Astolfi avesse scaricato non fosse andata completamente a fondo. Spinse la mano più in giù che poteva e le sue dita sfiorarono qualcosa, poi l'afferrarono, poi la persero di nuovo. Infine riuscì a bloccarla. Provò a trascinarla verso di sé, per tirarla fuori, ma prima che potesse riuscirci, l'oggetto le sfuggì.

«Cazzo» imprecò.

Ma subito si rese conto che i suoi polpastrelli avevano memorizzato per un istante una forma: qualcosa di rotondo a cui erano attaccate delle protuberanze, ed era ruvido. L'immagine che le venne subito in mente fu quella di un feto. Ma poi ci pensò meglio.

Si trattava di una specie di bambola.

10

SX era il nome del locale.

Non c'erano insegne, solo una targhetta nera con le due lettere dorate a lato della porta. Per entrare, bisognava citofonare. Marcus schiacciò il pulsante e attese. Non era stato l'istinto a portarlo lì, bensì una semplice constatazione: se il mostro aveva scelto il confessionale di Sant'Apollinare per comunicare, allora conosceva abbastanza bene l'ambiente criminale. Se davvero era così, il penitenziere era nel posto giusto.

Dopo un paio di minuti, una voce femminile rispose al citofono. Un laconico « Sì? » dietro il quale infuriava una musica heavy metal ad altissimo volume.

« Cosmo Barditi » disse soltanto.

La donna temporeggiò. « Hai un appuntamento? »

« No. »

La voce scomparve, come inghiottita dal fragore. Trascorse qualche secondo, poi la serratura scattò elettricamente.

Marcus spinse il battente e si ritrovò in un corridoio dalle pareti di cemento. L'unica luce proveniva da un neon che emetteva piccole scariche, come se stesse per fulminarsi da un momento all'altro.

In fondo a quel passaggio c'era una porta rossa.

Il penitenziere s'incamminò. Si sentiva, ovattato, il palpito dei bassi della canzone. Man mano che avanzava, la musica cresceva. La porta si aprì prima che arrivasse sulla soglia, liberando quei suoni cattivi, che lo accolsero festosi come demoni fuoriusciti dall'inferno.

Apparve la donna che presumibilmente gli aveva parlato poco prima al citofono. Indossava vertiginosi tacchi a spillo, una cortissima gonna di pelle e un top color argento con una profonda scollatura. Aveva una falena tatuata sul seno sinistro, capelli biondo platino ed era truccata in modo eccessivo. Mentre lo aspettava, masticava una gomma e teneva un braccio appoggiato allo stipite. Lo squadrò dalla testa ai piedi, non disse una parola, poi gli voltò le spalle e si avviò con il chiaro scopo di essere seguita.

Marcus entrò nel locale. SX stava per « Sex », ma senza la « e ». Infatti, che genere di posto fosse era inequivocabile. Lo stile era decisamente sadomaso.

Un'ampia sala dal soffitto basso. Le pareti erano nere. Al centro c'era una pedana circolare su cui erano piazzati tre pali da lap dance. Tutt'intorno, divanetti di pelle rossa e tavolini dello stesso colore. Le luci erano soffuse e su alcuni schermi scorrevano immagini pornografiche di torture e punizioni corporali.

Sul palco, una ragazza in topless si esibiva svogliatamente in una specie di numero con una sega a motore ballando sulle note della canzone heavy metal. Il cantante ripeteva ossessivamente: « *Heaven is for those who kill gently* ».

Andando dietro alla donna dai capelli biondo platino, Marcus contò appena sei clienti sparsi per la sala. Tutti uomini. Non sfoggiavano teschi o borchie e non sembravano nemmeno feroci come ci si poteva aspettare. Erano solo tizi anonimi di varie età, con abiti da impiegato e l'aria vagamente annoiata. In un angolo un settimo cliente si masturbava nell'ombra.

« Ehi, rimetti dentro quel coso! » lo ammonì la sua guida.

L'uomo la ignorò. Lei scosse il capo contrariata, ma non fece niente. Dopo aver attraversato l'intera sala, imboccarono uno stretto corridoio su cui si affacciavano i privé. C'era una toilette per uomini e, dopo, una porta con la scritta « Accesso vietato ».

La donna si arrestò e guardò Marcus. « Nessuno qui lo chiama col suo vero nome. Per questo Cosmo ha deciso di vederti. »

Bussò e gli fece cenno di entrare. Marcus la vide allontanarsi, quindi aprì l'uscio.

C'erano poster di film hardcore degli anni Settanta, un bancone bar, dei pensili con uno stereo e soprammobili vari. La stanza era illuminata solo da una lampada da tavolo che creava come una bolla di luce intorno a una scrivania nera, molto ordinata.

Cosmo Barditi era seduto dietro di essa.

Marcus si richiuse la porta e la musica alle spalle, ma rimase per un momento sul confine dell'ombra per osservarlo meglio.

Portava degli occhialini da lettura in punta di naso che stonavano con i capelli rasati a zero e con la camicia di jeans arrotolata sulle maniche. Il penitenziere individuò subito le croci e i teschi tatuati sugli avambracci. E anche la svastica sul collo.

«Allora, tu chi cazzo sei?» disse l'uomo.

Marcus mosse un passo in avanti, per lasciarsi guardare bene in faccia.

Cosmo rimase interdetto per un lungo istante, cercando di focalizzare la memoria su quel volto. «Sei tu» disse infine.

Il prigioniero della sauna l'aveva riconosciuto.

Il penitenziere ricordava ancora la prova a cui l'aveva sottoposto Clemente, spedendolo a casa di due genitori straziati dal dolore per la morte della figlia con in mano solo una chiave.

Il male è la regola. Il bene, l'eccezione.

«Credevo che dopo averti liberato avresti cambiato vita.»

L'uomo sorrise. «Non so se lo sai, ma non te lo danno un posto fisso con un passato come il mio.»

Marcus indicò intorno a sé. «Perché proprio questo allora?»

«È un lavoro, no? Le mie ragazze sono tutte pulite, niente droghe e non fanno sesso coi clienti: qui si guarda soltanto.» Poi si fece serio. «Ho una donna che mi vuole bene adesso. E anche una bambina di due anni.» Voleva dimostrare di esserselo meritato.

«Buon per te, Cosmo. Buon per te» scandì Marcus.

«Sei venuto a presentare il conto?»

«No, a chiederti un favore.»

«Io non so nemmeno chi sei e che ci facevi lì quel giorno.»

«Non ha importanza.»

Cosmo Barditi si grattò la nuca. «Che devo fare?»

Marcus avanzò di un passo verso la scrivania. «Sto cercando un uomo.»

«Lo conosco o dovrei conoscerlo?»

« Non lo so, ma non credo. Però potresti aiutarmi a trovarlo. »

« Perché proprio io? »

Quante volte Marcus aveva rivolto quella domanda a se stesso o a Clemente? La risposta era sempre la stessa: il destino o, per chi ci credeva, la Provvidenza. « Perché l'uomo che cerco ha gusti particolari in fatto di sesso, e penso che in passato abbia sperimentato le sue fantasie in posti come questo. »

Marcus sapeva che c'è sempre uno stadio d'incubazione prima della violenza. L'assassino non sa ancora di voler uccidere. Alimenta la bestia che si porta dentro con esperienze di sesso estremo, e intanto si avvicina gradualmente alla parte più recondita di sé.

Barditi sembrava interessato. « Parlami di lui. »

« Gli piacciono i coltelli e le pistole, è probabile che abbia dei problemi di natura sessuale: le armi sono l'unico modo con cui riesce a sentirsi appagato. Gli piace guardare gli altri che fanno sesso: coppiette, ma magari ha frequentato anche locali per scambisti. Gli piace fotografare: credo che conservi le immagini di tutti gli incontri avuti in questi anni. »

Cosmo prendeva nota come uno scolaro diligente. Poi alzò gli occhi dal foglio su cui stava scrivendo. « C'è altro? »

« Sì, la cosa più importante: si sente inferiore agli altri e questo lo fa arrabbiare. Per dimostrare di essere migliore di loro, li mette alla prova. »

« In che modo? »

Marcus ripensò al ragazzo che aveva dovuto pugnalare a morte la donna che amava, illudendosi di aver salva la vita.

I falsi portatori del falso amore.

Così li aveva definiti il mostro nel messaggio di Sant'Apollinare. « È una specie di gioco senza ricompensa, serve solo a umiliare. »

Cosmo ci pensò su per un momento. « Per caso ha qualcosa a che fare con quanto è successo a Ostia? »

Il penitenziere non rispose.

Cosmo scoppiò in una breve risata. « La violenza qui dentro è solo spettacolo, amico mio. Quelli che hai visto di là vengono nel mio locale perché si credono trasgressivi, ma nel mondo reale valgono meno di niente e non sarebbero capaci di fare male a una mosca. Ciò di cui parli tu è roba seria, non certo opera di uno dei miei sfigati.»

«Allora dove dovrei cercare?»

Cosmo distolse lo sguardo per un momento, ponderando bene la situazione e, soprattutto, se gli conveniva fidarsi. «Non sono più nel giro ma ho sentito parlare di una cosa... C'è un gruppo di persone che quando a Roma accade un fatto di sangue si riuniscono per 'celebrare' l'evento. Dicono che ogni volta che viene sacrificata la vita di un innocente si sprigionano energie negative. Loro fanno questi festini in cui rievocano l'accaduto, ma è solo un pretesto per assumere droghe e fare sesso.»

«Chi li frequenta?»

«Individui con seri problemi di mente, secondo me. Ma anche gente coi soldi. Non sai quanti credono a queste stronzate. È tutto anonimo, si può accedere solo a determinate condizioni – ci tengono alla privacy. Stanotte ce ne sarà uno che ha per tema quanto è accaduto a Ostia.»

«Puoi farmi entrare?»

«Scelgono sempre luoghi diversi per incontrarsi. Non è così facile saperlo.» L'indecisione di Cosmo era evidente: non voleva immischiarsi con quella roba, forse pensava alla sicurezza della donna e della bambina che lo aspettavano a casa. «Dovrò rimettermi in contatto col mio vecchio ambiente» affermò a malincuore.

«Sono sicuro che non costituirà un problema.»

«Farò qualche telefonata» promise Cosmo. «In posti come quello non si entra se non si è invitati. Dovrai stare molto attento, però, perché quella è gente pericolosa.»

«Prenderò le mie precauzioni.»

«E se non riesco ad aiutarti?»

«Quanti morti vuoi sulla coscienza?»

«Va bene, ho capito: farò il possibile.»

Marcus si avvicinò al tavolo, prese la penna e il foglio su cui Cosmo poco prima stava prendendo appunti e si mise a scrivere a sua volta. «Appena scoprirai come farmi entrare alla festa, mi chiamerai al numero di una casella vocale.»

Quando gli riconsegnò il pezzo di carta, Cosmo vide che oltre al recapito telefonico c'era scritto qualcos'altro. «Cos'è il 'bambino di sale'?»

«Se per caso nelle tue telefonate volessi accennare anche a questo, te ne sarei molto grato.»

L'uomo annuì, pensieroso. Marcus aveva finito, poteva andarsene. Ma, proprio mentre stava per imboccare l'uscita, Barditi gli fece una domanda.

«Perché quel giorno mi hai liberato?»

Il penitenziere rispose senza voltarsi. «Non lo so.»

11

Battista Erriaga, a sessant'anni, si riteneva un uomo prudente.

Ma non era sempre stato così. Quando era solo un ragazzo, nelle Filippine, non sapeva cosa fosse la prudenza. Anzi, aveva sfidato più volte la sorte – e la morte – a causa del suo pessimo carattere. A ben guardare, l'unico profitto che traeva da certi atteggiamenti da bullo aveva a che fare con l'orgoglio.

Niente denaro, nessun potere, tanto meno rispetto.

Ma proprio l'orgoglio sarebbe stato la causa di una grande disgrazia. Quell'evento avrebbe segnato il resto della sua vita, ma ancora Battista non poteva saperlo.

All'epoca aveva solo sedici anni e si cotonava i capelli per sembrare più alto. Adorava la sua chioma corvina, era il suo vanto. Si lavava la testa ogni sera e poi se la frizionava con olio di palma. Aveva un pettine di avorio rubato su una bancarella. Lo portava in una tasca posteriore dei pantaloni e, di tanto in tanto, lo tirava fuori per ravvivare il folto ciuffo sulla fronte.

Camminava impettito per le strade del suo villaggio, con i jeans attillati che la madre gli aveva cucito usando la tela di una tenda da campeggio, gli stivali di pelle comprati da un calzolaio per pochi spiccioli perché in realtà erano di cartone pressato e tinto con il lucido da scarpe, e una camicia verde con il collo a punta, stirata alla perfezione e sempre immacolata.

Tutti in paese lo conoscevano come « Battista l'elegantone ». Lui andava fiero di quel soprannome, finché non scoprì che, in realtà, lo deridevano e in segreto lo chiamavano « il figlio della scimmia ammaestrata » perché suo padre, un alcolista, era disposto a fare qualsiasi cosa in cambio di un bicchiere e spesso si esibiva per il divertimento degli avventori della taverna, umiliandosi in ridicoli spettacolini solo per farsi offrire da bere.

Battista odiava suo padre. Odiava il modo in cui era sempre

vissuto, spezzandosi la schiena nelle piantagioni e poi mendicando per mantenere i propri vizi. Riusciva a fare il duro solo con la moglie, quando tornava ubriaco la sera e ripeteva su di lei tutte le angherie che aveva subito dagli altri. La madre di Battista avrebbe potuto difendersi e sopraffarlo facilmente, tanto quello non si reggeva in piedi. Invece subiva passivamente le percosse solo per non aggiungere umiliazione a umiliazione. Era sempre il suo uomo, e quello era il suo modo di amarlo e di proteggerlo. Per questo Battista odiava anche lei.

Per via del cognome spagnolo, gli Erriaga nel villaggio facevano parte di una specie di casta inferiore. Era stato il bisnonno di Battista a scegliere di chiamarsi così, nel lontano 1849 sotto il Governatore Generale Narciso Clavería. I filippini non facevano uso di cognomi e Clavería li obbligò a scegliersene uno. Molti presero in prestito quelli dei colonizzatori per assicurarsi la loro benevolenza, senza sapere che così avrebbero marchiato se stessi e le generazioni future: disprezzati dagli spagnoli che non tolleravano di essere accomunati a loro e odiati dagli altri filippini per aver tradito le proprie origini.

In più, per Battista c'era anche il peso di quel primo nome, scelto da sua madre per rimarcare la loro fede cattolica.

Solo a una persona sembrava non importare nulla di tutto questo. Si chiamava Min ed era il migliore amico di Battista Erriaga. Era grande e grosso, un gigante. Incuteva timore a chi lo vedeva per la prima volta, ma in realtà non era capace di fare del male. Non che fosse stupido, era però molto ingenuo. Un gran lavoratore che sognava di fare il prete.

Battista e Min trascorrevano molto tempo insieme, c'era una notevole differenza d'età perché l'amico aveva più di trent'anni, ma loro non ci facevano caso. Anzi, si poteva dire che Min avesse preso il posto del padre nella vita di Battista. Lo proteggeva e gli dava preziosi consigli. Per questo Battista non gli aveva detto nulla di ciò che stava escogitando.

Infatti, nella settimana dell'evento che avrebbe cambiato la sua vita, il giovane Erriaga era riuscito a farsi ammettere in una gang: *Los soldados del diablo*. Erano mesi che li corteggiava.

Avevano più o meno la sua età. Il più grande, che era anche il capo, aveva diciannove anni.

Per entrare, Battista aveva dovuto affrontare delle prove: sparare a un maiale, attraversare un falò di pneumatici, rubare in una casa. Le aveva superate tutte in maniera superba e si era guadagnato una polsiera di cuoio che era il simbolo della banda. Grazie a quel segno di riconoscimento, i membri avevano diritto a una serie di privilegi, come bere gratis nei bar, andare con le prostitute senza pagare e farsi cedere il passo da chiunque incontrassero per strada. In realtà, nessuno aveva concesso loro simili diritti, erano solo il frutto della prepotenza.

Battista faceva parte del gruppo da pochi giorni e si sentiva a proprio agio. Finalmente aveva riscattato il proprio nome dalla codardia del padre. Nessuno avrebbe più osato mancargli di rispetto, nessuno l'avrebbe più chiamato «il figlio della scimmia ammaestrata».

Finché una sera, mentre era coi suoi nuovi compagni, aveva incontrato Min.

Vedendolo insieme alla gang, con l'atteggiamento da sbruffone e con quella ridicola polsiera di cuoio, l'amico aveva cominciato a prenderlo in giro. L'aveva perfino chiamato «scimmia ammaestrata», come suo padre.

Le intenzioni di Min erano buone, Battista sapeva che lui in fondo voleva solo fargli capire che stava commettendo un errore. Ma il suo atteggiamento e il modo in cui l'aveva trattato non gli avevano lasciato scelta. Iniziò a spingerlo con forza e a colpirlo, perché tanto era sicuro che Min non avrebbe reagito. Ma l'altro si mise addirittura a ridere più forte.

Battista non avrebbe mai saputo spiegare precisamente ciò che successe, dove trovò il bastone, quando gli inferse il primo colpo. Non ricordava nulla di quei momenti. Dopo era come essersi svegliati da una specie di sonno: era sudato e sporco di sangue, i suoi compari erano svaniti nel nulla lasciandolo solo e il cadavere del suo migliore amico aveva la testa fracassata e sorrideva.

Battista Erriaga aveva trascorso i successivi quindici anni in carcere. Sua madre si era ammalata gravemente e nel villaggio dove era nato e cresciuto non era più degno nemmeno di un soprannome che lo schernisse.

Ma la morte di Min, il gigante che desiderava diventare un prete, nonostante tutto era stata un fatto positivo.

A molti anni da quel giorno, Battista Erriaga aveva ripensato a quell'evento sull'aereo che da Manila lo portava a Roma.

Dopo aver appreso quanto era accaduto nella pineta di Ostia, si era imbarcato sul primo volo disponibile. Aveva viaggiato in classe turistica, indossando abiti anonimi e un cappellino con visiera per confondersi con i connazionali diretti in Italia per lavorare come domestici o inservienti. Per tutto il viaggio non aveva parlato con nessuno per timore che qualcuno potesse riconoscerlo. Ma aveva avuto tempo per riflettere.

Arrivato in città, aveva preso una camera in un modesto albergo turistico del centro.

Adesso era seduto su un copriletto logoro, a guardare il notiziario in tv per aggiornarsi su quello che ormai tutti avevano ribattezzato « il mostro di Roma ».

È accaduto davvero, si disse. Quel pensiero lo stava torturando. Ma forse c'era ancora modo di rimediare.

Erriaga tolse l'audio alla tv e si diresse verso il tavolino su cui aveva appoggiato il suo tablet. Premendo un tasto sullo schermo, fece partire la registrazione.

« *... una volta... Accadde di notte... E tutti accorsero dov'era piantato il suo coltello... era venuto il suo tempo... i figli morirono... i falsi portatori del falso amore... e lui fu spietato con loro... del bambino di sale... se non sarà fermato, non si fermerà.* »

Poche frasi di un oscuro messaggio lasciato in un confessionale a Sant'Apollinare, usato un tempo dai criminali per comunicare con la polizia.

Erriaga si voltò nuovamente verso lo schermo muto del televisore. Il mostro di Roma, ripeté fra sé. Poveri sciocchi, perché non sapevano quale pericolo incombeva realmente su di loro.

Spense l'apparecchio col telecomando. Aveva un lavoro da svolgere, ma doveva essere prudente.

Nessuno doveva sapere che Battista Erriaga si trovava a Roma.

12

« Una bambola? »

« Sissignore. »

Il vicequestore Moro voleva essere sicuro di aver capito bene. Sandra era abbastanza convinta, ma col passare del tempo aveva rimesso in discussione la propria percezione.

Dopo aver appreso la notizia del suicidio del medico legale e, soprattutto, che aveva compiuto il gesto disperato perché scoperto a sottrarre una prova alla scena del crimine, Moro aveva attivato le procedure di riservatezza, avocando a sé e allo SCO l'intera gestione dell'indagine.

Da allora in poi, nulla di quanto era collegato al caso poteva essere toccato o gettato via, fosse anche un appunto preso casualmente su un foglietto. Era stata allestita una sala operativa con computer collegati fra loro e dipendenti da un server diverso da quello della questura. Per impedire la fuga di notizie, le telefonate in uscita e in entrata sarebbero state registrate. Anche se non era possibile monitorare le utenze cellulari o private, quanti lavoravano all'indagine avrebbero dovuto firmare un atto con cui si impegnavano a non divulgare informazioni, pena il licenziamento e un'incriminazione per il reato di favoreggiamento.

La paura principale del vicequestore, però, era che fossero distrutti altri elementi probatori.

Per quanto ne sapeva Sandra, mentre loro erano a colloquio nella nuova sala operativa, tecnici specializzati, coadiuvati dalla squadra scientifica, stavano ispezionando le tubature di scarico del dipartimento di medicina legale. La poliziotta non osava nemmeno immaginare in che condizioni avrebbero dovuto operare quegli uomini, ma l'impianto dell'edificio era vecchio e c'era davvero speranza che la bambola che le era parso di riconoscere al tatto nel bagno di Astolfi si trovasse ancora lì.

« Così lei ieri notte è tornata nella pineta per verificare di aver compiuto esattamente la procedura di fotorilevazione. » Moro si sporse verso di lei.

« È così » rispose Sandra, cercando di celare il disagio.

« E ha visto un uomo che dissotterrava qualcosa. Ha creduto si trattasse del dottor Astolfi, perciò stamattina è andata a parlare con lui. » Il poliziotto dello SCO stava ripetendo la versione dei fatti che lei gli aveva appena fornito, ma sembrava che lo facesse solo perché la fotorilevatrice si rendesse conto di quanto fosse assurda.

« Ho pensato che prima di avvertire qualcuno avrei dovuto offrire al medico legale l'opportunità di spiegarsi » rincarò Sandra per sembrare più credibile. « Ho fatto male? »

Moro ci pensò un momento. « No. Io avrei fatto lo stesso. »

« Non potevo certo prevedere che, messo alle strette, decidesse di suicidarsi. »

Il vicequestore tamburellava con una matita sulla scrivania e non le staccava gli occhi di dosso. Sandra si sentiva sotto pressione. Ovviamente, aveva omesso di parlare del penitenziere.

« Secondo lei, agente Vega, Astolfi conosceva il mostro? »

Oltre alle tubature del dipartimento di medicina legale, gli uomini dello SCO stavano rivoltando l'esistenza del medico legale. Lo studio e l'abitazione erano sottoposti a una minuziosa perquisizione. Venivano controllati le utenze telefoniche, i computer, la posta elettronica. Si analizzavano i conti bancari, le spese. Una ricostruzione a ritroso nel tempo che non avrebbe tralasciato nulla: familiari, conoscenti, colleghi di lavoro, perfino le frequentazioni occasionali. Moro era convinto che sarebbe saltato fuori qualcosa, anche solo un piccolissimo elemento per comprendere il motivo che aveva spinto Astolfi a impadronirsi di una prova della scena del crimine e a adoperarsi perché Diana Delgaudio non sopravvivesse. In entrambe le attività, però, il medico aveva quasi fallito. O forse era meglio dire che gli erano quasi riuscite. Ma, nonostante le risorse e la tecnologia messa in campo, Moro aveva bisogno di essere confortato da un parere personale. Per questo aveva rivolto quella domanda a Sandra.

«Astolfi ha messo in pericolo la sua reputazione, la carriera, la sua libertà» disse lei. «Uno non rischia tutto se non è spinto da una potente motivazione. Perciò: sì, credo che sapesse chi è stato. La dimostrazione è che ha preferito morire piuttosto che rivelarlo.»

«Una persona molto vicina, come un figlio, un parente, un amico.» Moro fece una pausa. «Ma il dottore non aveva nessuno. Niente moglie, niente figli, ed era un tipo solitario.»

Sandra intuì che la poderosa verifica a cui era sottoposta la vita del medico legale non stava portando i frutti che il vicequestore auspicava. «Come è arrivato Astolfi sulla scena del crimine? Si è trattato di una casualità, oppure c'è qualcosa sotto? Onestamente, signore, trovo incredibile che il medico conoscesse l'assassino e si sia anche ritrovato a operare sul caso per una pura fatalità.»

«I medici legali hanno turni di reperibilità che variano di settimana in settimana. Astolfi non aveva doti di chiaroveggenza che gli hanno permesso di scegliersi proprio quel turno. Anzi, l'altra mattina non toccava nemmeno a lui, è stato chiamato solo perché era il maggior esperto di Roma in crimini violenti.»

«Insomma, un predestinato.»

«È proprio questo il punto.» Moro diede voce ai suoi dubbi. «Data la sua competenza specifica, era naturale che chiamassimo proprio lui. E questo Astolfi lo sapeva bene.»

Il vicequestore si alzò dal suo posto e si diresse verso l'altro lato della sala. «Ha avuto certamente un ruolo nel crimine. Ha coperto qualcuno. Forse ha riconosciuto il modus operandi dell'assassino perché l'aveva già visto all'opera in passato, perciò stiamo controllando i vecchi casi di cui si è occupato.»

Sandra lo seguì. «Signore, ha avuto modo di considerare la mia ipotesi che l'assassino abbia truccato Diana Delgaudio? Sono sempre più persuasa che l'abbia anche fotografata. Altrimenti, perché prendersi il disturbo?»

Moro si fermò accanto a una delle postazioni di lavoro. Si sporse verso lo schermo del computer per controllare qualcosa e le rispose senza guardarla. « La storia del rossetto... Ci ho pensato, credo che lei abbia ragione. L'ho fatto aggiungere alla lista. » Indicò la parete alle loro spalle.

C'era un enorme tabellone su cui erano riportati gli indizi del caso, frutto dei rapporti della scientifica e di quelli medico-legali. Erano riassunti in un elenco.

Oggetti: zaino, corda da alpinista, coltello da caccia, revolver Ruger SP101.

Impronte del ragazzo sulla corda da alpinista e sul coltello lasciato nello sterno della ragazza: gli ha ordinato di legare la ragazza e di colpirla se voleva salvarsi la vita.

Uccide il ragazzo sparandogli alla nuca.

Mette il rossetto alla ragazza (per fotografarla?).

La balistica aveva individuato l'arma da fuoco dell'assassino, una Ruger. Ma Sandra era sorpresa soprattutto perché Moro aveva capito che il mostro aveva fatto uccidere Diana da Giorgio. La stessa conclusione del penitenziere. Ma mentre il vicequestore aveva ottenuto quel risultato con l'ausilio della scienza e della tecnologia, Marcus aveva intuito tutto osservando le foto della scena del crimine e il luogo in cui si era consumato.

« Venga con me » disse Moro interferendo coi suoi pensieri. « Voglio mostrarle una cosa. »

La condusse in una stanza attigua. Era angusta, senza finestre. L'unica luce proveniva da un tavolo luminoso posto al centro. L'attenzione di Sandra si concentrò subito sulle pareti che lo circondavano, interamente tappezzate dalle foto della scena del crimine. Panoramiche e dettagli. L'attività di fotorilevazione iniziata da lei era stata proseguita dai colleghi della scientifica che avevano effettuato rilievi, misurazioni, esami di ogni tipo.

« Mi piace venire qui a pensare » disse Moro.

E a Sandra tornò in mente ciò che le aveva detto Marcus riguardo al fatto che si dovesse cercare il colpevole sul luogo del delitto. « L'assassino è ancora qui, anche se non lo vediamo.

Dobbiamo dargli la caccia in questo posto, non altrove» aveva detto il penitenziere.

«È qui che lo prenderemo, agente Vega. In questa stanza.»

Sandra tralasciò per un momento le foto alle pareti e si voltò verso di lui. Solo allora si accorse che sul tavolo luminoso erano disposti due plichi di cellofan trasparente, simili a quelli di una lavanderia. Al loro interno erano ripiegati degli abiti. La poliziotta li riconobbe. Appartenevano a Diana Delgaudio e Giorgio Montefiori. Erano i vestiti che avevano scelto per uscire insieme e che giacevano in disordine sul sedile posteriore dell'auto in cui erano stati aggrediti.

Sandra li osservò, provando una sensazione di angoscia e disagio. Perché era come se i ragazzi fossero su quel tavolo, l'uno accanto all'altro.

Eleganti come due sposi fantasma.

Non c'era stato bisogno di lavare quegli abiti, non c'era sangue che li macchiasse. E non costituivano oggetto di prova.

«Li restituiremo alle famiglie» disse infatti Moro. «La madre di Giorgio Montefiori continua a venire qui per chiedere che le vengano consegnati gli effetti personali del figlio. Non so perché lo faccia. Sembra una cosa inutile, in apparenza senza senso. Ma ognuno ha il suo modo di reagire al dolore. Specie i genitori. A volte sembra farli impazzire. E così le loro richieste diventano assurde.»

«Ho sentito dire che Diana Delgaudio fa progressi, forse potrà darci davvero un aiuto.»

Moro scosse il capo e sorrise amaramente. «Se si riferisce alle notizie che girano sulla stampa, sarebbe stato meglio se non fosse sopravvissuta all'intervento chirurgico.»

La poliziotta non si aspettava una simile risposta. «Che vuol dire?»

«Che resterà un vegetale.» Moro si avvicinò, alitandole quasi addosso. «Quando tutto questo sarà finito e guarderemo in faccia l'assassino, ci sentiremo tutti degli stupidi, agente Vega. Lo osserveremo e ci accorgeremo che non è affatto come ce l'eravamo prefigurato. Prima di tutto, constateremo che non è un mostro ma è una persona normale, come noi. Anzi, ci somiglia pure. Scaveremo nella sua piccola vita di uomo comune e non troveremo altro che noia, mediocrità e rancore. Scopriremo che gli piace uccidere la gente ma magari odia quelli che maltrattano gli animali, e adora i cani. Che ha dei figli, una famiglia, perfino qualcuno a cui vuole sinceramente bene. Smetteremo di avere paura di lui e ci meraviglieremo di noi, per esserci fatti ingannare da un essere umano tanto banale.»

Sandra rimase colpita dal modo di parlare del vicequestore. Si domandava ancora perché l'avesse portata lì.

«Lei ha svolto un ottimo lavoro finora, agente Vega.»

«Grazie, signore.»

«Ma non si azzardi mai più a tagliarmi fuori come ha fatto con Astolfi. Io devo essere al corrente di ogni iniziativa dei miei uomini, perfino di ciò che pensano.»

Davanti alla pacata durezza del vicequestore, Sandra si sentì in profondo imbarazzo e abbassò lo sguardo. «Va bene, signore.»

Moro tacque per un lungo istante, poi cambiò tono: «Lei è una donna attraente».

Sandra non si aspettava quel complimento, si sentì avvampare per l'imbarazzo. Le sembrò inopportuno che il superiore si rivolgesse a lei in quel modo.

«Da quanto tempo non impugna un'arma?»

Sandra fu spiazzata dalla domanda che stonava chiaramente con quanto affermato poco prima dal vicequestore. Però cercò lo stesso di rispondere. «Faccio l'esercitazione mensile al poligono, come da regolamento, ma non sono mai stata assegnata al servizio attivo.»

«Ho un piano» affermò Moro. «Per stanare il mostro, ho deciso di attirarlo con delle esche: comunissime auto con a bordo uomini e donne che in realtà sono agenti in borghese. Da questa notte copriranno le zone periferiche della città, spostandosi ogni ora in un luogo diverso. L'ho chiamata 'operazione scudo'.»

«False coppiette.»

«Esatto. Ma siamo a corto di agenti donna, per questo le chiedevo se è ancora capace di usare un'arma.»

«Signore, non ne sono sicura.»

« La esonero dal turno di stanotte, ma da domani vorrei che ci fosse anche lei. Abbiamo bisogno di tutte le risorse per... » Il vicequestore fu interrotto dallo squillo del cellulare. Rispose ignorando del tutto Sandra che rimase impalata, senza sapere dove guardare.

Durante la telefonata, Moro si limitò a replicare al suo interlocutore con secchi monosillabi, come se stesse semplicemente registrando le informazioni. Non durò molto e, quando terminò, tornò a rivolgersi a lei. « Hanno appena finito di ispezionare le tubature e gli scarichi del dipartimento di medicina legale. Mi spiace, agente Vega, ma non hanno rinvenuto alcuna bambola né qualcosa che potesse somigliarle. »

Il disagio di Sandra aumentò sensibilmente. Sperava che una buona notizia le potesse far riguadagnare un po' di considerazione. « Come è possibile? Le assicuro, signore, che ho toccato qualcosa con la punta delle dita, non me lo sono immaginato » affermò, infervorata.

Moro tacque per qualche momento. « Suppongo che possa apparirle irrilevante... ma quando mi ha raccontato che il medico, prima di suicidarsi, si era disfatto di un oggetto gettandolo nel water, ho chiesto alla scientifica di analizzare le mani del cadavere. Non si sa mai, si può verificare sempre un colpo di fortuna. »

Sandra non credeva alla fortuna, ma adesso ci sperava.

« Su una hanno trovato delle tracce di allume di potassio. » Moro fece un'altra pausa. « Ecco perché non abbiamo rinvenuto l'oggetto che ha toccato, agente Vega: si è disciolto nell'acqua dello scarico. Qualunque cosa fosse, era fatta di sale. »

13

Roma era stata fondata su un assassinio.

Secondo la leggenda, Romolo aveva ucciso il fratello Remo, conferendo il proprio nome alla città e diventandone il primo re.

Ma quello era solo il primo di una serie di fatti di sangue. L'epopea della città eterna era costellata da numerosi omicidi, e spesso non si era in grado di distinguere quali fossero frutto fantasioso del mito e quali figli sinceri della storia. Si poteva onestamente affermare che la grandezza di Roma si era alimentata col sangue. Un'opera a cui, nei secoli, aveva contribuito anche il papato.

Perciò, non c'era da stupirsi se la città ancora oggi, in segreto, celebrava la morte violenta.

Cosmo Barditi era stato di parola: aveva procurato a Marcus un modo per accedere al festino privato che si sarebbe tenuto quella notte e che aveva come macabro tema ciò che era accaduto a Ostia. Il penitenziere non sapeva ancora cosa aspettarsi, ma da una cabina telefonica della stazione dei pullman di Tiburtina ascoltò attentamente il messaggio che il suo informatore gli aveva lasciato sulla casella vocale.

« *Ogni invitato ha il proprio codice alfanumerico. Devi impararlo a memoria, non puoi assolutamente scriverlo.* »

Non era un problema, i penitenzieri non prendevano mai appunti per non rischiare di lasciare in giro tracce della propria esistenza.

« *689A473CS43.* »

Marcus lo ripeté a mente.

« *L'appuntamento è per mezzanotte.* »

Poi Cosmo gli fornì un indirizzo sull'Appia Antica. Memorizzò anche quello.

«*Ancora una cosa: forse ho una pista promettente... Devo verificare le mie fonti, perciò non voglio anticiparti nulla.*»

Marcus si domandò cosa potesse essere. A ogni modo, il tono di voce di Cosmo, vagamente soddisfatto, faceva ben sperare.

Il messaggio si concluse con una raccomandazione: «*Se decidi di andare alla villa, non potrai avere ripensamenti dopo. Una volta entrati, non si torna indietro*».

La zona dell'Appia Antica prendeva il nome dalla strada voluta dal censore e console romano Appio Claudio Cieco nel 312 a.C.

I latini la chiamavano *regina viarum* perché, a differenza di altre strade, era un vero capolavoro ingegneristico, all'avanguardia per l'epoca. La pavimentazione a lastre di pietra permetteva la percorrenza con ogni mezzo e con qualsiasi condizione meteorologica. In caso di pioggia, infatti, il sistema drenante evitava alle ruote di impantanarsi. La strada in origine era larga più di quattro metri e consentiva il doppio senso di marcia dei veicoli, inoltre era costeggiata da marciapiedi per consentire il passaggio pedonale.

L'opera era stata così avveniristica che della via Appia ancora rimanevano ampi tratti, perfettamente conservati. Intorno ai ruderi erano sorte magnifiche ville che adesso erano dimore di facoltosi e privilegiati.

Quella che interessava a Marcus era la più isolata.

Aveva una facciata in stile liberty, per metà ricoperta da un'edera rampicante che, spogliata dalle foglie, appariva come lo scheletro di un gigantesco serpente preistorico. Una torre dominava il lato ovest e terminava con un osservatorio. C'erano ampie vetrate buie. Ogni tanto transitava una macchina e, illuminando le finestre con i fari, svelava i disegni colorati di grandi orchidee, magnolie, pavoni e pappagalli.

Un enorme cancello di ferro battuto, che sembrava un intreccio di rami e fiori, introduceva a un viale costeggiato da pini romani, alti più di quindici metri, con il tronco longilineo e leggermente inclinato su cui poggiava il globo schiacciato della chioma, come vecchie signore con indosso il cappello della domenica.

La casa sembrava disabitata da decenni. A rivelare la presenza di qualcuno, però, era una telecamera appollaiata su una colonna che ogni tanto si muoveva per controllare la via antistante illuminata da un unico lampione che emetteva una luce arancione.

Marcus giunse sul luogo molto prima dell'orario dell'appuntamento. Si appostò a una trentina di metri dall'ingresso, in piedi in un anfratto del muro di cinta. Da lì studiò attentamente la villa in attesa della mezzanotte.

Un freddo intenso era calato sulla campagna e sembrava avesse ibernato ogni cosa, perfino i suoni. L'aria era immobile e tutto era sospeso. Il penitenziere provò un profondo senso di solitudine, come chi si trova a dover affrontare ciò che si cela oltre la propria morte. A pochi metri da lui c'era il passaggio per entrare in un mondo segreto, lontano dagli occhi della gente comune.

Già altre volte aveva avvertito la sensazione di essere a un passo dall'ingresso di un inferno.

Era accaduto a bordo del charter che partiva dall'aeroporto di Ciampino ogni martedì alle due del mattino, i cui passeggeri erano solo di sesso maschile. La cabina con le luci abbassate per evitare il peso degli sguardi reciproci, anche se tutti erano lì per il medesimo scopo. Passando fra i sedili, aveva scrutato i volti di quegli uomini normali, immaginandoli nella loro vita alla luce del sole – lavoratori rispettabili, padri di famiglia, amici con cui condividere il tifo a una partita. In apparenza avevano acquistato un viaggio verso una meta tropicale, in realtà si recavano in qualche paese del terzo mondo per comprare giovani vite che soddisfacessero il vizio di cui madri, mogli, fidanzate, conoscenti e colleghi di lavoro non sospettavano né mai avrebbero dovuto sospettare l'esistenza.

La stessa angoscia aveva colto Marcus davanti allo sguardo spento dalla rassegnazione delle prostitute nigeriane, attirate in Occidente con la promessa di un lavoro e finite in uno scantinato buio per essere vendute a un prezzo variabile che poteva arrivare a comprendere perfino la tortura.

Marcus non avrebbe dimenticato il senso di smarrimento e di orrore provato dopo aver avuto accesso alla dimensione parallela di pornografia estrema che si trovava in internet. Una rete nascosta nella rete. Un luogo in cui i bambini non erano più bambini e la violenza diventava uno strumento di piacere. Un luogo in cui chiunque, al riparo della propria casa, poteva trovare materiale per sfogare i propri istinti più inconfessabili e reconditi, magari rimanendo comodamente in pantofole e pigiama.

E adesso, cosa avrebbe trovato nella villa in cui si apprestava a entrare?

Mentre elaborava quei pensieri, si era fatta mezzanotte. Puntuali, gli ospiti iniziarono a giungere alla festa.

Scendevano da taxi o macchine con autista che poi proseguivano. Alcuni arrivavano a piedi da chissà dove. Erano in coppia oppure soli. Sotto cappotti e pellicce indossavano abiti da sera. E avevano un cappello o una sciarpa che copriva il volto. O semplicemente, portavano il bavero rialzato per rendersi irriconoscibili.

Compivano tutti la stessa operazione. Davanti al cancello, suonavano il campanello e attendevano un suono dall'altoparlante – una breve nota musicale. Quindi recitavano il codice alfanumerico. La serratura scattava e potevano entrare.

Marcus attese fin quasi all'una di notte e contò almeno un centinaio di persone. Quindi uscì dall'ombra in cui si era rintanato e si diresse verso l'ingresso.

« 689A473CS43 » ripeté al citofono dopo la nota musicale.

La serratura scattò, poteva entrare.

Venne ad accoglierlo un individuo massiccio, sicuramente un addetto alla sicurezza, che senza rivolgergli la parola lo condusse lungo un corridoio. Erano soli, non c'era traccia delle persone che Marcus aveva visto giungere poco prima alla villa. Ciò che lo colpì maggiormente, però, era che non ci fosse alcun rumore nella casa.

L'uomo lo invitò a entrare in una stanza, seguendolo subito dopo e piazzandosi alle sue spalle. Il penitenziere si ritrovò davanti a un tavolo di mogano dietro il quale era seduta una giovane donna con indosso un abito da sera color porpora che le lasciava scoperta una spalla. Aveva mani affusolate e occhi verdi, da gatta. I capelli neri raccolti in un elegante chignon. Accanto a lei, un vassoio d'argento con una brocca d'acqua e parecchi bicchieri.

« Benvenuto » gli disse con un sorriso complice. « È la prima volta? »

Marcus annuì.

« La regola è semplice ed è una sola: qui tutto è permesso quando l'altro è consenziente. Ma quando l'altro dice no, è no. »

« Ho capito. »

« Ha con sé un telefono cellulare? »

« No. »

« Armi o oggetti che potrebbero fare male a qualcuno? »

« No. »

« Dobbiamo perquisirla lo stesso. È d'accordo? »

Marcus sapeva di non avere scelta. Allargò le braccia e attese che l'uomo alle sue spalle facesse il proprio dovere. Quando ebbe finito, tornò al suo posto.

A quel punto la donna riempì uno dei bicchieri che aveva accanto a sé. Quindi aprì un cassetto, lo richiuse e gli mise davanti una lucida pillola nera.

Marcus esitò.

« Questa è la chiave » lo rassicurò lei, porgendogli la pasticca nel palmo della mano. « Deve prenderla, altrimenti non potrà entrare. »

Il penitenziere allungò il braccio, raccolse la pillola con le dita, se la portò alla bocca e la mandò giù insieme a tutta l'acqua.

Ebbe appena il tempo di posare il bicchiere vuoto che un'ondata calda e improvvisa risalì dal profondo percorrendogli tutto il corpo, fino a esplodergli negli occhi. I contorni di tutto ciò che lo circondava iniziarono a oscillare. Temette di perdere l'equilibrio, quando si sentì sostenere da due mani possenti.

Udì chiaramente una risata che subito s'infranse come cristallo. « Fra qualche secondo si sarà abituato. Intanto lasci che faccia effetto, non opponga resistenza » disse la donna, divertita. « Durerà circa tre ore. »

Marcus provò a seguire il consiglio... Di lì a poco, senza sapere come, si ritrovò appoggiato alla parete di una sala gremita di voci. Erano come uccelli imprigionati in una voliera. Tutto era immerso in una semioscurità che lentamente si rischiarava. Capì che i suoi occhi si stavano semplicemente abituando al cambio di luminosità.

Quando si sentì abbastanza sicuro del proprio equilibrio, mosse i primi passi nella stanza. Una musica elegante permeava l'atmosfera – forse Bach. Le luci erano soffuse e sembravano aloni lontani. Odore di cera e candele, ma anche quello penetrante del sesso.

C'erano altre persone insieme a lui. Non poteva vederle chiaramente, ma le percepiva.

Doveva aver assunto una specie di ipnotico che amplificava le sensazioni impedendogli, nello stesso tempo, di memorizzare ciò che aveva intorno. Guardava un volto e subito lo dimenticava. Era questo lo scopo ulteriore della droga: nessuno avrebbe riconosciuto nessuno.

Figure umane gli passavano accanto, lo sfioravano con lo sguardo oppure gli sorridevano. Una donna lo accarezzò per poi allontanarsi. Alcuni erano nudi.

Su un divano c'era un groviglio di corpi senza faccia. Erano solo seni, braccia, gambe. E bocche che cercavano altre bocche, affamate di piacere. Tutto scorreva davanti a Marcus come un film rapidissimo e sfuggente.

Se non poteva scorgere quelle persone, però, era stato inutile venire lì. Doveva escogitare un modo. Si rese conto che l'insieme era evanescente, ma i particolari no. Doveva concentrarsi su quelli. Se abbassava lo sguardo la sua visione diveniva più nitida. Qualcosa non svaniva.

Le scarpe.

Marcus riusciva a memorizzarle. Col tacco, oppure allacciate. Nere, lucide, rosse. Camminava fra loro e si lasciava guidare. Finché, improvvisamente, cominciarono a muoversi tutte insieme. Come un flusso, convergevano verso il centro della sala, attratte da qualcosa. Il penitenziere si fece strada in quella direzione. Superato lo sbarramento di schiene, scorse un corpo nudo, disteso con la faccia per terra. Sembrava che gli sgorgasse sangue dalla nuca.

Giorgio Montefiori, pensò subito Marcus. Due donne erano inginocchiate accanto a lui e lo accarezzavano.

«*Era venuto il suo tempo... i figli morirono...*» così aveva recitato il mostro nel messaggio di Sant'Apollinare.

Poco più in là, un sedile di automobile a cui era legata una ragazza nuda, i seni costretti da una corda da alpinista. Indossava una maschera di carta: il volto sorridente di Diana Delgaudio, rubato dalla foto di un giornale o da internet.

«*... i falsi portatori del falso amore...*»

A cavalcioni della ragazza c'era un uomo possente. Il fisico scultoreo era ricoperto di olio. Indossava un cappuccio nero, di pelle. Con una mano brandiva un coltello dalla lama argentata.

«*... e lui fu spietato con loro... del bambino di sale...*»

La scena dei due ragazzi aggrediti nella pineta di Ostia era il fulcro malefico da cui traeva origine tutto il resto. Di tanto in tanto, alcuni spettatori si staccavano dagli altri e si allontanavano insieme, per andare a consumare un rapporto sessuale.

«*... se non sarà fermato, non si fermerà.*»

Marcus sentì risalire un improvviso conato. Si voltò e, facendosi largo con le braccia, riuscì a raggiungere un angolo della sala. Si appoggiò con una mano al muro e respirò profondamente. Avrebbe voluto vomitare, così da liberarsi di parte della droga chimica per poter andar via da lì. Ma sapeva anche che sarebbe stato difficile per il suo organismo uscire rapidamente da quella specie di trance caleidoscopica. E poi, non poteva tirarsi indietro proprio adesso. Doveva arrivare fino in fondo, non c'era altro modo.

Fu in quel frangente che, sollevando il capo, notò un'ombra umana che osservava lo spettacolo tenendosi in disparte. Portava un camice, o forse era un impermeabile, o una giacca troppo grande. Ma a colpirlo fu lo strano oggetto nero che spuntava da sotto un lembo di quella stoffa. L'ombra cercava di nasconderlo. Sembrava una pistola.

Marcus si domandò come avesse fatto a introdurla al festino. Non era stato perquisito all'ingresso? Ma poi si rese conto che non era affatto un'arma.

Era una macchina fotografica.

Ricordò le parole di Sandra riguardo al rossetto che il mostro aveva steso sulle labbra di Diana Delgaudio.

« Credo che l'abbia fotografata. Anzi, ne sono sicura. »

È venuto qui per prendere un souvenir, si disse il penitenziere. Allora si staccò dal muro e avanzò verso di lui. Mentre gli andava incontro, si sforzò di focalizzare i tratti del suo viso. Ma era come guardare un miraggio: più si avvicinava, più quello svaniva.

L'ombra si accorse di lui, perché si voltò a fissarlo.

Marcus avvertì su di sé il potere di quei due occhi neri che, come punte di spillo, lo immobilizzavano – come una falena crocefissa in una teca. Spronò se stesso e tentò di dirigersi verso di lei, ma l'ombra indietreggiò. Marcus accelerò l'andatura, ma camminare velocemente era impossibile come muoversi in un oceano di acqua e sabbia.

L'ombra iniziò ad allontanarsi da lui, voltandosi di tanto in tanto come per verificare se lui le stesse ancora appresso.

Marcus ci provava ma con fatica. Allungò anche un braccio, con l'illusione di poterla fermare. Ma già ansimava, come se stesse camminando lungo una salita ripidissima. Allora gli venne un'idea. Si fermò e attese che l'ombra tornasse a guardarlo.

Quando avvenne, il penitenziere si fece un segno della croce al contrario.

L'ombra rallentò, come se cercasse di capire il significato di quel gesto. Ma poi proseguì.

Marcus riprese ad avanzare e la vide imboccare una portafinestra che conduceva all'esterno della villa. Probabilmente si era introdotta proprio da lì, eludendo i controlli all'ingresso. Poco dopo, anche lui varcò quel confine e ricevette la sferzata benefica del freddo notturno che, per un attimo, parve risvegliare i suoi sensi intorpiditi dalla droga.

L'ombra era diretta verso il bosco ed era già lontana. Marcus non aveva intenzione di lasciarla andare.

«... *se non sarà fermato, non si fermerà.*»

Ma proprio mentre stava recuperando parte delle sue facoltà, un peso improvviso si abbatté sulla sua nuca. Il dolore fu un lampo. Qualcuno l'aveva colpito alle spalle. Mentre cadeva, perdeva i sensi. E mentre perdeva i sensi, a pochi centimetri dalla sua faccia, vide che l'assalitore indossava un paio di *scarpe blu.*

SECONDA PARTE

L'uomo con la testa di lupo

1

Il vento arrivava a folate improvvise. Poi calava.

Il bollettino meteorologico aveva annunciato una grossa perturbazione per quella notte. Fra gli alberi si poteva scorgere un cielo lattiginoso e gravido. Il freddo, poi, si era fatto più rigido, come un presagio.

E lei aveva indosso una maledetta minigonna.

«Dici che dovremmo baciarci?»

«Vaffanculo, Stefano» rispose lei.

Fra tutti i colleghi che le potevano capitare per quel servizio, proprio quel cretino di Carboni.

Erano appostati in mezzo alla campagna, in una Fiat 500 bianca. Dovevano sembrare una coppietta che si era appartata per cercare un po' d'intimità, ma l'agente Pia Rimonti non riusciva a essere tranquilla. Non le piaceva l'idea dell'«operazione scudo», la considerava un inutile spreco di personale e risorse. Coprire le periferie di Roma era un'impresa impossibile con appena una quarantina di auto-esca.

Catturare il mostro con quell'espediente era un po' come cercare di vincere alla lotteria al primo colpo.

E poi c'era qualcosa di sessista nel modo in cui era avvenuto il suo reclutamento.

Come altre agenti donna, era stata scelta soprattutto per la sua avvenenza. La prova che, invece, per i loro partner era stato usato un criterio differente era proprio Stefano Carboni, il meno appetibile e il più viscido degli uomini della questura.

Il giorno dopo avrebbe dovuto parlarne con le altre colleghe impegnate quella notte. Avrebbero dovuto rivolgersi al sindacato.

Ma c'era un'altra verità che Pia Rimonti non raccontava a se stessa. Cioè che aveva paura. E il brivido che sentiva risalirle lungo le gambe non era solo per via della minigonna.

Ogni tanto spostava la mano verso la tasca della portiera, in cerca del calcio della pistola. Sapeva che era lì, ma toccarla le infondeva sicurezza.

Carboni, invece, aveva l'aria di spassarsela. Non gli sembrava vero di essere solo in un'auto insieme all'agente donna a cui faceva il filo da più di due anni e mezzo. Davvero s'illudeva che quella situazione avrebbe cambiato le cose? Che idiota. Infatti, continuava a provocarla con battute e doppi sensi.

« Ma ci pensi? Potrò dire che abbiamo passato la notte insieme » ridacchiò l'uomo.

« Perché non la smetti e ti concentri sul lavoro? »

« Quale lavoro? » disse Carboni, indicandosi intorno. « Siamo in mezzo al nulla e non verrà nessuno. Quel pavone di Moro non capisce un cazzo, dammi retta. Ma sono contento di essere qui. » Poi si sporse verso di lei con un mezzo sorriso: « Tanto vale approfittarne ».

Pia lo allontanò piazzandogli una mano sul torace. « Non so se ti conviene se lo dico a Ivan. »

Ivan, il suo ragazzo, era gelosissimo. Ma molto probabilmente, come tutti gli uomini gelosi, se la sarebbe presa soprattutto con lei per quella situazione. Le avrebbe rinfacciato che poteva evitarla avvertendo i superiori, che doveva farsi assegnare un altro collega. L'avrebbe accusata di compiacersi segretamente, come tutte le donne, di quel corteggiamento. Insomma, alla fine la colpa sarebbe stata solo sua. Era inutile spiegargli che alle difficoltà della professione una poliziotta doveva aggiungere anche quella di dover costantemente dimostrare di essere all'altezza dei colleghi maschi. Perciò non poteva andare a frignare dai superiori ogni volta che qualcuno non la trattava come una principessina. Avrebbe lasciato Ivan fuori da quella storia.

Stefano Carboni era un coglione e il giorno dopo si sarebbe vantato coi colleghi anche se non fosse riuscito a concludere niente quella notte. Tanto valeva lasciarlo parlare, avrebbe solo dovuto tenerlo a distanza fino alla fine del turno.

Ma il vero problema adesso era la pipì.

Da più di un'ora la tratteneva e sentiva di esplodere da un momento all'altro. Era colpa del freddo e della tensione. Ma aveva trovato un modo per resistere, accavallando le gambe e appoggiando il peso sul fianco sinistro. «Che cavolo stai facendo?»

«Metto un po' di musica, ti va?»

Carboni aveva acceso la radio, ma Pia l'aveva spenta quasi subito.

«Io voglio sentire se qualcuno si avvicina all'auto.»

Il poliziotto in borghese sbuffò. «Rimonti, coraggio, rilassati. Mi sembri la mia fidanzata.»

«Hai una donna?»

«Certo che ho una donna» ribatté lui, indignato.

Pia non riusciva a crederci.

«Aspetta, te la mostro.» Carboni tirò fuori il cellulare e le fece vedere la foto che usava come screensaver. Lui al mare, abbracciato a una ragazza.

Era carina, notò Pia. E poi pensò: poveretta. «Non se la prenderebbe se sapesse che ci stai provando con me?» lo stuzzicò.

«Ehi, un uomo deve fare ciò che deve fare» si difese lui. «Se non ci provassi in una situazione come questa non meriterei di essere definito un maschio. Non credo che alla mia donna farebbe piacere sapere di avere accanto un mezzo uomo.»

Pia scosse il capo. Era una logica senza senso. Ma invece di divertirla, le fece tornare alla mente Diana Delgaudio. Il ragazzo con cui era uscita la sera dell'aggressione nella pineta di Ostia non aveva preso le sue difese. Anzi, per salvare se stesso, aveva accettato di piantarle un coltello in mezzo al torace. Quanto era uomo un uomo così? E Ivan come si sarebbe comportato al posto suo?

E Stefano Carboni?

Infatti, la domanda che aveva evitato di porsi per tutta la nottata era proprio quest'ultima. Se davvero fossero stati aggrediti dal mostro, il suo collega sarebbe stato capace di proteggerla? Oppure lo stesso uomo che da più di due ore la corteggiava pesantemente si sarebbe prestato ad assecondare l'assassino?

Mentre formulava quei pensieri, una voce emerse dalla radio di servizio: «*Rimonti, Carboni: tutto a posto dalle vostre parti?*»

Era la centrale operativa. Ogni ora facevano un check con le pattuglie sparse per le campagne per sapere come andavano le cose. Pia afferrò la trasmittente: «Affermativo, qui non succede niente».

«*Occhi aperti, ragazzi: la notte è ancora lunga.*»

La poliziotta chiuse la comunicazione e vide che l'orologio digitale sul cruscotto segnava appena l'una. Certo che è lunga, pensò. In quel momento, Carboni le appoggiò una mano sulla gamba. Pia prima lo guardò, furente, poi gli diede un pugno sull'avambraccio.

«Ahi!» protestò lui.

La poliziotta non era arrabbiata per il gesto, ma più per il fatto che l'aveva costretta a cambiare la postura sul sedile. Adesso lo stimolo di urinare era diventato insopportabile. Prese il collega per il bavero. «Ascolta, io adesso vado là fuori a cercarmi un albero.»

«Per fare cosa?»

Pia non poteva credere che fosse davvero tanto stupido. Non gli rispose e proseguì: «Tu ti apposti accanto alla macchina e non ti muovi finché non ho finito. Chiaro?»

Carboni annuì.

Pia scese dall'auto impugnando la pistola, l'altro la imitò.

«Vai tranquilla, socia. Ci sono qua io.»

La poliziotta scosse il capo e cominciò ad allontanarsi. Alle sue spalle, Carboni si mise a fischiettare e poi si sentì il suono di un getto di liquido che rimbalzava sul terreno. Anche lui si era messo a urinare.

«Il vantaggio di essere maschi è che possiamo farla dove e quando ci pare» si vantò lui ad alta voce, prima di rimettersi a fischiare.

Pia, invece, aveva qualche difficoltà a camminare sul suolo accidentato. Le faceva male la vescica e la stramaledetta minigonna le impediva i movimenti. E poi c'era quel dannato vento che come una mano invisibile e dispettosa la strattonava.

Aveva con sé la pistola e il cellulare. Cercava di capire dove andare servendosi della luce del display. Finalmente puntò un albero e accelerò il passo.

Arrivata vicino alla pianta, si guardò bene intorno. Appoggiò per terra l'arma e il telefono. Poi, con un po' di timore, si abbassò calze e mutandine, sollevò la gonna sul bacino e si accovacciò.

Aveva freddo al sedere ed era scomoda. Ma, nonostante lo stimolo impellente, non riusciva a liberarsi. Era come bloccata. « Tipregotipregotiprego » disse all'urina che non voleva saperne di uscire.

Era la paura.

Riprese fra le mani la pistola e la tenne stretta sopra al ventre. Il fischiettio di Carboni riecheggiava nel bosco, in lontananza, facendola sentire più tranquilla. A ogni folata però spariva. E d'un tratto cessò del tutto.

« Per favore, potresti riprendere a fischiare? » disse lei, pentendosi subito di aver usato un tono supplichevole.

« Certo! » urlò lui e ricominciò.

Finalmente la sua vescica si lasciò andare. Pia socchiuse gli occhi per il piacere di liberarsi. Il liquido caldo usciva da lei con un getto impetuoso.

Carboni smise ancora una volta di fischiare.

« Che stronzo » disse fra sé, anche se poi l'altro ricominciò.

Aveva quasi finito quando una folata più forte delle altre la fece vacillare. Fu allora che sentì uno scoppio.

Pia s'irrigidì. Cos'era stato? Era reale o l'aveva solo immaginato? Era stato troppo rapido e il vento l'aveva attutito. Adesso avrebbe voluto che il collega la smettesse di fischiare perché non riusciva a sentire altro.

Fu colta da una paura irrazionale. Si sollevò, tirandosi su le calze in maniera scomposta. Recuperò cellulare e pistola, poi si mise a correre con la minigonna che le era risalita fino all'ombelico. Non doveva essere un bello spettacolo, era nel panico.

Si proiettò in avanti rischiando costantemente di cadere, avendo come guida solo il fischio di Carboni.

Ti scongiuro, non smettere.

Aveva l'impressione che qualcuno la stesse seguendo. Poteva

essere frutto della sua immaginazione, ma non le importava. Aveva solo premura di tornare alla macchina.

Quando finalmente sbucò nella piccola radura in cui avevano parcheggiato, vide che il collega era seduto in auto e aveva lasciato lo sportello aperto. Si precipitò dalla sua parte.

« Stefano, smetti di fischiare, c'è qualcuno! » disse allarmata.

Ma quello non smise. Quando Pia gli si parò davanti, avrebbe voluto dargli uno schiaffo per quanto era cretino, ma si bloccò di fronte ai suoi occhi sgranati, alla bocca spalancata. Sul torace di Carboni c'era un foro da cui sgorgava sangue nero e viscido. Lo scoppio era stato uno sparo.

E qualcuno continuava a fischiettare, da qualche parte, intorno a lei.

2

All'alba lo svegliarono gli uccelli.

Marcus aprì gli occhi e riconobbe il canto. Ma subito venne colto da una fitta che gli perforò il cranio. Provò a capire da dove provenisse il dolore ma aveva male ovunque.

E freddo.

Era a terra, in una posizione scomposta. Il lato destro del volto schiacciato contro il suolo duro, le braccia abbandonate lungo i fianchi, una gamba era distesa, l'altra ripiegata malamente sul ginocchio.

Doveva essere caduto di peso a faccia in giù, senza opporre resistenza con le mani.

Provò a sollevare prima il bacino. Poi, aiutandosi con i gomiti, cominciò a rialzarsi. Girava tutto. Doveva resistere alla tentazione di richiudere gli occhi. La paura di svenire di nuovo fu più forte di qualsiasi capogiro.

Fu in grado di mettersi a sedere e guardò in basso. Sul terreno era rimasta la sua sagoma scura, tutt'intorno c'era un tappeto di brina notturna. Avvertiva l'umidità su di sé, sulla schiena, sulla parte posteriore di gambe e braccia, e sulla nuca.

La nuca, pensò. Era quella la fonte primaria del dolore.

La toccò con una mano per sentire se per caso fosse ferito. Nel punto in cui l'avevano colpito, però, non c'era sangue. Solo un bozzo enorme e forse una leggera escoriazione.

Aveva il terrore di perdere di nuovo la memoria. Allora provò a fare un rapido check dei suoi ricordi.

Chissà perché, la prima cosa che gli tornò in mente fu l'immagine della suora smembrata nei giardini vaticani risalente a un anno prima. Ma la scacciò subito con il pensiero di Sandra, il bacio che le aveva visto scambiarsi con l'uomo di cui era innamorata, il loro incontro nella pineta di Ostia. Poi arrivò anche il resto... Il registratore nella chiesa di Sant'Apollinare, le parole di Clemente: « C'è una seria minaccia che grava su Roma. Ciò che è accaduto l'altra notte sta scuotendo le coscienze dal profondo ». Il bambino di sale... E infine il festino con l'orgia malvagia a cui aveva assistito la notte prima, l'ombra umana che aveva con sé una macchina fotografica, l'inseguimento sotto l'effetto della droga, il colpo in testa. L'ultima immagine che ricordava, però, era quella dei piedi del suo assalitore mentre si allontanava. Indossava un paio di scarpe blu.

Qualcuno stava proteggendo l'ombra. *Perché?*

Finalmente Marcus riuscì a rimettersi in piedi. Avvertiva gli effetti di un principio di ipotermia. Chissà in quale momento della sua vita passata, prima che avvenisse la cesura dell'amnesia, il suo corpo aveva imparato a resistere al gelo.

La luce pallida dell'alba conferiva al giardino della villa un aspetto spettrale. Il penitenziere tornò verso la portafinestra da cui era uscito, ma adesso era chiusa. Provò a spingere il battente, ma non aveva abbastanza forza. Allora raccolse un sasso e lo scagliò contro il vetro. Quindi infilò il braccio e aprì.

All'interno non c'era traccia del festino. La casa sembrava davvero disabitata da decenni. I mobili erano coperti da teli bianchi e nell'aria c'era odore di chiuso.

Poteva davvero aver immaginato tutto? La droga che aveva assunto era così potente? Ma poi si accorse di un dettaglio – un'anomalia – che gli svelò che invece era stato tutto reale.

Non c'era polvere.

Era tutto troppo pulito, la patina dell'abbandono non si era ancora distesa sulle cose.

Tolse un lenzuolo che copriva un divano e se lo mise sulle spalle, per riscaldarsi. Quindi provò ad azionare un interruttore, ma non c'era corrente elettrica. Così, a tentoni, salì la scala che conduceva al piano di sopra, alla ricerca di un bagno.

Lo trovò all'interno di una camera da letto.

Dalle assi della persiana filtrava la debole luce del giorno. Marcus si sciacquò più volte la faccia nel lavandino. Poi si sollevò per guardarsi nello specchio. Gli occhi erano cerchiati di nero per la botta ricevuta. Chissà che non avesse un trauma cranico.

Gli venne in mente Cosmo Barditi, il suo messaggio sulla casella vocale. «*Ancora una cosa: forse ho una pista promettente... Devo verificare le mie fonti, perciò non voglio anticiparti nulla.*»

«Cosmo» ripeté Marcus a bassa voce. Gli aveva parlato del festino, poi aveva trovato un modo per farlo entrare nella villa. Possibile che fosse stato lui a tradirlo?

Qualcosa, però, gli diceva che Cosmo non c'entrava nulla. Era accaduto perché si era messo a inseguire l'ombra. Ma forse non era stato quello a fargli meritare la botta in testa, forse l'aveva provocata facendosi il segno della croce al contrario. Però l'ombra non aveva saputo decifrare quel gesto. Anche se non poteva rammentare il suo volto per via dell'ipnotico, il penitenziere ricordava ancora di aver percepito un'incertezza nel modo in cui si era soffermata a guardarlo.

Ma qualcun altro aveva compreso. *Scarpe blu.*

Avrebbe dovuto informare Clemente, e poi sentire se Cosmo aveva davvero delle novità per lui. Al momento però voleva solo lasciare la villa.

Poco dopo entrò nel bar di una stazione di servizio. La donna dietro al bancone lo guardò come se avesse visto un cadavere.

Marcus non riusciva ancora a reggersi bene in piedi, aveva guidato fin lì con grande difficoltà. Doveva avere un aspetto tremendo. Si frugò nelle tasche in cerca di qualche moneta, quindi appoggiò un paio di euro sul ripiano della cassa.

«Un caffè lungo, per favore.»

Mentre attendeva che gli servissero la bevanda, sollevò lo sguardo verso lo schermo di un televisore piazzato in un angolo della sala.

L'inviato di un telegiornale si trovava in un luogo isolato, in mezzo alla campagna. Alle sue spalle c'era un viavai di agenti. Marcus riconobbe Sandra.

«... I due poliziotti assassinati questa notte si chiamavano Stefano Carboni e Pia Rimonti» disse il giornalista. «Per loro il mostro ha seguito quasi lo stesso rituale della prima volta: ha sparato al torace dell'uomo e poi allo stomaco della donna, forse perché si è accorto che era armata. Ma non l'ha uccisa subito: dopo averla ferita, l'ha legata a un albero e ha infierito su di lei con il coltello. Da quanto abbiamo appreso, secondo il medico legale la tortura sarebbe stata prolungata. Nelle prossime edizioni vi forniremo altri particolari... »

Marcus individuò un telefono pubblico in un angolo. Dimenticò il caffè e si precipitò verso la cabina. Compose il numero della casella vocale e stava per lasciare un messaggio, quando una voce elettronica lo informò che ce n'era già uno, non ancora ascoltato.

Il penitenziere digitò il proprio codice e rimase in attesa. Sicuro di sentire la voce di Clemente, riconobbe invece quella di Cosmo Barditi. Gli aveva lasciato un secondo messaggio dopo quello della sera precedente. Ma a differenza del primo, il tono dell'uomo non era affatto tranquillo: stavolta tradiva una profonda inquietudine mista a vero e proprio terrore.

« *... Dobbiamo vederci subito...* » ansimava. « *È molto peggio di quanto potessi immaginare...* » Era talmente agitato che sembrava piangesse. « *Siamo in pericolo, in grave pericolo* » ribadì. « *Non posso dirtelo adesso, perciò vieni nel mio locale appena senti questo messaggio. Ti aspetterò lì fino alle otto, poi prenderò mia figlia e la mia compagna e le porterò via da Roma.* »

Il messaggio terminò. Marcus guardò l'ora: le sette e dieci. Poteva ancora farcela, ma doveva affrettarsi.

Al momento, non lo interessava tanto la scoperta di Cosmo, quanto invece il motivo per cui l'uomo era così spaventato.

3

Sandra conosceva Pia Rimonti.

Avevano parlato spesso. L'ultima volta si erano scambiate un parere su un negozio di abbigliamento sportivo. Anche lei frequentava una palestra e aveva intenzione di iniziare un corso di pilates.

Non era sposata, ma si capiva dai suoi discorsi che avrebbe desiderato mettere su famiglia col fidanzato che, se non ricordava male, si chiamava Ivan. Le aveva detto che era geloso e possessivo e che, proprio per questo, lei aveva fatto domanda di trasferimento dal servizio attivo a un lavoro d'ufficio, così almeno lui avrebbe saputo sempre dove stava. Pia era una ragazza innamorata, e anche se il suo sogno era sempre stato quello di indossare una divisa, avrebbe accettato di buon grado il cambiamento. Sandra non avrebbe dimenticato il suo sorriso limpido, e che al bar della questura le piaceva prendere il caffè con un cubetto di ghiaccio.

Dopo aver fotografato il suo corpo nudo e straziato quella mattina, non riusciva più ad avere le idee chiare. Aveva portato a termine la fotorilevazione in maniera meccanica, come se una parte di lei fosse anestetizzata all'orrore. Non le piaceva sentirsi così, ma senza quell'imprevista corazza non avrebbe potuto resistere più di qualche minuto.

Quando il mostro quella notte aveva capito di trovarsi di fronte due poliziotti, aveva infierito su Pia in maniera feroce. Dopo averle sparato allo stomaco per renderla inoffensiva, l'aveva spogliata, infierendo su di lei per almeno mezz'ora. Avevano trovato il suo cadavere abbracciato al tronco di un albero, ammanettato. Il mostro aveva inciso le sue carni con un coltello da caccia. A Stefano Carboni era andata meglio. Secondo il medico legale, l'assassino gli aveva sparato al torace centrando un'arteria. Era morto sul colpo.

Quando la centrale operativa aveva cercato di contattare i due agenti per radio, così come avveniva mediamente ogni sessanta minuti, non aveva ottenuto risposta. A quel punto una pattuglia era andata a controllare facendo la macabra scoperta.

I media erano già a conoscenza di come erano andate le cose. Alla faccia delle precauzioni adottate dalla questura per evitare le fughe di notizie.

Il duplice omicidio era avvenuto nei pressi della via Appia Antica, dove si era registrato un insolito movimento di veicoli quella notte: per adesso, era l'unica stranezza a cui aggrapparsi.

Il vicequestore Moro era fuori di sé per la rabbia. L'« operazione scudo » si era rivelata un disastro. E la morte di due agenti pesava sulla polizia come il peggiore dei fallimenti.

Inoltre, il mostro aveva oltraggiato il cadavere di Pia Rimonti truccandolo con fard e rossetto. Forse anche in questo caso aveva scattato delle foto ricordo della propria opera. Qualunque fosse lo scopo del rituale, Sandra lo trovava ributtante.

Anche stavolta, niente DNA dell'assassino né impronte digitali.

Insieme agli uomini dello SCO, con in testa Moro, Sandra varcò l'ingresso della questura di ritorno dalla scena del crimine. C'era un nugolo di cronisti e di fotografi che attendeva proprio il vicequestore, che si fece largo con fastidio fino all'ascensore senza rilasciare dichiarazioni.

Fra i presenti nell'atrio, Sandra notò la madre di Giorgio Montefiori. La donna, che aveva tanto insistito perché la polizia le riconsegnasse gli abiti del figlio, adesso era lì e teneva fra le mani una busta di plastica con cui cercava di attirare proprio l'attenzione di Moro.

Il vicequestore si rivolse a uno dei suoi uomini, parlandogli a bassa voce, ma Sandra riuscì a carpire le sue parole.

« Toglietemi di torno quella donna. Siate gentili ma decisi. »

Sandra provò pena per lei, ma comprendeva anche l'irritazione di Moro. Erano stati ammazzati due dei loro, non c'era spazio per assecondare il delirio di una madre, anche se giustificato dal dolore.

« Quest'indagine riparte da zero » annunciò poco dopo il vicequestore alla platea riunita nella sala operativa. Poi si mise ad aggiornare il tabellone degli indizi salienti, aggiungendo quelli ricavati dalla nuova scena del crimine.

Omicidio pineta di Ostia:

Oggetti: zaino, corda da alpinista, coltello da caccia, revolver Ruger SP101.

Impronte del ragazzo sulla corda da alpinista e sul coltello lasciato nello sterno della ragazza: gli ha ordinato di legare la ragazza e di colpirla se voleva salvarsi la vita.

Uccide il ragazzo sparandogli alla nuca.

Mette il rossetto alla ragazza (per fotografarla?).

Lascia un manufatto di sale accanto alle vittime (una bambolina?).

Omicidio agenti Rimonti e Carboni:

Oggetti: coltello da caccia, revolver Ruger SP101.

Uccide l'agente Stefano Carboni con un colpo di pistola al torace.

Spara all'agente Pia Rimonti, ferendola allo stomaco. Poi la denuda. L'ammanetta a un albero, la tortura e la finisce con un coltello da caccia. La trucca (per fotografarla?).

Mentre Moro scriveva, Sandra notò subito la differenza fra gli elementi raccolti sulla prima e sulla seconda scena del crimine. Nella seconda ce n'erano meno e apparivano anche meno rilevanti.

E stavolta l'assassino non aveva lasciato nulla per loro. Nessun feticcio, nessuna firma.

Quando ebbe finito, il vicequestore si rivolse alla platea. « Voglio che andiate a scovare ogni pervertito o maniaco con precedenti per reati sessuali di questa città. Dovete metterli sotto torchio, fargli sputare tutto ciò che sanno. Dobbiamo rileggere i loro profili, parola per parola, verificare tutti gli spostamenti degli ultimi mesi, perfino degli ultimi anni, se è necessario. Voglio conoscere il contenuto dei loro computer, sapere quali siti internet hanno visitato e su quali schifezze si sono masturbati. Ci procureremo i tabulati delle telefonate e chiameremo quei numeri, uno per uno, finché non spunterà qualcosa. Devono sentirsi alle strette, col fiato sul collo. Il nostro uomo non può essere sbucato dal nulla, deve avere per forza un passato. Perciò, rileggetevi gli esiti dell'inchiesta, attaccatevi a ogni minimo dettaglio che abbiamo tralasciato. E portatemi qualcosa su quel figlio di puttana.» Moro concluse la sua invettiva con un pugno sul tavolo. La riunione era terminata.

Sandra ebbe la conferma che non avevano davvero nulla fra le mani. Quell'idea le suscitò un improvviso senso d'insicurezza. Era convinta di non essere la sola a provare una simile emozione. Nelle espressioni dei colleghi era evidente lo smarrimento.

Mentre tutti lasciavano la sala, intercettò con lo sguardo il commissario Crespi. L'anziano poliziotto sembrava affaticato, come se gli eventi degli ultimi giorni l'avessero messo duramente alla prova. «Allora, come è andata a casa di Astolfi?» gli domandò.

Crespi si era occupato della perquisizione nell'abitazione del medico legale suicida. «Nessun legame con l'omicidio.»

Sandra era sorpresa. «E allora come ti spieghi ciò che ha fatto?»

«Vallo a capire. Quelli dello SCO hanno rivoltato la sua vita da cima a fondo, senza trovare niente.»

Non era possibile, non ci credeva. «Poteva aiutarci a salvare prima Diana Delgaudio, ma invece voleva farla morire. E poi ha nascosto e distrutto una prova. Uno non si rende complice di un crimine se non ha qualche interesse personale.»

Crespi si accorse che il suo tono di voce era troppo alto, così la prese per un braccio e la condusse lontano dagli altri. «Ascolta, non so cosa sia saltato in mente ad Astolfi, ma pensaci: perché avrebbe dovuto distruggere una bambolina di sale? La verità è che era un uomo solo, schivo e, diciamolo, non stava simpatico a nessuno. Forse aveva motivi di acredine nei confronti della questura o del genere umano, chissà. Capita a certi soggetti sociopatici, fanno cose tremende e incomprensibili.»

«Mi stai dicendo che Astolfi era pazzo?»

«Pazzo no, ma forse ha perso la testa.» Fece una pausa. «Una volta ho arrestato un pediatra che ogni centoundici prescrizioni, segnava il farmaco sbagliato. Quei poveri bambini poi stavano malissimo e non si capiva il motivo.»

«Perché proprio centoundici?»

«E chi lo sa. Ma è stata proprio questa precisione a fregarlo. Per il resto era un bravo medico, scrupoloso e attento come pochi. Forse aveva solo bisogno di liberare ogni tanto il proprio lato oscuro.»

Sandra, però, non era persuasa da quella spiegazione.

Crespi le posò una mano sul braccio. «Lo so che ti brucia, perché sei stata tu a smascherare quel bastardo. Ma gli assassini seriali non hanno complici, lo sai: sono solitari. E poi le probabilità che Astolfi conoscesse il mostro e che, guarda caso, fosse convocato proprio sulla scena del primo delitto sono scarsissime.»

Anche se a malincuore, la poliziotta dovette ammettere che le parole del commissario avevano un senso. Ma quella verità la faceva sentire ancora più fragile e impotente davanti al male che era stato compiuto. Si chiese dove fosse il penitenziere in quel momento. Avrebbe voluto parlare con lui perché la rassicurasse.

Marcus giunse all'SX che mancava una manciata di minuti alle otto. La via in cui era ubicato il locale era deserta a quell'ora del mattino. Si avvicinò all'ingresso e citofonò, rimanendo in attesa di una risposta. Inutilmente.

Si domandò se Cosmo, non vedendolo arrivare, avesse deciso di anticipare la fuga con la famiglia. Quell'uomo aveva paura, e non si poteva prevedere come avrebbe funzionato la mente di chi si sentiva minacciato.

Ma Marcus non poteva lasciarsi scappare alcun indizio, fosse anche il più modesto. Così, dopo essersi assicurato che in giro non ci fosse davvero nessuno, prese dalla tasca il piccolo cacciavite retrattile che portava sempre con sé e lo utilizzò per aprire la serratura.

Percorse il lungo corridoio di cemento che conduceva alla porta rossa. Il neon che di solito lo illuminava era spento. Ripeté l'operazione compiuta poco prima col portone ed entrò nel locale.

C'era solo una luce e proveniva dal palco centrale.

Il penitenziere attraversò la sala, stando attento a non sbattere contro divani e tavolini. Poco dopo s'inoltrò nel retro, dove c'era l'ufficio di Cosmo. Arrivato davanti all'uscio, si bloccò.

C'era qualcosa di strano in tutto quel silenzio.

Senza nemmeno toccare la maniglia, ebbe la premonizione che dall'altra parte lo stesse attendendo un cadavere.

Quando finalmente varcò la soglia, intravide nell'ombra il corpo di Cosmo Barditi riverso sulla scrivania. Si avvicinò e accese la lampada sul tavolo: l'uomo stringeva in una mano una pistola e presentava un foro sulla tempia. Aveva gli occhi sbarrati e la guancia sinistra era schiacciata in una pozza di sangue che arrivava fino al bordo del tavolo e poi sgocciolava sul pavimento.

Doveva sembrare un suicidio, ma Marcus sapeva che non era vero. Anche se non c'erano segni di colluttazione che facessero pensare alla presenza di un assassino, Cosmo non si sarebbe mai tolto la vita. Aveva una figlia adesso, gliene aveva parlato con orgoglio. Non l'avrebbe mai abbandonata.

Era stato ucciso perché aveva scoperto qualcosa d'importante. Nell'ultimo messaggio lasciato sulla casella vocale aveva pronunciato frasi inquietanti.

« *È molto peggio di quanto potessi immaginare. Siamo in pericolo, in grave pericolo.* »

A cosa si riferiva Barditi? Cosa l'aveva spaventato?

Sperando che l'uomo prima di morire avesse avuto modo di lasciargli una traccia, Marcus si mise a cercare intorno al cadavere. Dopo aver indossato dei guanti di lattice, aprì i cassetti della scrivania, frugò nelle tasche del morto, spostò mobili e suppellettili, rovistò nel cestino della carta.

Ebbe l'impressione che qualcuno, però, l'avesse preceduto.

Una conferma arrivò quando si accorse che mancava il cellulare di Barditi. Chi l'aveva ucciso se n'era appropriato? Forse lì sopra era conservata traccia delle chiamate effettuate da Cosmo per reperire informazioni. Forse, proprio grazie ai suoi contatti nell'ambiente a luci rosse, era arrivato a scoprire qualcosa di così importante da determinare la sua morte.

Forse.

Marcus si rese conto che le sue erano solo congetture. Per quanto ne sapeva, Cosmo poteva anche non aver mai posseduto un cellulare.

Nell'ufficio però c'era un telefono fisso. Il penitenziere sollevò la cornetta e premette il tasto che richiamava l'ultimo numero composto sull'apparecchio. Attese qualche squillo, poi gli rispose una voce di donna.

« Cosmo, sei tu? Dove sei? »

Il tono era apprensivo. Marcus riattaccò. Probabilmente era la sua compagna che, non vedendolo arrivare, adesso era in ansia.

Il penitenziere diede un'ultima occhiata in giro per la stanza, ma non c'era nulla che potesse interessarlo. Mentre stava per andare via, guardò ancora una volta la svastica tatuata sul collo di Cosmo.

Alcuni anni prima, gli aveva salvato la vita, anzi: gli aveva fornito l'opportunità di cambiarla. Quel simbolo di odio non rappresentava più Cosmo Barditi, ma chiunque avesse ritrovato il suo cadavere avrebbe pensato di sì, e magari non avrebbe provato per lui la pietà che meritava.

Marcus sollevò la mano e gli impartì una benedizione. A volte ricordava di essere anche un prete.

4

Il segreto constava di tre livelli. Il primo era « il bambino di sale ».

Anche se qualcuno fosse riuscito a svelare quella parte dell'enigma, c'erano sempre le altre due da decifrare.

Nessuno ci era riuscito fino a quel momento.

Ciononostante, Battista Erriaga non era tranquillo. Aveva sognato Min, l'amico gigante buono che aveva ucciso da ragazzo nelle Filippine. Aveva pensato spesso a lui negli ultimi giorni, forse era per quello. Ma ogni volta che accadeva, Battista veniva invaso dall'inquietudine. Non era mai un buon segno. Era come se Min volesse metterlo in guardia da qualcosa. Un pericolo si addensava come un temporale intorno a lui. Ma il terribile segreto della sua gioventù era ben poca cosa in confronto a quello che cercava di proteggere adesso.

Gli eventi stavano accadendo troppo velocemente. Si era innescato un rischioso meccanismo, e lui non sapeva come rallentarlo.

C'era stata una nuova aggressione quella notte, sfociata in un duplice omicidio.

La morte non lo indignava, e quella degli innocenti non gli suscitava alcuna compassione. Faceva parte semplicemente delle cose. Non era un ipocrita. La verità era che, davanti alla morte altrui, piangiamo per noi stessi. Non è un sentimento nobile, è paura perché un giorno ci toccherà la stessa sorte.

L'unica cosa che gli importava era che a morire stavolta erano stati due poliziotti. Questo avrebbe complicato le cose.

Doveva ammettere che, però, c'era stato un colpo di fortuna. Il suicidio del medico legale aveva costituito un freno. Quell'idiota di Astolfi si era fatto scoprire, ma era stato abbastanza lungimirante da togliersi la vita prima che la polizia potesse capire il suo ruolo in tutta la faccenda.

Ma Erriaga doveva per forza scoprire se qualcuno stesse seguendo la traccia del bambino di sale, anche se a un certo punto si sarebbero trovati davanti un muro invalicabile.

E allora il suo segreto sarebbe stato salvo.

Molti anni prima era stato commesso un errore: un grave pericolo era stato sottovalutato. Era venuto il tempo di rimediare. Ma le cose, per l'appunto, stavano andando troppo in fretta. Per questo aveva bisogno di conoscere esattamente a che punto fosse l'indagine di polizia.

C'era solo un modo per saperlo: doveva contravvenire all'idea iniziale di stare a Roma nel completo anonimato.

Una persona sarebbe dovuta venire a conoscenza del suo arrivo in città.

L'Hotel De Russie si trovava alla fine di via del Babuino, una strada elegante che univa piazza del Popolo a piazza di Spagna e che prendeva il nome dalla statua di un sileno disteso su una fontanella risalente al 1571. Il volto della scultura era talmente sgraziato che i romani lo avevano subito paragonato a un babbuino – parola che nella parlata locale veniva pronunciata con una sola « b ».

Battista Erriaga varcò l'ingresso dell'hotel di lusso con la visiera del cappellino calata sugli occhi per non farsi notare, e si diresse verso lo Stravinskij Bar, un posto esclusivo dove si potevano gustare ottimi cocktail e piatti raffinati e che, dalla primavera, prevedeva una suggestiva location nel giardino del grande albergo.

Era in corso una colazione di lavoro. Un uomo sulla settantina, dall'aspetto autorevole e raffinato, stava intrattenendo i suoi partner d'affari provenienti dalla Cina.

Si chiamava Tommaso Oghi. Romano da diverse generazioni, discendente di una famiglia poverissima, aveva fatto fortuna nell'edilizia nel periodo in cui la città era stata depredata da imprenditori senza scrupoli che avevano il solo scopo di arricchirsi. Oghi era amico di potenti, legato a figure politiche di dubbia moralità e affiliato alla massoneria. Le sue specialità erano la speculazione e la corruzione, e in entrambe era maestro. Più volte era stato coinvolto in indagini della magistratura per reati vari ed era stato sfiorato dall'accusa di avere interessi comuni con la criminalità. Ma se l'era sempre cavata senza che nemmeno uno schizzo di fango gli rimanesse appiccicato addosso.

Stranamente, i personaggi come lui che riuscivano a superare indenni ogni genere di tempesta salivano nella considerazione altrui e acquisivano sempre più potere. Infatti, Tommaso Oghi era considerato uno dei padroni di Roma.

Erriaga era più giovane di lui di una decina d'anni, eppure invidiava il suo modo di stare al mondo. Quella sua bella testa piena di capelli argentati, pettinati ordinatamente all'indietro. Il filo d'abbronzatura discreto che gli conferiva un aspetto salubre e luminoso. Al bar lo riconobbe subito, nel suo elegante completo Caraceni, con le scarpe inglesi fatte su misura. Battista si fece portare carta e penna da un cameriere, quindi scrisse un messaggio e gli indicò l'uomo a cui doveva consegnarlo.

Quando Tommaso Oghi ricevette il bigliettino, la sua espressione mutò repentinamente. L'abbronzatura svanì insieme al sorriso, lasciando il posto a un preoccupato pallore. L'imprenditore si scusò con i suoi ospiti e si congedò momentaneamente per dirigersi alla toilette, così come gli era stato ordinato.

Quando aprì la porta e si ritrovò davanti Erriaga, l'uomo lo riconobbe subito. «Allora sei davvero tu.»

«Nessuno deve sapere che sono a Roma, a parte te» mise in chiaro subito Battista togliendosi il cappellino e chiudendo a chiave la porta.

«Nessuno lo saprà» gli assicurò Oghi. «Ma ho delle persone di là, non posso farle aspettare.»

Erriaga si piazzò davanti a lui, in modo da guardarlo dritto negli occhi. «Non ci metteremo molto, ho soltanto una piccola richiesta.»

Oghi, che era un uomo scaltro, sembrò capire subito che «la piccola richiesta» di cui parlava Battista non doveva essere poi così piccola, visto che l'altro si era addirittura abbassato a parlargli in un gabinetto. Non era da lui. «Di che si tratta?»

« Il mostro di Roma, voglio che mi procuri copia dei rapporti di polizia. »

« Non ti basta ciò che dicono i giornali? »

« Voglio conoscere anche i dettagli che non vengono divulgati alla stampa. »

Oghi si mise a ridere. « L'indagine è stata affidata al vicequestore Moro, un mastino dello SCO che non si può avvicinare. »

« Per questo sono venuto da te » sogghignò.

« Neanche io posso nulla, stavolta. Mi dispiace. »

Erriaga scosse il capo, facendo schioccare più volte la lingua sul palato in modo fastidioso. « Mi deludi, amico mio: ti credevo più potente. »

« Be', ti sbagli. Ci sono persone a cui non posso arrivare. »

« Nonostante le tue conoscenze e i tuoi traffici? » Erriaga godeva nel ricordare agli altri quanto fossero subdoli e meschini.

« Nonostante le mie conoscenze e i miei traffici » non ebbe timore di ripetere Oghi, provando a ostentare sicurezza.

Battista si voltò verso il grande specchio che sovrastava i lavandini. Fissò l'altro nel riflesso. « Quanti nipoti hai? Undici, dodici? »

« Dodici » confermò l'uomo d'affari, a disagio.

« Una bella famiglia numerosa, complimenti. E dimmi: quanti anni hanno adesso? »

« La più grande ne ha compiuti sedici. Perché me lo chiedi? »

« Cosa direbbe se sapesse che il suo nonnino si diverte a spassarsela con ragazzette della sua stessa età? »

Oghi era furioso, ma doveva mantenere la calma. Era in svantaggio. « Ancora questa storia... Quante altre volte te ne servirai, Erriaga? »

« Avrei già smesso da un pezzo. Ma sembra che tu voglia proprio il contrario, amico mio. » Si voltò nuovamente verso di lui. « Ho visto le foto della tua ultima vacanza in Bangladesh: sei venuto proprio bene, mano nella mano con quella minorenne. E conosco l'indirizzo della donna che, qui in periferia, ti permette d'intrattenerti con la figlia ogni martedì pomeriggio: l'aiuti a fare i compiti, per caso? »

Oghi lo prese per il bavero. « Non mi faccio più ricattare da te. »

« Ti sbagli, non ricatto mai nessuno. Io prendo solo ciò che mi spetta di diritto. » Erriaga gli afferrò con calma la mano e se la staccò di dosso. « E ricorda: io ti conosco meglio di quanto tu conosca te stesso. Anche se sei arrabbiato, farai esattamente come ti ho chiesto. Perché sai che non ti esporrò adesso. Sai che ti lascerò stare e aspetterò la prossima volta che sfiorerai una minorenne, e solo allora dirò tutto alla stampa. Dimmi, amico mio: saresti capace di resistere alle tentazioni? »

Tommaso Oghi tacque.

« Non è la paura di perdere la faccia che ti frega, ma l'idea di non poter più fare quello che ti piace... Ho ragione? » Battista Erriaga recuperò dal pavimento il cappellino che gli era caduto poco prima senza che se ne accorgesse. Se lo calcò in testa. « Quando morirai, la tua anima andrà all'inferno, lo sai. Ma finché sei qui, appartiene soltanto a me. »

5

L'operazione scudo era stata scoperta dai media.

Nel corso delle ore successive al secondo duplice omicidio, i giornalisti si erano lanciati in pesanti recriminazioni nei confronti dello SCO e, in particolare, del vicequestore Moro. Il lavoro della squadra speciale veniva messo sotto accusa, i termini ricorrenti erano « inadeguatezza » e « inefficienza ». Nell'opinione pubblica il sentimento di commiserazione per la morte dei due poliziotti era stato rimpiazzato da una rabbia montante.

Era la paura a condizionare la gente. Il mostro stava vincendo la partita.

Moro si era visto costretto ad annullare l'operazione scudo per evitare altre polemiche. Si era poi barricato in questura coi suoi fedelissimi, in cerca di una nuova idea investigativa.

« Che succede? » La domanda di Max conteneva una certa apprensione. « Non stai correndo dei pericoli, vero? »

« Non dare retta ai telegiornali » gli rispose Sandra. « Non sanno quello chè dicono, devono solo vendere le notizie al pubblico e allora usano toni allarmistici. » Sapeva che quell'affermazione non era del tutto veritiera, ma non conosceva un modo migliore per tranquillizzarlo.

« Quando tornerai a casa? »

« Appena avremo finito qui. » Anche quella era una bugia. In realtà non avevano molto su cui lavorare, stavano semplicemente analizzando di nuovo gli elementi del caso e cercando soggetti con precedenti per reati sessuali da interrogare. Per il resto, annaspavano nel buio.

« Stai bene? »

« Sto bene. »

« Non è vero, Vega. Me lo dice il tuo tono di voce. »

« Hai ragione » ammise lei. « È l'indagine. Non ero più abituata a questa violenza. »

« Da un po' di giorni sei sfuggente. »

« Mi dispiace, ma adesso non ne posso parlare. » Si era rifugiata nell'atrio per fare quella telefonata. Non ce la faceva più a restare con gli altri e aveva approfittato del fatto che il palazzo della questura si fosse parzialmente svuotato con l'arrivo della sera per cercare un po' di privacy. Ma adesso rimpiangeva di aver avuto l'idea di chiamare Max. Temeva che lui avesse capito la ragione principale per cui stava così. « Non posso essere sempre al cento per cento. Lo capisci, vero? »

« Allora perché non lasci perdere? »

Ne avevano già parlato. Secondo lui la soluzione a tutto era che Sandra cambiasse lavoro. Proprio non riusciva a capire come una persona potesse decidere di stare in mezzo a morti ammazzati e criminali.

« Tu hai la scuola, le lezioni di storia, i tuoi alunni... Io ho questo » rispose lei, cercando di essere paziente.

« Rispetto ciò che fai, dico solo che forse potresti considerare l'idea di una vita diversa. Tutto qui. »

In parte aveva ragione, Sandra era troppo coinvolta. Avvertiva un peso sul fondo della pancia, come se lì si fosse acquattato un grosso parassita che le stava togliendo le forze, restituendole in cambio scariche d'angoscia. « Quando è morto mio marito, tutti mi dicevano che avrei dovuto cambiare mestiere. La mia famiglia, i miei amici. Io sono stata così cocciuta da rispondergli che ce l'avrei fatta. In realtà, in questi tre anni ho cercato di evitare i casi più violenti. Quando non ci riuscivo, mi nascondevo dietro la mia macchina fotografica. Il risultato è che volevo scappare subito dal sangue e non portavo a termine il lavoro come avrei dovuto: per questo non mi sono accorta subito che Diana Delgaudio era ancora viva. È stata colpa mia, Max. Io ero su quella scena, ma era come se non ci fossi. »

Dall'altro capo della linea, Max sospirò. « Ti amo, Vega, e lo so che può sembrarti egoistico da parte mia, ma devo dirti che ti stai nascondendo ancora. Non so da cosa, ma lo fai. »

Sandra sapeva che quei discorsi erano per il suo bene, perché

Max era sinceramente angustiato per il loro avvenire. «Forse hai ragione, sono io che esagero. Ma ti prometto che quando sarà passata questa storia ne riparleremo.»

Quelle parole ebbero il potere di rasserenarlo. «Torna presto a casa, ti aspetto.»

Sandra riattaccò, ma poi rimase a guardare il cellulare nel palmo della mano. Stava davvero bene? Stavolta era lei e non Max a formulare la domanda. Ma come non aveva saputo rispondere a lui, così non era in grado di farlo a se stessa.

Era stata una lunghissima giornata ed era tardi. Ma nessuno della squadra di Moro avrebbe lasciato l'edificio senza aver dato tutto per l'indagine che adesso riguardava anche due colleghi morti.

Sandra stava per dirigersi verso l'ascensore per tornare nella sala operativa dello SCO quando si accorse che nell'atrio, seduta su una delle sedie di plastica riservate ai visitatori, c'era ancora la madre di Giorgio Montefiori. Aveva un atteggiamento composto, d'attesa. E teneva sulle ginocchia la busta di plastica che aveva cercato di consegnare a Moro qualche ora prima.

La poliziotta le diede le spalle, per timore che l'avesse vista col vicequestore e si rivolgesse a lei. Schiacciò il pulsante per chiamare l'ascensore. Ma quando le porte le si aprirono davanti, non ce la fece a entrare. Si richiusero e Sandra si voltò, dirigendosi verso la donna. «Buonasera, signora Montefiori, mi chiamo Sandra Vega, collaboro con lo SCO. Posso esserle d'aiuto?»

La donna strinse con poca convinzione la mano che le stava porgendo, forse perché incredula che qualcuno potesse darle retta. «Ho parlato con alcuni suoi colleghi, mi hanno detto di aspettare, ma io non posso aspettare» si giustificò.

Aveva un tono di voce stranito. Sandra temette che potesse perdere i sensi da un momento all'altro. «Il bar della questura è chiuso, ma ci sono dei distributori automatici: perché non mangia qualcosa?»

La donna fece un profondo respiro. «Perdere un figlio è straziante.»

Sandra non capì il collegamento, ma la donna riprese a parlare.

« Nessuno, però, ti dice la cosa più vera, cioè che è soprattutto faticoso. » C'era amarezza nel suo sguardo, ma anche una lucida consapevolezza. « È faticoso doversi alzare dal letto la mattina, è faticoso camminare, perfino andare in bagno o fissare semplicemente il muro. Mentre la osservo, faccio fatica ad aprire e richiudere le palpebre, ci crederebbe? »

« Sì, le credo » disse Sandra.

« Allora non mi chieda se ho bisogno di mangiare qualcosa e ascolti ciò che ho da dirle, invece. »

Sandra comprese: quella madre non aveva bisogno di compassione, ma d'attenzione. « Va bene, sono qui, mi dica. »

La donna le mostrò la busta di plastica. « C'è stato un errore. »

« Che errore? Non capisco... »

« Avevo chiesto che mi fossero restituiti gli effetti personali di Giorgio. »

« Sì, lo so. » Sandra ricordava i plichi di cellofan trasparente, simili a quelli di una lavanderia, in cui erano ripiegati gli abiti di Diana e del suo ragazzo. Glieli aveva mostrati Moro dicendole che proprio la madre di Giorgio aveva insistito perché le fossero consegnati quelli del figlio. Il vicequestore aveva descritto quel comportamento come una delle tante assurdità prodotte dal dolore.

« Ho controllato » disse aprendo il sacchetto per esibirne il contenuto: una camicia bianca. « Questa non è di mio figlio. Mi avete dato quella di qualcun altro. »

Sandra la osservò, era proprio quella che aveva visto, sparsa insieme agli altri vestiti, sul sedile posteriore della macchina durante le operazioni di fotorilevazione dopo l'omicidio.

Ma la donna insisteva. « Magari è quella di un altro ragazzo che è morto. E sua madre adesso si starà chiedendo che fine ha fatto la camicia del figlio. »

Avrebbe voluto dirle che non c'era nessun altro ragazzo morto, e nessun'altra madre disperata. Era terribile ciò che la sofferenza stava facendo a quella donna, perciò cercò di mostrarsi paziente. «Sono sicura che non ci sia stato alcun errore, signora.»

La signora Montefiori, però, estrasse lo stesso la camicia dalla busta. «Guardi, guardi qui: la taglia è una M, Giorgio portava la L.» Quindi le mostrò una manica. «E poi non ci sono le sue iniziali sul polsino. Le sue camicie hanno tutte le iniziali, gliele ricamo io.»

La donna era molto seria. In un altro frangente, Sandra avrebbe pensato a liquidarla gentilmente ma in maniera ferma. Invece fu colta da un improvviso presentimento, un brivido le attraversò la schiena. E se non si trattava di un errore?

C'era solo una spiegazione per ciò che stava avvenendo.

Entrò di corsa nella sala operativa dello SCO e si diresse subito verso il tabellone che riassumeva gli elementi salienti del caso. Prese il pennarello e scrisse:

Dopo aver ucciso si cambia d'abito.

Moro, che era seduto con i piedi appoggiati sul ripiano di una scrivania, si tirò su e la osservò con aria interrogativa. Anche gli altri presenti non compresero cosa stesse accadendo.

«Come lo sai?» chiese il vicequestore.

Sandra mostrò la busta di plastica con la camicia. «Ce l'ha portata la madre di Giorgio Montefiori, dice che non appartiene al figlio. Lei pensa che sia stato un errore, e ha ragione: solo che non siamo stati noi a commetterlo.» Era galvanizzata dalla scoperta. «Le abbiamo dato proprio quella rinvenuta nell'auto dei ragazzi nella pineta di Ostia, ma lo scambio è stato fatto prima: al buio, l'assassino si è portato via la camicia di Giorgio pensando fosse la sua. E questo può essere spiegato solo in un modo...»

«Si toglie i vestiti sul posto» disse Moro. Una nuova consapevolezza cresceva dentro di lui, portandosi via lo scoramento che l'aveva afflitto per l'intera giornata. «Magari nel caso si fosse sporcato di sangue, o per non dare nell'occhio dopo.»

«Esatto» affermò Sandra, raggiante. Ma la misura precauzionale, comune ad altri assassini, in questo caso implicava un'ulteriore e inaspettata conseguenza. « Perciò, se questa nella busta è la camicia del mostro... »

Il vicequestore la precedette: « Allora lì sopra c'è il suo DNA ».

6

Aveva atteso per strada che qualcuno trovasse il cadavere di Cosmo Barditi.

Alla fine, era toccato a una delle ragazze che lavoravano nel locale fare la macabra scoperta. Marcus, appostato a pochi passi dall'ingresso dell'SX, aveva sentito l'urlo e si era allontanato.

Doveva riprendere il bandolo della pista seguita dal suo informatore, altrimenti l'avergli salvato la vita anni prima e la sua morte adesso sarebbero stati inutili.

Ma cosa aveva scoperto Cosmo di tanto grave da mettere a repentaglio la sua vita?

Nel pomeriggio, il penitenziere era tornato nella soffitta in cui abitava, in via dei Serpenti. Aveva bisogno di riordinare le idee. Una feroce emicrania gli aggrediva le tempie. Si era disteso sulla branda. Il punto sulla nuca dove era stato colpito gli doleva, così come lo stomaco era ancora sottosopra per la droga assunta prima del festino. Un vago senso di nausea emergeva di tanto in tanto.

Le pareti della stanza, simile a una cella, erano spoglie, tranne che per una foto attaccata al muro con un piccolo chiodo: il frammento della ripresa delle telecamere di sicurezza che ritraeva il presunto assassino della suora nei giardini vaticani. L'uomo con la borsa a tracolla grigia che Marcus aveva cercato per un anno, senza successo.

«*Hic est diabolus.*»

Marcus l'aveva appesa lì per non dimenticare. Ma in quel momento aveva chiuso gli occhi. E aveva pensato a Sandra.

Avrebbe voluto parlarle ancora. Chissà se era mai stato con una donna? Non lo ricordava. Clemente gli aveva rivelato che i suoi voti risalivano a molti anni prima, quando era ancora un ragazzo, in Argentina. Chissà cosa si provava a essere amati e desiderati da qualcuno?

Si era addormentato su quei pensieri. Poi un sogno l'aveva fatto rigirare nel letto. Era sempre identico e si ripeteva: quando sembrava essere terminato, ricominciava da capo. C'era l'ombra dello sconosciuto con la macchina fotografica che si allontanava nel giardino della villa sull'Appia Antica. Ogni volta che Marcus stava per raggiungerlo e per vederlo in faccia, veniva colpito alle spalle, sulla nuca. La morte quella notte gli aveva lanciato un avvertimento. La morte quella notte indossava delle scarpe blu.

Quando riaprì gli occhi era già buio.

Si tirò su e controllò l'ora. Le undici passate. C'era un aspetto positivo, il mal di testa gli aveva concesso una tregua.

Fece una rapida doccia nel piccolo bagno. Avrebbe dovuto mangiare qualcosa, ma non aveva fame. Si rivestì con abiti puliti, sempre di colore scuro come il resto della roba che teneva accantonata in una valigia aperta sul pavimento.

Doveva andare in un posto.

Sotto un mattone della soffitta nascondeva il denaro che gli passava Clemente. Se ne serviva per le missioni, spendendone poco per sé. Non aveva bisogno di molto.

Contò diecimila euro, quindi uscì.

Mezz'ora dopo era di fronte alla porta di casa di Cosmo Barditi. Suonò il campanello e attese. Notò un'ombra dietro lo spioncino. Nessuno gli domandò chi fosse. Marcus, però, sapeva che dall'altra parte c'era la compagna dell'uomo e che era comprensibilmente preoccupata per una visita a quell'ora.

« Sono un amico di Cosmo » mentì, in realtà non erano mai stati amici. « Gli ho salvato la vita tre anni fa. »

Quell'informazione poteva essere la chiave per superare le resistenze della donna, perché solo lui e Cosmo ne erano a conoscenza. Sperava che l'uomo avesse condiviso quel segreto con la compagna.

Dopo qualche istante di esitazione, sentì la serratura che si apriva, poi dallo stipite apparve una ragazza. Aveva lunghi capelli che le scendevano sulle spalle, occhi chiari, arrossati dal pianto.

« Mi ha parlato di lei » disse subito. Aveva un fazzoletto appallottolato nel palmo di una mano. « Cosmo è morto. »

« Lo so » affermò Marcus. « Sono qui per questo. »

La casa era buia e lo fece accomodare in cucina. Lo pregò di fare piano per non svegliare la bambina. Si sedettero al tavolo su cui la famigliola consumava i propri pasti, sovrastato da un basso lampadario che emetteva una luce calda e accogliente.

La donna voleva preparargli un caffè. Marcus declinò l'offerta.

« Glielo faccio lo stesso » insistette lei. « Può anche non berlo se non lo vuole, ma non riesco proprio a stare ferma. »

« Cosmo non si è tolto la vita » le disse il penitenziere mentre gli dava le spalle. La vide irrigidirsi. « L'hanno ucciso perché mi stava aiutando. »

La donna non disse nulla per un po'. Poi, finalmente parlò: « Chi è stato? Perché? Lui non ha mai fatto nulla di male, ne sono sicura ».

Stava per mettersi a piangere, Marcus sperò che non lo facesse. « Non posso dirle altro. È per la sua sicurezza, e per quella della bambina. Deve fidarsi: è meglio che sappia il meno possibile di questa storia. »

Per un momento, il penitenziere avrebbe voluto che reagisse, che si mettesse a inveire contro di lui, che lo cacciasse via. Ma non lo fece.

« Era preoccupato » ammise la ragazza con un filo di voce. « Ieri è tornato a casa e mi ha chiesto di preparare i bagagli. Quando gli ho domandato una spiegazione, ha sviato il discorso. » Mentre la caffettiera sobbolliva sul gas, si voltò verso Marcus. « Se si sente in colpa per la sua morte, non dovrebbe. Cosmo ha avuto tre anni in più da vivere per merito suo. Tre anni per cambiare, per innamorarsi di me e per mettere al mondo una figlia. Credo che, al suo posto, chiunque avrebbe scelto lo stesso destino. »

Era una consolazione troppo magra per il penitenziere. « Potrebbe essere morto inutilmente, per questo sono qui... Non le ha lasciato nulla per me? Un messaggio, un numero, qualcosa... »

La donna scosse il capo. « Ieri sera è tornato molto tardi. Mi ha detto quella cosa dei bagagli, ma senza aggiungere dove eravamo diretti. Dovevamo partire stamattina. Penso che volesse andare all'estero, almeno così mi è parso di capire. È rimasto a casa soltanto un'ora. Ha messo a letto la bambina, le aveva comprato un libro di fiabe. Credo che in cuor suo sapesse che rischiava di non vederla più, per questo le ha fatto quel regalo. »

Marcus provò uno strano senso d'impotenza e rabbia sentendo la storia. Doveva cambiare argomento. « Cosmo aveva un cellulare? »

« Sì, ma la polizia non l'ha trovato nel suo ufficio. E non era nemmeno nella sua auto. »

Registrò l'informazione. La scomparsa del telefonino avvalorava la tesi dell'omicidio.

Barditi doveva aver chiamato qualcuno che gli aveva passato un'informazione. Chi?

« Lei ha salvato Cosmo, Cosmo ha salvato me » disse la donna. « Io penso che esiste una cosa per cui, se uno compie una buona azione, poi quella si ripete. »

Marcus avrebbe voluto affermare che era così, invece pensò che solo il male possedeva un simile talento. Si riverberava come un'eco. Infatti, Cosmo Barditi aveva pagato da innocente il conto delle cattive azioni commesse nel passato.

« Dovete partire lo stesso » disse il penitenziere. « Non è sicuro qui. »

« Ma io non so dove andare e non ho denaro! Cosmo aveva investito tutto nel locale, e le cose non andavano affatto bene. »

Marcus appoggiò sul tavolo i diecimila euro che aveva portato con sé. « Questi dovrebbero bastare per un po'. »

La donna fissò il mucchio di banconote. Poi si rimise a piangere, sommessamente. Marcus avrebbe voluto alzarsi per andarla ad abbracciare, ma non sapeva come si compissero realmente certi gesti. Vedeva di continuo la gente scambiarsi affetto e compassione, ma lui non ne era capace.

La caffettiera sul gas iniziò a emettere sbuffi di vapore mentre la bevanda cominciava a fuoriuscire. La donna, però, non la toglieva dalla fiamma. Marcus si alzò e lo fece per lei. « Ora è meglio che vada » disse.

La donna annuì fra i singhiozzi. Il penitenziere si diresse da solo verso l'uscita. Percorrendo a ritroso il corridoio, notò una porta leggermente accostata da cui filtrava una debole luce azzurra. Si avvicinò all'uscio.

Una lampada a forma di stella rischiarava dolcemente la penombra. Una bambina dai capelli biondi dormiva serena nel suo lettino. Era coricata di profilo, con in bocca un ciucciotto, e teneva le mani giunte. Aveva scalciato via le coperte. Marcus si avvicinò e, con un gesto inaspettato anche per lui, gliele tirò su.

Rimase a osservarla, domandandosi se fosse quello il premio per aver salvato Cosmo Barditi anni prima. Se, in fondo, fosse anche merito suo per quella nuova vita.

Il male è la regola, il bene l'eccezione, rammentò a se stesso.

Perciò no, lui non c'entrava proprio niente. Decise di andar via subito da quella casa, perché si sentiva fuori posto.

Ma proprio mentre stava per muovere un passo verso la porta, gli cadde lo sguardo sulla copertina di un libro appoggiato su un ripiano della stanzetta. Era la fiaba che Cosmo Barditi aveva regalato alla figlia la sera prima. Il titolo lo colpì come un pugno.

La straordinaria storia del bambino di vetro.

La terza lezione di Clemente era avvenuta in un afoso pomeriggio d'estate.

Si erano dati appuntamento in piazza Barberini e da lì avevano passeggiato lungo la via omonima, prima d'infilarsi nelle stradine che conducevano alla Fontana di Trevi.

Avevano proseguito fendendo la massa di turisti assiepati intorno al monumento, intenti a scattare foto e a gettare in acqua monetine, nel rispetto del rito propiziatorio secondo cui chi lo compiva sarebbe tornato nuovamente a Roma nel corso della propria vita.

Mentre i visitatori guardavano la Città Eterna, lasciandosi rapire dalla sua bellezza, Marcus osservava loro, consapevole della propria estraneità rispetto al resto del genere umano. Il suo destino era simile a quello delle ombre che correvano sui muri come per sfuggire alla luce del sole.

Clemente quel giorno sembrava più sereno. Riponeva grande fiducia nell'addestramento ed era sicuro che, molto presto, Marcus sarebbe stato pronto a intraprendere la sua missione.

La loro passeggiata era terminata davanti alla chiesa barocca di San Marcello al Corso che, con la facciata concava, sembrava volesse abbracciare i fedeli.

« Questa chiesa cela una grande lezione » gli aveva annunciato Clemente.

Al loro ingresso li aveva accolti un'improvvisa frescura. Era come se il marmo respirasse. L'ambiente non era molto grande e aveva un'unica navata centrale su cui si affacciavano cinque cappelle per ogni lato.

Clemente si era diretto verso l'altare centrale, sovrastato da uno splendido crocefisso di legno scuro, della scuola senese del Trecento.

« Guarda quel Cristo » gli aveva detto. « È bello, vero? »

Marcus aveva annuito. Ma non capiva se Clemente si riferisse all'opera d'arte oppure, in quanto prete, a una qualità spirituale di quel simbolo.

« Secondo gli abitanti di Roma, quel crocefisso è miracoloso. Devi sapere che questa chiesa, come la vediamo oggi, è stata ricostruita dopo che un incendio la distrusse la notte del 23 maggio del 1519. L'unica cosa che si salvò dalle fiamme fu quel Cristo che ora vedi sull'altare. »

Colpito dalla storia, Marcus aveva cominciato a guardare l'opera con occhi diversi.

« E non è tutto » aveva proseguito Clemente. « Nel 1522 la peste si abbatté su Roma, uccidendo centinaia di persone. Il popolo si ricordò del crocefisso miracoloso e fu deciso di portarlo in processione per le vie della città, nonostante l'opposizione delle autorità che temevano che l'assembramento di persone dietro al corteo potesse favorire il diffondersi dell'epidemia. » A quel punto, l'amico aveva fatto una pausa. « La processione durò sedici giorni e la peste sparì da Roma. »

Davanti a quell'inaspettata rivelazione, Marcus non era riuscito a proferire parola, anche lui ammaliato dal potere mistico di quel pezzo di legno.

« Attento, però » lo aveva subito ammonito Clemente. « A quest'opera è legata anche un'altra storia... Osserva bene il volto di quel Cristo sofferente sulla croce. »

I segni del dolore su quel viso erano vividi. Si poteva quasi percepire un lamento provenire dal legno. Quegli occhi, le labbra, le rughe raccontavano fedelmente l'emozione della morte.

Clemente si era fatto serio. « L'artista che scolpì la scultura è rimasto anonimo. Ma si dice che fosse pervaso da una tale fede da voler consegnare ai cristiani un'opera capace di commuovere e, nello stesso momento, impressionare per il proprio realismo. Per questo motivo si trasformò in un assassino. Scelse come modello un povero carbonaio, quindi lo uccise molto lentamente, per carpirne le espressioni e la sofferenza mentre moriva. »

« Perché mi hai raccontato entrambe le storie? » aveva chiesto Marcus, subodorando lo scopo.

« Perché il popolo per secoli si è divertito a raccontare l'una e l'altra. Gli atei, ovviamente, preferivano quella più macabra. Ai

credenti piaceva la prima... ma non disdegnavano nemmeno la seconda, perché la natura umana è attratta dal mistero della malvagità. Il punto però è: tu in quale credi?»

Marcus ci aveva riflettuto un po'. «No, la vera domanda è: può nascere qualcosa di buono da qualcosa di malvagio?»

Clemente era apparso soddisfatto dalla risposta. «Bene e male non sono mai categorie definite. Spesso è necessario decidere cosa sia l'uno e cosa l'altro. Il giudizio dipende da noi.»

«Dipende da noi» aveva ripetuto Marcus, come se stesse assimilando le parole.

«Quando osserverai una scena del crimine, magari una in cui è stato versato sangue innocente, non potrai soffermarti solo sul 'chi' e sul 'perché'. Invece, dovrai immaginare l'autore di quel delitto nel passato che l'ha condotto fin lì, senza trascurare chi gli vuole o gli ha voluto bene. Dovrai figurartelo mentre ride e mentre piange, quando è felice o triste. Da piccolo, fra le braccia di sua madre. E da adulto, mentre fa la spesa o prende l'autobus, mentre dorme e mentre mangia. E mentre ama. Perché non c'è uomo, anche il più terribile, che non sappia provare quel sentimento.»

Marcus aveva compreso la lezione.

«Il modo per catturare un malvagio è capire come fa ad amare.»

7

Il vicequestore Moro percorreva la tangenziale est a bordo di un'autocivetta.

Erano le vetture prive di contrassegni di cui i poliziotti si servivano per compiere pedinamenti o appostamenti senza essere riconosciuti. Spesso si trattava di veicoli confiscati perché utilizzati per commettere reati. Successivamente, venivano messi a disposizione delle questure.

Quella guidata da Moro, in particolare, era appartenuta a un trafficante di droga. Sembrava una berlina come tante, in realtà era dotata di un motore potenziato e di una doppia scocca: nell'interstizio fra le due, gli agenti della dogana avevano rinvenuto un carico di cinquanta chili di cocaina purissima.

Moro si era ricordato di quell'intercapedine sotto l'autovettura e aveva ritenuto che fosse l'ideale per trasportare qualcosa senza dare nell'occhio.

Aveva usato un'uscita secondaria del palazzo della polizia di via San Vitale per depistare eventuali cronisti. Ormai gli davano la caccia per ottenere una dichiarazione e contemporaneamente lo attaccavano per la morte dei due agenti. Il vicequestore ufficialmente non dava mai peso alle polemiche, nel corso della sua brillante carriera gli era capitato più volte di inciampare nella stampa e di essere messo in discussione. Era uno dei prezzi da pagare alla notorietà, anche se erano piccole ferite nell'orgoglio. Ma stavolta era diverso. Se i giornalisti avessero scoperto ciò che stava cercando di nascondere con tutte quelle precauzioni, il conto sarebbe stato elevatissimo.

Un sole pallido e cangiante illuminava la mattinata romana, senza riuscire a scaldarla. Il traffico andava a rilento. *Ci sono cose che è pericoloso far sapere*, pensava Moro mentre osservava i volti degli occupanti delle altre auto in coda. *Ci sono cose che è meglio non conoscere*. Quelle persone non avrebbero capito. Tanto valeva lasciarle vivere in pace, senza turbare le loro esistenze con storie che nemmeno lui era in grado di spiegare.

Il vicequestore impiegò quasi un'ora a giungere a destinazione: un palazzone di cemento in mezzo ad altri identici, costruito nel periodo in cui certe zone della città erano terra di conquista per gli speculatori edilizi.

Parcheggiò in una strada laterale. Uno dei suoi uomini in borghese lo attendeva all'ingresso del complesso, gli venne incontro e Moro gli consegnò le chiavi dell'auto.

«Sono tutti di sopra» gli annunciò.

«Bene» disse il vicequestore avviandosi verso l'entrata.

Prese l'angusto ascensore e schiacciò il pulsante dell'undicesimo piano. Giunto sul pianerottolo, individuò la porta che lo interessava e suonò il campanello. Venne ad aprirgli un tecnico con indosso una tuta bianca.

«A che punto siete?» domandò Moro.

«Abbiamo quasi terminato.»

Il vicequestore entrò. L'aria era viziata, si riconoscevano gli effluvi dei reagenti chimici utilizzati dalla scientifica, ma sotto – come uno strato persistente – c'era l'odore inconfondibile di nicotina stantia e di chiuso.

L'appartamento non era molto grande ed era buio. Si sviluppava lungo uno stretto corridoio su cui si affacciavano quattro stanze. All'ingresso c'era un mobile con una specchiera, in un angolo un attaccapanni sovrastato di soprabiti.

Moro s'incamminò, soffermandosi sulla soglia delle stanze. La prima era uno studio. C'era una libreria con tomi di anatomia e medicina, ma anche una scrivania ricoperta da fogli di giornale su cui faceva mostra il modellino di un vascello a tre alberi da terminare, con accanto colle, pennelli e una lampada telescopica.

C'erano modellini di aerei, navi e treni, disposti sugli scaffali oppure appoggiati dove capitava, anche per terra. Moro riconobbe un de Havilland *DH.95 Flamingo* della seconda guerra mondiale con le insegne della RAF, una bireme fenicia e una delle prime locomotive elettriche.

Tutti i modelli erano ricoperti da uno spesso strato di polvere, tanto da far sembrare la stanza un cimitero di rottami. E probabilmente era proprio così: una volta raggiunto lo scopo, il loro creatore perdeva interesse. Non aveva nessuno a cui mostrare la propria opera, pensò Moro guardando i posacenere colmi di mozziconi. Il tempo e la solitudine si erano alleati, le sigarette ne erano la prova.

I tecnici della scientifica erano indaffarati con lampade ultraviolette e attrezzature fotografiche intorno ai relitti abbandonati. Era come assistere alla scena di un disastro in miniatura.

In cucina, due di loro stavano svuotando e catalogando il contenuto di un frigorifero, un modello che certamente aveva più di trent'anni. Anche lì regnava un disordine che sembrava essersi sedimentato, anno dopo anno.

La terza stanza era un bagno. Piastrelle bianche, una vasca con la ceramica ingiallita, un water con accanto una catasta di riviste e vari rotoli di carta igienica. Sul lavandino, una mensola con sopra soltanto una bomboletta di schiuma da barba e un rasoio di plastica.

Anche Moro, dopo il primo matrimonio fallito, adesso era scapolo. Ma si domandò come ci si potesse ridurre così.

«Astolfi era un solitario, e la casa è uno schifo.»

Era stato il commissario Crespi a parlare. Era lui a occuparsi della perquisizione.

Il vicequestore si voltò. «Ha tenuto fuori Vega?»

«Sissignore. Quando me l'ha chiesto, le ho detto che non avevamo trovato nulla di rilevante in questa casa. Le ho fatto credere che Astolfi aveva perso la testa e che aveva portato via una prova dalla scena del crimine per una specie di atto di follia, senza alcuno scopo.»

«Bene» si compiacque Moro, anche se non era del tutto sicuro che Sandra Vega avrebbe accettato quella verità senza porsi delle domande. Era abbastanza sveglia, non si sarebbe accontentata. Ma forse quella versione dei fatti l'avrebbe tenuta buona per un po'. «I vicini di casa cosa dicono di Astolfi?»

«Alcuni non sapevano neanche che fosse morto.»

I funerali avevano avuto luogo proprio quella mattina, ma nessuno vi aveva preso parte. Era una cosa triste, pensò Moro. A nessuno importava della scomparsa del medico legale. Quell'uomo aveva creato un vuoto intorno a sé. Una distanza voluta, e alimentata negli anni col disinteresse. Gli unici esseri umani con cui si rapportava erano i cadaveri che sezionava sul suo tavolo autoptico. Ma a giudicare dal posto in cui abitava, Astolfi era entrato a far parte di quella schiera silenziosa molto prima di suicidarsi.

«Aveva fatto testamento? A chi andranno i suoi averi?»

«Non ha lasciato disposizioni e non aveva parenti» disse Crespi. «Riesce a immaginare una simile solitudine?»

No, Moro proprio non ci riusciva. Ma aveva già avuto prova che esistessero uomini così. Gli era capitato più di una volta d'imbattersi in case come quella, e in persone che possedevano il dono dell'invisibilità. Venivano notate solo da morte, quando la puzza dei loro cadaveri raggiungeva le abitazioni dei vicini. Sparita quella, però, di loro non rimaneva nulla e potevano tornare nell'anonimato, come se non fossero mai esistite.

Astolfi invece aveva lasciato qualcosa. Qualcosa per cui non sarebbe stato dimenticato.

«Vuole vedere il resto?» domandò Crespi.

Ci sono cose che è pericoloso far sapere, rammentò Moro. Ci sono cose che è meglio non conoscere. Ma lui rientrava nella categoria di persone che non potevano sottrarsi. «D'accordo: vediamolo.»

La stanza era l'ultima in fondo. Era lì che avevano fatto la scoperta.

C'era il letto singolo su cui Astolfi dormiva. Accanto, un comodino con un ripiano di marmo su cui erano poggiati una vecchia sveglia a cui bisognava dare la carica, una lampada da lettura, un bicchiere d'acqua e l'immancabile posacenere. C'era un armadio di legno scuro, che dava l'idea di essere molto pesante. Una poltrona di velluto liso e un portabiti. Un lampadario a tre bracci e una finestra con la tapparella abbassata.

Una comunissima camera da letto.

« Sono venuto qui con un'autocivetta con un doppio fondo » annunciò Moro. « Voglio che i reperti siano portati in questura senza dare nell'occhio. Ora mi racconti tutto... »

« Abbiamo controllato il contenuto di ogni mobile » spiegò Crespi. « Quel matto non gettava via nulla. È stato come ripercorrere la sua inutile esistenza. Accumulava roba ma non aveva ricordi. La cosa che più mi ha stupito è che non abbiamo trovato foto di lui da piccolo, né dei genitori. Non una lettera da un amico, nemmeno una cartolina. »

Accumulava roba ma non aveva ricordi, si ripeté Moro mentre si guardava intorno. Si poteva davvero vivere così, senza uno scopo? Ma forse era ciò che Astolfi voleva fargli credere.

Si nasconde un mondo di nerissimi segreti, dentro le persone.

« Avevamo appena terminato di mettere sottosopra l'appartamento e stavamo per togliere il disturbo, quando... »

« Cosa è accaduto esattamente? »

Crespi si voltò verso il muro accanto alla porta. « Ci sono tre interruttori » gli fece notare. « Il primo accende il lampadario, il secondo è collegato alla lampada sul comodino. Ma il terzo? » Il commissario fece una pausa. « Capita che in una vecchia casa ci sia qualche interruttore che non si usa più. Rimane lì per anni e alla fine non ti ricordi nemmeno a cosa serviva prima. »

Non era questo il caso, però. Moro allungò una mano e schiacciò i pulsanti che spegnevano le luci del lampadario e del comodino. La stanza piombò nell'oscurità. A quel punto, il vicequestore attivò il terzo interruttore.

Una flebile luce s'insinuò nella camera. Filtrava dal battiscopa di una delle pareti. Una lunga e sottilissima linea luminosa che andava da un angolo all'altro.

« Il muro è in cartongesso » disse il commissario. « Dall'altra parte s'intuisce un'intercapedine ricavata riducendo le dimensioni originarie della stanza. »

Moro trasse un profondo respiro, chiedendosi cosa dovesse aspettarsi.

« L'accesso è sulla destra. » Crespi indicò un punto in basso, dove s'intravedeva una specie di sportello largo una cinquantina di centimetri e alto non più di quaranta. Quindi si avvicinò e lo premette con il palmo della mano. La serratura a scomparsa scattò, rivelando un ingresso.

Moro si piegò per terra per dare un'occhiata all'antro.

« Aspetti » lo bloccò il commissario. « È necessario che capisca bene ciò con cui abbiamo a che fare... »

A quel punto, premette nuovamente l'interruttore, spegnendo la luce dall'altra parte del muro. Poi gli passò una torcia.

« Quando è pronto, me lo dica » lo istruì Crespi.

Moro si voltò verso l'entrata buia. Si distese sulla pancia e, facendo forza sulle braccia, scivolò nell'apertura.

Appena fu dall'altra parte, si sentì come tagliato fuori dal resto del mondo.

« Tutto bene? » La voce di Crespi arrivava ovattata e distante, anche se a separarli era uno spessore di pochi centimetri.

« Sì » disse Moro, rimettendosi in piedi. Poi accese la torcia che aveva in mano.

La puntò prima a destra, poi a sinistra. E proprio da quella parte, in fondo, al lato opposto di quella specie di stretto budello, c'era qualcosa.

Un tavolino di legno. Su di esso era poggiata una specie di struttura stilizzata. Sembrava leggera come una ragnatela o una trappola per uccelli. Era alta una trentina di centimetri ed era fatta di rametti sovrapposti e intrecciati.

Moro si avvicinò con cautela, cercando di capire il senso della composizione. La forma non rivelava nulla, sembrava che i legnetti fossero messi a caso. Un perfetto lavoro di modellismo, si disse ripensando alle colle e ai pennelli che aveva visto nello studio. Quando lo ebbe proprio davanti, si accorse di essersi sbagliato.

Non erano rami, ma ossa. Ossa piccole e annerite. Ma non umane, bensì di animali.

Il vicequestore si domandò come fosse possibile una cosa del genere. Quale mente poteva concepire questo?

Notò la lampadina appesa a un filo che scendeva perpendicolarmente dal soffitto e terminava proprio dietro quella specie di macabra scultura.

« Sono pronto » disse ad alta voce.

Spense la torcia e, subito dopo, Crespi da fuori azionò nuovamente l'interruttore. La lampadina prese vita, diffondendo la sua luce ingiallita.

Moro, però, non capiva. Cosa c'era di strano?

« Ora si volti » disse il commissario.

Il vicequestore lo fece. Quando vide, ebbe un breve scatto. Un sussulto che avrebbe ricordato finché fosse campato.

Sulla parete opposta, la sua ombra si sovrapponeva a quella proiettata dalla struttura di ossa illuminata dalla lampadina.

Quegli ossicini non erano stati composti a caso. La prova era l'immagine che si era formata sul muro.

Un'alta figura antropomorfa. *Corpo umano e testa di lupo.*

Un lupo senza occhi, con le orbite scavate. Ma la cosa più inquietante era che allargava le braccia. Era l'immagine che aveva fatto sussultare Moro.

L'ombra della creatura abbracciava la sua.

8

Sandra lo vide sulla banchina della fermata della metro di piazza della Repubblica. Cercava di confondersi con gli altri passeggeri, ma era evidente che aspettasse proprio lei.

Scese dal treno e vide che il penitenziere si allontanava con il chiaro intento di essere seguito. Lo fece. Salì le scale che portavano verso l'uscita e lo vide svoltare a sinistra. Si teneva a distanza, mentre lui procedeva senza fretta. Poi lo vide fermarsi davanti a una porta di metallo su cui era esposto il cartello « accesso riservato al personale ». Ma lui entrò lo stesso. Poco dopo, anche lei varcò la soglia.

« Avevo ragione: qualcuno ha sottratto una prova alla scena del crimine, vero? » esordì Marcus. La sua voce riecheggiava nella tromba di una scala di servizio.

« Non posso parlarti dell'indagine » disse subito Sandra, sulla difensiva.

« Non voglio che tu ti senta costretta » rispose serafico.

La poliziotta ce l'aveva con lui. « Allora lo sapevi... Sapevi che qualcuno aveva portato via qualcosa e sospettavi di uno di noi. »

« Sì, ma ho voluto che tu ci arrivassi da sola. » Fece una pausa. « Ho letto del suicidio del medico legale. Forse non ha retto al senso di colpa per aver quasi lasciato morire Diana Delgaudio... »

Nessun senso di colpa, avrebbe voluto ribattere Sandra. Ma era sicura che il penitenziere avesse capito anche quella parte della storia. « Smettila di giocare con me » lo ammonì.

« Era un manufatto di sale, vero? »

Sandra era stupita. « Come fai a... » Ma poi aggiunse subito: « Astolfi è riuscito a distruggere il reperto prima che lo trovassimo. Io l'ho sfiorato per un momento, sembrava una piccola bambola ».

« Probabilmente era una specie di statuina. » Poi Marcus estrasse dalla giacca il libro di fiabe che aveva trovato nella cameretta della figlia di Cosmo Barditi.

« *La straordinaria storia del bambino di vetro* » lesse Sandra, poi lo guardò: « Che significa? »

Marcus non rispose.

La poliziotta si mise a sfogliare il libro. Constava di poche pagine, piene soprattutto di figure. Si trattava della storia di un bambino diverso dagli altri perché fatto di vetro. Era molto fragile, ma ogni volta che una parte di lui andava in pezzi rischiava anche di ferire i bambini in carne e ossa.

« Riuscirà a diventare come gli altri » affermò Marcus, anticipando ciò che accadeva alla fine.

« Come? »

« È una specie di parabola educativa: ci sono due pagine vuote prima del finale, credo che la soluzione sia demandata al bambino che legge il libro. »

Sandra sfogliò per controllare. In effetti, nelle ultime due pagine i disegni erano sostituiti da righe, come quelle di un quaderno. Qualcuno poi aveva cancellato le scritte, ma si potevano ancora scorgere dei segni di matita. La poliziotta richiuse il libro e controllò la copertina. « Non c'è l'autore, e nemmeno chi l'ha pubblicato. »

Marcus aveva già notato la stranezza.

« Perché questa fiaba dovrebbe c'entrare qualcosa con la bambola di sale? »

« Perché un uomo è morto per procurarmi questo indizio. » Marcus non accennò alla registrazione di Sant'Apollinare, al mostro che aveva lasciato un messaggio nel confessionale della chiesa cinque giorni prima di aggredire i due ragazzi nella pineta di Ostia. Invece disse: « Io l'ho visto ».

« Come... » Sandra era incredula.

« Ho visto l'assassino. Aveva una macchina fotografica con sé e, quando si è accorto di me, è scappato. »

« Hai visto il suo volto? »

« No. »

« Dove è successo? »

« In una villa sull'Appia Antica. C'era una specie di festa o di orgia. Persone che celebravano la morte violenta. E lui era lì. »

L'Appia Antica, la stessa zona in cui si era verificato l'omicidio dei due poliziotti dell'operazione scudo. « Perché non l'hai fermato? »

« Perché qualcuno ha fermato me, colpendomi alla nuca. » L'uomo con le scarpe blu, rammentò.

Sandra continuava a non capire.

« Il medico legale che sottrae una prova, l'uccisione del mio informatore, la mia aggressione... Sandra, il mostro gode di protezione. »

La poliziotta avvertì un certo disagio: il commissario Crespi le aveva assicurato che Astolfi non c'entrava nulla con quella storia, che il suo era stato una specie di atto di follia, perché nel passare al setaccio la sua vita non era emerso nulla. Se le avesse mentito? « Abbiamo il suo DNA » si ritrovò a dire, senza sapere nemmeno perché. O forse lo sapeva: si fidava solo del penitenziere.

« Non sarà quello a farvelo catturare, credimi. Qui non si tratta più solo di lui. Ci sono altre forze che si muovono nell'ombra. Forze potenti. »

Sandra intuì che il penitenziere voleva qualcosa da lei, altrimenti non l'avrebbe cercata.

« Una volta un amico mi ha detto che per catturare un malvagio bisogna capire come fa ad amare. »

« Credi davvero che un essere del genere ne sia capace? »

« Magari adesso non più, ma in passato sì. Questa è una storia di bambini, Sandra. Se riuscirò a trovare il bambino di sale, scoprirò chi o cosa è diventato da adulto. »

« E io cosa vuoi che faccia? »

« Cosmo Barditi, il mio informatore che è stato ucciso. Hanno cercato di farlo passare per un suicidio, ed è credibile visto che, a detta della sua compagna, era pieno di debiti. Ma io so che non è così. » Marcus si sentiva ribollire pensando che era anche colpa sua. « Qualcuno ha portato via il cellulare di Barditi dopo averlo ucciso. Forse perché l'uomo ha fatto delle telefonate per procurarsi il libro di fiabe, certamente ha incontrato qualcuno. »

La poliziotta sapeva dove volesse arrivare con quel discorso. « Per avere i tabulati dalla compagnia telefonica ci vuole l'autorizzazione di un giudice. »

Marcus la fissò. « Se davvero vuoi aiutarmi, non c'è altra scelta. »

Sandra si appoggiò alla balaustra della scala di ferro, si sentiva come imprigionata fra due barriere che avanzavano piano verso di lei, in una specie di morsa. Da un lato c'era ciò che doveva fare, dall'altro ciò che era giusto fare. E lei non sapeva cosa scegliere.

Il penitenziere le si piazzò davanti. « Io posso fermarlo. »

Conosceva bene l'ispettore a cui era stata assegnata l'indagine sulla morte di Barditi. Sandra era sicura che, trattandosi di un suicidio, la questione si sarebbe chiusa con l'archiviazione del magistrato.

Non avrebbe potuto chiedere un favore al collega, magari con un pretesto. Era una fotorilevatrice, non aveva una scusa valida e, comunque, lui non ci avrebbe creduto.

Anche se non era un caso rilevante, non poteva avere accesso al fascicolo. La documentazione si trovava nel database della questura e la password per consultarla era in dotazione all'intestatario dell'indagine e all'ufficio che aveva istruito la pratica.

Nel corso della mattinata, Sandra lasciò più volte la sala operativa dello SCO per recarsi al piano inferiore, dove era situato l'ufficio del collega. Si soffermava a chiacchierare con gli altri poliziotti, solo per tenerlo d'occhio.

La porta della stanza era sempre aperta e notò che l'ispettore aveva l'abitudine di prendere appunti su fogli volanti che teneva sparsi sul suo tavolo.

Le venne un'idea. Attese che si recasse a pranzo, poi si armò della reflex. Non aveva molto tempo, qualcuno avrebbe potuto vederla. Mentre nei corridoi non c'era nessuno, entrò nel suo ufficio e scattò una serie di foto alla scrivania.

Poco dopo le riguardò sul computer cercando di scorgere qualcosa d'interessante. La speranza era che il collega avesse annotato la password del caso Barditi per non rischiare di dimenticarla.

Sandra scovò un codice su uno dei post-it. Lo immise nell'unico terminale della sala operativa dello SCO collegato al database della questura, e venne fuori il file.

Doveva fare in fretta. C'era il rischio che qualcuno dei presenti s'insospettisse. Per fortuna, Moro e Crespi erano fuori da ore.

Com'era prevedibile, la documentazione su Cosmo Barditi era piuttosto scarna. C'erano i suoi precedenti per spaccio di droga e sfruttamento della prostituzione, nonché le sue foto segnaletiche. Sandra provò anche un senso di fastidio vedendo la svastica che Barditi si era fatto tatuare sul collo. Si chiese come il penitenziere potesse fidarsi di lui, perché Marcus sembrava sinceramente colpito dalla sua morte. Forse era solo un suo pregiudizio, ne era consapevole, magari Barditi era migliore di quanto apparisse. Ma quell'uomo aveva comunque impresso su di sé un simbolo di odio.

Sandra preferì non perdersi in certe riflessioni. Riprese a consultare il file e si accorse che mancava una richiesta al giudice per ottenere i tabulati telefonici del suicida. Provvide a compilare il modulo e, prima di inoltrarlo, gli attribuì priorità massima. Probabilmente, l'ispettore non se ne sarebbe nemmeno accorto.

La procura diede il proprio assenso e, verso la metà del pomeriggio, finalmente la compagnia telefonica le inviò quanto aveva richiesto.

Scorrendo la lunga lista di chiamate compiute da Barditi durante il suo ultimo giorno di vita, Sandra notò subito che l'uomo si era dato un gran daffare per reperire informazioni. Gli intestatari di quei numeri erano tutti schedati. La poliziotta non sapeva come avrebbe fatto il penitenziere a scovare la persona che cercava, visto che tutti erano sospettabili. Ma poi si accorse che proprio uno di quei recapiti ricorreva almeno cinque volte nell'elenco. Lo evidenziò insieme al nome a cui era collegato.

Mezz'ora dopo, secondo le istruzioni ricevute, la stampata dei tabulati, accompagnata dalla fedina penale dell'uomo che Cosmo Barditi aveva chiamato più spesso, veniva depositata in una cassetta delle offerte nella chiesa dei Santi Apostoli.

9

Sandra Vega era stata di parola. Anzi, aveva fatto molto di più. Gli aveva procurato un nome.

Nicola Gavi, però, era irreperibile.

Il cellulare era staccato e, quando Marcus fece visita al suo appartamento, ebbe l'impressione che l'uomo mancasse da casa da almeno qualche giorno.

Nicola Gavi aveva trentadue anni, ma secondo la sua fedina penale aveva passato gran parte di quel tempo fra riformatorio e galera. Aveva sulla coscienza una lunga serie di reati – spaccio, furto, rapina a mano armata, aggressione.

Ultimamente, per mantenere se stesso e la propria dipendenza dal crack, si prostituiva.

Marcus s'informò sui posti in cui adescava la clientela – locali per soli uomini, luoghi di prostituzione maschile. Quindi si mise a cercarlo, chiedendo notizie e offrendo danaro. L'ultima volta che qualcuno l'aveva visto in giro era stato quarantotto ore prima.

Il penitenziere giunse a una conclusione. Nicola era morto, oppure si stava nascondendo perché aveva paura.

Decise di confidare nella seconda ipotesi, anche perché c'era un modo per verificarla. Se davvero erano due giorni che l'uomo non appariva nei posti che frequentava di solito, allora voleva dire che era arrivato al limite e presto sarebbe uscito in cerca di una dose.

Il crack era la risposta. L'astinenza l'avrebbe stanato, spingendolo a correre dei rischi.

Marcus non credeva che Nicola possedesse una riserva di danaro – conosceva i drogati, sapeva per certo che spendevano fino all'ultimo centesimo per farsi. Non lavorando da giorni, avrebbe dovuto cercarsi un cliente che gli pagasse la dose. Il penitenziere poteva rimettersi a cercarlo nei luoghi di prostituzione. Alla fine, però, c'era solo un posto in cui sarebbe sicuramente andato.

Il quartiere del Pigneto era il regno degli spacciatori di crack. Al calare del buio, Marcus cominciò a battere la zona nella speranza di vederlo.

Verso le sette e mezzo, quando l'aria della sera si era fatta più gelida, il penitenziere era appostato a pochi metri da un angolo di strada dove uno spacciatore distribuiva la merce. Il tutto avveniva con rapidi passaggi di mano. I tossici sapevano di non doversi mettere in fila per non dare nell'occhio, perciò gravitavano a distanza. Era facile riconoscerli, si muovevano in modo agitato e i loro occhi puntavano un unico obiettivo. Poi, a turno, uno di loro si sganciava dalla propria orbita per avvicinarsi al punto di spaccio, afferrava la dose e si allontanava.

Marcus notò l'arrivo di un tizio dalla corporatura massiccia, con indosso una felpa nera. Il capo era coperto dal cappuccio e teneva le mani in tasca. Con quelle temperature, l'abbigliamento leggero insospettì il penitenziere. Era vestito come uno che è stato costretto a lasciare casa propria in tutta fretta e adesso non può tornarci.

L'uomo effettuò lo scambio con lo spacciatore e si allontanò rapidamente. Mentre si guardava intorno, Marcus scorse il volto sotto al cappuccio.

Era Nicola.

Lo seguì, ma era sicuro che non avrebbero fatto molta strada. Infatti, Gavi s'infilò in un bagno pubblico per consumare il crack.

Marcus gli andò dietro e, appena varcò la soglia, fu investito da un terribile tanfo di fogna. Il posto era lurido ma Nicola Gavi doveva placare l'astinenza. Infatti si era chiuso in uno dei box. Il penitenziere attese. Poco dopo, dalla cabina esalò uno sbuffo di fumo grigio. Trascorsero alcuni minuti, poi l'uomo uscì. Si avvicinò all'unico lavandino e cominciò a lavarsi le mani.

Marcus era alle sue spalle, in un angolo. Lo osservava sapendo che Gavi non l'aveva visto. Non si era sbagliato, aveva muscoli da culturista e, senza il cappuccio, la testa rasata e il collo robusto incutevano timore.

«Nicola.»

Quello si voltò di scatto, sgranando gli occhi.

«Voglio solo parlarti» lo tranquillizzò Marcus, sollevando le mani.

Trovandosi di fronte un volto sconosciuto, Nicola scattò in avanti in maniera repentina. Con la sua mole travolse Marcus, come in un placcaggio di rugby. Il penitenziere si sentì mancare improvvisamente il fiato e cadde all'indietro, urtando con violenza la schiena sul pavimento lercio, ma riuscì ugualmente ad allungare un braccio per afferrare la caviglia dell'assalitore, facendolo inciampare.

Nicola crollò al suolo con un rumore sordo, ma, nonostante la stazza, era molto agile e si rialzò assestando un calcio nelle costole di Marcus. Il penitenziere avvertì la violenza del colpo e la vista gli si annebbiò. Avrebbe voluto dire qualcosa per fermarlo, ma l'altro gli piantò la suola di uno scarpone sulla testa, quindi si sollevò, cercando di schiacciargliela con tutto il proprio peso. Marcus trovò la forza per afferrarlo per un polpaccio con entrambe le mani e gli fece perdere nuovamente l'equilibrio. Nicola stavolta finì contro una delle porte dei box, sfondandola.

Il penitenziere provò a rialzarsi. Sapeva di non avere molto tempo. Sentiva i lamenti di Gavi, ma era consapevole che presto si sarebbe ripreso e l'avrebbe avuto nuovamente addosso. Marcus appoggiò le mani sul pavimento lurido e si tirò su mentre il bagno girava tutt'intorno. Riuscì a rimettersi in piedi, ma le gambe non lo reggevano. Quando finalmente fu più sicuro del proprio equilibrio, vide che Nicola era finito su uno dei water. Aveva sbattuto l'enorme testa che si ritrovava e sanguinava sulla fronte.

Era stata solo fortuna se era riuscito a neutralizzarlo in quel modo. Altrimenti Gavi l'avrebbe ammazzato, ne era sicuro. Marcus si avvicinò al gigante stordito e gli restituì il calcio nelle costole.

«Ahi!» urlò quello, con la voce di un ragazzino.

Il penitenziere si accovacciò accanto a lui. «Quando qualcuno ti dice che vuole solo parlarti, tu prima lo ascolti, poi semmai lo picchi. Intesi?» L'uomo fece segno di sì con la testa. Marcus si frugò in tasca e poi gli lanciò addosso un paio di banconote da cinquanta euro. «Potrai averne altri se mi aiuterai.»

Nicola annuì di nuovo, con gli occhi che gli si riempivano di lacrime.

«Cosmo Barditi» disse il penitenziere. «È venuto a cercarti, giusto?»

«Quello stronzo mi ha messo in un casino.»

L'affermazione confermava i sospetti di Marcus: Gavi aveva paura che qualcuno gli facesse del male, per questo era sparito. «È morto» disse il penitenziere e lesse lo sgomento e la paura sul volto di Nicola.

Poco dopo, Nicola era di nuovo di fronte al lavandino. Provava a tamponarsi la ferita sulla fronte con della carta igienica. «Ho sentito in giro che c'era uno che chiedeva informazioni su un pervertito amante dei coltelli e della fotografia. Ho capito subito che la descrizione si riferiva al mostro delle coppiette. Così ho cercato il tizio che faceva le domande per spillargli un po' di soldi.»

Cosmo Barditi non era stato prudente. Aveva fatto domande in giro, ma oltre a Nicola qualcun altro stava già con le orecchie tese. Qualcuno di pericoloso. «Non sapevi nulla, giusto?»

«Ma avrei potuto inventare di essermi imbattuto in un cliente che somigliava al pazzo assassino. Mi sono capitati parecchi tipi strambi, fidati.»

«Però Barditi non ci è cascato.»

«Mi ha picchiato, quel bastardo.»

Marcus stentava a crederlo, considerata la mole e il trattamento che Gavi gli aveva riservato poco prima. «Ed è finita lì?»

«No.» Ovviamente, la paura di Nicola era indicativa di quella risposta. «A un certo punto, lui ha nominato il bambino di sale. È stato allora che mi sono ricordato del vecchio libro che avevo a casa. Gliene ho parlato ed è cominciata una trattativa.»

Ciò spiegava le telefonate che Cosmo gli aveva fatto prima di essere ammazzato.

« Mi ha pagato e gli ho consegnato la merce: tutti soddisfatti » enfatizzò l'uomo. Poi, inaspettatamente, si voltò e si tirò su la felpa per mostrare la schiena: c'era un grande cerotto all'altezza del rene destro. « Dopo lo scambio, qualcuno ha cercato di rifilarmi una coltellata. Me la sono cavata solo perché ero più grosso di lui e gli ho deviato la mano. Poi sono fuggito. »

Ancora una volta, qualcuno aveva cercato di coprire quella storia. A ogni costo.

Ma adesso Marcus doveva porre la domanda più importante. « Perché Cosmo ha comprato il libro? Cosa l'ha portato a pensare che non fosse solo una coincidenza con la faccenda del bambino di sale? »

Nicola sorrise. « Perché l'ho convinto io. » Sul suo volto emerse un'espressione sofferente, ma era un dolore antico che non c'entrava con la ferita sulla fronte. « Non c'è niente da fare: ovunque cerchi di scappare, la tua infanzia ti perseguita. »

Il penitenziere capì che c'entrava con qualcosa di personale.

« Hai mai ucciso qualcuno che amavi? » Gavi sorrise, scuotendo il capo. « Volevo bene a quel bastardo, ma lui l'aveva capito subito che non ero come gli altri bambini. E mi picchiava cercando di cambiare qualcosa che nemmeno io ancora avevo compreso fino in fondo. » Tirò su col naso. « Così, un giorno ho scoperto dove nascondeva la pistola e gli ho sparato mentre dormiva. Buonanotte, paparino. »

Marcus provò una profonda pena per lui. « Però non c'è traccia di questo reato nella tua fedina. »

Nicola si lasciò scappare una breve risata. « A nove anni non ti mettono in galera, non ti fanno nemmeno un processo. Ti affidano ai servizi sociali e ti sbattono in uno di quei posti in cui gli adulti provano a capire perché l'hai fatto e se lo rifarai. A nessuno importa veramente di salvarti. Ti fanno il lavaggio del cervello, ti imbottiscono di farmaci e si giustificano dicendo che è solo per il tuo bene. »

« Qual è il nome del posto? » chiese Marcus, intuendo l'attinenza con ciò che cercava.

« Istituto Kropp » disse subito quello, poi si rabbuiò. « Dopo che sparai a mio padre, qualcuno chiamò la polizia. Mi chiusero in una stanza insieme a uno psicologo, ma rimanemmo in silenzio per quasi tutto il tempo. Poi vennero a prendermi per portarmi via, era di notte. Quando chiesi dove fossimo diretti, gli agenti risposero che non potevano dirmelo. Scorsi i loro sorrisetti mentre dicevano che non sarei mai potuto scappare da lì. Ma io non l'avrei mai fatto, perché non sapevo dove altro andare.»

Marcus notò un'ombra passare sul suo volto, come se il ricordo si fosse materializzato dalle parole. Lasciò che proseguisse.

«Negli anni trascorsi lì, all'istituto, non ho mai saputo esattamente dove mi trovassi. Per me quel posto poteva essere perfino sulla luna.» Fece una pausa. «Da quando l'ho lasciato, mi sono sempre chiesto se fosse tutto vero o se l'avessi soltanto immaginato.»

Marcus fu incuriosito da quel commento.

«Non mi crederai» rise amaramente Nicola Gavi, poi tornò serio: «Era come vivere in una fiaba... Ma senza poterne uscire».

«Raccontamela.»

«C'era questo dottore, il professor Kropp, uno psichiatra, che aveva inventato questa roba della 'finzione terapeutica', così la chiamava. A ognuno veniva assegnato un personaggio e una fiaba, a seconda della patologia mentale. Io ero il bambino di vetro, fragile e pericoloso. Poi c'era quello di polvere, quello di paglia, quello di vento...»

«E il bambino di sale?» lo precedette Marcus.

«Nella fiaba era più intelligente degli altri bambini ma, proprio per questo, tutti lo evitavano. Rendeva indigesti i cibi, faceva seccare piante e fiori. Era come se distruggesse ogni cosa che toccava.»

Un'intelligenza molesta, considerò Marcus. «Qual era la sua patologia?»

«La peggiore» disse Gavi. «Disturbi della sfera sessuale, aggressività latente, una notevole capacità d'inganno. Ma tutto questo si combinava con un quoziente intellettivo elevatissimo.»

Marcus considerò che quella descrizione si adattava bene al mostro. Era davvero possibile che Nicola lo avesse conosciuto quando entrambi erano piccoli? Se qualcuno adesso aveva cercato di tappargli la bocca con una coltellata, allora forse era proprio così. «Chi era il bambino di sale?»

«Me lo ricordo bene: era il preferito di Kropp» affermò Nicola, alimentando la speranza. «Occhi e capelli castani, d'aspetto piuttosto comune. Aveva più o meno undici anni, ma era lì già da un po' quando sono arrivato io. Timido, chiuso, se ne stava sempre per i fatti suoi. Era gracilino, la vittima perfetta per le prepotenze dei più grandi, eppure lo lasciavano stare. Avevano paura di lui.» Poi puntualizzò: «Tutti avevamo paura di lui. Non so spiegare il perché, ma era così».

«Il suo nome?»

Nicola scosse il capo. «Mi spiace, amico: nessuno di noi conosceva il vero nome dei compagni, faceva parte della terapia. Prima di metterti insieme agli altri, passavi un bel po' di tempo da solo. Allora Kropp e i suoi collaboratori ti convincevano a dimenticare chi eri prima e a rimuovere dalla memoria il crimine che avevi commesso. Credo lo facessero perché il loro scopo era ricostruire la persona dentro il bambino, ripartendo da zero. Mi sono ricordato come mi chiamavo e ciò che avevo fatto a mio padre solo a sedici anni, quando un giudice ha letto il mio vero nome davanti a tutti, il giorno in cui ha stabilito che potevo tornare nel mondo reale.»

Marcus pensò che quelle informazioni potevano bastare. Ma restava un'ultima cosa da chiarire. «Da chi stai scappando, Nicola?»

L'uomo aprì il rubinetto per sciacquarsi le mani. «Come ti ho detto, il bambino di sale faceva paura a tutti – e dire che ce n'era di gente pericolosa là dentro, ragazzini che avevano commesso crimini orribili senza fare una piega. Non mi stupirebbe se quel bambino, in apparenza fragile e indifeso, adesso fosse là fuori a fare del male a qualcuno.» Fissò Marcus nello specchio. «Forse dovresti averne paura anche tu. Ma non è stato lui a darmi la coltellata.»

«Allora l'hai visto in faccia?»

«Mi ha preso alle spalle. Ma aveva mani da vecchio, questo lo so per certo. L'altra cosa che ho notato è che portava delle orribili scarpe blu.»

10

L'appartamento di Astolfi era stato ribattezzato «sito 23».

La ragione di quel numero era la progressività. E Moro lo stava appunto spiegando alla riunione segreta che si teneva a tarda sera nella stanza del questore.

Gli invitati erano pochi e selezionati. A parte il padrone dell'ufficio, erano seduti intorno a un tavolo un funzionario del ministero degli Interni, il dirigente generale di pubblica sicurezza, un rappresentante della procura e il commissario Crespi.

«Ventitré casi» specificò il vicequestore. «Il primo risale al 1987. Un bambino di tre anni precipita dal balcone del quinto piano di un palazzo popolare. Si pensa a un tragico incidente. Dopo qualche mese, anche a una bambina poco più piccola capita la stessa sorte da un edificio dello stesso quartiere. Entrambe le volte, accade una cosa strana: ai cadaveri manca la scarpetta destra. Che fine ha fatto? Non l'hanno persa durante la caduta e, secondo i genitori, in casa non si trova. È solo una casualità? Viene fermata una ragazza che faceva la babysitter per entrambe le famiglie. Fra le sue cose spuntano le due scarpette, e nel suo diario viene ritrovata questa.»

Moro mostrò ai presenti la fotocopia di una pagina di quaderno. La figura antropomorfa presente nell'ombra a casa di Astolfi. L'uomo con la testa di lupo.

«La ragazza confessa di aver fatto precipitare i due bambini dal balcone, ma non sa spiegare da dove provenga questo disegno. Dice che non è opera sua. In presenza di una confessione, le indagini però si fermano. Nessuno approfondisce il dettaglio, anche perché gli investigatori temono che possa offrire un pretesto alla difesa per sostenere l'infermità mentale.»

La piccola platea seguiva il racconto con attenzione, nessuno aveva il coraggio d'interrompere.

«Da quel momento, la figura appare, in maniera diretta o indiretta, altre ventidue volte» proseguì Moro. «Nel '94 viene ritrovata nella casa in cui un uomo ha appena ammazzato moglie e figli prima di suicidarsi. I poliziotti non la notano subito, sarà la scientifica a individuarla nel corso di un supplemento d'indagine chiesto dal magistrato per appurare se l'assassino avesse agito da solo o con un complice. I reagenti chimici la fanno riapparire sullo specchio del bagno, dove era stata disegnata chissà quando sulla condensa.» Moro pescò dalle sue carte la foto che era stata scattata in quella circostanza. Ma non era ancora finita. «L'abbiamo rinvenuta anche sulla tomba di un pedofilo assassinato in carcere da un altro detenuto nel 2005, era realizzata con la vernice spray. La cosa singolare è che la lapide, per disposizione delle autorità che temevano atti di vandalismo o di ritorsione, era senza nome. Nessuno era a conoscenza dell'identità del defunto. Anche questa è una fatalità?»

Nessuno seppe rispondere.

«Potrei tenervi qui per un'altra ora, ma la verità è che la storia di questa immagine ricorrente è stata tenuta segreta per evitare sciocchi atti di emulazione o, ancora peggio, che qualcuno potesse trarne ispirazione per commettere dei crimini firmandoli con il segno.»

«Uno dei nostri coinvolto, un medico legale: che schifo» si lasciò andare il questore, ricordando a tutti la gravità della scoperta fatta a casa di Astolfi.

«Pensa che ci sia un rapporto fra la figura antropomorfa e il mostro che uccide le coppiette?» chiese il funzionario del ministero, il più alto in grado nella stanza.

«Un legame c'è per forza, anche se ancora non sappiamo quale sia.»

«Secondo lei, che cos'è questo segno?»

Moro sapeva che rispondere era rischioso, ma sentiva di non avere scelta. Per troppo tempo la verità era stata evitata. «Una specie di simbolo esoterico.»

A quel punto, intervenne il dirigente generale di pubblica sicurezza, la più alta carica della polizia italiana. « Signori, per favore. Non vorrei essere frainteso, ma credo che dovremmo essere molto cauti. Il caso del mostro di Roma sta sollevando un sacco di polemiche. L'opinione pubblica è in fermento, non si sente sicura, e i media la fomentano cercando costantemente di metterci in cattiva luce. »

« Ci vuole tempo per ottenere risultati in un caso come questo » fece notare il commissario Crespi.

« Ne sono consapevole, ma la faccenda è delicata » ribatté il dirigente. « La gente è semplice e pratica: vuole pagare poche tasse e vuole essere sicura che quelle che paga siano ben spese per catturare i criminali. Vuole risposte immediate, non le importa come si conduce un'indagine. »

Il funzionario del ministero era d'accordo. « Se andiamo troppo appresso a questa roba esoterica e la cosa si viene a sapere, i media diranno che non abbiamo niente su cui indagare e perciò ci mettiamo a inseguire spiriti maligni e fesserie del genere. Ci faremmo ridere dietro. »

Moro assisteva in silenzio al dibattito, perché sapeva che era in discussione proprio il motivo per cui in passato nessuno aveva voluto approfondire la questione. Il loro timore non era solo quello di sembrare ridicoli, c'erano altri fattori. Nessun poliziotto che desiderava fare strada avrebbe mai seguito una pista esoterica: il rischio era rimanere senza risposte, far impantanare l'indagine e compromettere la propria carriera. Inoltre, nessun funzionario o dirigente avrebbe avallato una simile indagine: il rischio era perdere credibilità e potere. Ma c'era un fattore più umano, una naturale ritrosia ad affrontare certi argomenti. Forse l'inconfessabile e irrazionale paura che potesse celarsi qualcosa di vero. Per questo avevano sempre lasciato perdere. Ed era stato un errore. Il vicequestore, però, al momento non se la sentì di sovvertire lo stato delle cose, perciò diede ragione ai suoi superiori. « Condivido le vostre preoccupazioni, signori. Vi assicuro che ci staremo attenti. »

Il questore si alzò dal tavolo e si diresse verso la finestra. Fuori si addensava un temporale. I lampi illuminavano l'orizzonte notturno, avvertendo la città dell'imminente arrivo della pioggia. «Abbiamo il DNA del mostro, no? Allora concentriamoci su quello. Catturiamo l'assassino delle coppiette e dimentichiamoci di tutta questa storia.»

Crespi si sentì chiamare in causa. «Abbiamo convocato tutti i criminali con precedenti per reati sessuali e aggressioni. Facciamo a tutti un prelievo di saliva. Stiamo matchando i profili genetici, sperando che uno combaci. Ma non sarà un'operazione breve.»

Il questore diede una manata sul muro. «Deve esserlo, maledizione! Oppure questa indagine ci costerà milioni di euro: stiamo parlando di oltre ventimila casi solo a Roma e solo nell'ultimo anno!»

Quelli sessuali erano i reati più comuni, anche se il numero era tenuto riservato per evitare che qualche pervertito potesse pensare di restare impunito.

«Se non sbaglio, il DNA trovato sulla camicia lasciata nell'auto dei primi due ragazzi ha confermato solo che abbiamo a che fare con un soggetto di sesso maschile» disse il funzionario del ministero, riepilogando l'accaduto. «Nessuna anomalia genetica che possa far pensare a un determinato tipo di persona, è esatto?»

«È esatto» ammise Crespi. Ma tutti i presenti sapevano bene che la polizia italiana conservava solo i dati genetici di coloro che si erano macchiati di reati in cui era stato necessario effettuare l'esame del DNA per risalire al colpevole. Ai criminali generici al momento dell'arresto venivano prese solo le impronte digitali. «Finora la ricerca non ha dato risultati.»

Mentre gli altri erano tornati a discutere di rassicuranti dati investigativi, Moro continuava a pensare all'ombra che aveva visto sul muro all'interno dell'intercapedine segreta in casa di Astolfi. L'uomo con la testa di lupo era un'idea con cui nessuno in quella stanza voleva misurarsi. Ripensò alla scultura di ossa animali realizzata dal medico legale, chissà quanta pazienza gli era costata fabbricarla. Per questo, se si fosse trattato solo di un assassino di coppiette, forse Moro si sarebbe sentito più tranquillo. Invece qualcosa di terribile si muoveva intorno al caso del mostro di Roma.

Qualcosa di cui nessuno voleva sentir parlare.

In piedi davanti alla finestra della sua modesta camera d'albergo, Battista Erriaga teneva in mano una fotografia. Il lampo del temporale che stava arrivando illuminò per un istante l'immagine della scultura di ossa rinvenuta a casa di Astolfi.

Sul letto era sparso l'intero fascicolo dell'indagine sul mostro di Roma, che il suo «amico» Tommaso Oghi gli aveva fatto pervenire come richiesto. Comprendeva anche i documenti riservati.

Erriaga era preoccupato.

Il primo livello del segreto era il bambino di sale. Il secondo, l'uomo con la testa di lupo. Ma gli investigatori avrebbero dovuto comprendere il senso dei primi due per giungere al terzo.

Battista provava a rassicurarsi. Non accadrà mai, si diceva. Ma nella sua testa poteva sentire la voce di Min, il suo amico gigante, ribattere che invece la polizia si stava pericolosamente avvicinando alla verità. Da anni, il saggio Min aveva preso il posto di quella parte della sua coscienza che prospettava gli scenari più funesti. La stessa parte di sé che, da giovane, Battista decideva sistematicamente d'ignorare. Ma i tempi delle Filippine erano passati, e lui era un'altra persona adesso. Perciò aveva il dovere di prestare ascolto ai propri timori.

Secondo le carte contenute nel fascicolo, gli investigatori avevano ben poco fra le mani. C'era la storia del DNA dell'omicida, ma quella non agitava Erriaga: non sarebbe bastata la scienza per catturare il mostro, i poliziotti non sapevano guardare le cose.

Perciò, a turbarlo era solo il simbolo esoterico apparso ancora una volta nel contesto di un crimine violento. Si fermeranno come tutte le altre volte, si disse. Perché, anche se scoprissero la verità, non sarebbero preparati ad ammetterla.

Il vero problema, però, era il vicequestore Moro. Si trattava di un poliziotto testardo, non si sarebbe arrestato prima di arrivare fino in fondo alla storia.

L'uomo con la testa di lupo.

Erriaga non poteva permettere che quel simbolo fosse decifrato. Ma mentre fuori la pioggia cominciava a cadere, lo colse un presagio.

Se fosse accaduto, cosa sarebbe successo?

11

L'istituto Kropp ufficialmente non esisteva.

Non poteva che essere un luogo segreto quello in cui venivano portati i bambini che avevano ucciso. Nessuno li avrebbe mai chiamati assassini, ma era esattamente la loro natura, pensò Marcus.

«Era come vivere in una fiaba... Ma senza poterne uscire.» Così l'aveva descritto Nicola Gavi.

Dell'istituto psichiatrico per minori non c'era traccia da nessuna parte. Non un indirizzo o un accenno sfuggente in internet, dove anche l'informazione più riservata trovava quasi sempre una labile eco.

E in rete c'era poco anche sul conto di Joseph Kropp, il medico di origine austriaca che aveva voluto e pensato quel posto per il recupero dei piccoli che si erano macchiati di crimini tremendi, di cui spesso ignoravano la gravità.

Kropp era indicato come l'autore di alcune pubblicazioni sull'elaborazione della colpa nell'età infantile e sulla capacità a delinquere dei preadolescenti. Ma non c'era altro, non un dato biografico, né il suo curriculum professionale.

L'unico indizio che Marcus era riuscito a scovare si trovava in un articolo ed era un elogio al valore educativo delle fiabe.

Il penitenziere era convinto che il motivo di tanta riservatezza fosse la volontà di proteggere la privacy dei piccoli ospiti dell'istituto. La morbosità della gente avrebbe messo in pericolo ogni possibilità di recupero. Ma quel posto non poteva essere assolutamente sconosciuto. Aveva sicuramente dei fornitori che lo approvvigionavano di tutto l'occorrente, dovevano esserci documenti fiscali che comprovassero queste attività, delle autorizzazioni. E ci lavorava per forza del personale, regolarmente assunto e stipendiato. Allora, forse l'unica spiegazione plausibile era che avesse un nome diverso, di facciata, che lo facesse passare inosservato.

Così il penitenziere si era imbattuto nel « Centro di assistenza all'infanzia Hamelin ».

Il nome era lo stesso della città della fiaba dei fratelli Grimm in cui un giorno era comparso il Pifferaio Magico. Secondo il racconto, con il suo flauto aveva prima liberato gli abitanti da un'infestazione di topi e poi, sempre grazie a quel suono, aveva portato via tutti i bambini per vendicarsi di non essere stato ricompensato.

Era una strana scelta, considerò Marcus. Non c'era nulla di buono in quella fiaba.

L'istituto Hamelin era ubicato in una palazzina dei primi del Novecento nella zona sud-ovest della città. Era circondata da un parco che, alla luce dei lampi, mostrava i segni dell'incuria. L'edificio in pietra grigia non era molto grande e constava di appena due piani. Le finestre della facciata erano state schermate con pannelli di legno scuro. Tutto era in evidente stato di abbandono.

Sotto la pioggia, Marcus osservava la casa da dietro il cancello di ferro arrugginito. Ripensava alla sommaria descrizione del bambino di sale fatta da Nicola Gavi. Capelli e occhi castani, aspetto comune. Gracile e introverso, ma capace lo stesso d'incutere uno strano timore. Perché era lì? Cosa aveva commesso di tanto grave? Le risposte probabilmente erano in quell'edificio. A quell'ora della notte il luogo respingeva i curiosi con il suo aspetto tetro ma anche malinconico. Come un segreto di bambini.

Marcus non poteva aspettare.

Scavalcò l'inferriata ricadendo su un tappeto di foglie secche e bagnate. Il vento riusciva lo stesso a spostarle da una parte all'altra del giardino, come spiriti di fanciulli che giocavano a rincorrersi. Nella pioggia si potevano sentire le loro risate fatte di fruscii.

Il penitenziere s'incamminò verso l'entrata.

La parte inferiore della facciata era ricoperta di scritte realizzate con vernici spray, ulteriore segno dell'incuria del luogo. La porta d'ingresso era sbarrata con assi di legno. Allora Marcus girò intorno alla casa cercando un modo per accedervi. Il pannello di una finestra del piano terra presentava un'apertura. Montò con entrambi i piedi su un cornicione reso viscido dall'acqua che cadeva senza sosta. Si aggrappò al davanzale per issarsi, quindi, stando attento a non scivolare, s'infilò nella stretta fenditura.

Si trovò dall'altra parte, a sgocciolare sul pavimento. Per prima cosa, si frugò in tasca in cerca della torcia. L'accese. Davanti a lui c'era una specie di refettorio. Una trentina di sedie di formica, tutte uguali, collocate intorno a bassi tavoli circolari. La disposizione così ordinata stonava con l'aspetto abbandonato del posto. Sembrava che le sedie e i tavoli attendessero ancora qualcuno.

Marcus scese dal davanzale e illuminò il pavimento. I mattoni erano un mosaico dai colori sbiaditi. S'incamminò per esplorare gli altri locali.

Le stanze si somigliavano tutte. Forse perché, a parte la carcassa di qualche mobile, erano vuote. Non c'erano porte e le pareti erano di un bianco pallido, lì dove l'intonaco non era venuto via a causa dell'umidità. C'era un odore persistente di muffa e nell'eco della casa si sentiva l'acqua piovana che s'infiltrava. L'istituto sembrava il relitto di un transatlantico in balia della tempesta.

I passi di Marcus erano un suono nuovo negli ambienti – passi tristi e solitari come quelli di un ospite giunto troppo tardi. Si domandò cosa fosse successo a quel luogo, quale maledizione l'avesse colpito determinandone una fine tanto indecorosa.

Il penitenziere, però, poteva avvertire una strana vibrazione. Ancora una volta, era molto vicino alla verità. *Lui è stato qui*, si disse ripensando all'ombra umana che aveva scorto al festino dell'Appia Antica. *La sua strada è passata da questo posto molti anni prima di incrociare la mia quella notte.*

Cominciò a salire la scala che conduceva al piano superiore. I gradini avevano un'aria precaria, come se bastasse la minima pressione a farli crollare. Si fermò sul pianerottolo. Un corto corridoio si estendeva da destra a sinistra. Iniziò a esplorare gli ambienti.

Letti a castello arrugginiti, qualche sedia rotta. C'era anche una grande sala da bagno, con docce appaiate e uno spogliatoio. L'attenzione del penitenziere, però, fu attirata da una stanza che si trovava in fondo. Superò la soglia e si trovò in un ambiente diverso dagli altri. Le pareti erano coperte da una specie di carta da parati.

Intorno a lui erano disegnate scene tratte da fiabe celebri.

Riconobbe Hänsel e Gretel davanti alla casa di marzapane. Biancaneve. Cenerentola al ballo. Cappuccetto Rosso con la cesta della merenda. La piccola fiammiferaia. Quei personaggi sembravano usciti da un vecchio libro scolorito. Ma c'era qualcosa di strano. Facendo scorrere il fascio di luce, Marcus comprese di cosa si trattava.

Non c'era allegria sui loro volti.

Nessuno sorrideva, come ci si aspetterebbe invece in una fiaba. Ciò che si provava guardandoli era disagio e turbamento.

Un tuono più forte degli altri. Il penitenziere sentì il bisogno di lasciare la stanza. Ma mentre lo faceva, schiacciò qualcosa con la suola della scarpa. Abbassò la luce e vide che sul pavimento c'erano delle gocce di cera. Erano in fila ordinata e conducevano fuori da lì. Marcus le trovò anche in corridoio, portavano di sotto. Decise di seguirle.

Lo guidarono fino a un angusto sottoscala dove la scia terminava davanti a una porticina di legno. Chiunque si fosse avventurato fin lì con in mano una candela, era andato anche oltre. Il penitenziere provò la maniglia. Era aperta.

Puntò la torcia. Davanti a lui c'era un dedalo di stanzette e corridoi. Calcolò che occupavano uno spazio molto più ampio dei due piani sovrastanti, come se l'edificio in realtà fosse sommerso nel terreno e quella visibile fosse solo una modesta parte di esso.

Proseguì. Le gocce di cera erano l'unico modo per orientarsi là sotto, altrimenti si sarebbe sicuramente smarrito. Per terra, al posto dei mattoni c'erano calcinacci. E si avvertiva un forte odore di cherosene che, verosimilmente, proveniva dalle vecchie caldaie.

Lì sotto erano accatastati gli arredi dell'ex istituto. C'erano materassi che ammuffivano nel buio e mobili consumati silenziosamente dall'umidità. Il sotterraneo era l'enorme stomaco che li stava lentamente elaborando per farne sparire ogni traccia.

Ma c'erano anche molti giocattoli. Pupazzi a molla corrosi dalla ruggine, macchinine, un cavallo a dondolo, costruzioni di legno, un orso di peluche dal pelo consumato ma con due occhi vispi. L'Hamelin era una via di mezzo fra un carcere e un istituto psichiatrico, ma quegli oggetti rammentarono al penitenziere che era anche un luogo di bambini.

Dopo un po', la scia di cera s'infilò in una delle stanze. Marcus fece luce all'interno. Non riusciva a crederci.

Era un archivio.

Il locale era ingombro di schedari e pile di fogli. Erano accatastati lungo le pareti e riempivano il centro della camera, fino al soffitto. Ma regnava il caos.

Il penitenziere avvicinò la torcia per leggere le targhette sui cassetti. Su ognuna era indicata solo una data. Grazie a quelle poté desumere che l'istituto Hamelin era rimasto in funzione per quindici anni. Poi, per qualche oscuro motivo, era stato chiuso.

Marcus iniziò a esaminare i documenti pescandoli a caso, con la convinzione che gli sarebbe bastata una breve scorsa per capire se presentavano un qualche interesse. Ma dopo aver letto alcune righe prese a caso da un paio di fogli, si rese conto che quello che aveva davanti, in forma disordinata, non era un semplice archivio di cartelle mediche e atti burocratici.

Era il diario del professor Joseph Kropp.

Lì c'erano le risposte a tutte le domande. Ma proprio la vastità di quel giacimento di notizie era il maggiore ostacolo alla ricerca della verità. Senza un criterio logico, Marcus doveva affidarsi al caso. Si mise a consultare i quaderni di Kropp.

«Come gli adulti, anche i minori possiedono una naturale

propensione a uccidere» scriveva lo psichiatra, «che si manifesta solitamente in età puberale. Gli adolescenti, infatti, sono responsabili delle stragi nelle scuole compiute con armi da fuoco e spietata freddezza. Agli school-killer si affiancano i gang-killer, quei ragazzi che entrano in una banda e commettono omicidi con il conforto dell'appartenenza al branco.»

Ma Kropp si spingeva oltre, analizzando il fenomeno dell'omicidio nell'età dell'innocenza e della purezza d'animo.

L'infanzia.

12

Nei suoi quindici anni di vita, dall'istituto Hamelin erano transitati una trentina di bambini.

Il crimine era sempre lo stesso. Omicidio. Anche se non tutti avevano ucciso. Alcuni, infatti, avevano solo manifestato « spiccate tendenze omicide » o erano stati fermati prima di raggiungere lo scopo, oppure non c'erano riusciti.

Considerando l'età dei colpevoli, trenta era una cifra considerevole. Il racconto di ciò che avevano commesso non era corredato da foto e non c'erano nomi di battesimo.

L'identità di ciascuno di loro era celata da una fiaba.

« I bambini sono più crudeli degli adulti quando uccidono: l'ingenuità è la loro maschera » scriveva Joseph Kropp. « Quando arrivano qui, sembrano assolutamente inconsapevoli della gravità di ciò che hanno fatto o stavano per fare. Ma l'innocenza del loro comportamento può trarre in inganno. Si pensi, per esempio, al bambino che tortura un piccolo insetto. L'adulto l'ammonirà ma penserà a un gioco, perché si ritiene sempre che il minore non sia in grado di comprendere appieno la differenza fra bene e male. Una parte del bambino però sa che ciò che fa è sbagliato, e prova un oscuro piacere sadico. »

Marcus iniziò a leggere a caso.

Il bambino di paglia aveva dodici anni e non provava sentimenti. Nella realtà, la madre single l'aveva affidato a una coppia di zii perché non poteva occuparsene. Un giorno, in un parco giochi, aveva incontrato un bambino di cinque anni e, approfittando di una distrazione della babysitter che lo aveva in custodia, l'aveva convinto a seguirlo in un cantiere abbandonato. Lì, l'aveva portato vicino al tombino di una cisterna interrata per parecchi metri, per poi spingerlo di sotto.

Il bambino più piccolo si era fratturato entrambe le gambe, ma non era morto subito. Nei due giorni successivi, mentre tutti erano impegnati nelle ricerche e pensavano fosse stato rapito da un adulto, il vero responsabile era tornato più volte nel cantiere e si era seduto sul bordo della cisterna per ascoltare il pianto e le invocazioni di aiuto che provenivano da sotto – come una mosca imprigionata in un barattolo. Finché, al terzo giorno, i lamenti erano cessati.

Il bambino di polvere di anni ne aveva sette. Era stato a lungo figlio unico, perciò non aveva accettato l'arrivo di un fratellino – un estraneo ostile che interferiva con la catena degli affetti familiari. Un giorno, approfittando di una distrazione della madre, aveva preso il neonato dalla culla e l'aveva portato in bagno, immergendolo nella vasca colma d'acqua. La madre l'aveva trovato mentre osservava impassibile il fratellino che annegava, riuscendo a salvare il piccolo solo all'ultimo momento. Anche di fronte all'evidenza, il bambino di polvere aveva sempre dichiarato di non essere stato lui.

Secondo Kropp, l'uccisione a volte veniva eseguita in uno stato mentale dissociativo. «Durante l'atto si verifica una vera e propria fuga dalla realtà, in cui la vittima viene percepita come un oggetto e non un essere umano. Il che spiega l'amnesia che segue spesso il crimine, con il giovane colpevole incapace di ricordare ciò che ha fatto o di provare pietà o rimorso.»

Marcus comprendeva perché le autorità tenevano segreti quei casi. Era un tabù. Divulgare quelle storie avrebbe turbato le coscienze. Per questo erano stati istituiti tribunali speciali, esistevano documenti confidenziali e tutto era coperto dalla massima riservatezza.

I bambini di vento erano tre, tutti di dieci anni. La loro vittima era un uomo di cinquanta, agente di commercio, con una moglie e due figli, che percorreva l'autostrada per tornare a casa in una normale serata d'inverno. Il parabrezza della sua macchina era stato centrato in pieno da un sasso lanciato da un cavalcavia che gli aveva perforato il cranio, lasciando un buco profondo al posto della faccia. I tre giovani responsabili erano stati individuati dopo aver visionato la registrazione di una telecamera di sicurezza posta sopra al ponte. A quanto pareva, il loro gioco mortale andava avanti già da diverse settimane. Avevano danneggiato vari veicoli, senza che nessuno si accorgesse di loro.

Il bambino di fuoco aveva otto anni. Quando si era bruciato il braccio con un petardo, i genitori avevano pensato a un incidente, invece lui aveva voluto sperimentare su se stesso il misterioso potere della fiamma – c'era qualcosa di dolce in fondo a quel dolore. Da tempo aveva adocchiato un senzatetto che passava le notti in un'auto abbandonata in un parcheggio. Aveva dato fuoco al mezzo con una tanica di benzina rubata dal garage del padre. Il senzatetto aveva riportato ustioni gravi sul settanta per cento del corpo.

Nel commentare quei crimini, Joseph Kropp non era indulgente ma cercava di mettere in evidenza le motivazioni profonde. «Molti si domandano come può un bambino, un essere umano considerato di per sé 'puro', arrivare a compiere un gesto tanto disumano come uccidere. Ebbene, a differenza degli omicidi compiuti da adulti in cui possono distinguersi due figure, l'assassino e la vittima, in quelli che coinvolgono i bambini, l'assassino stesso è vittima. Di solito di un padre assente, punitivo o poco affettuoso. Oppure di una madre dominante, anaffettiva o che tiene atteggiamenti seduttivi nei confronti del figlio. Un bambino che subisce soprusi o violenze in famiglia, che è disprezzato dai genitori, tendenzialmente si sente in colpa per questo, pensa di meritare i maltrattamenti. Perciò, sceglie un coetaneo simile a lui, vulnerabile e indifeso, e lo uccide perché ha imparato che il più debole deve sempre soccombere. In realtà, il piccolo assassino in questo modo punisce se stesso e la propria incapacità di reagire alle umiliazioni.»

Era il caso del bambino di peltro, maltrattato fin dalla tenera età da entrambi i genitori che riversavano su di lui le proprie frustrazioni. I due erano troppo stimati fra le loro conoscenze per destare sospetti. Agli occhi degli estranei, il loro unico figlio era maldestro o semplicemente sfortunato perché gli capitavano in continuazione piccoli incidenti che gli causavano lividi e fratture. Finché, proprio quel bambino solitario aveva trovato un amico del cuore. Quel rapporto era una nota positiva nella sua esistenza e lui cominciava a essere felice e a sentirsi come gli altri. Eppure, un giorno aveva attratto con l'inganno l'amichetto nella cantina di casa di sua nonna, l'aveva legato e gli aveva fratturato le ossa delle gambe e delle braccia con un pesante martello. Poi con una lama gli aveva praticato diversi tagli. Infine gli aveva perforato lo stomaco con un ferro appuntito – « Ho dovuto farlo perché lui non voleva proprio morire. »

Marcus, che a causa dell'amnesia aveva rimosso la sua vita precedente, compresa l'infanzia, fu costretto a domandarsi quando esattamente, da bambino, aveva compreso il senso del bene e del male, e se anche lui da piccolo era stato capace di un simile spietato distacco. Ma non aveva modo di rispondere alla domanda. Così si rimise in cerca della storia che più lo interessava.

Ma fra le carte ancora non si faceva menzione del bambino di sale né del crimine che aveva commesso. Il penitenziere osservò nuovamente gli schedari e l'ammasso di documenti che aveva intorno. La ricerca sarebbe stata lunga. Passò in rassegna l'ambiente con la torcia elettrica, sperando che qualcosa gli balzasse agli occhi. Si fermò davanti al cassetto semiaperto di un mobile di legno. Si avvicinò, era pieno di vecchie videocassette. Lo estrasse – anche se qualcosa all'interno faceva resistenza. Lo posò sul pavimento e si piegò per controllarne il contenuto.

Ogni videocassetta aveva sul dorso un'etichetta – « Psicosi aggressiva », « Disturbo antisociale della personalità », « Ritardo mentale aggravato da turbe di violenza ». Ce n'erano almeno una trentina.

Marcus iniziò a verificare se fra le patologie ce ne fosse qualcuna che potesse corrispondere alla descrizione del bambino di sale fatta da Nicola Gavi: disturbi della sfera sessuale, aggressività latente, una notevole capacità d'inganno, un quoziente intellettivo elevatissimo. Era talmente concentrato nell'operazione che la torcia gli sfuggì dalle mani cadendo sul pavimento. Quando si sporse per recuperarla, però, si accorse che il fascio di luce aveva puntato qualcosa in un angolo.

C'erano un materasso gettato per terra, un mucchio di stracci e una sedia accostata al muro su cui si trovavano delle candele e un fornelletto da campeggio. Pensò subito al giaciglio di un barbone, ma poi si accorse che ai piedi della sedia c'era qualcos'altro.

Un paio di scarpe. *Blu.*

Non ebbe il tempo di reagire perché avvertì qualcosa strisciare alle sue spalle. Spostò la luce per illuminarlo. Era un vecchio.

Aveva capelli bianchi come la luce della luna e occhi azzurri, profondissimi. Le rughe sul volto lo facevano somigliare a una maschera di cera. Lo fissava con uno strano sorriso sulle labbra.

Marcus si rimise in piedi, lentamente. Ma il vecchio non si muoveva. Nascondeva una mano dietro la schiena.

Era lo stesso uomo che aveva ucciso Cosmo Barditi, accoltellato Nicola Gavi e che lo aveva colpito alla nuca alla villa sull'Appia Antica. E lui era disarmato.

Il vecchio finalmente rivelò cosa nascondeva.

Un piccolo accendino azzurro, di plastica.

Con quello si fece un segno della croce al contrario, e corse via nel buio.

Marcus provò a cercarlo con la torcia e vide solo un'ombra fugace che usciva dalla stanza. Dopo un attimo di esitazione, gli andò dietro, ma appena imboccò il corridoio sentì nell'aria che l'odore di cherosene delle vecchie caldaie era diventato improvvisamente più forte. Una fiammata si levò da qualche parte in quella specie di labirinto. Se ne poteva scorgere il bagliore.

Marcus tentennò. Doveva scappare subito, altrimenti sarebbe rimasto bloccato lì e bruciato vivo. Ma una parte di lui sapeva che se fosse uscito senza una risposta, non ci sarebbe stato un altro modo per fermare il male che stava affliggendo Roma. Perciò, consapevole del rischio che correva, tornò sui propri passi, nell'archivio.

Si gettò nuovamente ai piedi del cassetto dove stava svolgendo la ricerca, iniziò a tirare fuori le videocassette, scartando rapidamente quelle che non lo interessavano. Finché una non attirò la sua attenzione.

Sull'etichetta c'era scritto «Psicopatico sapiente».

Marcus se la infilò sotto la giacca e corse subito verso l'uscita.

I corridoi del sotterraneo sembravano tutti uguali, e si stavano riempiendo rapidamente di un fumo acre e denso. Il penitenziere si era coperto la bocca e il naso col bavero e cercava di ricordare il percorso che aveva compiuto all'andata, ma era maledettamente difficile. Il fascio di luce della torcia ormai si scontrava con un muro nero di fuliggine.

Si mise carponi per respirare meglio. Sentiva il calore aumentare intorno a sé e le fiamme che lo inseguivano, assediandolo. Sollevò lo sguardo e si accorse che il fumo si dirigeva in una direzione, come se avesse trovato una via d'uscita. Allora si rimise in piedi e lo seguì.

Annaspava e ogni tanto era costretto a fermarsi e ad appoggiarsi al muro per tossire. Ma dopo un tempo che gli sembrò interminabile, finalmente ritrovò la scala che conduceva al piano superiore. Si mise a salire i gradini, con il fuoco che lo avvolgeva tutt'intorno.

Arrivato al piano terra, si accorse che il fumo presto avrebbe invaso anche quello. Perciò non poteva uscire da dove era entrato; il rischio era morire soffocato a pochi passi dalla salvezza. In quel momento, gli sembrò un'intollerabile assurdità. Capì che, se voleva farcela, doveva salire e ingannare il fumo, precedendolo.

Si ritrovò nuovamente al primo piano e, con il poco fiato che aveva, riuscì a raggiungere la sala con i muri ricoperti delle scene delle fiabe. Il calore, però, era arrivato lì prima di lui ed era insopportabile: la carta da parati coi disegni cominciava a staccarsi dai muri.

Marcus sentiva di non avere molto tempo, allora iniziò ad assestare calci al pannello di legno che sbarrava la finestra. Uno, due, tre calci, mentre il chiarore che annunciava l'arrivo delle fiamme si scorgeva già nel corridoio. Alla fine, il pannello cedette, precipitando nel vuoto. Marcus si aggrappò al davanzale e stava per seguirlo nell'oscurità del temporale, quando da sotto la carta da parati coi disegni delle fiabe apparve una figura. Era imponente e si levava come un'ombra minacciosa.

Un uomo non umano. Aveva occhi svuotati e la testa di un lupo.

13

La pioggia che si era abbattuta su Roma per tutta la notte il mattino dopo era un vago ricordo.

Un sole sbiadito illuminava la basilica di San Paolo fuori le Mura, seconda per grandezza soltanto a quella di San Pietro.

Ospitava la sepoltura dell'apostolo Paolo che, secondo la tradizione, subì il martirio e fu decapitato a pochi chilometri da lì. Era situata a sinistra del fiume Tevere e oltre le mura Aureliane, posizione da cui derivava il proprio nome. Veniva spesso utilizzata per cerimonie solenni come i funerali di Stato. Al momento era il teatro di quelli di Pia Rimonti e Stefano Carboni, i poliziotti uccisi brutalmente dal mostro di Roma due notti prima.

La chiesa era gremita di gente, tanto da non poterci entrare. C'erano i vertici della polizia e diverse autorità. Ma anche molti cittadini venuti a rendere omaggio alle vittime di un crimine orrendo.

Sotto il colonnato del quadriportico esterno alla basilica erano disposte le troupe televisive che documentavano l'evento per i tg nazionali. Davanti all'entrata era pronto il picchetto d'onore dei poliziotti in alta uniforme che avrebbe tributato l'ultimo saluto ai feretri.

Sandra era rimasta fuori insieme a molti colleghi e osservava tutto con un sentimento di rassegnazione e la certezza che invece l'assassino si stava compiacendo dello spettacolo inscenato per merito suo.

Era in borghese e aveva con sé una piccola macchina fotografica digitale, con cui immortalava i presenti. Lo stesso facevano altri fotorilevatori mescolati alla folla all'interno e all'esterno della basilica. Erano alla ricerca di un volto o un atteggiamento sospetto. La speranza era che il mostro avesse deciso di partecipare alla funzione per provare l'ebbrezza di essere ancora libero e impunito.

Non è così stupido, si disse Sandra. Non è qui.

L'ultima volta che aveva partecipato a un funerale era stato quando era morto suo marito. Ma il pensiero fisso in quel lontano giorno non aveva a che fare col dolore della perdita. Mentre seguiva il funerale di David, non riusciva a togliersi dalla mente che era ufficialmente una «vedova». Una parola che non si addiceva a lei, e tanto meno alla sua giovane età. Quel termine la infastidiva. Nessuno l'aveva ancora usato in sua presenza, ma lei non poteva evitare di vedersi in quel modo.

Finché non era giunta alla soluzione del mistero sulla fine dell'uomo che aveva amato, non si era sbarazzata di quel titolo. Né della scomoda presenza di lui. Nessuno l'ammette mai, ma la morte delle persone a cui vogliamo bene a volte ci perseguita come un debito impossibile da pagare. Perciò rammentava ancora il senso di liberazione provato quando il suo David l'aveva lasciata andare.

Però era occorso ancora del tempo per accettare che un altro uomo entrasse nella sua vita. Un amore totalmente diverso e un modo totalmente diverso di amare. Un altro spazzolino in bagno, un nuovo odore sul cuscino accanto al suo.

Ma adesso non era più sicura di Max, e non sapeva come dirglielo. E più cercava di convincersi che fosse l'uomo giusto e di rammentare a se stessa quanto lui fosse perfetto, più cresceva in lei la necessità di far cessare tutto.

Quei pensieri erano più forti proprio adesso, nel giorno del funerale della sua collega Pia Rimonti. Cosa sarebbe accaduto se ci fosse stata lei al suo posto in quella macchina usata come esca per catturare il mostro? Quale immagine e quale rimpianto l'avrebbero colta negli ultimi istanti di vita?

Sandra aveva paura di rispondersi. Ma forse fu proprio grazie a quei pensieri molesti che, sollevando la macchina digitale per immortalare un gruppetto di persone, si accorse di aver fotografato anche Ivan, il fidanzato di Pia, che stranamente si allontanava in tutta fretta dalla basilica prima della fine della funzione funebre.

Sandra lo seguì con lo sguardo e lo vide percorrere tutto il colonnato, andare in una stradina laterale e avvicinarsi a un'auto parcheggiata. Anche a quella distanza, sembrava sconvolto. Chissà, forse non aveva retto al dolore ed era scappato via. Ma prima di giungere alla macchina, fece un gesto che colpì Sandra.

Si tolse rabbiosamente il telefono cellulare dalla tasca della giacca e lo gettò in un cestino dei rifiuti.

Sandra rammentò le parole del penitenziere circa le anomalie. E quello era certamente un comportamento anomalo. Esitò un momento, ma poi decise di andare a parlare a quell'uomo.

Prima di quel tragico evento l'aveva visto solo una volta, mentre attendeva Pia alla fine del turno. Ma negli ultimi due giorni era venuto spesso negli uffici della questura. Sembrava non darsi pace per come erano andate le cose, si sentiva in qualche modo responsabile per non aver protetto la sua donna.

« Salve. Tu sei Ivan, giusto? » esordì Sandra.

L'uomo si voltò a guardarla. « Sì, sono io. »

« Mi chiamo Sandra Vega, sono una collega di Pia. » Si sentì in obbligo di dirgli perché si era avvicinata. « Non è facile, lo so. Io ci sono passata qualche anno fa quando è morto mio marito. »

« Mi dispiace » furono le sue uniche parole, perché forse non sapeva cos'altro dire.

« Ti ho visto uscire di corsa dalla chiesa. » Sandra si accorse che, a quella frase, Ivan guardò istintivamente il cestino dei rifiuti in cui poco prima aveva gettato il cellulare.

« Sì, già... Non ce la facevo proprio. »

Sandra si era sbagliata, nella sua voce non c'era dolore o collera. Era solo sbrigativo. « Lo prenderemo » disse. « Non resterà impunito. Alla fine, noi li catturiamo sempre. »

« Lo so che andrà così » disse Ivan, ma senza convinzione, come se non gli importasse veramente.

Il tono e l'atteggiamento cozzavano con l'idea di lui che aveva avuto fino a quel momento: il fidanzato che vuole giustizia a ogni costo. Invece adesso Sandra ebbe l'impressione che volesse nascondere qualcosa. Anche perché continuava a lanciare occhiate sfuggenti al cestino dei rifiuti. « Posso chiederti perché te ne sei andato dal funerale? »

« Ti ho già risposto. »

« La vera ragione » insistette lei.

« Non sono affari tuoi » rispose, rabbioso.

Sandra si soffermò a fissarlo in silenzio per alcuni secondi che, era sicura, a lui parevano interminabili. « Va bene, scusa » disse prima di allontanarsi. « Mi dispiace per ciò che stai passando. »

« Aspetta... »

Sandra si fermò sui suoi passi e si voltò nuovamente.

« Conoscevi bene Pia? » le domandò con un tono completamente diverso, più triste.

« Non così bene come avrei voluto. »

« Qui vicino c'è un bar. » L'uomo si guardò le scarpe, poi aggiunse: « Ti dispiace se parliamo un po'? »

Sulle prime, Sandra non seppe cosa rispondere.

« Non ci sto provando » disse lui, sollevando le mani come per scusarsi. « Ma ho bisogno di dirlo a qualcuno... »

Sandra lo guardò bene: qualunque peso Ivan si portasse dentro, meritava che qualcuno lo aiutasse a liberarsene. Forse con un'estranea era più facile. « Devo finire il mio servizio. Ma tu va' pure avanti, ti raggiungo dopo. »

Trascorse un'altra ora prima che Sandra riuscisse a svincolarsi. Per tutto il tempo si era domandata quale fosse il fardello di quell'uomo e se era più pesante del suo per ciò che non aveva il coraggio di dire a Max. Poi, come promesso, lo raggiunse al bar.

Lo trovò seduto a un tavolino, aveva ordinato un superalcolico. Appena la vide sembrò ridestarsi, il suo sguardo conteneva una strana aspettativa.

Sandra si sedette di fronte a lui. « Allora, che succede? »

Ivan ruotò gli occhi come se cercasse le parole. « Sono un bastardo. Un gran bastardo. Però le volevo bene. »

Si chiese perché mai avesse esordito in quel modo, ma lo lasciò parlare senza intervenire.

« Pia era una bella persona, non mi avrebbe mai fatto del male. Diceva che la nostra storia era più importante di qualsiasi cosa. Aspettava solo che le chiedessi di sposarmi. Ma io ho rovinato tutto... »

Sandra si accorse che Ivan non riusciva a guardarla negli occhi. Allungò una mano per posarla sulla sua. « Se non l'amavi più non è colpa tua. »

« Io l'amavo invece » disse lui, con forza. « Ma la notte in cui è morta la stavo tradendo. »

Sandra rimase colpita da quella rivelazione. Lentamente, ritirò la mano.

« Avevo una relazione con un'altra, durava già da un po'. E non era nemmeno la prima volta. »

« Non credo che dovrei ascoltare questa storia. »

« Sì, invece. »

Sembrava che la supplicasse.

« L'altra notte sapevo che Pia era in servizio e non poteva chiamarmi, così ne ho approfittato per vedermi con quell'altra donna. »

« Sul serio, basta così. » Non aveva alcuna voglia di ascoltare il resto.

« Sei una poliziotta, no? Allora devi starmi a sentire. »

Sandra era confusa da quell'atteggiamento, ma lo lasciò continuare.

« Non l'ho detto prima perché avevo paura che si pensasse che sono uno stronzo. Cosa avrebbero detto di me i nostri amici, i suoi genitori? E tutti gli altri? Questa storia è finita in tv, tutta la gente che non mi conosce si sarebbe sentita in diritto di giudicarmi. Sono stato un vigliacco. »

« Cosa non hai detto? »

Ivan la fissò, i suoi occhi erano pieni di paura e Sandra temette che potesse mettersi a piangere.

« Che ho ricevuto una chiamata dal telefono di Pia la notte in cui è morta. »

Sandra sentì un gelo risalirle lungo le gambe, fin dietro la schiena. Non era esatto affermare che il mostro non avesse lasciato nulla per loro sulla seconda scena del crimine. Qualcosa c'era. « Cosa stai dicendo? »

L'uomo si frugò in tasca, poi appoggiò sul tavolo un cellulare. Con ogni probabilità, quello che gli aveva visto gettare via poco prima. Lo spinse lentamente verso di lei. « Era spento » disse. « Ma poi ho trovato un messaggio in segreteria. »

14

Aveva cercato rifugio in una « casa staffetta ».

Una delle tante proprietà del Vaticano sparse per Roma. Erano indirizzi sicuri, di solito appartamenti vuoti in insospettabili condomini. In caso di necessità, vi si potevano trovare cibo, medicinali, un letto per riposare, un computer collegato a internet e, soprattutto, un telefono con una linea protetta.

Quella notte Marcus se n'era servito per chiamare Clemente, dicendogli che avrebbe dovuto parlargli.

L'amico si presentò verso le undici del mattino. Quando il penitenziere gli aprì la porta fu come riflettersi in uno specchio, perché dall'espressione di Clemente capì che effetto facesse il suo aspetto.

« Chi ti ha ridotto in quello stato? »

Marcus aveva subito un trauma cranico la sera del festino nella villa di via Appia Antica, era stato aggredito da Nicola Gavi e, infine, era riuscito a scampare per poco a un incendio, gettandosi da una finestra. La caduta gli aveva provocato una serie di piccole escoriazioni al volto e, per via della fuliggine inalata, faceva ancora fatica a respirare.

« Non è nulla » minimizzò il penitenziere mentre faceva accomodare l'ospite che trascinava un trolley nero. Si recarono nell'unica camera ammobiliata della casa. Si sedettero sul bordo del letto disfatto su cui Marcus aveva cercato di dormire nelle ultime ore, senza riuscirci.

« Dovresti farti vedere da un medico » disse Clemente mentre sistemava il trolley accanto a sé.

« Ho preso un paio di aspirine, basteranno. »

« Almeno hai mangiato qualcosa? »

Marcus non rispose, perché le attenzioni dell'amico al momento lo infastidivano.

« Ce l'hai ancora con me? » Clemente si riferiva all'indagine arenata sulla suora morta nei giardini vaticani.

« Non ho voglia di parlarne » lo liquidò subito. Ma ogni volta che si incontravano rivedeva l'immagine del corpo smembrato.

« Hai ragione » disse Clemente. « Dobbiamo occuparci del mostro di Roma, è più urgente di qualsiasi altra questione. »

Voleva sembrare risoluto, e Marcus decise di assecondarlo.

« L'omicidio della coppia di poliziotti ha seguito l'aggressione nella pineta di Ostia di un paio di giorni » affermò Clemente. « Ne sono trascorsi altri due, se l'assassino sta seguendo un programma preciso avrebbe dovuto colpire stanotte. »

« Stanotte però è piovuto » disse il penitenziere.

« E allora? »

« Il bambino di sale, ricordi? Lui ha paura dell'acqua. »

L'idea gli era venuta quella notte, mentre si allontanava nella pioggia dall'istituto Hamelin. La coazione a ripetere le uccisioni, caratteristica degli assassini seriali, era dettata da precisi stadi. Fantasia, progettazione, attuazione. Tuttavia, dopo aver colpito, di solito l'omicida riusciva a placare l'istinto predatorio col ricordo, che poteva garantirgli un senso di appagamento per periodi più o meno lunghi. In questo caso, però, l'intervallo ravvicinato fra i due eventi indicava che l'assassino aveva un disegno ben preciso in mente. E che le morti che si erano succedute erano solo le tappe di un percorso con una meta che al momento risultava oscura.

L'impulso di uccidere, perciò, non era condizionato dal bisogno, bensì da uno scopo.

Qualunque fosse il suo obiettivo, il mostro di Roma stava rispettando il ruolo che si era attribuito. Il messaggio che stava cercando di comunicare era che il bambino di sale dell'istituto Hamelin non era affatto guarito dalla sua patologia. Anzi, l'aveva sublimata.

« Rispetta il copione » affermò Marcus. « E la pioggia ne fa parte. Ho controllato: stanotte pioverà. Se ho ragione, fra domani e dopodomani tornerà a colpire. »

«Allora abbiamo un vantaggio di quanto? Trentasei ore?» chiese Clemente. «Appena trentasei ore per capire come funziona la sua mente. Intanto possiamo dire che è molto furbo. Gli piace uccidere, gli piace stupire, vuole seminare panico, ma ancora non conosciamo il suo movente. Perché proprio le coppiette?»

«La fiaba del bambino di sale» disse, poi spiegò all'amico la faccenda dei libri utilizzati all'istituto Hamelin come terapia dal professor Joseph Kropp. «Io credo che il mostro stia cercando di raccontarci la sua fiaba personale. Gli omicidi non sono altro che i capitoli di questa narrazione. Lui la compone nel presente, ma quella che cerca di svelarci dev'essere una vecchia storia, fatta di dolore e violenza.»

«Un omicida narratore.»

Gli assassini seriali di solito venivano suddivisi in categorie, a seconda del modus operandi e del movente che li spingeva. Gli «assassini narratori» erano considerati una sottocategoria di quella più ampia dei «visionari», che commettevano gli omicidi dominati da un alter ego con cui comunicavano e da cui ricevevano istruzioni, a volte sotto forma di visioni o di «voci».

I narratori, però, avevano bisogno di un pubblico per la loro opera. Era come se cercassero costantemente un consenso per ciò che facevano, anche sotto forma di terrore.

Era il motivo per cui il mostro aveva lasciato un messaggio nel registratore del confessionale, cinque giorni prima di colpire.

«*... una volta... Accadde di notte... E tutti accorsero dov'era piantato il suo coltello... era venuto il suo tempo... i figli morirono... i falsi portatori del falso amore... e lui fu spietato con loro... del bambino di sale... se non sarà fermato, non si fermerà.*»

«A Sant'Apollinare lui parlava al passato, come in una fiaba» disse Marcus. «E la prima frase, a cui manca la parte iniziale, è 'C'era una volta'.»

Clemente iniziava a comprendere.

«Non si fermerà fin quando non avremo capito il senso della sua storia» aggiunse Marcus. «Ma il mostro al momento non è il nostro unico problema.»

Era come combattere su due fronti.

Da una parte, uno spietato omicida. Dall'altra, una serie di individui che si adoperavano per intorbidire la vicenda, uccidendo e depistando. E tutto anche a costo della propria vita. Perciò tralasciarono temporaneamente l'assassino narratore e si dedicarono a questo secondo aspetto. Marcus ne approfittò per mettere Clemente al passo con le sue scoperte.

Partì dal medico legale Astolfi, che aveva sottratto una prova alla prima scena del crimine. Forse una statuina di sale. Poi raccontò di Cosmo Barditi e di come avesse scovato la pista giusta con il libro di fiabe del «bambino di vetro» che gli aveva venduto Nicola Gavi.

Proprio le domande che Barditi aveva fatto in giro avevano attirato su di lui l'attenzione di chi poi l'aveva ucciso, simulando un suicidio. Era la stessa persona che aveva cercato di eliminare Nicola Gavi con una coltellata e che aveva aggredito Marcus al festino nella villa sull'Appia Antica: l'uomo con le scarpe blu, il vecchio dagli occhi azzurri che viveva nei sotterranei dell'istituto Hamelin.

«Astolfi e quel vecchio sono la prova che qualcuno sta cercando di nascondere la verità e, forse, di proteggere il mostro» concluse Marcus.

«Proteggere? Come fai a dirlo?»

«Più che altro è una sensazione. Il mostro ha bisogno di un pubblico, ricordi? Gli piace sentirsi gratificato. Perciò sono sicuro di averlo incontrato quella notte alla villa sull'Appia Antica. Era lì con la sua macchina fotografica, a godersi in incognito la scena della sua celebrazione. Quando si è accorto che l'avevo notato, è fuggito. Mentre lo inseguivo ho avuto l'idea di segnarmi al contrario, così come avevo visto fare ad Astolfi nella pineta di Ostia mentre dissotterrava la statuina di sale che aveva nascosto.»

«E allora?»

«Avevo previsto una reazione di qualche tipo, ma l'uomo con la macchina fotografica mi ha guardato in maniera stranita, come se quel gesto non gli dicesse niente.»

«Invece l'uomo con le scarpe blu, il vecchio, ha riconosciuto il segno della croce al contrario e per questo ti ha aggredito, lasciandoti esanime nel giardino della villa. È esatto?»

« Credo di sì. »

Clemente ci rifletté un po' su. « Il mostro è protetto ma non sa di esserlo... Perché? »

« Ci arriveremo » promise Marcus. « La visita all'istituto Hamelin credo mi abbia messo sulla pista giusta. » Cominciò a camminare per la stanza, sforzandosi di dare un senso a ciò che aveva visto la notte prima. « Nei sotterranei, il vecchio si è segnato al contrario, poi è corso via e ha appiccato l'incendio. Un'azione in apparenza folle, ma non credo c'entri qualcosa la follia. Penso che, invece, fosse una dimostrazione. Sì, voleva dimostrarmi la propria determinazione a mantenere il segreto. Non credo sia sopravvissuto: sono rimasto fuori dalla villa per accertarmene, ma nessuno è uscito da lì. In fondo, io ce l'ho fatta a malapena a salvarmi. »

« Come Astolfi, ha preferito togliersi la vita piuttosto che parlare. » Clemente, però, era confuso. « Che natura può avere questo segreto? »

« In una stanza dell'istituto Hamelin, dietro una carta da parati con i personaggi delle fiabe, era nascosta l'immagine di una figura antropomorfa: un uomo con la testa di lupo » rammentò il penitenziere. « Ho bisogno che tu faccia una ricerca per me: devi trovare il senso di quel simbolo. Cosa rappresenta? Sono sicuro che a esso è legato un retaggio. »

Clemente era d'accordo. « È l'unica traccia che hai scovato all'istituto? »

Marcus indicò il trolley nero che l'amico aveva con sé. « Hai portato il videoregistratore? »

« Così come mi avevi chiesto. »

« Ho trovato una videocassetta. È l'unica cosa che sono riuscito a salvare dall'incendio, ma penso ne sia valsa la pena. » Marcus la prese da una sedia e la porse all'amico che ne lesse l'etichetta.

PSICOPATICO SAPIENTE

Poi spiegò: « I piccoli pazienti non usavano i loro nomi e non conoscevano quelli degli altri, Kropp assegnava loro il soprannome legato alla fiaba scelta per la terapia. L'intento del dottore era ricostruire l'individuo dentro il bambino. Nicola Gavi, per esempio, era 'fragile e pericoloso' come il vetro. Mentre il bambino di sale nella fiaba era più intelligente degli altri ragazzini ma, proprio per questo, tutti lo evitavano: distruggeva ogni cosa che toccava. Gavi ha detto pure che il compagno aveva un quoziente intellettivo elevatissimo... »

Clemente iniziò ad arrivarci da solo. « Cristo definì i suoi discepoli 'il sale della terra' proprio per evidenziare il valore della loro conoscenza: a loro era stata rivelata la verità di Dio. Da allora, il sale è diventato sinonimo di sapienza » concluse. « Il bambino di sale, infatti, è più intelligente degli altri. »

« Lo psicopatico sapiente » disse Marcus. « Credo che in quella videocassetta ci sia il mostro quando era solo un bambino. »

15

Il laboratorio di analisi tecnologica – il LAT – della questura di Roma era fra i più all'avanguardia d'Europa. La sua attività spaziava dalla decodificazione del DNA all'investigazione elettronica.

A dirigerlo era Leopoldo Strini, un esperto di trentacinque anni con la calvizie incipiente, gli occhiali spessi e la carnagione pallida. « Qui decrittiamo codici e ricostruiamo il contenuto di intercettazioni ambientali e telefoniche » stava spiegando a Sandra. « Se, per esempio, una registrazione ha dei buchi, il LAT con le sue apparecchiature è in grado di colmarli con le parole esatte. Così come da una foto scattata al buio possiamo far apparire l'immagine sottostante come fosse pieno giorno. »

« Come è possibile? » chiese la poliziotta.

Strini si avvicinò a uno dei terminali presenti nello stanzone e diede un paio di pacche sul monitor con aria soddisfatta. « Grazie a un sistema di software potentissimi e all'avanguardia, il nostro margine di errore è dello zero-virgola-zero-zero-nove. »

I computer erano il vero segreto di quel posto. Il LAT era dotato di tecnologie di cui nessun altro – ente pubblico o società privata – poteva disporre. La grande stanza che le ospitava si trovava nel sotterraneo della questura. Non c'erano finestre ed era in funzione un impianto di aerazione che manteneva costante la temperatura per non danneggiare le sofisticate strumentazioni. I server che supportavano tutta quella tecnologia, invece, erano interrati a una profondità di ben sette metri sotto le fondamenta dell'antico palazzo di via San Vitale.

Sandra considerò che quel luogo era una via di mezzo fra un laboratorio di biologia – con il bancone con i microscopi e tutto il resto –, uno di informatica e uno di elettronica – con saldatori, componenti di apparecchiature e attrezzi vari.

Attualmente il LAT era al lavoro sul DNA del mostro di Roma, rinvenuto sulla camicia che l'assassino aveva inavvertitamente lasciato nell'auto dei ragazzi aggrediti a Ostia. Ed era impegnato nell'esame dei reperti sequestrati in casa del medico legale Astolfi. Ma per volontà dei capi della questura, quella seconda faccenda era segreta, rammentò Leopoldo Strini. Perciò era impossibile che Sandra Vega, una semplice fotorilevatrice, fosse venuta a trovarlo per quello.

«Il DNA dell'omicida non ci ha svelato altro» disse il tecnico, mettendo le mani avanti. «Nessun riscontro con altri casi e nemmeno con i test a cui stiamo sottoponendo tutti quelli che hanno precedenti per reati simili o sono sospettabili.»

«Ho bisogno di un favore» affermò invece la poliziotta per troncare subito il discorso. Quindi gli porse il cellulare che le aveva dato Ivan, il fidanzato di Pia Rimonti.

«Cosa dovrei farci?»

«Nella segreteria c'è un messaggio della collega che è stata ammazzata due notti fa. Ma prima è necessario che te lo faccia ascoltare.»

Strini prese il telefono dalle mani di Sandra come fosse una reliquia. Poi, fissandolo in silenzio, si diresse verso un terminale. Collegò il cellulare e digitò una serie di comandi sulla tastiera. «Sto estraendo il messaggio vocale» annunciò prima di schiacciare il tasto che connetteva direttamente alla segreteria. Quindi alzò il volume delle casse che si trovavano sul tavolo.

La chiamata partì. Una voce femminile elettronica diede loro il benvenuto e annunciò che la casella conteneva un messaggio archiviato. Quindi declinò il giorno e, soprattutto, l'ora in cui era stato lasciato: le tre di notte. Infine, la registrazione partì.

Strini si aspettava di sentire da un momento all'altro la voce di Pia Rimonti. Invece si udì solo un silenzio prolungato, che durò in tutto una trentina di secondi. Poi la linea cadde.

«Che significa? Non capisco» disse voltandosi verso Sandra.

«È per questo che non ho informato ancora Moro e nemmeno Crespi» spiegò la poliziotta. Poi gli raccontò brevemente dell'incontro avuto col fidanzato di Pia dopo il funerale e di come era venuta a conoscenza del messaggio vocale. «Ho bisogno che tu mi dica se è stato un errore, cioè se la chiamata è partita per sbaglio oppure se la segreteria ha registrato male perché magari non c'era campo... »

Strini comprese subito dove volesse andare a parare Vega con quei discorsi. In realtà, lei voleva sapere se in quel silenzio c'era qualcosa.

« Credo di potertelo dire a breve » assicurò il tecnico, poi si mise alacremente al lavoro.

Trascorsero alcuni minuti durante i quali Sandra assistette mentre Strini scomponeva il messaggio in una serie di tracce audio che sullo schermo somigliavano al diagramma di un sismografo. Amplificò ogni vibrazione, ogni rumore. Così che, al minimo suono, la linea sussultava.

« Ho aumentato al massimo il rumore di fondo » annunciò il tecnico. « Posso escludere sin d'ora che la segreteria abbia registrato male il messaggio. » Premette un tasto per riprodurne nuovamente il contenuto.

Ora si percepiva chiaramente il fruscio del vento e delle foglie. Sembrava di essere lì, pensò Sandra. I rumori segreti di un bosco di notte, quando nessuno è presente per ascoltarli. Provò una strana sensazione di paura. Perché, invece, qualcuno lì c'era.

« Qualcuno ha deliberatamente fatto partire la chiamata » confermò Strini. « È rimasto in silenzio per una trentina di secondi e ha riattaccato. » Poi aggiunse: « Ma perché fare una cosa del genere? »

« L'orario » fu la risposta di Sandra.

Ma Strini non la colse subito.

« La voce elettronica della segreteria poco fa ha annunciato che il messaggio è stato lasciato alle tre di notte. »

« E allora? »

Sandra prese un foglio che aveva portato con sé: « L'ultimo contatto via radio fra gli agenti e la centrale operativa è avvenuto poco dopo l'una. Secondo l'autopsia, Stefano Carboni è morto qualche minuto dopo, mentre Pia Rimonti è stata torturata per almeno mezz'ora prima di essere uccisa a sua volta ».

« La chiamata è successiva alla sua morte » disse Strini, stupito ma anche impaurito dalla constatazione.

« È avvenuta più o meno quando i nostri sono andati a controllare sul posto e hanno scoperto i due corpi. »

Non c'era bisogno di dire quale fosse la naturale conclusione della storia. L'assassino si era allontanato col telefono di Pia Rimonti e aveva effettuato la chiamata da un altro posto.

« Il cellulare di Pia non era fra gli oggetti repertati sulla scena del crimine. » Come prova, Sandra mostrò al tecnico un foglio su cui c'era l'elenco di cui parlava.

Ma Strini si alzò, rifiutando di guardarlo. « Perché sei venuta da me? Perché non sei andata subito da Moro o da Crespi? »

« Te l'ho spiegato prima: avevo bisogno di una conferma. »

« Che conferma? »

« Credo che il mostro con quel messaggio silenzioso volesse attirare la nostra attenzione. Puoi rintracciare da dove è stata effettuata la chiamata? »

16

Imboccò il videoregistratore con la cassetta. Quindi premette play.

Lo schermo si riempì di una nebbiolina grigiastra. Durò all'incirca un minuto, un tempo lunghissimo in cui Marcus e Clemente non pronunciarono parola. Finalmente apparve qualcosa. L'immagine oscillava dall'alto verso il basso mentre il nastro cercava di assestarsi – sembrava dovesse rompersi da un momento all'altro. Ma poi, da sola, l'inquadratura si stabilizzò su una scena dai colori sbiaditi.

Era la stanza dalle pareti coi personaggi delle fiabe. Per terra diversi giocattoli e, in un angolo, un cavallo a dondolo. Al centro, due sedie.

Su quella di destra c'era un uomo sulla quarantina con le gambe accavallate. Capelli di un biondo intenso, basette e occhiali da vista con le lenti scure. Indossava un camice medico. Verosimilmente si trattava del professor Joseph Kropp.

Su quella di sinistra c'era un ragazzino esile, con la schiena ricurva ed entrambe le mani infilate sotto le ginocchia. Indossava una camicia bianca abbottonata sui polsi e fino al colletto, pantaloni scuri e stivaletti di pelle. Un caschetto castano gli copriva la fronte fino agli occhi. Guardava in basso.

« *Sai dove ti trovi?* » chiese lo psichiatra con un lieve accento germanico.

Il bambino fece cenno di no con la testa.

L'inquadratura si mosse per un momento, come se qualcuno stesse ancora sistemando la videocamera. Infatti, di lì a poco, davanti all'obiettivo apparve un secondo uomo. Anche lui indossava un camice e portava una cartellina.

« *Questo è il dottor Astolfi* » disse Kropp, presentando il giovane che in futuro sarebbe diventato medico legale, che prese una sedia e andò a mettersi accanto a lui.

Per Marcus fu la conferma che non si era sbagliato: Astolfi era coinvolto e conosceva il mostro.

« *Vogliamo che tu ti senta a tuo agio, qui sei fra amici.* »

Il bambino non disse nulla, invece Kropp fece un cenno verso la porta aperta. Da lì entrarono tre infermieri, una donna dai capelli rossi e due uomini che andarono a schierarsi lungo il muro, in fondo.

Uno dei due maschi non aveva il braccio sinistro e non indossava alcuna protesi. Marcus riconobbe l'altro: « Quello è il vecchio dell'incendio all'istituto, l'uomo che mi ha aggredito alla villa sull'Appia Antica ». Stessi occhi azzurri, molto più robusto ma all'epoca non doveva avere più di cinquant'anni. Ancora una conferma: chi stava proteggendo il mostro lo aveva incontrato da bambino.

« *Lui è Giovanni* » disse Kropp, presentandolo. « *Lei è la signorina Olga. E quello magro col nasone è Fernando* » affermò lo psichiatra indicando l'uomo senza un braccio.

Tutti sorrisero alla battuta, tranne il bambino che invece continuava a guardarsi i piedi.

« *Per un po' noi staremo con te, ma fra qualche tempo potrai unirti agli altri ragazzi. Vedrai, anche se adesso non è così, alla fine ti piacerà stare qui.* »

Marcus aveva già riconosciuto due dei protagonisti nel video. Ora prese mentalmente nota anche del nome e della fisionomia degli altri. Kropp, biondo. Fernando, monco. Olga, capelli rossi.

« *Ho sistemato la sua cameretta* » disse la donna con un sorriso gentile. Si rivolgeva allo psichiatra ma in realtà parlava al bambino. « *Ho messo nei cassetti la sua roba, ma penso che più tardi potremo andare insieme nel deposito dei giocattoli a scegliere qualcosa che gli piace. Che ne dice, professore?* »

« *Mi sembra un'ottima idea.* »

Il bambino non ebbe alcuna reazione. Poi Kropp fece nuovamente un cenno e i tre infermieri lasciarono la stanza.

Marcus notò che erano tutti molto premurosi e disponibili.

Il loro atteggiamento, però, era in contrasto con i volti dei personaggi delle fiabe raffigurati sulle pareti, senza allegria.

« *Adesso ti faremo qualche domanda, d'accordo?* » chiese Kropp.

Il bambino si voltò inaspettatamente verso la videocamera.

Kropp lo richiamò: « *Sai perché sei qui, Victor?* »

« Si chiama Victor » disse Clemente, per sottolineare che forse ora avevano il nome del mostro. Ma Marcus al momento era più interessato a ciò che accadeva sullo schermo.

Il bambino tornò a guardare Kropp ma non rispose nemmeno alla seconda domanda.

Kropp lo incalzò. « *Io credo che tu lo sappia, ma non vuoi parlarne, giusto?* »

Ancora una volta, nessuna reazione.

« *So che ti piacciono i numeri* » disse lo psichiatra, cambiando argomento. « *Mi dicono che sei molto bravo in matematica. Ti andrebbe di farmi vedere qualcosa?* »

A quel punto Astolfi si alzò dal suo posto e uscì dall'inquadratura. Poco dopo, fece ritorno e piazzò accanto a Victor una lavagna su cui era scritta una radice quadrata.

$$\sqrt{787470575790457}$$

Quindi posò il gessetto e tornò a sedersi.

« *Non ti va di risolverla?* » chiese Kropp al bambino che non si era nemmeno voltato per osservare cosa facesse Astolfi.

Dopo qualche secondo di esitazione, Victor si alzò, andò verso la lavagna e cominciò a scrivere la soluzione.

28061906,132522

Astolfi controllò sulla sua cartellina e indicò a Kropp che il risultato era corretto.

« È un piccolo genio » disse Clemente, meravigliato.

Lo psichiatra era entusiasta. « *Bene, Victor, molto bene.* »

Marcus sapeva che esistevano persone dotate di talenti speciali, per la matematica oppure per la musica o il disegno. Alcuni possedevano incredibili capacità di calcolo, ad altri bastava un solo giorno per imparare a suonare perfettamente uno strumento, altri ancora erano capaci di riprodurre il panorama di una città dopo averlo osservato per pochi secondi. Spesso la dote straordinaria era congiunta a un deficit mentale come l'autismo o la sindrome di Asperger. In passato venivano chiamati *idiot savant* – idioti sapienti. Ma attualmente ci si riferiva a loro con il termine più appropriato di *savant.* Nonostante le straordinarie attitudini, solitamente erano incapaci di relazionarsi con il mondo che li circondava e presentavano significativi ritardi nel linguaggio e nei processi cognitivi, oltre a disturbi ossessivo-compulsivi.

Victor doveva essere uno di loro. Lo psicopatico sapiente, rammentò.

Il bambino tornò alla sua sedia rimettendosi nella stessa posizione di prima, ricurvo e con le mani sotto le ginocchia. Ma cominciò nuovamente a fissare l'obiettivo della videocamera.

«*Per favore, Victor, guarda me*» lo riprese con gentilezza Kropp.

Il suo sguardo era intenso, e Marcus provò una sensazione sgradevole. Era come se quel bambino potesse vederlo attraverso lo schermo.

Dopo un attimo, Victor ubbidì allo psichiatra tornando a voltarsi.

«*Ora dobbiamo parlare di tua sorella*» annunciò Kropp.

Le parole non ebbero alcun effetto sul bambino che continuava a starsene immobile.

«*Cosa è successo a tua sorella, Victor? Ricordi cosa le è accaduto?*» Kropp lasciò che alla domanda seguisse il silenzio, forse per stimolare una reazione.

Trascorse un po' di tempo, poi Victor disse qualcosa. La sua voce, però, era troppo debole perché si udisse chiaramente.

«Cosa ha detto?» chiese Clemente.

Intervenne Kropp. «*Potresti ripetere, per favore?*»

Il bambino alzò il tono, ma di poco, e ripeté timidamente: «*Non sono stato io*».

I due dottori nella stanza non replicarono, invece attesero

che aggiungesse qualcos'altro. Ma inutilmente. Victor si limitò a voltarsi di nuovo verso la videocamera – era la terza volta.

«*Perché guardi da quella parte?*» gli domandò Kropp.

Il bambino sollevò lentamente il braccio e indicò qualcosa.

«*Non c'è niente lì. Non capisco.*»

Victor tacque, ma continuò a fissare.

«*Vedi un oggetto?*»

Victor fece segno di no.

«*Allora qualcuno... Una persona?*»

Victor restò immobile.

«*Ti sbagli, non c'è nessuno. Ci siamo solo noi nella stanza.*»

Ma il bambino continuava a guardare in quella direzione. Marcus e Clemente provarono la spiacevole impressione che realmente Victor ce l'avesse con loro.

«*Dovremo tornare a parlare di tua sorella. È importante*» disse Kropp. «*Ma per oggi basta così. Puoi rimanere qui a giocare, se vuoi.*»

Dopo essersi scambiati una breve occhiata, i due dottori si alzarono e si diressero verso la porta. Uscirono dalla stanza lasciando solo il bambino ma senza spegnere la videocamera. A Marcus sembrò strano. Intanto Victor continuava imperterrito a osservare l'obiettivo, senza muovere nemmeno un muscolo.

Il penitenziere cercava di leggere nel profondo dei suoi occhi. Quale segreto si nascondeva nello sguardo di quel bambino? Cosa aveva fatto a sua sorella?

Trascorse quasi un minuto. Poi il nastro terminò e la registrazione s'interruppe.

«Ora sappiamo il suo nome» affermò soddisfatto Clemente.

I due punti fermi erano quella videocassetta e la registrazione della voce del mostro avvenuta nel confessionale di Sant'Apollinare, da cui era partita la sua indagine.

«*... una volta... Accadde di notte... E tutti accorsero dov'era piantato il suo coltello... era venuto il suo tempo... i figli morirono... i falsi portatori del falso amore... e lui fu spietato con loro... del bambino di sale... se non sarà fermato, non si fermerà.*»

Il video e l'audio costituivano due estremi. Il mostro quando era solo un bambino e poi da adulto. Cosa era accaduto nel mezzo? E prima?

« Il confessionale di Sant'Apollinare in passato veniva usato dalla criminalità per passare informazioni alla polizia » riepilogò Marcus, che aveva bisogno di schiarirsi le idee. « La chiesa era un porto franco, un luogo sicuro. Il mostro lo sapeva, per questo abbiamo dato per scontato che fosse un criminale. »

« È probabile che abbia commesso altri reati dopo l'istituto Hamelin » disse Clemente indicando lo schermo. « In fondo, sappiamo come vanno queste cose: la maggior parte dei bambini o degli adolescenti che commettono un crimine continuano anche dopo. »

« Il loro destino è segnato » affermò Marcus. Ma era più il frutto di una riflessione con se stesso. Sentiva di essere molto vicino a qualcosa d'importante. C'era una frase del messaggio audio che, alla luce di ciò che aveva visto nel video, ora assumeva un significato differente.

I figli moriranno.

Quando l'aveva ascoltato la prima volta, aveva pensato che il mostro si riferisse ai genitori delle sue giovani vittime. Che fosse un sadico avvertimento rivolto a loro, per il dolore che gli avrebbe fatto provare.

Si sbagliava.

« Ho capito perché sceglie le coppiette » disse riemergendo dalla sua riflessione. « La ragione non è legata al sesso o a qualche perversione. Nel messaggio audio si riferisce alle vittime chiamandole 'i figli'. »

Clemente gli prestò tutta la sua attenzione.

« Kropp nel video chiede a Victor cosa è successo a sua sorella. Probabilmente a lei è legata la ragione per cui il bambino si trovava all'istituto Hamelin: le ha fatto del male. Infatti poi aggiunge: 'Non sono stato io'. »

« Vai avanti, ti seguo... »

« Il nostro è un assassino narratore, con gli omicidi ci sta raccontando la sua storia. »

«Certo, i figli!» Clemente ci arrivò da solo. «Le coppiette nella sua fantasia rappresentano un fratello e una sorella.»

«Per agire ha bisogno di sorprendere le sue vittime quando sono sole e appartate. Pensaci: è più facile trovare una coppia d'innamorati che una di fratelli.»

La teoria del legame fra ciò che stava accadendo in quei giorni e ciò che era accaduto fra Victor e sua sorella, inoltre, era avvalorata dal fatto che l'assassino si accanisse maggiormente sulle vittime femminili. «'Non sono stato io.' Lui ritiene ancora di aver subito un'ingiustizia nell'infanzia. E la colpa è di sua sorella.»

«E la sta facendo scontare a quei ragazzi.»

Ormai Marcus era lanciato. Ricominciò a camminare per la stanza. «Victor fa del male alla sorella e lo mandano all'istituto Hamelin. Ma, invece di cambiarlo in meglio, quel posto lo fa diventare un criminale. Perciò, crescendo commette altri reati.»

«Se solo sapessimo quali» si rammaricò Clemente. «Potremmo risalire alla sua identità completa.»

Ma non era possibile. Il crimine di cui Victor si era macchiato nell'infanzia era stato cancellato per sempre, dei reati commessi dai bambini non c'era traccia negli archivi della polizia. Tutto veniva occultato. Il mondo non poteva accettare che un'anima pura potesse compiere del male con spietata lucidità.

«C'è un modo» affermò Marcus, sicuro. «La sua prima vittima.» Poi si spiegò meglio: «È stata cancellata solo l'identità del colpevole, ma se scopriamo ciò che è accaduto alla sorella di Victor, troveremo anche lui».

17

Il messaggio muto in segreteria era un invito.

Era come se il mostro stesse dicendo: «Avanti, venite a vedere». Secondo il tecnico del LAT che aveva localizzato la chiamata, il cellulare sottratto a Pia Rimonti quella notte aveva agganciato una cella telefonica a sud-est di Roma, nella zona dei Colli Albani.

Subito, Sandra aveva informato Moro e Crespi.

Era stata attivata la procedura di emergenza dello SCO. Mancava poco meno di un'ora al tramonto, dovevano fare in fretta.

Un corteo di una decina fra mezzi corazzati e auto della polizia aveva lasciato il palazzo di via San Vitale, tallonato prontamente dai furgoni delle tv. Con un paio di elicotteri Agusta del Reparto volo a fare da angeli custodi, avevano attraversato il centro di Roma a sirene spiegate, attirando l'attenzione dei passanti. Dal finestrino dell'auto, Sandra Vega aveva scorto i loro sguardi angustiati: fissavano la sfilata, paralizzati da quel suono e dall'incantesimo della paura. Genitori che spingevano passeggini con figli piccoli, turisti che avevano scelto proprio quel momento di tensione per visitare la Città Eterna e non avrebbero mai dimenticato quella vacanza, donne e uomini, vecchi e giovani. Tutti accomunati dallo stesso sentimento, dallo stesso incontrollabile timore.

Sandra era seduta accanto a Moro sul sedile posteriore della seconda macchina di testa. Il vicequestore l'aveva invitata ad andare con lui, ma non aveva ancora detto una parola. Era soprappensiero, ma si percepiva la sua agitazione mentre, di tanto in tanto, controllava nel retrovisore le parabole dei furgoni dei giornalisti che, come fiere affamate, andavano a caccia della preda.

Sandra poteva immaginare i pensieri del vicequestore Moro. Si stava domandando come ne sarebbe uscita stavolta la polizia.

Perché fino a quel momento, anche se nessuno lo ammetteva, stavano perdendo la partita. Perciò era normale che fra le preoccupazioni del superpoliziotto ci fosse anche quella di vedersi soffiare l'indagine. Era un caso troppo ghiotto perché qualcun altro non cercasse di metterci le mani. Per esempio i ROS, il gruppo speciale dei carabinieri che si occupava anche di crimini violenti e che scalpitava per subentrare.

Mentre la lunga colonna di veicoli percorreva compatta la provinciale 217, un fronte di aria gelata stava calando sulla città, portandosi appresso nuvole basse e minacciose che scorrevano sulle loro teste come un'armata di ombre diretta verso il sole che spariva velocemente all'orizzonte.

L'orologio degli elementi era contro di loro.

I Colli Albani, in realtà, erano un immenso vulcano quiescente, collassato su se stesso migliaia di anni prima. Le diverse bocche eruttive erano diventate pianure oppure ospitavano piccoli laghi di acqua dolce. Tutt'intorno, una cinta di alture ricoperte da una fitta vegetazione.

L'area era abitata e c'erano diversi centri urbani. Leopoldo Strini, il tecnico del LAT, non era stato in grado di circoscrivere più di tanto la zona coperta dalla cella telefonica. Si trattava di un raggio di tre chilometri, difficile da controllare.

Dopo una ventina di minuti, giunsero in aperta campagna. Le auto di testa si fermarono al margine di un'area boschiva, mentre i mezzi corazzati che trasportavano gli uomini dei reparti speciali si sistemarono in modo da costituire la linea di un fronte.

« Va bene, iniziamo la ricerca » ordinò Moro alla radio.

Dai furgoni fuoriuscirono i poliziotti in tenuta d'assalto, con i fucili mitragliatori e i giubbotti antiproiettile. Si schierarono lungo il confine del bosco. Poi, a un preciso segnale, si mossero simultaneamente e sparirono fra gli alberi.

Moro si piazzò su una collinetta, in una mano stringeva la trasmittente e attendeva. Sandra lo fissava chiedendosi come potesse vivere quei momenti un uomo pronto a ogni evenienza. Un centinaio di metri alle loro spalle, le tv, tenute a bada dagli agenti di un cordone di sicurezza, cominciavano a installare le telecamere per la diretta.

Con l'approssimarsi della sera si iniziavano a tirare su i cavalletti per le alogene. Collegate a generatori diesel, venivano sistemate a una distanza di una decina di metri l'una dall'altra, su un perimetro lunghissimo. Quando l'ultimo bagliore solare stava per svanire, il commissario Crespi ordinò che fossero attivate. Con una serie di scatti meccanici che riecheggiarono nella vallata, una luce bianchissima si scontrò con la barriera della vegetazione.

Nel frattempo, gli elicotteri spazzavano il bosco dall'alto con i loro potenti riflettori, in modo da offrire agli uomini armati a terra un po' di visibilità.

Trascorsero quasi trenta minuti senza che accadesse nulla. Nessuno sperava che sarebbe successo qualcosa così presto, però avvenne. Una voce si levò dalla radio di Moro.

« Signore, abbiamo trovato il cellulare dell'agente Rimonti. Forse è il caso che venga a vedere. »

La luce degli elicotteri filtrava dall'alto fra i rami degli alberi – sottili fasci luminosi che conferivano al bosco un'aria fatata. Sandra camminava alle spalle di Moro e del commissario Crespi. Scortati da altri agenti, avanzavano nella vegetazione.

A ogni passaggio dei velivoli, il fragore delle eliche copriva il suono dei loro passi, per poi disperdersi in un'eco che a Sandra ricordava quella di una grande cattedrale.

Un centinaio di metri davanti a loro, qualcuno sollevò e abbassò più volte una torcia elettrica, facendo segno di dirigersi in quella direzione.

Giunti sul posto, trovarono ad attenderli un gruppo di uomini dello SCO. Erano radunati intorno al loro superiore.

« Dov'è? » gli domandò Moro.

« Eccolo, è lì. » L'uomo indicò un punto al suolo e lo illuminò subito con la torcia.

In effetti, c'era un cellulare sporco di terra.

Il vicequestore si accovacciò per osservarlo meglio e intanto si sfilò dalla tasca un guanto di lattice e lo indossò sulla mano destra. « Fatemi luce. » E subito arrivarono i fasci di altre torce.

Si trattava di uno smartphone con una cover blu scuro con lo stemma della polizia di Stato. Moro la riconobbe perché faceva parte del merchandising del corpo, la si poteva acquistare sul sito ufficiale insieme a magliette, cappellini e altri gadget. Ma agli agenti la cover veniva fornita gratuitamente, perché si voleva evitare che indossassero o portassero con sé oggetti dai colori troppo vistosi o non consoni alla divisa. Unico vezzo, in quel caso, era il piccolo ciondolo a forma di cuore che pendeva da un angolo.

Il cuore lampeggiava, ed era come se palpitasse.

« È così che l'abbiamo trovato » disse l'uomo dello SCO. « Abbiamo notato l'intermittenza, probabilmente indica che la batteria del telefono si sta scaricando. »

« Probabilmente » ripeté Moro a mezza voce, mentre continuava a fissare l'apparecchio. Poi con un dito lo sollevò cercando di scorgere lo schermo. A parte il terriccio, era macchiato di sangue.

Il sangue di Pia Rimonti, pensò Sandra.

« Chiamate la scientifica e fate rilevare le impronte sul telefono, e passate al setaccio tutta l'area. »

Quando l'agente dello SCO aveva convocato Moro per radio si era servito di un'espressione precisa.

« *Forse è il caso che venga a vedere.* »

Il problema era proprio quello. Fin dall'inizio, si aspettavano tutti di trovare qualcosa in quel luogo. Invece, a parte il telefono, non c'era nulla da vedere.

Perché il mostro li aveva condotti lì?

Dalla sua posizione accovacciata, Moro fissò prima Sandra e poi il commissario Crespi. « Va bene, portiamo qui i cani. »

Sei agenti dell'unità cinofila guidavano altrettanti esemplari di Bloodhound lungo una griglia immaginaria che aveva come fulcro il punto in cui era stato rinvenuto il telefono.

L'operazione avveniva con il cane accucciato a prua, controvento e zigzagando.

I Bloodhound – letteralmente « segugio del sangue » – recentemente erano stati ribattezzati dalla stampa « cani molecolari » perché erano capaci di seguire le molecole dell'odore nelle condizioni più avverse. Ma anche perché, a differenza di altre razze, sapevano individuare una pista olfattiva anche quando era trascorso molto tempo dal crimine. Proprio da poco erano stati impiegati per individuare un maniaco che aveva violentato e ucciso una ragazzina nel Nord Italia: avevano condotto gli investigatori fino al luogo in cui lavorava, e l'arresto era avvenuto davanti a fotografi e telecamere. Da allora, la razza dei cani molecolari aveva guadagnato una fama insperata.

Ma fra i poliziotti il loro nome era ancora « cani da cadavere ».

In quel momento, uno degli animali si fermò voltando subito il muso verso il proprio addestratore. Era il segnale che aveva fiutato qualcosa. L'addestratore sollevò un braccio: era un gesto che serviva a ottenere una conferma. Infatti il cane abbaiò, abbandonando la posizione accucciata e rimettendosi eretto sulle quattro zampe in attesa della ricompensa.

« Signore, qui sotto c'è qualcosa » disse l'agente all'indirizzo del vicequestore Moro. Poi offrì al cane una pallina di cibo secco, allontanandolo dal punto indicato.

Moro si avvicinò insieme a Crespi. Entrambi si accovacciarono. Mentre il commissario puntava in basso la torcia, il vicequestore spazzò con la mano il terreno da rami e foglie secche. Quindi fece scorrere il palmo sul suolo nudo.

Presentava un leggero avvallamento.

« Cazzo » disse Moro, contrariato.

Sandra, che era a poca distanza, intuì cosa stesse accadendo. Là sotto c'era un corpo. E non solo perché era stato individuato dal Bloodhound. La cassa toracica di un cadavere sepolto senza una bara, dopo un po', cedeva sotto il peso della terra che la ricopriva, con un conseguente abbassamento del suolo sovrastante.

Crespi le si avvicinò. « Vega, forse dovresti cominciare a prepararti. »

Sandra indossò la tuta bianca col cappuccio e si sistemò l'archetto col microfono del registratore in modo che fosse all'altezza della bocca.

Le squadre speciali avevano lasciato il campo agli uomini della scientifica che, insieme ai necrofori, iniziarono a scavare. Furono montati dei riflettori e l'area fu circoscritta con dei paletti.

La fotorilevatrice immortalava la scena con la reflex. Man mano che la terra veniva rimossa – delicatamente, con l'ausilio di piccole vanghe – cominciava a comparire qualcosa. Dapprima furono lembi di tessuto jeans. Si capì subito che si trattava di pantaloni.

Il corpo era sepolto ad appena mezzo metro di profondità, non fu difficile arrivare anche al resto. Un paio di scarpe da ginnastica, calzini da tennis, una cintura di corda marrone, un giubbino di tela verde. Il cadavere era supino, le gambe leggermente rannicchiate contro il busto, segno che chi aveva scavato la buca non aveva saputo calcolare bene la sua altezza. In effetti, il torace era collassato e sembrava una grossa voragine.

Sandra continuava a scattare muovendosi intorno ai colleghi intenti alla riesumazione. Avevano abbandonato le piccole vanghe e adesso procedevano smuovendo il terriccio con dei pennelli.

La testa era ancora sottoterra ma le mani, l'unica parte non coperta da indumenti, apparivano come due propaggini scure, legnose. Quel tipo di inumazione aveva accelerato il processo di decomposizione.

Poi giunse il momento di svelare il volto. Avvenne con molta cura. Alla fine, emerse solo un teschio a cui erano attaccati ancora i capelli – una chioma infeltrita color ebano.

« Maschio, età indefinita » si pronunciò il medico legale dopo aver attentamente esaminato le ossa della zona frontale, gli zigomi e la mascella.

« Presenta un foro d'entrata all'altezza della tempia destra » disse Sandra al registratore, e pensò subito al revolver Ruger usato dal mostro – una specie di firma, ormai. Il foro d'uscita doveva trovarsi nella parte posteriore del cranio.

Poi, zoomando con la macchina fotografica per effettuare un primo piano, si accorse che dalla terra dietro alla nuca del cadavere spuntava qualcosa.

« C'è qualcos'altro sotto il corpo » comunicò ai colleghi della scientifica. La guardarono per un attimo, straniti. Poi ripresero a scavare.

Il vicequestore Moro si trovava a qualche metro di distanza. Osservava le operazioni, immobile e con le braccia incrociate. Vide gli uomini estrarre il cadavere dalla fossa per riporlo delicatamente su una cerata.

Proprio in quel momento si svelò il secondo corpo, sottostante.

« Donna, età indefinita. »

Era molto più minuta del suo compagno di sepoltura. Indossava dei pantacollant a fiori e scarpe da tennis rosa. Dalla vita in su era senza abiti.

Sandra pensò alle precedenti vittime femminili. Diana Delgaudio era nuda e proprio questo aveva provocato l'ipotermia che le aveva salvato la vita, Pia Rimonti era stata denudata prima di essere torturata e uccisa con un coltello da caccia. L'assassino riservava ai maschi sempre una morte veloce. Giorgio Montefiori era stato convinto ad accoltellare Diana e alla fine aveva ricevuto un proiettile in testa, come in un'esecuzione. Stefano Carboni era stato colpito al torace, anche per lui una fine quasi istantanea. E l'uomo che adesso giaceva accanto alla fossa non doveva essersela cavata peggio, con quel foro sulla tempia.

Forse, semplicemente, il mostro non era interessato ai maschi. Perché allora sceglieva le coppie?

Anche nel caso della seconda vittima la gabbia toracica era sprofondata per via del peso sovrastante. Il medico legale la esaminò con attenzione. « A sinistra, l'ottava e la nona costola della donna presentano piccoli solchi dal profilo zigrinato, segno di probabile accoltellamento » disse.

Il modus operandi del mostro era confermato anche stavolta.

Ma prima che il patologo potesse aggiungere altro, a pochi metri da lì, i cani da cadavere ricominciarono ad agitarsi.

La seconda sepoltura conteneva due zaini. Uno rosso, l'altro nero. Uno più grande, l'altro più piccolo. Appartenevano alle vittime. La spiegazione più immediata e convincente era che l'assassino, non trovando posto per essi nella prima buca, era stato costretto a scavarne una seconda.

Quando i necrofori aprirono lo zaino nero della donna e cominciarono a estrarne il contenuto, Sandra vide Moro cambiare espressione.

Sul volto del superpoliziotto si disegnò una maschera di sgomento. Il vicequestore raccolse un oggetto che le era familiare.

Un test di gravidanza.

Il silenzio si diffuse come un contagio, e nessuno nel bosco proferì più parola. Tutti i presenti provavano lo stesso orrore.

« Gli autostoppisti » disse piano il vicequestore Moro.

18

« La vita è solo una lunga serie di prime volte. »

Sandra non ricordava chi l'avesse detto, ma la frase le tornò in mente mentre smobilitava dalla scena del crimine. Le era sempre sembrata un'espressione positiva, carica di aspettative e di speranza.

C'era una prima volta per ogni cosa. Per esempio, lei ricordava quando da piccola suo padre le aveva insegnato ad andare in bicicletta.

« Ecco, adesso non lo dimenticherai mai più » le aveva detto. E aveva ragione, anche se lei in quel momento non ci credeva così tanto.

E rammentava quando aveva baciato un ragazzo per la prima volta. Anche quello non avrebbe dimenticato ma, se pure fosse successo, non le sarebbe dispiaciuto visto che si trattava di un adolescente brufoloso con l'alito che sapeva di gomma da masticare alla fragola. E le era parsa la cosa meno sexy del mondo.

Ci sono prime volte, poi, che sono anche le ultime. Sandra non poteva fare a meno di considerare il matrimonio con David un'esperienza irripetibile. Per questo non avrebbe mai sposato Max.

A ogni modo, le prime volte, belle o brutte che fossero, creavano un ricordo indelebile e una strana magia. E contenevano una lezione preziosa da spendere per il futuro. Sempre. Tranne quella a cui avevano assistito quella notte nel bosco.

La prima volta di un mostro.

Bernhard Jäger e Anabel Meyer avevano ventitré e diciannove anni.

Lui era di Berlino, lei di Amburgo. Il ragazzo aveva terminato da poco gli studi di architettura, mentre lei era iscritta a una scuola d'arte. Si conoscevano da qualche mese ed erano andati subito a vivere insieme.

Due estati prima avevano intrapreso un viaggio in Italia facendo l'autostop. Ma dopo un paio di settimane passate a vagare per la penisola, erano scomparsi nel nulla. Nell'ultima telefonata alle famiglie, Bernhard e Anabel avevano comunicato la notizia che presto avrebbero avuto un bambino.

Era con loro che il mostro aveva imparato a uccidere.

Da un sommario esame della scena, fu chiaro per tutti che il modus operandi era lo stesso ma era stato portato a termine con grande approssimazione. Come da un dilettante che ha la vocazione e conosce i rudimenti del mestiere ma non possiede ancora l'esperienza necessaria per compiere al meglio il proprio lavoro.

In quel caso, era una questione di dettagli.

Il proiettile che aveva ucciso il ragazzo era stato esploso all'altezza della tempia, il che, il più delle volte, non provocava una morte istantanea. Le coltellate inferte alla ragazza erano state distribuite a casaccio sull'addome, come se l'assassino si fosse fatto guidare dalla fretta, senza gustarsi la propria opera.

E poi c'era la questione del bambino.

L'omicida non poteva sapere che Anabel era incinta, era troppo presto perché si vedesse un cambiamento sul suo fisico. Forse gliel'aveva detto lei, ma quando era già troppo tardi. O forse anche lui, dopo, aveva visto il test di gravidanza. Una volta scoperto quel *dettaglio*, si era reso conto dell'errore: aveva scelto una coppia che non corrispondeva alla sua fantasia iniziale.

Niente bambini nel piano del mostro.

Probabilmente era per quello che poi aveva deciso di sotterrare i corpi. Nella sua prima volta aveva commesso uno sbaglio, e aveva voluto celarlo al mondo e, soprattutto, a se stesso.

Ma poi, quando era diventato abbastanza bravo, quando ormai tutti, dopo due aggressioni pressoché esemplari, gli avevano riconosciuto il giusto merito con un tributo di orrore e sgomento, allora aveva deciso di svelare il suo esordio imperfetto. Come a dire che ormai poteva smettere di vergognarsene.

Perché adesso quella «distrazione» poteva assumere anche un altro valore e risultare il suo più grande trionfo.

Il fatto era che la scomparsa dei due ragazzi non era finita fra i vari casi di sparizione che si verificavano ogni anno in Italia, che di solito venivano dimenticati in attesa di una svolta o di un colpo di fortuna che quasi mai arrivava.

Anabel Meyer era la secondogenita di un noto banchiere tedesco, un uomo potente che aveva esercitato pressioni notevoli sul governo e sulle autorità italiane perché fosse ritrovata la figlia. Così del caso si erano occupati giornali e televisioni ed era stato affidato al più in gamba dei poliziotti, il vicequestore Moro.

Siccome i ragazzi si spostavano facendo l'autostop, erano state visionate ore di filmati girati dalle telecamere di sicurezza di strade e autostrade, con un impiego di uomini e mezzi notevole per la natura dell'indagine. Una scomparsa non era un omicidio, né c'erano prove che si trattasse di rapimento, eppure erano stati spesi molti soldi e usate risorse ingenti.

Alla fine, nonostante la difficoltà oggettiva di trovare qualcosa, era venuto fuori che Bernhard e Anabel a luglio si aggiravano in una stazione di servizio subito fuori Firenze, sulla A1, l'Autostrada del Sole. Fermavano gli automobilisti per chiedere un passaggio per raggiungere Roma.

Le telecamere di sicurezza del distributore di benzina avevano ripreso il momento in cui i due giovani salivano a bordo di un'utilitaria. Dalla targa, l'auto era risultata rubata e l'obiettivo non era stato in grado di cogliere il volto del conducente. Ma, grazie proprio al talento di Moro, la polizia era risalita comunque al ladro.

Si trattava di un balordo con precedenti per furto e rapina. La sua specialità era offrire passaggi a turisti sprovveduti per poi farsi consegnare i loro averi sotto la minaccia di una pistola. Il sospetto era stato fermato dopo una serrata caccia all'uomo. A casa sua avevano rinvenuto, oltre a una Beretta con la matricola abrasa, oggetti appartenenti ai due ragazzi tedeschi – il portafogli di Bernhard e una collanina d'oro di Anabel.

L'idea degli investigatori era che il balordo avesse dovuto fare i conti con la stazza del ragazzo che, probabilmente, si era opposto alla rapina. Così si era visto costretto a sparare. Preso dal panico, a quel punto aveva ucciso anche la ragazza, facendo poi sparire entrambi i corpi.

Dopo l'arresto, l'uomo aveva ammesso la rapina ma si era difeso asserendo di non aver sparato proprio a nessuno e di aver scaricato i ragazzi in aperta campagna.

Il luogo, guarda caso, era a poche centinaia di metri da dove adesso erano stati ritrovati i corpi, notò Sandra.

Ma due anni prima nessuno li aveva cercati perché il balordo, durante il primo grado del processo, aveva cambiato versione. Aveva ammesso il duplice omicidio, dichiarando di essersi disfatto dei cadaveri gettandoli in un fiume.

I sommozzatori avevano scandagliato il corso d'acqua, ma i resti non erano stati ritrovati. La corte d'assise, però, aveva dimostrato di apprezzare la volontà dell'imputato di collaborare con la giustizia, condannandolo all'ergastolo ma facendo salva, nelle pieghe della sentenza, la possibilità per lui di chiedere, un giorno neanche tanto lontano, di essere sottoposto a un regime di semilibertà.

Adesso era evidente che la confessione rientrava in una precisa strategia degli avvocati: di fronte al peso schiacciante delle prove, gli avevano consigliato di ammettere la colpa, anche se non era la verità. Era una delle storture del sistema penale, ma all'epoca i genitori dei ragazzi, compreso il potente banchiere, si erano accontentati perché avevano finalmente un colpevole a cui era stato inflitto il massimo della pena. Ciò probabilmente li consolava del fatto che non avrebbero avuto un posto in cui piangere i figli. Le autorità italiane, dal canto loro, avevano fornito a quelle tedesche una dimostrazione di efficienza. Il vicequestore Moro aveva incassato i ringraziamenti generali e aveva visto accrescere notevolmente la propria gloria.

Tutti appagati. Fino a quel momento.

Mentre la sconcertante verità veniva a galla, Sandra si tolse la tuta e ripose l'attrezzatura di fotorilevazione nell'auto di servizio.

A pochi passi da lei, un imbarazzato vicequestore Moro rilasciava una prima dichiarazione a beneficio delle principali testate giornalistiche, nazionali e straniere. Il suo volto alla luce dei riflettori appariva ancora più provato e stanco. Alle sue spalle, il bosco dove erano stati ritrovati gli scheletri. Davanti a lui, una selva di microfoni.

«Bernhard Jäger e Anabel Meyer.» Scandì i nomi mestamente, a favore delle telecamere. «Ventitré e diciannove anni.»

«Come sono morti?» domandò un cronista.

Moro cercò quel volto in mezzo agli altri, ma era abbagliato dai flash e desistette. «Sono da considerarsi la terza coppia vittima del mostro. Ma, visto che risultano scomparsi da almeno due anni e i loro resti sono in avanzato stato di decomposizione, possiamo ritenere che siano stati i primi.»

Per due anni l'assassino aveva vissuto indisturbato e adesso era diventato il mostro.

Il penitenziere aveva detto che qualcuno lo stava proteggendo, rammentò Sandra. Chi e perché stava facendo una cosa del genere? Forse era il pensiero che si potesse preferire un assassino a due giovani innocenti a farle rabbia maggiormente.

Astolfi aveva preso parte a quell'assurda salvaguardia, e lei l'aveva smascherato. Il commissario Crespi le aveva assicurato che non c'entrava nulla, che era stato un atto di follia. Ma Marcus aveva smentito quella tesi. Perciò Sandra adesso credeva soltanto a lui.

Aveva voglia di guardare in faccia gli altri complici, chiunque fossero. Voleva fargli sapere che qualcuno era a conoscenza del loro disegno. Visto che la polizia non intendeva occuparsi del medico legale, approfondendo l'indagine su di lui e sui motivi del suo suicidio, avrebbe voluto inviare lo stesso un segnale. Era sicura che il penitenziere avrebbe approvato.

L'idea le venne osservando il commissario Crespi che usciva dal bosco: da uomo molto religioso qual era, si fece il segno della croce.

La vita è solo una lunga serie di prime volte, si disse Sandra. E dopo essersi nascosta per troppo tempo dietro la barriera protettiva della sua macchina fotografica, forse per lei era venuto il momento di rischiare.

Così, approfittando del fatto che le telecamere la stavano certamente inquadrando sullo sfondo del vicequestore Moro, sollevò la mano destra e, come aveva visto fare ad Astolfi nella pineta di Ostia, si segnò al contrario.

TERZA PARTE

Lo psicopatico sapiente

La quarta lezione dell'addestramento del penitenziere era avvenuta nella più grande chiesa del mondo.

San Pietro non aveva eguali. La basilica era stata ricostruita dal Bramante dopo la demolizione di quella precedente. Compreso il portico, era lunga 211 metri. La cupola, fino all'estremità della croce che la sormontava, arrivava a 132.

Al suo interno, ogni manufatto, monumento o colonna, fregio o anfratto aveva una storia.

La prima volta che Clemente aveva condotto Marcus nell'immensa chiesa, i fedeli si mischiavano ai turisti in un afoso giovedì di giugno. Ma era impossibile distinguere chi era lì per devozione da chi vi si trovava semplicemente in visita. A differenza di altri luoghi di culto, lì non si respirava alcun afflato mistico.

Il più importante simbolo della cristianità, in realtà, celebrava soprattutto il potere temporale dei papi che, nel corso della storia, in rappresentanza dell'apostolo Pietro, col pretesto di governare le cose dello spirito si dedicavano invece a quelle materiali come un qualsiasi altro sovrano.

Il periodo dei papi re era ormai superato, ma c'erano ancora i mausolei dei pontefici che si erano succeduti a testimoniarlo. Sembrava avessero fatto a gara per lasciare un segno sfarzoso del proprio passaggio, con la complicità di grandi artisti.

Per quest'ultimo motivo, anche se tutto ciò aveva poco a che fare con Dio, Marcus non se la sentiva di condannare la vanità di quegli uomini.

Nel sottosuolo di Roma si celavano molte meraviglie. I resti della Città Eterna che aveva dominato il mondo con la sua civiltà, ma anche numerose necropoli, alcune di epoca cristiana: le catacombe. Su una di esse era stata edificata la basilica in cui si trovavano.

La catacomba in questione era quella che, secondo la tradizione, ospitava la tomba del discepolo prediletto di Cristo. Ma solo nel 1939 Pio XII autorizzò una campagna di scavi per verificare se davvero nel sottosuolo fossero presenti i resti di Pietro.

Fu così che, a parecchi metri di profondità, si scoprì un muro rosso con un'edicola sulla quale era inciso un graffito in greco antico.

ΠΕΤΡ (ΟΣ)
ΕΝΙ

« Pietro è qui. »

La tomba sotto l'edicola, però, era vuota. Solo molti anni dopo la scoperta, qualcuno ricordò che in un ripostiglio era stato accantonato del materiale rinvenuto casualmente nei pressi dello scavo.

Era stato messo in una comunissima scatola di scarpe.

All'interno della scatola c'erano ossa umane e di animali, frammenti di tessuto, terra, pezzetti d'intonaco rosso e monete medioevali.

Gli specialisti furono in grado di stabilire che le ossa erano appartenute a un individuo di sesso maschile, piuttosto alto, robusto, fra i sessanta e i settant'anni di età. I frammenti di stoffa erano di un drappo di porpora intessuto d'oro. L'intonaco era quello del muro rosso che ospitava l'edicola e la terra era identica a quella del luogo di sepoltura. Le monete medioevali, invece, verosimilmente erano state portate lì dai topi i cui resti, infatti, si trovavano insieme alle ossa del defunto.

« Sembra la trama di un grande thriller » aveva affermato Clemente dopo avergli narrato la vicenda. « Il fatto è che non sapremo mai se quell'uomo è veramente Pietro l'apostolo. Potrebbe essere un Pietro qualsiasi, magari anche un dissoluto o un malfattore. » Si era guardato intorno: « E ogni anno migliaia di persone s'inginocchiano sulla sua tomba e pregano. Pregano lui ».

Ma Marcus sapeva che c'era un significato pratico che si celava nel racconto dell'amico.

« Il punto, tuttavia, è un altro: cos'è un uomo? Non potendo sapere chi sia realmente qualcuno, lo giudichiamo per ciò che fa. Il bene e il male sono il nostro metro di giudizio. Ma è sufficiente? » Poi Clemente era diventato improvvisamente serio. « È

venuto il momento che tu conosca il più grande archivio criminale della storia.»

Il cattolicesimo era l'unica religione che contemplasse il sacramento della confessione: gli uomini raccontavano i propri peccati a un sacerdote per riceverne in cambio il perdono. A volte, però, la colpa era talmente grave che questi non poteva impartire l'assoluzione. Accadeva per i cosiddetti «peccati mortali», cioè riguardanti «una materia grave» e compiuti con «consapevolezza e deliberato consenso».

Si partiva dall'omicidio, ma erano compresi anche il tradimento della Chiesa e della fede.

In quei casi, il sacerdote trascriveva il testo della confessione e lo trasmetteva a un'autorità superiore: un collegio di alti prelati che, a Roma, era chiamato a giudicare su tali materie.

Il Tribunale delle Anime.

Era stato istituito nel XII secolo con il nome di Paenitentiaria Apostolica. *Era accaduto in occasione di uno straordinario afflusso di pellegrini nella Città Eterna. Molti cercavano assoluzione per le proprie colpe.*

All'epoca esistevano censure riservate esclusivamente al Sommo Pontefice, così come dispense e grazie che soltanto la più alta autorità della Chiesa poteva concedere. Ma per il papa era un compito immane. Così questi aveva cominciato a delegarlo ad alcuni cardinali che poi avevano dato vita al dicastero della penitenzieria.

In principio, una volta che il tribunale emetteva il responso, i testi delle confessioni venivano bruciati. Ma dopo pochi anni, i penitenzieri decisero di creare un archivio segreto... «E la loro opera non si è più arrestata» aveva concluso Clemente. «Da quasi mille anni, lì sono custoditi i peggiori peccati commessi dall'umanità. A volte si tratta di crimini di cui nessuno è mai venuto a conoscenza. Non è un semplice database, come quello della polizia. Invece è il più vasto e aggiornato archivio esistente del male.»

Ma Marcus ancora non comprendeva cosa c'entrasse questo con lui.

«Studierai l'Archivio dei Peccati. Io ti fornirò i casi da esami-

nare e tu lo farai. Alla fine, sarai una specie di profiler o criminologo. Così com'eri un tempo, prima di perdere la memoria.»

«Perché?»

«Perché subito dopo applicherai le tue conoscenze nel mondo reale.»

Era il fulcro del suo addestramento.

«Il male è in ogni cosa, ma spesso non riusciamo a vederlo» aveva aggiunto Clemente. «Le anomalie sono il segno quasi impercettibile della sua presenza. A differenza di chiunque altro, tu sarai in grado di individuarle. Ricorda, Marcus: il male non è un'idea astratta. Il male è una dimensione.»

1

La stanza d'ospedale era immersa in una verde penombra.

A crearla erano le lucine dei macchinari medici. Di sottofondo, si udiva lo stantuffo del respiratore automatico collegato alla trachea della ragazza distesa in un letto.

Diana Delgaudio.

La bocca spalancata, un rivolo di bava le scendeva giù dal mento. I capelli, pettinati con una riga da una parte, la facevano sembrare una vecchia bambina. Gli occhi sgranati in uno sguardo inespressivo.

La voce di due infermiere che si avvicinavano nel corridoio. Parlavano fra loro, una delle due aveva problemi col fidanzato.

« Gli ho detto che non mi importa se prima di conoscermi il giovedì sera vedeva i suoi amici. Ora ci sono io e ho la precedenza. »

« E lui come ha reagito? » chiese l'altra, che sembrava divertita.

« All'inizio ha fatto un po' di storie, poi ha ceduto. »

Entrarono nella stanza spingendo un carrello con biancheria, tubi e cannule di ricambio per effettuare le consuete procedure di pulizia della paziente. Una di loro accese la luce.

« È già sveglia » disse l'altra, accorgendosi che la ragazza aveva aperto gli occhi.

Ma « sveglia » non era la parola più adatta per descrivere Diana, visto che si trovava in uno stato di coma vegetativo. I media non ne parlavano, per rispetto alla famiglia, ma anche perché non volevano turbare la sensibilità di tutte le persone che credevano che la sopravvivenza della ragazza fosse una specie di miracolo.

Quello fu l'unico commento che le due infermiere fecero su di lei, quindi ripresero subito a parlare dei fatti loro.

« Perciò, come ti dicevo, ho capito che con lui devo tenere sempre questo atteggiamento se voglio ottenere qualcosa. »

Intanto, la cambiarono, la lavarono e applicarono una nuova cannula per il respiratore, spuntando ogni operazione su una cartellina. Per sostituire le lenzuola del letto, spostarono momentaneamente la ragazza su una sedia a rotelle. Una delle infermiere le piazzò la cartellina e la penna in grembo, perché non sapeva dove metterle.

Terminata l'operazione, la ragazza venne nuovamente distesa.

Le infermiere si apprestarono a lasciare la stanza con il carrello, continuando a parlare fitto di fatti personali.

« Aspetta un momento » disse una delle due. « Ho dimenticato la cartellina. »

Tornò sui suoi passi e la recuperò dalla sedia a rotelle. La guardò distrattamente, ma poi fu costretta a osservarla meglio. Improvvisamente tacque, stupita. Rivolse lo sguardo alla ragazza distesa nel letto, immobile e inespressiva come sempre. E poi tornò a guardare il foglio che aveva davanti, incredula.

Sulla pagina c'era una scritta dal tratto incerto, infantile. Una sola parola.

LORO

2

La tv della tavola calda era sintonizzata su un canale *all news* e ormai era la terza volta che vedeva lo stesso telegiornale.

Avrebbe fatto volentieri a meno di quella compagnia mentre mangiava, ma non poteva farci niente: benché provasse a guardare altrove, appena si distraeva i suoi occhi si riposizionavano automaticamente sullo schermo, anche se non c'era il sonoro.

Leopoldo Strini rifletté che era un effetto della dipendenza dalla tecnologia. Ormai le persone non sapevano più stare sole con se stesse. E quello fu il pensiero più profondo della sua giornata.

Anche gli altri clienti del locale erano incollati al video – famiglie con bambini e impiegati che anticipavano la pausa pranzo. Le vicende del mostro avevano catalizzato l'attenzione di tutti in città. E i media ci sguazzavano. Adesso, per esempio, continuavano a passare le immagini del ritrovamento dei due scheletri nel bosco. Le notizie erano scarne, ma i tg le ripetevano ossessivamente. E la gente non si stancava di guardare. Anche se qualcuno avesse cambiato canale, la programmazione non sarebbe mutata. Ormai era una psicosi collettiva.

Era come guardare un acquario. Sì, un acquario degli orrori.

Leopoldo Strini era seduto al solito tavolo, in fondo alla sala. Il tecnico del LAT aveva lavorato tutta la notte sui nuovi reperti, ma ancora non era in grado di fornire alcun risultato utile. Era morto di stanchezza, e a metà mattinata si era concesso quella pausa per consumare un rapido pasto prima di rimettersi all'opera.

Un panino con la cotoletta e la giardiniera, una porzione di patatine fritte e una Sprite.

Stava appunto per dare uno degli ultimi morsi al sandwich

quando un uomo si sedette al suo tavolo, proprio di fronte a lui, oscurandogli la vista del televisore.

«Salve» disse il tizio, sorridendo amichevolmente.

Strini rimase per un attimo interdetto: non aveva mai visto quell'uomo, anche perché non aveva amici asiatici.

«Posso disturbarti un minuto?»

«Non compro nulla» disse Strini con una certa asprezza.

«Oh, no, non sono qui per venderti qualcosa» lo rassicurò Battista Erriaga. «Voglio farti un regalo.»

«Senti, non mi interessa. Voglio solo finire di mangiare.»

Erriaga si tolse il cappellino e vi passò sopra una mano, come per togliere della polvere invisibile. Avrebbe voluto dire a quello stupido che odiava essere lì, perché odiava le tavole calde in cui si mangiava roba grassa che nuoceva alla sua pressione alta e al suo colesterolo. E detestava i bambini e le famigliole che di solito frequentavano quei posti – non tollerava il baccano, le mani unte e la ridicola felicità di chi metteva al mondo figli. Ma dopo quanto era avvenuto la sera prima, dopo il ritrovamento dei resti dei due ragazzi autostoppisti tedeschi, aveva dovuto prendere qualche drastica decisione perché ormai i suoi piani rischiavano di fallire. Avrebbe voluto rivelare questo all'imbecille che aveva davanti, invece disse soltanto: «Leopoldo, ascoltami...»

Sentendosi chiamare per nome, Strini si bloccò col panino a mezz'aria. «Ci conosciamo?»

«Io conosco te.»

Strini ebbe un presentimento: non gli piaceva quella situazione. «Che cazzo vuoi da me?»

Erriaga appoggiò il cappello sul tavolo e incrociò le braccia. «Sei il responsabile del LAT, il laboratorio analisi tecnologiche della questura.»

«Guarda che se sei un giornalista caschi male: non posso far trapelare nessuna informazione.»

«Ovviamente» disse subito l'altro, fingendo di comprendere la sua intransigenza. «So che avete regole rigidissime al riguardo, e so anche che non le violeresti mai. A ogni modo, io non sono un giornalista e mi dirai tutto ciò che sai solo perché vorrai farlo.»

Strini squadrò in tralice lo sconosciuto che aveva davanti. Era stronzo o cosa? « Non so neanche chi sei, perché dovrei aver voglia di condividere con te delle informazioni riservate? »

« Perché da questo momento io e te siamo amici. » Erriaga terminò la frase con il più gentile dei suoi sorrisi ferini.

Il tecnico si lasciò andare a una risata. « Senti bello, adesso te ne vai affanculo, chiaro? »

Erriaga simulò un'espressione offesa. « Tu ancora non lo sai, ma essere mio amico comporta dei vantaggi. »

« Non voglio soldi. »

« Non sto parlando di denaro. Tu credi al paradiso, Leopoldo? »

Strini ne aveva abbastanza. Posò il resto del panino nel piatto e si apprestò ad andare via dal locale. « Sono sempre un poliziotto, idiota. Potrei farti arrestare. »

« Volevi bene a tua nonna Eleonora? »

Strini si bloccò. « Adesso che c'entra? »

Erriaga notò subito che era bastato nominarla perché il tecnico del LAT rallentasse i suoi gesti. Era segno che una parte di Strini voleva saperne di più. « Novantaquattro anni... Ha avuto una vita lunga, vero? »

« Sì, certo. »

Il tono era già cambiato, sembrava docile e confuso. Erriaga affilò gli artigli. « Se non sbaglio, tu eri il suo unico nipote, e lei ti voleva tanto bene. Leopoldo era anche il nome di suo marito, tuo nonno. »

« Sì. »

« Ti aveva promesso che un giorno avresti ereditato la casetta di Centocelle in cui abitava. Tre camere e servizi. E poi aveva da parte un po' di soldi. Trentamila euro o sbaglio? »

Strini aveva gli occhi sgranati, era sbiancato e non riusciva ad articolare le frasi. « Sì... No, anzi... Non ricordo... »

« Come fai a non ricordarlo? » disse Erriaga, fingendo di essere indignato. « Grazie a quei soldi hai potuto sposare la ragazza che amavi, e poi siete andati a vivere in casa della nonna. Peccato che per ottenere tutto questo tu sia stato costretto a togliere la vita alla vecchina. »

« Che cazzo stai dicendo? » reagì rabbiosamente Strini e gli afferrò il braccio, stringendolo con forza. « Mia nonna è morta di cancro. »

« Lo so » disse Erriaga senza distogliere lo sguardo dai suoi occhi furenti. « Il dimetilmercurio è una sostanza interessante: ne bastano poche gocce sulla pelle perché penetri subito nella membrana delle cellule, innescando un processo cancerogeno irreversibile. Certo, bisogna pazientare alcuni mesi, ma il risultato è assicurato. Anche se, in fondo, la pazienza non è il tuo forte, visto che hai voluto precedere il buon Dio. »

« Tu come fai a... »

Erriaga prese la mano che gli stringeva il braccio e se la staccò di dosso. « Sono sicuro che una parte di te sia convinta che novantaquattro anni siano una giusta durata per una vita. In fondo, la cara Eleonora non era più autosufficiente e, in quanto erede designato, toccava a te occuparti di lei, con un dispendio di energie e di denaro. »

Strini adesso era annientato dal terrore.

« Data l'età della defunta, i medici non hanno approfondito troppo le cause del suo cancro. Nessuno ha sospettato nulla. Perciò, so ciò che ti sta passando per la mente: stai pensando che nessuno conosce questa storia, nemmeno tua moglie. Ma fossi in te non mi interrogherei troppo su come l'ho saputa. E siccome non sai se arriverai anche tu a novantaquattro anni, ti consiglio di cominciare a risparmiare il tempo. »

« Mi stai ricattando? »

Erriaga pensò che Strini non doveva essere poi così intelligente visto che aveva bisogno di rimarcare l'ovvio. « Come ti ho detto all'inizio, sono qui per farti un regalo. » Fece una pausa. « Il regalo è il mio silenzio. »

Strini iniziò a essere pratico. « Cosa vuoi? »

Battista si frugò in tasca e prese un foglietto e una penna con cui scrisse un numero di telefono. « Mi potrai chiamare a qualsiasi ora del giorno o della notte. Voglio conoscere in anteprima tutte le risultanze delle analisi del LAT sui reperti del caso del mostro di Roma. »

« In anteprima? »

« Esatto » ribadì sollevando lo sguardo dal foglio.

« Perché in anteprima? »

Adesso arrivava la parte più difficile. « Perché potrei chiederti di distruggere delle prove. »

Il tecnico si lasciò andare sullo schienale della sedia, alzando gli occhi al soffitto. « Cazzo, non puoi pretendere una cosa del genere. »

Erriaga non si scompose. « Dopo la sua morte avresti voluto farla cremare, vero? Invece Eleonora era così religiosa che aveva acquistato un loculo al cimitero del Verano. Sarebbe un vero peccato se qualcuno riesumasse la salma e andasse in cerca di residui di un veleno inusuale come il dimetilmercurio. Anzi, sono sicuro che chiederebbero la tua consulenza, visto che nel laboratorio del LAT non è difficile imbattersi in simili sostanze. »

« In anteprima » convenne Strini.

Erriaga gli donò un altro dei suoi famosi sorrisi da iena. « Sono contento che ci siamo capiti subito. » Poi guardò l'orologio. « Credo che dovresti andare, hai del lavoro da finire. »

Leopoldo Strini esitò un momento. Quindi si alzò, dirigendosi alla cassa per pagare il conto. Erriaga era così soddisfatto che lasciò il posto per mettersi in quello lasciato libero dal tecnico. Prese ciò che era rimasto del panino con la cotoletta e stava per addentarlo, infischiandosene del colesterolo e della pressione alta, quando la sua attenzione venne attratta dalla tv accesa senza sonoro.

In quel momento stavano passando le immagini del vicequestore Moro che rilasciava delle dichiarazioni a un nugolo di giornalisti, a due passi dal luogo del ritrovamento dei due scheletri nel bosco. Erriaga aveva visto la scena almeno una dozzina di volte dalla sera prima, dato che le tv continuavano a trasmetterla. Ma fino a quel momento non si era accorto di ciò che accadeva alle spalle del vicequestore.

Sullo sfondo, una giovane poliziotta si era fatta il segno della croce al contrario – *da destra verso sinistra, dal basso verso l'alto.*

Sapeva chi era quella donna. Tre anni prima era stata la protagonista di un'importante indagine.

Cosa diamine stava facendo? Perché quel gesto?

Era molto furba o molto stupida, pensò Battista Erriaga. In entrambi i casi, sicuramente non sapeva di essersi messa in grave pericolo.

3

La notizia era giunta nelle redazioni nel primo pomeriggio.

Gli investigatori l'avevano diffusa per restituire un po' di fiducia all'opinione pubblica, ma anche per far passare in secondo piano la storia del ritrovamento dei resti dei due autostoppisti.

Diana Delgaudio, la ragazza sopravvissuta miracolosamente a una coltellata nello sterno e a una notte all'addiaccio, era cosciente e aveva iniziato a comunicare. L'aveva fatto per iscritto. Una sola parola.

«*Loro.*»

La verità più amara, però, era che Diana aveva avuto solo un momento di flebile lucidità, per poi sprofondare nuovamente in uno stato catatonico. Per i medici era tutto normale, non se la sentivano di alimentare speranze. Difficilmente simili episodi si tramutavano in una forma di stabile ripresa. Ma la gente parlava già di guarigione e nessuno aveva la forza di smentirla.

Chissà quali incubi albergavano in quella specie di sonno in cui era immersa la ragazza, pensava Sandra.

La parola che aveva scritto sul foglio di una cartellina, poi, poteva essere anche frutto di un delirio. Una sorta di riflesso incondizionato, come quando a un catatonico si lancia una pallina e lui la prende al volo.

I medici avevano provato a ridare a Diana una penna e un foglio, ma il tentativo non aveva sortito alcun effetto.

Loro, pensò Sandra.

«Ai fini del caso, non ha alcun valore» disse il commissario Crespi. «I dottori dicono che la parola può essere collegata a un ricordo qualsiasi. Magari le è tornato in mente un episodio della sua vita passata e ha scritto 'loro' riferendosi a quello.»

In effetti, la parola non era stata provocata da una domanda e non era nemmeno scaturita come reazione alla conversazione che le infermiere stavano tenendo nel momento in cui Diana l'aveva scritta sulla cartellina.

Parlavano semplicemente del fidanzato di una delle due.

Qualche giornalista aveva azzardato che quel « loro » potesse riferirsi alla presenza di più persone nel momento in cui i ragazzi erano stati aggrediti nella pineta di Ostia. Ma Sandra per prima escludeva quell'ipotesi: le tracce che aveva fotografato, specie quelle dei passi sul terreno, indicavano chiaramente che ad agire era stato un solo uomo. A meno che non avesse un complice in grado di volare o di spostarsi da un albero all'altro... Sciocchezze dei media.

Così la parola non era finita nell'elenco di prove e indizi sulla grande lavagna della sala operativa dello SCO.

Omicidio pineta di Ostia:

Oggetti: zaino, corda da alpinista, coltello da caccia, revolver Ruger SP101.

Impronte del ragazzo sulla corda da alpinista e sul coltello lasciato nello sterno della ragazza: gli ha ordinato di legare la ragazza e di colpirla se voleva salvarsi la vita.

Uccide il ragazzo sparandogli alla nuca.

Mette il rossetto alla ragazza (per fotografarla?).

Lascia un manufatto di sale accanto alle vittime (una bambolina?).

Dopo aver ucciso si cambia d'abito.

Omicidio agenti Rimonti e Carboni:

Oggetti: coltello da caccia, revolver Ruger SP101.

Uccide l'agente Stefano Carboni con un colpo di pistola al torace.

Spara all'agente Pia Rimonti, ferendola allo stomaco. Poi la denuda. L'ammanetta a un albero, la tortura e la finisce con un coltello da caccia. La trucca (per fotografarla?).

Omicidio autostoppisti:

Oggetti: coltello da caccia, revolver Ruger SP101.

Uccide Bernhard Jäger con un colpo di pistola alla tempia.

Uccide Anabel Meyer con diverse coltellate all'addome.

Anabel Meyer era incinta.
Seppellisce i corpi e gli zaini delle vittime.

Era evidente a tutti che gli elementi dell'ultimo duplice omicidio – in realtà, il primo della serie in ordine cronologico – erano scarni. Anzi, osservando tutte e tre le scene, era come se si fossero progressivamente ridotti.

Per gli autostoppisti contava anche il fatto che dall'assassinio era trascorso molto tempo. Il contenuto degli zaini dei due giovani tedeschi in quel momento era al vaglio del LAT. Crespi sperava che Leopoldo Strini si presentasse portando in dote qualche buona notizia. E, soprattutto, qualche prova.

« Perché ci mettono tanto? » si chiese il commissario. Si riferiva al fatto che, poco prima della riunione nella sala operativa dello SCO, il vicequestore Moro era stato convocato a sorpresa nell'ufficio del questore.

Sandra non aveva una risposta, ma poteva immaginarla.

« Che significa 'concertazione interforze'? »

« Che lei non è più il solo a guidare questa operazione » disse chiaramente il dirigente generale di pubblica sicurezza.

Moro, però, non ci stava. « Non abbiamo bisogno di nessuno, possiamo farcela da soli. Ma grazie lo stesso. »

« Niente storie » intervenne il questore. « Abbiamo ricevuto pressioni, sapevi che li avevamo tutti addosso: il ministro, il sindaco, l'opinione pubblica, i media. »

Erano chiusi da mezz'ora nel suo ufficio, all'ultimo piano del palazzo di via San Vitale.

« Quindi adesso che succederà? » chiese il vicequestore.

« Ufficialmente, i carabinieri del ROS ci affiancheranno nell'indagine. Dovremo passargli tutte le informazioni in nostro possesso e loro in futuro faranno la stessa cosa. Si tratta di una task force. È stato il ministro a volerla, fra poco terrà una conferenza stampa per annunciarlo. »

Che puttanata, avrebbe voluto dire Moro. Non era il dispiegamento dei mezzi a decidere le sorti di un caso come quello.

Anzi, il coinvolgimento di troppe teste spesso era deleterio per l'indagine. Disperdendo la linea di comando si allungavano i tempi. «Task force» era solo un'espressione per rabbonire la stampa, una terminologia da sbirri cazzuti buona per i film d'azione. Nella realtà le indagini andavano condotte in silenzio, battendo il territorio palmo a palmo. Era un lavoro di intelligence, fatto di informatori, di soffiate. Era come cucire una trama, lentamente, con pazienza. Solo alla fine il risultato sarebbe stato evidente. «Va bene, questa è la versione ufficiale. Ma le cose come stanno veramente?»

Il questore guardò Moro negli occhi e iniziò a infuriarsi. «Stanno che due anni fa, per la scomparsa dei due autostoppisti tedeschi, hai mandato in galera un innocente. Stanno che adesso quel bastardo vuole fare causa allo Stato: il suo avvocato ha già rilasciato una dichiarazione in cui sostiene che, cito: 'il suo cliente due anni fa è stato costretto a confessare perché vittima del sistema giudiziario e dei metodi superficiali della polizia'. Ci pensi? Un ladro che adesso passa per eroe! Stanno che stamane una testata online ha lanciato un sondaggio d'opinione su come stai gestendo questo caso. Vuoi che ti dica i risultati?»

«Insomma, capo, mi stai facendo fuori.»

«Ti sei fatto fuori da solo, Moro.»

Il vicequestore era amareggiato, ma non voleva darlo a vedere. Invece sorrise. «Allora, se ho ben capito, da adesso collaboriamo con i carabinieri ma in realtà sono loro a comandare, e la storia della task force è un modo per salvarci la faccia?»

«Crede che a noi faccia piacere?» chiese il dirigente generale. «Da questo momento dovrò rapportarmi con un cazzo di generale dei carabinieri e sopportare che lui, per mera benevolenza, faccia finta che contiamo ugualmente in questa faccenda.»

Moro si rese conto che quei due stavano decretando la sua fine e che, dopo anni in cui li aveva serviti portando in dote risultati eclatanti di cui si erano presi gran parte del merito, non gliene fregava niente del fatto che adesso avrebbe pagato solo lui. «Che succederà?»

«Il passaggio delle consegne avverrà entro questo pomeriggio » disse il questore. « Dovrai relazionare al tuo pari grado nell'Arma e spiegargli tutti i dettagli dell'indagine. Risponderai alle sue domande e poi gli consegnerai i reperti e le prove. »

Moro provò una stretta allo stomaco. « Gli diciamo anche della storia del simbolo esoterico? L'uomo con la testa di lupo non doveva rimanere un affare riservato? »

« Teniamo fuori questa parte » disse il dirigente generale. « È più prudente. »

« D'accordo » convenne il questore, poi proseguì: « La sala operativa dello SCO non sarà smobilitata, ma non avrà più un ruolo effettivo perché gli uomini verranno subito assegnati ad altri incarichi ».

Un'altra bugia per salvare le apparenze.

« Mi dimetto » disse subito Moro.

« Non puoi, non ora » ribatté il questore.

Quei *rottinculo*, avevano fatto carriera grazie ai suoi successi, adesso lo scaricavano senza complimenti per un errore commesso due anni prima. Che ci poteva fare se un innocente aveva confessato l'omicidio dei due autostoppisti solo per ricavarne dei benefici processuali? Era il sistema a essere sbagliato, non lui. « Io voglio rassegnare le dimissioni, nessuno può impedirmelo. »

Il questore stava per dare sfogo alla sua collera, ma il dirigente generale intervenne per frenarlo. « Non le conviene » affermò con tutta calma. « Fin quando rimarrà nel Corpo avrà diritto a una difesa d'ufficio, ma se lascia la divisa diventerà un comune cittadino, allora potranno incriminarla per l'errore di due anni fa. E poi chi glielo fa fare di lasciare proprio adesso? Sarebbe un bersaglio perfetto per i detrattori: la farebbero a pezzi. »

Moro si rese conto di essere con le spalle al muro. Sorrise e scosse il capo. « Me l'avete preparata bene la fregatura. »

« Aspettiamo che passi la tempesta » consigliò il dirigente generale. « Lei se ne resti un po' nell'ombra, lasciando agli altri oneri e onori. Poi, pian piano, potrà tornare ai suoi vecchi incarichi. La sua carriera non ne risentirà, ha la mia parola. »

Sai dove puoi mettertela la tua parola? Ma il vicequestore capì subito che non aveva scelta. « Sissignore. »

Lo videro rientrare nella sala operativa teso e scuro in volto. Improvvisamente il brusio cessò e tutti si prepararono ad ascoltare ciò che aveva da dire il vicequestore, anche se questi non aveva annunciato alcun discorso.

« Siamo fuori » disse lui senza giri di parole. « Da questo momento lo SCO non ha alcun ruolo operativo, l'indagine passa al ROS dei carabinieri. » Si levarono voci di protesta, ma Moro le sedò con un gesto delle mani. « Sono più incazzato di voi, ve l'assicuro, ma non possiamo farci niente: è finita. »

Sandra non riusciva a crederci. Era folle sollevare Moro dall'indagine. Il ROS avrebbe dovuto ricominciare da capo, perdendo tempo prezioso. E il mostro sarebbe sicuramente tornato a colpire molto presto. Era certa che la decisione fosse solo politica.

« Vorrei ringraziarvi uno per uno, per il lavoro svolto finora » disse ancora il vicequestore. « So che in questi giorni frenetici avete sacrificato il sonno e la vostra vita privata, so che molti di voi hanno rinunciato a calcolare gli straordinari. Anche se nessun altro ve ne renderà merito, vi assicuro che non sarà dimenticato. »

Mentre Moro proseguiva il suo discorso, Sandra osservava i colleghi. La stanchezza, ignorata fino a quel momento, sembrò prorompere improvvisa sui loro volti. Pure lei era delusa, ma provava anche sollievo. Era come se l'avessero improvvisamente alleggerita di un peso. Poteva tornare a casa da Max, alla vecchia vita. Erano trascorsi appena sei giorni, ma era come se fossero passati mesi.

La voce del vicequestore spariva nel sottofondo dei suoi pensieri. Sandra sentiva di essere già altrove. Fu allora che avvertì una vibrazione nella tasca della divisa. Prese il cellulare e guardò il display.

Un sms da un numero che non conosceva. Conteneva una domanda incomprensibile.

Lo adori?

4

La sorella di Victor si chiamava Hana. Erano gemelli.

Era morta all'età di nove anni, praticamente quando il fratello era entrato all'istituto Hamelin. I due fatti dovevano essere per forza collegati, considerò Marcus.

Erano figli di Anatoli Nokoliavič Agapov, un diplomatico russo assegnato all'ambasciata di Roma negli anni della guerra fredda, che aveva conservato il proprio posto con l'avvento della Perestrojka e che era morto da circa un ventennio.

Clemente aveva seguito l'intuizione di Marcus, cercando la bambina invece del crimine commesso da Victor. Così era risalito all'identità dei due fratelli.

Quando gli aveva chiesto come avesse fatto, l'amico si era limitato a dirgli che il Vaticano conservava dossier di tutti i personaggi collegati ai regimi comunisti che transitavano per Roma. Era evidente che qualcuno nelle alte sfere gli aveva passato le informazioni. Nelle carte riservate si parlava di « sospetto omicidio », ma ufficialmente Hana era morta per cause naturali.

Era stata proprio tale incongruenza a far emergere la storia dagli archivi vaticani.

Clemente aveva fatto molto di più, però. Si era procurato il nome della governante che all'epoca lavorava a casa Agapov. La donna era ricoverata presso una casa di riposo gestita da suore salesiane.

Marcus prese la metropolitana per andare a farle visita, nella speranza di saperne di più sulla faccenda.

Quella notte era piovuto, perciò il bambino di sale si era astenuto dall'uccidere. Ma aveva fatto trovare i due scheletri nel bosco. Quando il penitenziere aveva appreso la notizia non si era stupito più di tanto. L'assassino narratore aveva aggiunto solo un capitolo alla sua storia nel presente. Ma il vero intento era raccontare il proprio passato. Per questo il penitenziere aveva bisogno di scoprire il più possibile sulla sua infanzia.

La tregua della pioggia stava per scadere, quella notte poteva tornare a colpire.

Ma Marcus sapeva di doversi guardare le spalle anche da coloro che stavano cercando di coprire il mostro. Era sicuro che fossero le stesse persone che aveva visto nel video sottratto all'incendio dell'istituto Hamelin.

L'infermiere più anziano era sicuramente morto nell'incendio dell'istituto, così come il dottor Astolfi. Rimanevano il secondo infermiere con un braccio solo e la donna dai capelli rossi. Oltre al professor Kropp, naturalmente.

Lo psichiatra era a capo di tutto.

A Termini, Marcus cambiò linea, prendendo quella diretta verso Pietralata. Molti fra i passeggeri erano intenti a leggere il quotidiano gratuito distribuito all'ingresso delle stazioni della metro. Era un'edizione straordinaria che riportava la notizia del «risveglio» di Diana Delgaudio. La ragazza aveva scritto una parola su un foglio.

Loro.

Anche se i giornalisti la pensavano diversamente, Marcus non credeva che si riferisse al fatto d'essere stata aggredita da più persone nella pineta di Ostia. Non era una banda, era uno solo. E forse lui presto l'avrebbe conosciuto meglio.

Giunse a destinazione pochi minuti dopo. La casa di riposo era un sobrio edificio bianco, di architettura neoclassica. Constava di tre piani, con un giardino circondato da una cancellata nera. Clemente aveva annunciato la sua visita alle consorelle con una telefonata.

Marcus era lì nella veste di sacerdote. Il suo travestimento stavolta era la sua vera funzione.

Fu introdotto dalla madre superiora nella sala in cui si trovavano gli anziani ospiti, mancava poco alle diciotto, l'orario della cena. Alcuni erano radunati sui divani intorno a un televisore, altri giocavano a carte. Una signora dai capelli turchini suonava il pianoforte, dondolando il capo e sorridendo a chissà quale ricordo del passato, mentre alle sue spalle altre due danzavano una specie di valzer.

« Ecco, quella è la signora Ferri. » La madre superiora indicò una donna su una sedia a rotelle che, davanti a una finestra, guardava fuori con aria assente. « Non è molto in sé. Spesso vaneggia. »

Si chiamava Virginia Ferri, aveva più di ottant'anni.

Marcus si avvicinò. « Buonasera. »

La donna voltò lentamente il capo per guardare chi l'avesse salutata. Aveva occhi verdi come quelli di un gatto, che spiccavano sull'incarnato chiaro. La pelle era ricoperta di piccole macchie marroni, tipiche dell'età, ma quella del viso era sorprendentemente liscia. I capelli erano radi e spettinati. Indossava una camicia da notte ma stringeva una borsetta di pelle appoggiata sulle ginocchia, come se dovesse andarsene da un momento all'altro.

« Mi chiamo padre Marcus, sono un sacerdote. Posso parlare un po' con lei? »

« Certo » rispose lei, con una voce più squillante del previsto. « È qui per il matrimonio? »

« Quale matrimonio? »

« Il mio » specificò prontamente la donna. « Ho deciso di sposarmi, ma le suore non vogliono. »

Marcus ebbe l'impressione che la madre superiora avesse ragione quando affermava che non fosse molto lucida. Ma decise di provarci lo stesso. « Lei è la signora Virginia Ferri, giusto? »

« Sono io » confermò con una punta di sospetto.

« Ed è stata la governante della famiglia Agapov negli anni Ottanta, è esatto? »

« Sei anni della mia vita ho dedicato a quella casa. »

Bene, si disse Marcus: era la persona giusta. « Le dispiace se le faccio qualche domanda? »

« No, perché dovrebbe dispiacermi? »

Marcus prese una sedia e si piazzò accanto a lei. « Che tipo era il signor Agapov? »

La vecchia si fermò qualche istante. Il penitenziere temette che la memoria la tradisse, ma si sbagliava. « Era un uomo austero, rigido. Credo che non gli piacesse stare a Roma. Lavorava all'ambasciata russa, ma trascorreva molto tempo in casa, chiuso nel suo studio. »

« E sua moglie? Perché aveva una moglie, vero? »

« Il signor Agapov era vedovo. »

Marcus registrò l'informazione: Anatoli Agapov aveva un carattere duro ed era stato costretto a crescere i figli senza una moglie. Forse non era stato un granché come padre. « Signora Ferri, che ruolo aveva lei nell'abitazione? »

« Mi occupavo di dirigere la servitù, otto persone in tutto, compresi i giardinieri » affermò con orgoglio.

« La casa era grande? »

« Era enorme » lo corresse. « Una villa fuori Roma. Per raggiungerla impiegavo almeno un'ora tutte le mattine. »

Marcus era sorpreso. « Come, non abitava lì insieme alla famiglia? »

« Nessuno era autorizzato a trattenersi dopo il tramonto, era il signor Agapov a volerlo. »

Che strano, pensò il penitenziere. E gli venne in mente l'immagine di una grande casa vuota, abitata solo da un uomo severo e da due bambini. Non era certo il posto migliore in cui trascorrere l'infanzia. « Che mi dice dei gemelli? »

« Victor e Hana? »

« Li conosceva bene? »

La donna fece una smorfia di disappunto. « Vedevamo soprattutto Hana. Sfuggiva al controllo del padre e ci veniva a trovare in cucina o mentre sbrigavamo le faccende domestiche. Era una bambina di luce. »

A Marcus piacque quella definizione. Ma che significava che sfuggiva al controllo del padre? « Il padre era possessivo... »

« I bambini non andavano a scuola e non avevano nemmeno un insegnante privato: era il signor Agapov a occuparsi personalmente della loro istruzione. E non avevano amici. » Poi la vecchia si voltò nuovamente verso la finestra. « Il mio fidanzato dovrebbe arrivare da un momento all'altro. Forse stavolta mi porterà dei fiori. »

Marcus ignorò la frase, invece la incalzò: « E Victor? Cosa mi dice del bambino? »

La donna tornò a rivolgersi a lui. « Mi crede se le dico che in sei anni l'ho visto forse otto, nove volte in tutto? Se ne stava sempre rintanato nella sua stanza. Ogni tanto lo sentivamo suonare il piano. Era molto bravo. Ed era un genio in matematica. Una delle cameriere, rimettendo a posto le sue cose, aveva trovato fogli e fogli pieni di calcoli. »

L'assassino *savant*, lo psicopatico sapiente.

« Ha mai parlato con lui? »

« Victor non parlava. Stava zitto e osservava. Un paio di volte l'ho sorpreso che mi guardava in silenzio, nascosto nella stanza. » La donna sembrò rabbrividire a quel ricordo. « Invece la sorella era una ragazzina vivace, allegra. Credo che soffrisse molto quella reclusione. Ma il signor Agapov stravedeva per lei, era la sua prediletta. Le uniche volte che l'ho visto sorridere era insieme ad Hana. »

Anche quella era un'informazione importante per il penitenziere: Victor aveva vissuto una competizione con la sorella. Hana riceveva le attenzioni del padre, lui no. Forse per un bambino di nove anni era una ragione sufficiente per uccidere.

La vecchia si distrasse di nuovo. « Un giorno o l'altro il mio fidanzato mi verrà a prendere e mi porterà via da questo posto. Io non voglio morire qui, voglio sposarmi. »

Marcus la riportò al racconto. « Com'era il rapporto fra i due bambini? Victor e Hana andavano d'accordo? »

« Il signor Agapov non si preoccupava di celare le sue preferenze per Hana. Credo che Victor ne soffrisse. Per esempio, si rifiutava di consumare i pasti col padre e la sorella. Poi il signor Agapov gli portava da mangiare in camera. Ogni tanto sentivamo i bambini litigare, però passavano anche del tempo insieme: il loro gioco preferito era nascondino. »

Era giunto il momento di rievocare il passato doloroso, pensò il penitenziere. « Signora Virginia, come è morta Hana? »

« Oh, padre » esclamò la donna congiungendo le mani. « Un

mattino sono arrivata alla villa con il resto della servitù e abbiamo trovato il signor Agapov seduto sulle scale esterne. Aveva la testa fra le mani e piangeva disperato. Diceva che la sua Hana era morta, che una febbre improvvisa se l'era portata via.»

«E voi gli avete creduto?»

La vecchia si rabbuiò. «Solo finché non abbiamo trovato il sangue nel letto della bambina e il coltello.»

Il coltello, ripeté fra sé Marcus. La stessa arma scelta dal mostro per uccidere le vittime di sesso femminile. «E nessuno ha denunciato la cosa?»

«Il signor Agapov era un uomo molto potente, cosa potevamo fare? Ha fatto mandare subito la bara in Russia, perché Hana fosse seppellita accanto alla madre. Poi ha licenziato tutti.»

Probabilmente Agapov si era servito della sua immunità diplomatica per insabbiare l'accaduto.

«Ha messo Victor in un collegio e poi si è rinchiuso in quella casa, finché è morto» disse la donna.

Non era un collegio, avrebbe voluto ribattere Marcus. Ma un istituto psichiatrico per bambini che si erano macchiati di crimini tremendi. Così Victor non aveva subito alcun processo, si disse. Il padre l'aveva condannato da solo a quella punizione.

«È per il ragazzo che è venuto qui, padre? Ha fatto qualcosa, non è vero?» domandò la donna con lo sguardo pieno di paura.

Marcus non aveva il coraggio di risponderle. «Temo di sì.»

La donna annuì, pensierosa. Era come se l'avesse sempre saputo, notò il penitenziere.

«Vuole vederli?» Prima che Marcus potesse dire qualcosa, Virginia Ferri aprì la borsetta di pelle che teneva in grembo, frugò finché non trovo un libriccino con la copertina fiorata. Lo sfogliò ed estrasse alcune vecchie fotografie. Dopo aver trovato quella che cercava, la porse a Marcus.

Era un'immagine dai colori sbiaditi dal tempo, probabilmente risaliva agli anni Ottanta. Aveva tutta l'aria di essere un autoscatto. Al centro della foto c'era un uomo, non troppo alto, robusto, sui cinquant'anni: Anatoli Agapov indossava un completo scuro, cravatta e gilet. I capelli erano pettinati all'indietro e portava un pizzetto nero. Alla sua destra, una bambina con indosso un vestitino di velluto rosso, i capelli erano non troppo lunghi ma nemmeno corti e la frangetta era sollevata con un nastro. Hana. Era l'unica che sorridesse. Alla sinistra dell'uomo, un bambino. Anch'egli con un completo e la cravatta. Capelli a caschetto con la frangetta che gli cadeva sugli occhi. Marcus lo riconobbe: era lo stesso che aveva visto nel video portato via dall'istituto Hamelin.

Victor.

Aveva l'aria triste e fissava l'obiettivo esattamente come aveva fatto con la videocamera mentre Kropp lo interrogava. Marcus ebbe nuovamente la sgradevole impressione che, attraverso quella foto, il bambino potesse vedere nel presente. E stesse guardando proprio lui.

Poi il penitenziere notò uno strano dettaglio. *Anatoli Agapov teneva per mano il figlio ma non Hana.*

Non era lei la sua preferita? Gli stava sfuggendo qualcosa... Era un gesto d'affetto o un modo per imporre la propria autorità? La mano paterna era un guinzaglio?

« Posso tenerla? » chiese Marcus alla vecchia.

« Me la riporterà, vero, padre? »

« Sì » promise il penitenziere, e si alzò dalla sedia. « La ringrazio, signora Virginia. Lei mi è stata di grande aiuto. »

« Ma come, non vuole conoscere il mio fidanzato? Ormai sta per arrivare » affermò, delusa. « Viene tutte le sere a quest'ora e si ferma sulla strada, al di là del giardino. Guarda verso la mia finestra perché vuole assicurarsi che io stia bene. Poi mi saluta. Mi saluta sempre. »

« Un'altra volta » le promise Marcus.

« Le suore pensano che io sia pazza, che me lo sia inventato. Invece è vero. È più giovane di me, e anche se gli manca un braccio lui mi piace lo stesso. »

Il penitenziere si bloccò. Gli tornò in mente l'infermiere dell'istituto Hamelin che aveva visto nel video il giorno prima.

Fernando, il monco.

« Può indicarmi dove si mette il suo fidanzato quando viene a trovarla la sera? » chiese rivolto alla finestra.

La vecchia sorrise, perché finalmente qualcuno le credeva. « Vicino a quell'albero. »

Prima che Fernando potesse capire cosa stava accadendo, Marcus l'aveva già gettato per terra e, dopo averlo immobilizzato col proprio peso, gli premeva l'avambraccio contro il collo.

« Tieni d'occhio la vecchia perché vuoi assicurarti che nessuno parli con lei? Perché lei conosce la verità, sa di Victor... »

L'uomo stava soffocando, aveva gli occhi sgranati. « Chi sei? » provò a domandare col poco fiato che gli rimaneva.

Marcus premette più forte. « Chi ti ha mandato? È stato Kropp? »

L'uomo scosse il capo. « Ti prego, Kropp non c'entra. » Nella manica della larga giacca scura che indossava, il moncherino si agitava sbattendo per terra, come un pesce che fuori dall'acqua si dimena disperato.

Marcus allentò la presa per permettergli di parlare. « Spiegami allora... »

« È stata una mia iniziativa. Giovanni ci aveva avvertito che qualcuno stava facendo domande in giro. Qualcuno che non era un poliziotto. »

Giovanni era l'infermiere anziano che dormiva nel sotterraneo dell'istituto Hamelin. L'uomo con le scarpe blu.

« Sono venuto qui perché pensavo che chi stava indagando forse sarebbe arrivato fino alla governante. » Iniziò a piangere. « Ti prego, voglio parlare, voglio uscire da questa storia. Non ce la faccio più. »

Marcus, però, non credeva che Fernando fosse sincero. « Come faccio a fidarmi di te? »

« Perché io ti porterò da Kropp. »

5

Per il resto del pomeriggio non aveva più pensato allo strano sms.

Una volta lasciata la questura alla fine del turno, era andata in palestra per sfogare la tensione accumulata in quei sei giorni. Grazie allo sforzo e alla fatica, si era svuotata di tutto ciò che la angustiava.

La sconfitta di Moro e dello SCO, l'indagine passata al ROS, Diana Delgaudio che aveva manifestato segni di una ripresa che in realtà non ci sarebbe mai stata.

La verità, però, era che non voleva tornare a casa. La routine con Max la spaventava. Per la prima volta si rese conto che davvero qualcosa non andava fra loro. Non sapeva cosa fosse e, soprattutto, non sapeva come dirglielo.

Uscita dalla doccia, quando riaprì l'armadietto dello spogliatoio in cui aveva riposto le sue cose, si accorse che sul telefono campeggiava l'icona di un secondo sms. Ancora il numero sconosciuto, ancora quel messaggio.

Lo adori?

La prima volta aveva pensato che qualcuno le avesse inviato per errore un sms destinato a un altro. Ma adesso le sorse il dubbio che, invece, fosse indirizzato proprio a lei.

Mentre rientrava a Trastevere, provò a richiamare il numero del mittente, ma ottenne solo una sequenza di squilli a vuoto. La cosa la seccò. Non era una donna curiosa, perciò decise di lasciar perdere.

Parcheggiò a pochi metri da casa e, prima di scendere dall'auto, attese ancora un momento. Con le mani aggrappate al volante, dal parabrezza osservò la finestra illuminata del suo appartamento. Poteva scorgere Max che si muoveva in cucina. Indossava un grembiule e aveva gli occhiali da vista appoggiati sulla testa, probabilmente stava preparando la cena. Da lì, sembrava che avesse la sua solita aria svanita, addirittura che fischiettasse.

Come faccio a dirglielo? Come gli spiego ciò che non riesco a spiegare neanche a me stessa?

Ma in qualche modo l'avrebbe fatto, glielo doveva. Perciò prese un profondo respiro e scese dall'auto.

Appena sentì le mandate nella porta, Max venne ad accoglierla all'ingresso come faceva ogni sera. « Stanca? » le chiese mentre le baciava una guancia e la sgravava della borsa della palestra. « La cena è quasi pronta » aggiunse senza attendere risposta.

« D'accordo » riuscì solo a proferire Sandra, e fu un enorme sforzo per lei. Ma Max non se ne accorse.

« Oggi in classe grande verifica di storia: i ragazzi hanno risposto perfettamente a tutte le domande sul Rinascimento. Ho distribuito voti alti a piene mani! » Lo disse come un uomo d'affari che ha appena concluso un business di milioni.

Era incredibile l'entusiasmo che Max metteva nel proprio lavoro. Il suo stipendio bastava appena a pagare l'affitto, ma essere un professore di storia lo appagava più di qualsiasi ricchezza.

Una notte aveva sognato dei numeri. Sandra lo aveva spinto a giocarli al Lotto, ma lui si era opposto. « Se diventassi ricco mi sembrerebbe strano essere un semplice insegnante. Dovrei cambiare la mia vita di conseguenza, e io sono contento della mia vita come è adesso. »

« Non è vero » aveva ribattuto lei. « Potresti continuare a fare ciò che fai, solo che non dovresti più preoccuparti per il futuro. »

« E cosa c'è di più bello del mistero che si cela nel futuro? Compresi i drammi e le apprensioni. Gli uomini che non devono più preoccuparsi del futuro è come se avessero portato a termine in anticipo lo scopo della loro esistenza. Invece, io ho la storia: il passato è l'unica certezza che mi serve. »

Sandra era affascinata da quell'uomo che a qualcuno poteva sembrare privo di ambizioni. Per lei, invece, Max, a differenza di tanti altri, sapeva esattamente cosa voleva. Ed era appagato da tale consapevolezza.

Pochi minuti dopo si sedette a tavola, mentre lui finiva di scolare la pasta. Max si muoveva con maestria fra i fornelli. Da quando da Nottingham era arrivato a Roma, aveva imparato perfettamente i rudimenti della cucina italiana. Lei, invece, a malapena sapeva preparare due uova.

Anche quella sera, Max aveva apparecchiato sistemando una candela in un bicchiere. Ormai era una specie di rito romantico. Prima di servire le pietanze, la accese con un accendino. E le sorrise. Aveva aperto anche una bottiglia di rosso. « Così ci stordiamo per bene e dopo ci addormentiamo sul divano » disse.

Come faccio a dire a un uomo così che mi è difficile stare con lui? Si sentiva ingrata col destino.

Aveva preparato il suo piatto preferito: pasta alla Norma. E per secondo c'erano saltimbocca alla romana. Il guaio di avere accanto la persona perfetta era doversi sentire sempre inadeguati. Sandra sapeva di non meritare quelle attenzioni, dentro di lei il malessere cresceva.

« Facciamo un patto » le propose Max. « Stasera niente omicidi e morti ammazzati, per favore. »

Quel pomeriggio gli aveva comunicato per telefono che il caso del mostro di Roma era passato ai carabinieri. Sandra con lui non affrontava mai argomenti che riguardassero il suo lavoro, preferiva sorvolare sulle brutture che avrebbero potuto turbare il suo animo sensibile. Ma quella sera ebbe paura del vuoto di parole. E il fatto che fosse stato eliminato anche quell'improbabile argomento di conversazione la terrorizzò. « Va bene » disse comunque, forzando un sorriso.

Max si sedette di fronte a lei e appoggiò la mano sulla sua. « Sono felice che tu non debba più occuparti di questa storia. Ora mangia, se no si raffredda. »

Sandra abbassò lo sguardo sul piatto, temendo che non sarebbe stata più in grado di risollevare gli occhi. Ma quando prese il tovagliolo, il mondo le crollò addosso con una violenza inaspettata.

Sotto c'era un astuccio di velluto. Verosimilmente, conteneva un anello.

Sandra sentì le lacrime che premevano. Provò a trattenerle, ma senza riuscirci.

« Lo so cosa pensi a proposito del matrimonio » disse Max, che non riusciva a immaginare il vero motivo per cui stava piangendo. « Quando ci siamo conosciuti hai detto subito che non avresti sposato nessun altro dopo David. Per tutto questo tempo ho rispettato la tua volontà e non ho mai nemmeno accennato a sposarci. Ma adesso ho cambiato idea. Vuoi che ti dica perché? »

Sandra annuì soltanto.

« Nulla è per sempre. » Fece una pausa. « Se ho imparato una cosa è che le nostre azioni non dipendono da quanto siamo bravi a progettare o a immaginare il futuro. Invece sono dettate solo da ciò che sentiamo, qui e adesso. Perciò anche un matrimonio con me potrebbe non durare tutta la vita, non m'importa. Ciò che conta è che lo voglio ora. Sono disposto a rischiare l'infelicità solo per essere felice adesso. »

Sandra intanto osservava l'astuccio, senza avere il coraggio di prenderlo.

« Non ti aspettare un gran gioiello » disse lui. « Ma nemmeno quella scatolina può contenere il valore di ciò che provo. »

« Non voglio. » Lo disse sottovoce, quasi in un sussurro.

« Come? » Davvero Max non aveva sentito.

Sandra sollevò gli occhi arrossati dal pianto su di lui. « Io non voglio sposarti. »

Max forse si aspettava una spiegazione, che però non venne. La sua espressione mutò improvvisamente. Non era solo delusione, era come se gli avessero appena comunicato che gli restavano pochi giorni da vivere. « C'è un altro? »

« No » rispose subito lei. Ma non sapeva nemmeno se era vero.

« Allora cosa? »

Sandra prese il cellulare che aveva appoggiato su una mensola. Aprì la schermata degli sms e gli mostrò i due messaggi anonimi che aveva ricevuto durante la giornata.

« 'Lo adori?' » lesse Max.

« Non so chi me li abbia mandati e non so il motivo. Un'altra al posto mio sarebbe curiosa di sapere cosa c'è dietro questo messaggio romantico, quale mistero. Ma non io. E lo sai perché? » Non attese la risposta. « Perché questa cosa mi ha fatto pensare a noi due. Mi ha costretto a domandarmi cosa provavo. » Prese fiato. « Io ti amo, Max. Ma non ti *adoro*. E credo che per sposare qualcuno, o anche solo per passare tutta la vita insieme, ci debba essere qualcosa oltre l'amore. E in questo momento, io non la provo. »

« Vuoi dire che è finita? »

« Non lo so, veramente. Però temo di sì. Mi dispiace. »

Nessuno disse nulla per un po'. Poi Max si alzò da tavola. « Un mio amico ha una casa al mare che usa solo d'estate. Potrei chiedergli di prestarmela per stanotte, e forse anche le prossime. Non voglio perderti, Sandra. Ma non voglio nemmeno stare qui. »

Lo capiva. Una parte di lei in quel momento avrebbe voluto abbracciarlo, e trattenerlo. Ma sapeva che non sarebbe stato giusto.

Max spense la candela sulla tavola. « Il Colosseo. »

Sandra lo guardò. « Cosa? »

« Non è una verità storica, solamente una leggenda » disse lui. « Il Colosseo sarebbe stato una sorta di tempio diabolico usato dalle sette. Ai profani che volevano entrare a far parte del culto veniva rivolta la domanda in latino: '*Colis Eum?*', cioè 'Lo adori?'. Naturalmente, il 'lo' era riferito al diavolo... *Colis-Eum*: Colosseo. »

Lei era sconcertata dalla spiegazione. Ma non disse niente.

Max uscì dalla cucina, ma prima recuperò dal tavolo l'astuccio con l'anello. Fu il solo gesto di reazione che si concesse dopo aver ascoltato le parole di Sandra. E ciò la diceva lunga su quanto fosse grande il suo valore: un altro uomo avrebbe fatto prevalere l'orgoglio, rispondendo con disprezzo all'umiliazione. Non Max. Ma forse Sandra in quel momento avrebbe preferito essere presa a schiaffi piuttosto che subire quella lezione d'amore e di rispetto.

L'anello fu l'unica cosa che Max portò via con sé, insieme al suo giaccone dall'ingresso. Quindi lasciò l'appartamento richiudendosi la porta alle spalle.

Sandra non riusciva a muoversi. La pasta alla Norma nel suo piatto ormai era diventata fredda. Dalla candela al centro della tavola saliva ancora un sottile filo di fumo grigio, l'odore dolce della cera aveva invaso la stanza. Si chiese se davvero quella era una fine. Provò per un attimo a pensare alla sua vita senza Max. Cominciò a sottrarre la sua presenza da ogni gesto e abitudine. Le fece male. Ma non era sufficiente. Non bastava a indurla a rincorrerlo per dirgli che si era sbagliata.

Così, dopo ancora qualche attimo di assestamento, prese il cellulare e, al messaggio con la domanda « Lo adori? » rispose « Colosseo ».

Trascorsero pochi minuti, poi arrivò un nuovo sms.

Alle quattro del mattino.

6

Nella sala operativa dello SCO, Moro era solo.

Solo come un reduce che ha perso la guerra ma non vuole tornare a casa, e invece se ne sta sul campo di battaglia deserto, in mezzo ai fantasmi dei compagni, in attesa del nemico che non arriverà. Perché l'unica cosa che sa fare è combattere.

Il vicequestore era in piedi di fronte alla lavagna delle prove e degli indizi. Le risposte sono tutte davanti a te, si disse. Ma le hai guardate nel modo sbagliato, per questo hai perso.

L'avevano escluso dal caso per la storia degli autostoppisti, perché due anni prima aveva fatto incarcerare un innocente per un omicidio senza cadaveri. E quello stronzo aveva confessato ciò che non aveva commesso.

Moro sapeva che quella punizione era nello stato delle cose. Ma non ce la faceva a mollare, non era nella sua indole. Anche se non aveva più alcun ruolo nell'indagine sul mostro di Roma, non riusciva a rallentare i giri, a bloccare tutto. Era una macchina spinta al massimo verso l'obiettivo. Era così che l'avevano voluto, era così che l'avevano addestrato. Ora non poteva fermarsi. Però non poteva neanche correre il rischio che lo sbattessero fuori dalla polizia. Poche ore prima aveva dato le dimissioni, ma il dirigente generale le aveva respinte con una minaccia e una promessa.

« Fin quando rimarrà nel Corpo avrà diritto a una difesa d'ufficio, ma se lascia la divisa diventerà un comune cittadino, allora potranno incriminarla per l'errore di due anni fa... Aspettiamo che passi la tempesta. Lei se ne resti un po' nell'ombra, lasciando agli altri oneri e onori. Poi, pian piano, potrà tornare ai suoi vecchi incarichi. La sua carriera non ne risentirà, ha la mia parola. »

Che cumulo di sciocchezze. Comunque la storia delle dimissioni era un bluff. Sapeva anche lui che si sarebbe ritrovato completamente solo. Tutti l'avrebbero abbandonato, magari riversando su di lui gran parte delle colpe.

Il mostro li stava surclassando. Moro dovette ammetterlo, con rabbiosa ammirazione. Nel caso della pineta di Ostia li aveva inondati di prove e indizi, compreso il suo DNA, lasciato sulla camicia scambiata maldestramente con quella della vittima, quando si era cambiato d'abito dopo l'aggressione omicida. Da allora, più nulla o quasi.

Ma in quell'elenco mancava qualcosa. Il simbolo. L'uomo con la testa di lupo.

Moro rammentava ancora l'ombra prodotta dalla scultura di ossa ritrovata in casa di Astolfi. E ricordava il brivido che aveva provato guardandola.

I suoi superiori volevano tacere ai carabinieri quella faccenda. Ricordava ancora le loro parole quel pomeriggio, quando aveva domandato se nel passaggio delle consegne al ROS era compresa anche la storia del simbolo esoterico.

« Teniamo fuori questa parte » aveva detto il dirigente generale, supportato dal questore. « È più prudente. »

Ebbene, proprio quella parte poteva essere l'occasione di Moro per rientrare nella partita. Nessuno, infatti, gli aveva ordinato di non indagare più sul simbolo. Perciò, ufficialmente era ancora libero di farlo.

« Ventitré casi » si ripeté il vicequestore. Ventitré casi in cui la figura antropomorfa era apparsa in un crimine, oppure in collegamento a qualcosa o a qualcuno che aveva a che fare con un crimine. Perché?

Rammentò alcuni di quegli episodi. La babysitter che faceva precipitare i bambini dalle finestre e conservava le loro scarpine come souvenir: aveva confessato ma non aveva saputo giustificare la presenza del disegno dell'uomo con la testa di lupo su un foglio del suo diario. Nel '94 la figura era apparsa sullo specchio del bagno, in casa di un uomo che aveva massacrato la famiglia e poi si era suicidato. Nel 2005 era stata rinvenuta sulla tomba di un pedofilo, disegnata con la vernice spray.

Fatti scollegati, anni e colpevoli diversi. L'unica cosa che li accomunava era il simbolo. Era come se qualcuno avesse voluto marchiare quelle colpe. Ma non per prendersene il merito.

Sembrava più un'opera di... *proselitismo.*

Chi fa del male sarà capito, era questo il messaggio. Sarà aiutato. Così come era stato aiutato il mostro di Roma da Astolfi, che aveva sottratto una prova alla scena del crimine e aveva cercato di far morire Diana Delgaudio rimediando a un errore dell'assassino.

Moro si convinse che là fuori, da qualche parte, c'erano altri individui come il medico legale. Gente votata al male, come a una religione.

Se li avesse smascherati, avrebbe avuto la propria rivincita.

Convocò Leopoldo Strini: il tecnico del LAT era l'unico a conoscere la storia del simbolo esoterico, oltre ai fidati uomini dello SCO e al commissario Crespi. Anche perché gli era stato chiesto di esaminare la scultura di ossa di animali rinvenuta in casa di Astolfi.

Lo vide arrivare con i fascicoli richiesti. Aveva una strana espressione, sembrava agitato.

Strini si rese conto che Moro lo stava squadrando, perché forse aveva percepito la sua inquietudine. Da quando a pranzo aveva parlato con quel misterioso uomo dalle fattezze orientali, la sua vita era stata stravolta. Dopo aver appreso che l'indagine sul mostro era diventata di competenza dei carabinieri, il tecnico si era in parte tranquillizzato. Avrebbe dovuto passare le consegne al laboratorio scientifico del ROS, perciò il suo nuovo «amico» ricattatore non gli avrebbe più potuto chiedere di visionare le prove «in anteprima» oppure di distruggerle. Almeno lo sperava. Perché, invece, una vocina nella sua testa continuava a ripetergli che il tizio della tavola calda ormai lo teneva per le palle, e avrebbe continuato a farlo fino a che uno dei due non fosse crepato. Bella prospettiva! «Ecco, è tutto qui» disse appoggiando i fascicoli sul tavolo. Poi tolse il disturbo.

Moro si dimenticò subito di Strini e della sua agitazione, perché aveva davanti il resoconto dei ventitré casi in cui era apparsa l'immagine dell'uomo con la testa di lupo. Cominciò a esaminarli in cerca di qualcosa di rilevante.

Nella strage familiare, per esempio, quando la scientifica aveva trovato il simbolo sullo specchio del bagno nel corso di un supplemento d'indagine, sul pavimento era stata rinvenuta anche l'impronta nitida di una mano destra. Nel rapporto era riportata una sorta di spiegazione: giorni dopo la carneficina, qualcuno si era introdotto nella casa e aveva aperto i rubinetti dell'acqua calda in bagno, per tracciare la figura nel vapore sullo specchio. Ma andando via probabilmente era scivolato sulla condensa. Per frenare la caduta, aveva allungato le braccia. Da qui, l'impronta per terra.

Ma la tesi conteneva un'incongruenza perché era illogico che qualcuno usasse solo una mano per proteggersi dopo essere inciampato. L'istinto di conservazione avrebbe dovuto portare il soggetto a utilizzare entrambi gli arti.

Non riuscendo a chiarire il mistero, all'epoca la questione dell'impronta era passata in secondo piano insieme alla storia del simbolo sullo specchio. Perché, rammentò Moro, ai poliziotti non piaceva avere a che fare con questioni esoteriche.

Il vicequestore passò ad analizzare il caso della tomba del pedofilo. Ma nello scarno rapporto dei colleghi si parlava semplicemente di « atti di vandalismo compiuti da ignoti ». La perizia calligrafica aveva evidenziato che la scritta era opera di un « destrorso forzato ». In passato, alcuni insegnanti costringevano i bambini mancini a utilizzare l'altra mano. Avveniva nelle scuole cattoliche, pensò Moro. Era il frutto di un'assurda superstizione per cui la mano sinistra era la mano del diavolo e i mancini dovevano essere « educati » a usare la destra. Ma, a parte quel dettaglio, anche quel caso non presentava nulla di interessante.

In quello della babysitter c'era ancora meno. Tutta l'indagine era concentrata sulle scarpine, il feticcio che l'assassina aveva tenuto per sé dopo aver fatto precipitare i bambini dalle finestre. In merito al disegno nella pagina del diario c'era poco o niente: la donna aveva dichiarato di non averlo fatto lei, e loro si erano accontentati di quella versione. Tanto, che lei fosse o meno l'autrice, non sarebbe cambiato nulla ai fini processuali.

Anzi, poteva costituire un problema per la condanna se la babysitter si fosse appellata a una sorta di infermità mentale.

« Vedo un uomo con la testa di lupo, signor giudice! È stato lui a dirmi di uccidere quei bambini! »

Ma proprio mentre stava per passare oltre, Moro s'imbatté in una singolare circostanza. Ai tempi, i colleghi avevano ascoltato un uomo che di tanto in tanto frequentava l'indagata. Non erano fidanzati ma, anche a detta della babysitter, avevano una relazione sessuale. L'uomo era stato interrogato perché sospettato di complicità, ma poi gli elementi a suo carico si erano rivelati inconsistenti e se l'era cavata. La trascrizione della sua deposizione però era finita lo stesso nel fascicolo.

Ciò che aveva colpito Moro non erano le risposte fornite dal tizio, piuttosto banali, quanto il suo documento d'identità allegato al verbale.

Fra i segni particolari, era riportato il fatto che non avesse il braccio sinistro.

L'impronta sul pavimento del bagno, pensò subito Moro. Ecco perché c'era solo la mano destra: *era monco!* La sua intuizione era confermata anche dalla storia della tomba del pedofilo: l'autore della scritta si era servito della mano destra per realizzarla, ma la grafia era forzata... Proprio come quella di un mancino che ha perso il braccio sinistro.

Il vicequestore andò subito in cerca delle generalità dell'amico della babysitter. Oltre al nome, c'era un indirizzo.

7

La notte era iniziata.

Il cielo era sgombro di nuvole, la luna un faro. Marcus era convinto che, entro qualche ora, il mostro sarebbe tornato a colpire. Per questo doveva farsi dire il più possibile dall'uomo senza un braccio.

Nonostante la menomazione, alla guida Fernando si destreggiava con abilità.

« Cosa puoi dirmi di Victor? » chiese il penitenziere.

« Se sei arrivato alla vecchia governante, praticamente sai già tutto. »

« Dimmi di più. Dell'istituto Hamelin, per esempio. »

Fernando roteò il volante per effettuare una curva molto stretta. « I bambini che arrivavano avevano già commesso o possedevano una spiccata tendenza a commettere crimini violenti. Ma di questo sarai già al corrente, immagino. »

« Infatti. »

« Ciò che non sai è che non c'era nessuna terapia riabilitativa per loro. Kropp voleva salvaguardare la loro capacità di fare del male. La considerava una specie di talento. »

« Per quale motivo? »

« Saprai tutto appena saremo arrivati da Kropp. »

« Perché non me lo dici adesso? »

Per un attimo Fernando distolse gli occhi dalla strada e lo fissò. « Perché voglio mostrartelo. »

« C'entra qualcosa l'uomo con la testa di lupo? »

L'altro non rispose neanche stavolta. « Dovrai pazientare, ormai manca poco: non te ne pentirai » affermò soltanto. « Piuttosto, tu non sei un poliziotto. Allora sei un investigatore privato... »

« Una specie » rispose Marcus. « Dov'è Victor adesso? »

« Non lo so. » Poi precisò: « Nessuno lo sa. I bambini dell'Hamelin, una volta usciti dall'istituto, rientravano nel mondo reale e noi ne perdevamo le tracce ». Quindi sorrise: « Ma confidavamo di ritrovarli, prima o poi. Molti di loro dopo un po' di anni si macchiavano di qualche crimine. Lo apprendevamo dai giornali o dalla tv, e Kropp era soddisfatto perché aveva raggiunto il proprio scopo: farne dei perfetti strumenti del male ».

« Per questo proteggete Victor? »

« L'abbiamo fatto anche con altri, in passato. Ma Victor era l'orgoglio di Kropp: uno psicopatico sapiente, completamente incapace di provare sentimenti. La sua malvagità era pari alla sua intelligenza. Il professore sapeva che il bambino di sale avrebbe fatto grandi cose. Infatti, guarda che sta succedendo. »

Marcus non era in grado di stabilire quanta verità ci fosse nelle parole dell'uomo, ma non aveva scelta, se non quella di seguirlo. « Fuori dalla casa di riposo, quando ti sono saltato addosso, hai detto che sapevi che qualcuno che non era un poliziotto stava indagando su questa faccenda. »

« La polizia non sa nulla del bambino di sale, ma sapevamo che qualcuno stava seguendo quella pista. Non ho fatto altro che piazzarmi fuori dalla finestra della vecchia per controllare se riceveva visite. Te l'ho spiegato: voglio uscire da questa storia. »

« Chi altri ne fa parte? »

« Giovanni, l'infermiere anziano che hai già incontrato e che adesso è morto. » L'uomo con le scarpe blu. « Poi c'era il dottor Astolfi: crepato anche lui. Quindi Olga, l'altra infermiera. Io e Kropp. »

Marcus l'aveva messo alla prova, voleva essere sicuro che citasse tutti quelli che lui aveva visto nel video con Victor bambino che aveva preso all'istituto Hamelin. « Nessun altro? »

« No, nessuno. »

Imboccarono la rampa della tangenziale in direzione del centro.

« Perché vuoi tirarti fuori? »

Fernando si lasciò scappare una risata. « Perché all'inizio le idee di Kropp avevano conquistato anche me. Ero un rifiuto umano prima di conoscere il professore. Lui mi ha dato un fine e un ideale.» Poi aggiunse: «*Una disciplina.* Kropp crede fermamente nel valore delle fiabe: dice che sono lo specchio più fedele della natura umana. Se togli i cattivi dalle fiabe, non sono più divertenti, l'hai notato? A nessuno piacerebbe una storia con i soli buoni».

«Le creava apposta per i bambini: fiabe in cui i protagonisti, però, erano solo i cattivi.»

«Sì, e ne ha inventata una anche per me: quella dell'*uomo invisibile*... C'è quest'uomo che nessuno riesce a vedere, perché è uguale a tanti altri, non ha nulla di speciale. Lui vorrebbe essere notato, vorrebbe che tutti si voltassero a guardarlo, non si rassegna a essere una nullità. Acquista bellissimi vestiti, migliora il proprio aspetto, ma non ottiene alcun risultato. Allora sai cosa fa? Comprende che non deve aggiungere qualcosa, bensì perderla.»

Marcus ebbe il timore di riuscire a immaginare il resto della storia.

«Così si priva di un braccio» disse Fernando. «E impara a fare tutto con una mano sola. Sai che succede? Tutti lo guardano, lo compatiscono, ma non sanno che in lui alberga una forza enorme. Quale uomo sarebbe in grado di fare lo stesso? Ecco, ha raggiunto lo scopo: adesso sa di essere forte più di chiunque altro.» Poi ripeté: «Disciplina».

Marcus era inorridito. «E adesso vorresti tradire chi ti ha insegnato tutto questo?»

«Non sto tradendo Kropp» si infervorò. «Ma gli ideali costano fatica, e io ho già dato molto alla causa.»

La causa?, si chiese Marcus. Quale causa poteva essere quella di un gruppo di persone che proteggevano i malvagi?

«Manca molto?»

«Siamo quasi arrivati.»

Giunsero in uno slargo nei pressi di via dei Giubbonari. Lì lasciarono l'auto per proseguire a piedi fino a Campo de' Fiori. Sembrava una piazza ma era diversa da tutte le altre, perché in origine era appunto un campo incolto. I palazzi e le costruzioni si erano aggiunti dopo, delimitando naturalmente lo spazio.

Sebbene il nome del luogo evocasse una gentilezza bucolica, Campo de' Fiori era ricordato nella memoria di Roma come il luogo della «girella», lo strumento di tortura per «dislocare le braccia ai delinquenti» per mezzo di una fune. Ma era anche il sito per i roghi delle condanne a morte.

Lì era stato arso vivo Giordano Bruno. Il suo crimine, l'eresia.

Marcus, come sempre quando transitava in quella piazza, levò gli occhi alla statua bronzea che ricordava il monaco domenicano, con la cappa nera tirata sul capo e lo sguardo immobile e profondo. Bruno aveva sfidato l'Inquisizione e aveva preferito affrontare le fiamme piuttosto che rinnegare le proprie idee di filosofo e libero pensatore. Aveva molto in comune con lui: entrambi confidavano nel potere della ragione.

Fernando camminava standogli davanti, con un'andatura sbilenca e muovendo l'unico braccio come se stesse marciando. La giacca che indossava era così larga da farlo sembrare un clown.

Il luogo in cui erano diretti era uno sfarzoso palazzo del Seicento che aveva subito rimaneggiamenti nei secoli successivi, ma conservando sempre la propria aura nobiliare.

Roma era piena di case signorili come quella. Dall'esterno sembravano decadenti, come le persone che le abitavano, d'altronde: conti, marchesi, duchi che ancora si fregiavano di un titolo che non aveva alcun valore se non quello d'essere radicato nella storia. All'interno, invece, quei palazzi celavano affreschi, mobili antichi e opere d'arte da fare invidia a qualsiasi museo o collezionista privato. Artisti del calibro di Caravaggio, del Mantegna o di Benvenuto Cellini avevano prestato il proprio talento per abbellire le dimore dei signori della loro epoca. Ora la vista di quei capolavori era riservata agli eredi che, come i loro avi, trascorrevano l'esistenza a sperperare patrimoni frutto di ingiusti privilegi acquisiti nel passato.

«Come fa Kropp a permettersi di vivere in un posto del genere?» chiese Marcus.

Fernando si voltò e sorrise. « Sono molte le cose che non sai, amico mio. » Poi accelerò il passo.

Entrarono da un ingresso secondario. L'uomo azionò un interruttore illuminando una breve rampa di scale che conduceva a un seminterrato di una sola stanza. L'alloggio del custode. Un'altra scala di servizio portava ai piani superiori.

« Benvenuto a casa mia » disse Fernando indicando il letto singolo e il cucinino che occupavano quasi tutto lo spazio. I vestiti erano appesi in un armadio a vista e c'erano dei pensili con la roba da mangiare, soprattutto cibo in scatola. « Aspetta qui. »

Marcus lo afferrò per l'unico braccio. « Non ci pensare nemmeno, vengo con te. »

« Non voglio fregarti, giuro. Ma se vuoi, vieni pure. »

Il penitenziere accese la sua piccola torcia e insieme salirono per la scala di servizio. Dopo una serie infinita di gradini, giunsero su un pianerottolo. Non c'erano porte, era un vicolo cieco.

« È uno scherzo? »

« Abbi fede » disse Fernando, divertito. Poi con il palmo della mano spinse uno dei muri. Si spalancò una porticina. « Dopo di te. »

Marcus, invece, con una manata sulla schiena spinse l'uomo nell'apertura. Poi lo seguì.

Erano in un enorme salone privo di mobili ma decorato riccamente. L'unico arredo, a parte un vecchio calorifero di ghisa e un'ampia finestra schermata dagli scuri, era un grande specchio dorato addossato al muro, che rifletté il fascio della torcia e le loro figure.

La porticina da cui erano transitati era perfettamente mimetizzata nell'affresco della parete. Il sistema di passaggi segreti era stato concepito in origine per permettere alla servitù di muoversi per il palazzo senza disturbare i padroni. Apparivano e sparivano in silenzio, senza arrecare alcun fastidio.

« Chi c'è in casa? » domandò Marcus sottovoce.

« Kropp e anche Olga » rispose Fernando. « Solo loro due. Occupano l'ala est, per raggiungerla dovremo... »

Non fece in tempo a terminare la frase, perché il penitenziere gli assestò un pugno in pieno volto. Fernando cadde in ginocchio, portandosi la mano al grosso naso che sanguinava copiosamente. In quel momento, gli arrivò un calcio nello stomaco che lo fece accasciare al suolo.

« Chi c'è in casa? » domandò di nuovo Marcus.

« Te l'ho detto » piagnucolò l'altro.

Il penitenziere lo costrinse a voltarsi e dalla tasca posteriore dei pantaloni gli sfilò un paio di manette. Le aveva notate mentre salivano per la scala e adesso gliele sbatté con violenza sulla faccia. « Quante bugie mi hai raccontato finora? Ti ho ascoltato ma credo che tu sia stato poco sincero con me. »

« Perché lo dici? » domandò l'altro e sputò un fiotto di sangue sul pavimento di marmo.

« Pensi che sia così ingenuo da credere che mi avresti venduto il tuo capo tanto facilmente? Perché mi hai portato qui? »

Stavolta il calcio lo colse con estrema violenza sul fianco. Fernando rantolò, rotolando sul pavimento. Prima che Marcus potesse colpirlo di nuovo, però, sollevò la mano per fermarlo. « Va bene... Me l'ha chiesto Kropp di portarti qui. »

Mentre il penitenziere si domandava se credere a quell'affermazione, l'uomo usò l'unico braccio per strisciare e andare a rintanarsi proprio sotto al grande specchio dorato.

« Cosa vuole Kropp da me? »

« Incontrarti. La ragione non la conosco, giuro. »

Marcus si diresse nuovamente verso di lui. Fernando sollevò il braccio per parare un eventuale colpo, ma il penitenziere lo afferrò per il bavero. Recuperò le manette dal pavimento e lo trascinò verso il calorifero di ghisa per ammanettarlo. Poi gli diede le spalle e mosse un passo verso la porta che conduceva alle altre stanze.

« Kropp non sarà contento » frignò Fernando dietro di lui.

Marcus avrebbe voluto zittirlo.

« Una stanza senza mobili, l'unico posto a cui potevi ammanettarmi era un calorifero: che immaginazione » disse quello, e rise.

Marcus appoggiò le dita sulla maniglia e la abbassò. La porta era aperta.

« Io sono l'uomo invisibile. L'uomo invisibile sa che la disciplina è la sua forza. Se sarà disciplinato, tutti si accorgeranno di quanto è forte» e rise di nuovo.

«Fa' silenzio» lo minacciò il penitenziere. Aprì l'uscio ma, prima di varcarlo, si voltò per un attimo verso il grande specchio dorato. Credette di avere un'allucinazione, perché l'uomo ammanettato al calorifero adesso non era più monco.

Aveva due braccia. E nella mano sinistra stringeva qualcosa.

L'ago di una siringa baluginò per un istante nel riflesso, poi Marcus lo sentì conficcarsi nella carne della coscia, all'altezza dell'arteria femorale.

«Far credere a tutti di essere ciò che non sei» disse Fernando mentre la droga si insinuava nel sangue di Marcus, che si aggrappò alla maniglia per non cadere. «Ripetere l'esercizio per tutti i giorni della tua vita, con sforzo e dedizione. Anche tu non mi hai saputo guardare, ma adesso mi vedi.»

Marcus si rese conto solo allora che era tutto preparato. L'appostamento fuori dalla casa di riposo, le manette nella tasca posteriore dei pantaloni che credeva di aver scorto per puro caso, la stanza priva di mobili ma con un calorifero posizionato proprio accanto alla porta: una trappola perfetta.

Il penitenziere si sentì cadere ma, prima di svenire, udì ancora la voce di Fernando.

«Disciplina, amico mio. Disciplina.»

8

Una grande luna sbirciava fra i vicoli del centro.

Moro era giunto a piedi davanti al palazzo del Seicento in cui risultava risiedere il monco. Il suo alloggio era al piano terra, lo occupava con la mansione di custode. Il vicequestore non voleva farsi avanti subito, perciò decise di aspettare per controllare la situazione. Non era sicuro che l'uomo fosse in casa, ma intanto aveva focalizzato bene l'obiettivo e l'indomani sarebbe stato pronto per una perquisizione a sorpresa.

Si voltò per tornare alla macchina, ma a fermarlo fu uno strano movimento che avveniva nel vicolo accanto al palazzo. Qualcuno aveva spalancato degli enormi battenti di legno scuro. Di lì a poco, da dove un tempo c'erano le scuderie con le stalle per i cavalli e il ricovero delle carrozze, fuoriuscì una station wagon.

Quando gli transitò davanti, Moro vide che alla guida c'era un uomo senza il braccio sinistro: aveva dell'ovatta sporca di sangue infilata nelle narici e il naso tumefatto. Accanto a lui era seduta una donna che aveva superato la cinquantina, con i capelli corti dai riflessi color mogano.

Il vicequestore non si domandò dove fossero diretti a quell'ora così tarda: ciò che aveva visto gli bastò per mettersi a correre, tagliando per i vicoli, diretto alla propria macchina, sperando di anticiparli e piazzarsi alle spalle della station wagon prima che uscisse dal dedalo del centro storico.

Mentre procedevano, l'auto sussultava sui sampietrini. Per Marcus, legato e imbavagliato nel cofano, quei pur lievi sobbalzi equivalevano a colpi di martello sulle tempie. Era rannicchiato in posizione fetale, con le mani costrette dietro la schiena e le caviglie legate. Il fazzoletto che gli avevano cacciato in gola gli impediva di respirare bene, anche perché Fernando, prima di caricarlo in macchina con l'aiuto di Olga, gli aveva assestato un pugno sul naso per vendicarsi di parte delle botte ricevute.

Il penitenziere era stordito dalla droga che l'aveva mandato dritto per terra, ma dalla sua posizione poteva carpire parte del dialogo fra i due ex infermieri dell'istituto Hamelin.

«Allora, ho fatto un buon lavoro?» chiese il falso monco.

«Certo» rispose la donna dai capelli rossi. «Il professore ha sentito tutto ed è molto soddisfatto di te.»

Si riferiva a Kropp? Allora era nel palazzo. Forse Fernando non gli aveva mentito su questo.

«Però è stato un rischio portarlo a casa» disse infatti Olga.

«Ma la trappola l'ho preparata bene» si difese l'altro. «E poi non avevo scelta: non mi avrebbe seguito se avessi proposto di andare in un luogo isolato.»

«Ti avrà fatto delle domande. Cosa gli hai detto?» s'informò la donna.

«Solo quello che sapeva già. Gliel'ho riproposto con un giro di parole e si è fidato, anche perché penso cercasse soprattutto delle conferme. Il tipo è in gamba, sai?»

«Quindi non sa altro?»

«Non mi è sembrato.»

«L'hai frugato bene? Sei proprio sicuro che non avesse documenti?»

«Sicuro.»

«Neanche un biglietto da visita, lo scontrino di un posto in cui è stato?»

«Nulla» le assicurò. «A parte la piccola torcia, in tasca aveva solo dei guanti di lattice, un cacciavite retrattile e qualche soldo.»

L'unica cosa che quel bastardo gli aveva lasciato era la medaglietta con l'effigie di san Michele Arcangelo che portava al collo, pensò Marcus.

«E poi aveva una foto che sicuramente gli ha dato la governante degli Agapov all'ospizio: c'è il padre insieme ai due gemelli.»

«L'hai distrutta?»

«L'ho bruciata.»

Marcus non ne aveva più bisogno, la ricordava bene.

«Niente armi» aggiunse Fernando per completare il resoconto.

«Strano» affermò la donna. «Non è un poliziotto e questo lo sappiamo. Dalla roba che si portava appresso potrebbe trattarsi di un investigatore privato. Ma allora per conto di chi lavora?»

Marcus sperava che i due volessero essere certi di ottenere una risposta prima di ammazzarlo. Questo gli avrebbe fatto guadagnare tempo. Ma il narcotico gli impediva di escogitare qualcosa. Era convinto che presto per lui sarebbe finita.

Moro seguiva la station wagon a circa trecento metri di distanza. Finché erano rimasti in città, aveva frapposto altri veicoli fra sé e loro, in modo che non potessero individuarlo dal retrovisore. Ma adesso che avevano imboccato il grande raccordo a più corsie che cingeva Roma, doveva essere prudente. Anche se il rischio di perderli era elevato.

In altre circostanze, avrebbe già chiesto supporto ai suoi tramite la radio montata nell'auto personale. Ma non c'era l'evidenza di un reato, né gli sembrava che il pedinamento comportasse dei pericoli. La verità, tuttavia, era che dopo essere stato estromesso dall'indagine sul mostro, aveva premura di dare prova del proprio valore. Specie a se stesso.

Vediamo se davvero hai perso colpi, vecchio mio.

Sapeva fiutare un crimine quando se ne presentava l'occasione. Era bravo in quello. E, senza spiegarsi il perché, era convinto che quei due là davanti avessero qualcosa in mente.

Qualcosa di illecito.

Vide che rallentavano vistosamente. Strano, non era segnalata alcuna uscita in quella parte del raccordo. Forse si erano accorti di essere seguiti. Decelerò e si fece superare da un tir, nascondendosi subito dietro. Attese qualche secondo, poi compì delle manovre per affacciarsi a controllare ciò che accadeva davanti all'autoarticolato.

Non riusciva più a individuare la station wagon.

Ripeté lo spostamento altre due volte. Niente. Dove dannazione erano finiti? Ma mentre formulava la domanda nella sua testa, l'auto che stava inseguendo spuntò nel finestrino destro. Era ferma al lato della strada e lui l'aveva appena superata.

« Vuoi smetterla, cazzo? »

Fernando urlava, ma Marcus continuava a scalciare a piedi uniti contro la carrozzeria.

« Mi sono fermato, stronzo. Ora vuoi che venga dietro? Non lo so se ti conviene. »

Olga teneva in grembo un astuccio di pelle nero. « Forse dovremmo dargli subito una seconda dose » propose.

« Dovrà prima rispondere alle nostre domande: dobbiamo scoprire ciò che sa. Poi gli daremo la dose giusta. »

La dose giusta, si ripeté Marcus. Quella che avrebbe messo fine a tutto.

« Se non la pianti subito, ti rompo tutte e due le gambe con il cric. »

La minaccia sortì l'effetto sperato e, dopo un altro paio di colpi, Marcus si fermò.

« Bene » disse Fernando. « Vedo che cominci a capire come stanno le cose. È meglio anche per te se facciamo in fretta, credimi. »

E si immise nuovamente sulla strada principale.

Moro aveva rallentato ulteriormente, accostando nella corsia d'emergenza. Aveva gli occhi puntati sullo specchietto retrovisore.

Avanti su, fatevi vedere. Cazzo, tornate nella carreggiata.

In lontananza vide spuntare un paio di fari e pregò che si trattasse della station wagon. Infatti, era così. Esultando, si apprestò a farsi superare e a mettersi nuovamente a ruota. Ma, mentre attendeva il passaggio, un altro tir che procedeva in corsia d'emergenza azionò una quantità enorme di fari e le trombe bitonali e lo costrinse a muoversi anticipatamente. Moro dovette scansarsi per evitare l'impatto.

Il risultato fu che aveva di nuovo la station wagon alle spalle, accidenti.

Avrebbe rischiato e si sarebbe fatto risorpassare da loro, non aveva alternative. Pregò che nel frattempo non imboccassero un'uscita. Ma le suppliche rimasero inascoltate, perché la macchina dietro di lui svoltò in direzione della Salaria, sparendo definitivamente dalla sua vista.

« No, cazzo, no! »

Pestò l'acceleratore spingendo al massimo l'auto, in cerca di un'altra uscita per invertire la marcia.

Anche da una posizione così scomoda, Marcus si accorse che la strada era cambiata. Non era solo la velocità ridotta a suggerirglielo, ma anche il fatto che l'asfalto adesso sembrava meno liscio. Nuovi scossoni e buche lo sbalzarono contro le pareti del bagagliaio.

Poi avvertì il rumore inconfondibile di uno sterrato. I sassolini rimbalzavano sul fondo della vettura, come una festa di pop corn.

I due davanti avevano smesso di parlare, privandolo di un prezioso orientamento psicologico. Che intenzioni avevano una volta arrivati? Avrebbe preferito saperlo prima, invece di essere costretto a immaginarlo.

L'auto infilò una curva stretta e si arrestò.

Marcus sentì gli ex infermieri dell'Hamelin che scendevano richiudendosi le portiere alle spalle. Dall'esterno, la loro voce adesso arrivava ovattata.

« Aiutami ad aprire, così lo portiamo dentro. »

« Non potresti usare anche l'altro braccio, per una volta? »

« Disciplina, Olga: disciplina » ripeté pedante Fernando.

Marcus udì il suono di cingoli che venivano spostati, poi l'uomo rimontò in macchina e rimise in moto.

Era riuscito a invertire la marcia dopo tre chilometri e adesso percorreva la carreggiata opposta, spostando lo sguardo fra il parabrezza e la sua sinistra, in cerca di una traccia della station wagon.

Arrivato più o meno all'altezza dell'uscita in cui li aveva persi, grazie alla luna piena scorse le luci di posizione del retro di un veicolo. Erano in cima a una collina fiancheggiata da una specie di sentiero.

Da quella distanza non poteva dire se si trattava proprio della station wagon. Ma vide che la macchina entrava in un capannone di lamiera.

Moro accelerò in cerca di un'uscita per raggiungerlo.

Qualcuno spalancò il portellone del bagagliaio della station wagon, quindi gli puntò in faccia la luce di una torcia. Marcus, istintivamente, socchiuse gli occhi e si ritrasse.

« Benvenuto » disse Fernando. « Ora faremo due chiacchiere e finalmente ci dirai chi sei. »

Lo afferrò per la corda che gli cingeva la vita e stava per trascinarlo fuori da quell'antro, ma Olga lo bloccò. « Non ce n'è bisogno » disse.

Fernando si voltò a guardarla, stupito. « Che significa? »

« Ormai siamo alla fine, il professore ha detto di ucciderlo e basta. »

Sul volto del finto monco apparve un'espressione delusa. Alla fine di cosa? si domandò il penitenziere.

« Dovremo sistemare anche la faccenda della poliziotta » disse Fernando.

Che poliziotta? Marcus provò un brivido.

« Quella dopo » disse Olga. « Non sappiamo ancora se è un problema. »

« L'hai vista anche tu in televisione, mentre si segnava. Come faceva a saperlo? »

Di cosa stavano parlando? Era possibile che fosse Sandra?

« Ho preso informazioni, si tratta di una fotorilevatrice. Non ha funzioni investigative. Ma, nel dubbio, so già come sistemarla. »

Adesso il penitenziere aveva la certezza che si trattasse di lei. E lui non poteva fare niente per aiutarla.

La donna dai capelli rossi aprì l'astuccio che aveva con sé e ne estrasse una piccola pistola automatica. « Anche il tuo viaggio termina qui, Fernando » disse e gli porse l'arma.

Altra delusione. « Non dovevamo farlo tutti insieme? »

Olga scosse il capo. « Il professore ha deciso così. »

Fernando prese la pistola e cominciò a osservarla, cullandola con entrambe le mani. L'idea del suicidio era radicata in lui da molto tempo. Ci aveva fatto i conti, l'aveva accettata. Era disciplina anche quella. E, in fondo, a lui andava meglio di Giovanni e di Astolfi. Bruciare vivi o gettarsi nel vuoto da una finestra erano pessimi modi per farla finita. « Dirai al professore che sono stato bravo, vero? »

« Glielo dirò » promise la donna.

« Anche se ti chiedo di farlo al posto mio? »

Olga si avvicinò e riprese la pistola. « Dirò a Kropp che sei stato molto coraggioso. »

Fernando sorrise, sembrava soddisfatto. Poi entrambi si fecero il segno della croce al contrario, e Olga si allontanò di qualche passo.

Moro aveva abbandonato la sua auto a un centinaio di metri e stava risalendo la collina. Era quasi giunto in cima, davanti a quella specie di magazzino abbandonato, quando vide una luce filtrare da una finestra rotta. Si avvicinò estraendo la pistola.

L'interno del capannone era illuminato dai fari della station wagon e dal fascio di una torcia. Contò tre persone. Uno di loro era legato e imbavagliato nel bagagliaio.

Cazzo, esclamò dentro di sé. Ci aveva visto giusto: quei due –

il monco e la donna dai capelli rossi – stavano combinando qualcosa. Mentre cercava di carpire i loro discorsi, senza riuscirci, vide che lei aveva in mano una pistola e, dopo essere indietreggiata un po', la rivolgeva contro l'uomo senza un braccio. Non poteva attendere. Col gomito sfondò la finestra e subito puntò la propria arma contro di lei. « Ferma! »

I tre nel magazzino voltarono contemporaneamente lo sguardo nella sua direzione.

« Gettala via » le intimò il vicequestore.

La donna esitò.

« Gettala, ho detto! »

A quel punto, obbedì. Poi alzò le mani e Fernando la imitò con l'unico braccio.

« Sono un poliziotto. Che sta succedendo qui? »

« Grazie a Dio » esclamò l'ex infermiere. « Questa stronza mi ha costretto a legare il mio amico » affermò indicando Marcus. « Poi mi ha detto di guidare fin qui. Voleva ammazzarci entrambi. »

Il penitenziere fissò l'uomo con la pistola. Era il vicequestore Moro, l'aveva riconosciuto. Però non gli piacque l'espressione dubbiosa che vide comparire sul suo volto dopo aver ascoltato la bugia di Fernando. Non aveva mica intenzione di credergli?

« Mi prendi per il culo » affermò il vicequestore.

Il falso monco si accorse che la sua storia non attecchiva. Doveva escogitare qualcosa. « C'è un altro complice che si aggira qui intorno. Potrebbe tornare da un momento all'altro. »

Marcus capì il suo gioco: Fernando voleva che Moro gli dicesse di prendere la pistola di Olga per tenerla d'occhio mentre lui andava in cerca del complice. Ma, per fortuna, il poliziotto non era così ingenuo.

« Non ti lascerò impugnare quell'arma » disse. « E non c'è nessun complice: vi ho visti arrivare e, a parte quello nel bagagliaio, eravate solo voi due. »

Fernando, però, non demordeva. « Hai detto di essere un poliziotto, allora avrai con te delle manette. Io ne ho un altro paio nella tasca posteriore dei pantaloni: la donna potrebbe ammanettarmi all'auto e io potrei fare lo stesso con lei. »

Marcus, per via del narcotico, non riusciva a immaginare cosa avesse in mente. Però si mise lo stesso a scalciare all'interno del bagagliaio.

« Che cos'ha il tuo amico? » domandò Moro.

« Niente, la stronza gli ha somministrato della droga. » Indicò l'astuccio di pelle nera finito sul pavimento quando Olga aveva alzato le mani, e da cui spuntava una siringa. « Anche prima ha avuto la stessa reazione, tanto da costringerci ad accostare al lato della strada. Credo siano convulsioni, ha bisogno di un dottore. »

Marcus sperava che Moro non cadesse nell'inganno e continuò imperterrito a dimenarsi e a scalciare con quanta forza aveva.

« Va bene: vediamo le tue manette » disse il vicequestore.

Fernando si voltò, piano. E altrettanto lentamente sollevò la giacca per mostrare il contenuto della tasca posteriore dei pantaloni.

« D'accordo, ora prendile. Ma dovrai ammanettarti da solo, non voglio che lei si avvicini a te. »

Il monco le sfilò, poi si accovacciò accanto al paraurti della station wagon. Assicurò uno degli anelli al gancio di traino. Poi, con un po' di sforzo, servendosi delle ginocchia, si ammanettò il polso destro.

No, diceva Marcus nella sua testa. Non lo fare!

Intanto Moro, dalla finestra, lanciò il suo paio di manette verso la donna dai capelli rossi. « Ora tocca a te. »

Lei le raccolse e si avvicinò a una delle portiere, per ammanettarsi alla maniglia. Mentre il vicequestore controllava che portasse a termine l'operazione come le era stato ordinato, Marcus vide il braccio sinistro di Fernando spuntare dalla manica e afferrare la pistola che stava per terra.

Fu un istante. Il vicequestore si accorse del movimento appena in tempo ed esplose un colpo che raggiunse l'ex infermiere al collo. Ma non lo uccise, perché Fernando, mentre cadeva all'indietro, ebbe la prontezza di sparare due volte. Uno dei proiettili colse Moro a un fianco, facendolo roteare.

La donna dai capelli rossi era ancora libera e girò intorno alla macchina, accucciandosi accanto alla carrozzeria. Riuscì a salire dal lato del guidatore e mise in moto. Nonostante la ferita, Moro le sparò addosso, ma senza riuscire a fermarla.

L'auto sfondò il portone di lamiera sbalzando fuori Marcus dal bagagliaio aperto. L'impatto con il suolo produsse un dolore lancinante che gli fece perdere momentaneamente i sensi. Quando si riprese un poco, scorse Fernando, riverso per terra in una pozza di sangue scuro – morto. Moro, invece, era ancora vivo, era seduto e in una mano stringeva la propria arma, mentre con l'altra impugnava un telefonino. Stava componendo un numero. Ma teneva il braccio con la pistola aderente al busto e il penitenziere vide che sanguinava copiosamente lungo il fianco.

Il proiettile ha preso l'arteria succlavia, si disse. Fra poco morirà.

Moro riuscì a comporre il numero delle emergenze e si portò il cellulare all'orecchio. «Codice 2724» disse. «Vicequestore Moro. C'è stata una sparatoria, ci sono feriti. Rintracciate la chiamata...» Non fece in tempo a finire la frase che si accasciò, lasciando cadere il telefono.

Il penitenziere e il poliziotto erano entrambi distesi su un fianco, a pochi metri l'uno dall'altro. E si fissavano. Anche se fosse stato slegato, Marcus non avrebbe potuto fare nulla per lui.

Così rimasero a guardarsi per molto tempo, mentre il silenzio della campagna riprendeva il sopravvento e la luna faceva da muta spettatrice. Moro si spegneva e il penitenziere provò a infondergli coraggio con gli occhi. Non si conoscevano, non si erano mai parlati, ma erano due esseri umani, e ciò bastava.

Marcus colse l'attimo in cui la luce vitale abbandonò quello sguardo. Dopo quindici minuti, il suono delle sirene tracimò oltre la collina.

La donna dai capelli rossi era riuscita a fuggire. E il pensiero del penitenziere corse a Sandra e al fatto che forse era in pericolo.

9

La grande luna, bassa all'orizzonte, da un momento all'altro si sarebbe posata in grembo al Colosseo.

Alle quattro del mattino, Sandra percorreva a piedi via dei Fori Imperiali, diretta al monumento considerato universalmente il simbolo di Roma. Se non ricordava male la lezione appresa a scuola, il Colosseo, inaugurato nell'80 d.C., era lungo 188 metri, largo 156, alto 48. Con un'arena di 86 metri per 54. C'era una filastrocca per ricordare le misure, ma ciò che ancora stupiva Sandra era che potesse contenere fino a 70.000 spettatori.

Il suo nome era, in realtà un soprannome. Battezzato in origine Anfiteatro Flavio, aveva preso l'attuale denominazione dal colosso in bronzo dell'imperatore Nerone che un tempo si erigeva proprio davanti all'edificio.

Nell'arena morivano indistintamente uomini e animali. I primi, i gladiatori – dal nome della spada che usavano per combattere, il gladio – si ammazzavano fra loro oppure lottavano con belve fatte giungere a Roma fin dagli angoli più remoti dell'Impero. Il pubblico adorava la violenza e alcuni gladiatori venivano celebrati come i moderni campioni sportivi. Finché non morivano, ovviamente.

Il Colosseo era divenuto col tempo un simbolo per i seguaci di Cristo. Ciò per via di un racconto, senza alcuna evidenza storica, secondo cui i pagani davano i cristiani in pasto ai leoni. La leggenda probabilmente era servita a rafforzare il ricordo della reale persecuzione subita a causa della loro fede. Ogni anno, nella notte fra il giovedì e il venerdì che precedevano la Pasqua cattolica, dal Colosseo partiva la Via Crucis guidata dal papa per rievocare il martirio di Cristo.

Sandra però non poté fare a meno di pensare alla leggenda di segno opposto che le aveva narrato Max prima di andare via di casa. « *Colis Eum?* » era la domanda. « Adoro il diavolo » la risposta. Chiunque le avesse mandato gli sms anonimi per convocarla proprio lì, a quell'ora del mattino, aveva uno spiccato senso dell'umorismo oppure era terribilmente serio. E dopo aver visto il gesto di segnarsi al contrario compiuto da Astolfi nella pineta di Ostia, Sandra propendeva per la seconda ipotesi.

La fermata della metropolitana che sbucava proprio di fronte al monumento era ancora chiusa e il piazzale antistante l'ingresso era vuoto. Niente turisti in coda né figuranti travestiti da centurioni romani che si facevano pagare per farsi fotografare insieme a loro. Solo alcune squadre di netturbini che, in lontananza, ripulivano l'area in attesa di una nuova orda di visitatori.

In quella desolazione, Sandra era sicura che avrebbe individuato subito chi l'aveva invitata lì. Ma, per precauzione, si era portata dietro la pistola di ordinanza che usava solo al poligono della polizia una volta al mese per non perdere l'abitudine a sparare.

Attese quasi venti minuti, ma nessuno si fece vedere. Mentre si domandava se era stata solo vittima di uno scherzo e se fosse il caso di andar via, voltandosi notò che nella cancellata di ferro che cingeva l'anfiteatro c'era un'apertura. La grata era accostata. Per lei?

Non può essere, si disse. Non entrerò mai là dentro.

Avrebbe voluto che Marcus fosse lì con lei. La sua presenza le infondeva coraggio. Non sei arrivata fin qui per voltarti e andar via, perciò va' avanti.

Sandra estrasse la pistola e, tenendola bassa lungo il fianco, attraversò la soglia.

Si ritrovò nel corridoio che faceva parte del percorso turistico: seguì i cartelli che indicavano la direzione ai visitatori.

Cercava di percepire un suono, un rumore, qualcosa che le dicesse che non era sola. Stava per salire una delle scale in travertino dirette alla cavea che un tempo ospitava il pubblico, quando udì una voce maschile.

« Non abbia paura, agente Vega. »

Proveniva dal livello inferiore, dalle gallerie che si intrecciavano sotto e intorno all'arena. Sandra esitò. Non si fidava ad andare là.

Ma la voce insistette: « Rifletta: se avessi voluto tenderle una trappola, non avrei scelto certo questo posto ».

Sandra ci pensò. Non era del tutto insensato. « Perché qui allora? » chiese alla voce, rimanendo ancora in cima alle scale.

« Non l'ha capito? Era un test. »

La poliziotta iniziò a scendere i gradini, lentamente. Costituiva un bersaglio facile, ma non aveva scelta. Cercò di abituare gli occhi all'oscurità e, giunta in fondo, si guardò intorno.

« Resti pure dove si trova » disse la voce.

Sandra si voltò verso un punto preciso e vide un'ombra. L'uomo era seduto su un capitello caduto da una colonna chissà quanti secoli prima. Non riusciva a scorgere il suo volto, ma si accorse che portava un cappellino. « Allora, ho superato il test? »

« Non lo so ancora... L'ho vista in tv mentre si segnava al contrario. Ora me lo dica lei: è una di loro? »

Ancora quella parola: « loro ». La coincidenza con ciò che Diana Delgaudio aveva scritto su un foglio la fece rabbrividire. « Chi sarebbero? »

« Ha risolto l'enigma dei miei sms. Come ha fatto? »

« Il mio compagno insegna storia, è merito suo. »

Battista Erriaga sapeva che era sincera. Si era informato sul conto della poliziotta quando aveva cercato il suo numero di telefono.

« 'Loro' sarebbero degli adoratori del demonio? »

« Lei crede al diavolo, agente Vega? »

« Non proprio. Dovrei? »

Erriaga non rispose. « Cosa sa di questa storia? »

« So che c'è qualcuno che protegge il mostro di Roma, anche se non mi spiego la ragione. »

« Ha parlato di questo con i suoi superiori? Che dicono? »

« Non ci credono. Il nostro medico legale, il dottor Astolfi, ha sabotato l'indagine prima di togliersi la vita, ma per loro è un semplice atto di follia. »

Erriaga si lasciò scappare una breve risata. «Temo che i suoi superiori le abbiano taciuto qualcosa.»

Sandra nutriva da un po' quel sospetto, ma sentirselo dire apertamente le provocò un moto di rabbia. «In che senso? Di cosa sta parlando?»

«Dell'uomo con la testa di lupo... Lei non l'ha mai sentito nominare, ne sono certo. Si tratta di un simbolo apparso in varie forme, ma sempre collegato a eventi criminali. Sono più di vent'anni che la polizia raccoglie in gran segreto questi casi. Finora ne hanno contati ventitré, ma le assicuro che sono molti di più. Il fatto è che questi crimini non hanno nulla in comune fra loro a parte quella figura antropomorfa. Pochi giorni fa è stata rinvenuta in casa di Astolfi.»

«Perché tanta riservatezza? Non capisco.»

«I poliziotti non riescono a spiegarsi cosa e chi ci sia dietro questa operazione occulta. Tuttavia, anche solo l'idea di avere a che fare con qualcosa che esula da un piano puramente razionale li spinge a tenere segreta la cosa e a non approfondirla.»

«Lei invece conosce la ragione, non è vero?»

«Cara Sandra, lei è un poliziotto, dà per scontato che tutti siano dalla parte dei buoni e si meraviglia se le dicono che c'è pure chi tifa per il cattivo. Non voglio farle cambiare idea, ma alcuni pensano che salvaguardare la componente malvagia della natura umana sia indispensabile per la conservazione della nostra specie.»

«Le giuro che continuo a non capire.»

«Si guardi intorno, osservi questo posto. Il Colosseo era un luogo di morte violenta: la gente dovrebbe fuggire davanti a un simile spettacolo, invece partecipavano come a una festa. Erano forse dei mostri, i nostri predecessori? E lei pensa che in tanti secoli sia cambiato qualcosa nella natura umana? La gente adesso segue in tv le vicende del mostro di Roma con la stessa morbosa curiosità, come fosse uno spettacolo circense.»

Sandra dovette ammettere che il paragone non era del tutto sbagliato.

«Giulio Cesare è stato un conquistatore sanguinario, non meno di Hitler. Però oggi i turisti acquistano le T-shirt con la sua effigie. Un giorno, fra qualche millennio, faranno lo stesso con il Führer nazista? La verità è che guardiamo con indulgenza ai peccati del passato e le famigliole vengono al Colosseo per fotografarsi sorridenti lì dove c'erano morte e crudeltà.»

«Sono d'accordo sul fatto che la specie umana sia per natura sadica e indifferente, ma perché proteggere il male?»

«Perché le guerre, da sempre, sono veicolo di progresso: si distrugge per ricostruire meglio. E si cerca di perfezionarsi in tutti i campi per sopraffare gli altri, per sottometterli. E per non essere sottomessi.»

«E il diavolo che c'entra?»

«Non il diavolo: la religione. Ogni religione al mondo pensa di possedere la 'verità assoluta', anche se questa confligge spesso con la verità delle altre fedi. Nessuno si preoccupa di cercare una verità condivisa, ognuno rimane fermamente convinto del proprio credo. Non le sembra assurdo se Dio è uno solo? Perché per i satanisti, allora, dovrebbe essere diverso? Loro non pensano di essere in errore, non li sfiora l'idea che ci sia qualcosa di sbagliato in ciò che fanno. Giustificano la morte violenta esattamente come chi porta avanti una guerra per la fede. Anche i cristiani hanno combattuto le crociate e i musulmani inneggiano ancora alla Guerra Santa.»

«Satanisti... È questo che sono?»

Erriaga aveva svelato il secondo livello del segreto. Non c'era altro da aggiungere in merito. Coloro che si riconoscevano nella figura antropomorfa dell'uomo con la testa di lupo erano satanisti. Ma il senso di quell'espressione era troppo ampio e complesso perché una semplice donnina con la divisa potesse comprenderlo.

Quello era il terzo livello del segreto, che doveva per forza rimanere tale.

Perciò Battista Erriaga l'accontentò: «Sì, sono satanisti» disse.

Sandra era delusa. Delusa dal fatto che il vicequestore Moro e, probabilmente, anche il commissario Crespi l'avessero tenuta fuori da quella parte del caso, minimizzando il ruolo di Astolfi e la sua scoperta riguardo al medico legale. Ma era ancor più delusa dal fatto che, alla fine, coloro che proteggevano il mostro fossero dei banali adoratori del demonio. Se non ci fossero state delle vittime, avrebbe riso di una simile assurdità. « Cosa vuole da me? Perché mi ha fatto venire qui? »

Erano arrivati al punto. Battista Erriaga aveva un compito per lei, qualcosa di estremamente delicato. Sperava che la donna non fallisse.

« Voglio aiutarla a fermare il bambino di sale. »

QUARTA PARTE

La bambina di luce

1

Aveva bevuto un paio di vodka e aveva sonno, ma nessuna voglia di andarsene a dormire.

Il locale era affollato, ma lui era l'unico a occupare da solo un tavolino. Continuava a giocherellare con le chiavi della villa al mare. Nell'affidargliele, l'amico non aveva fatto domande. Era bastato chiedergli se poteva usarla per qualche giorno, finché non avesse trovato una nuova sistemazione. D'altronde, il motivo di quella richiesta era fin troppo evidente nella sua espressione.

Max era sicuro che fra lui e Sandra fosse finita.

Aveva ancora in tasca l'astuccio con l'anello che lei aveva rifiutato. Anzi, non l'aveva nemmeno aperto per vedere cosa contenesse.

«*Fuck*» disse, prima di trangugiare il resto della vodka nel bicchiere.

Le aveva dato tutto l'amore, tutte le attenzioni, dove aveva sbagliato? Pensava che le cose andassero bene, invece c'era sempre il maledetto fantasma dell'ex marito. Non l'aveva conosciuto, non sapeva nemmeno che faccia avesse, ma era sempre presente. Se David non fosse morto, se avessero semplicemente divorziato come milioni di coppie al mondo, forse lei si sarebbe sentita liberata e avrebbe potuto amarlo come meritava.

Sì, era quello il punto: lui meritava il suo amore, ne era certo.

Ma anche se tutte le ragioni erano dalla sua parte, chissà perché, aveva voglia di punirsi. La sua colpa era essere stato troppo perfetto, lo sapeva. Avrebbe dovuto pretendere di più e non starle addosso. Forse se l'avesse maltrattata le cose sarebbero andate diversamente. In fondo David era stato un egoista, per lei non aveva rinunciato al suo lavoro di reporter nelle «zone calde» in giro per il mondo. E questo anche se sapeva che Sandra viveva male i suoi viaggi e l'idea di doverlo aspettare per tanto tempo senza avere notizie, senza sapere se stava bene o addirittura se era ancora vivo.

« *Fuck you* » disse stavolta, rivolgendosi al fantasma di David. Avrebbe dovuto fare come lui, così forse non l'avrebbe persa. Tanto valeva punirsi un altro po' con la vodka.

Mentre stava per ordinare un'intera bottiglia, infischiandosene del fatto che il mattino dopo aveva lezione a scuola, si accorse della donna che lo puntava dal bancone del locale. Beveva un cocktail alla frutta. Era molto bella, ma non in modo ostentato. Involontariamente seducente, si disse. Le mostrò il bicchiere, anche se era vuoto, come a voler brindare alla sua salute. Non era il tipo che faceva certe cose, ma *chissenefrega*.

Lei ricambiò sollevando il cocktail. Poi cominciò ad avvicinarsi al suo tavolo.

« Aspetti qualcuno? Posso farti compagnia? » disse, spiazzandolo.

Max non sapeva cosa rispondere, alla fine se la cavò con un « Accomodati pure ».

« Mi chiamo Mina. Tu? »

« Max. »

« Mina e Max: M.M. » disse divertita.

Gli era sembrato di scorgere un accento dell'Est. « Non sei italiana. »

« Infatti, sono rumena. Tu nemmeno sembri italiano, o sbaglio? »

« Sono inglese, ma vivo qui da molti anni. »

« È tutta la sera che ti osservo. »

Strano, lui se n'era reso conto solo da poco.

« Sbaglio o sei arrabbiato per qualcosa? »

Max non aveva voglia di dirle la verità. « La donna che doveva raggiungermi qui mi ha piantato. »

« Allora stasera è davvero la mia serata » commentò lei con un sorriso malizioso.

L'aveva guardata meglio: il vestito di alta moda nero scollato sul davanti, le unghie delle mani affusolate perfettamente curate e smaltate di rosso, un largo bracciale d'oro al polso sinistro, una collana con un brillante di chissà quanti carati. Aveva un trucco un po' pesante, notò. Ma il profumo era sicuramente francese. Una fuori quota, si era detto. Lui non si riteneva un sessista, ma dovette ammettere che a volte gli capitava di giudicare le donne a seconda del tenore di vita che pretendevano dai loro partner. Forse perché in troppe gli avevano voltato le spalle dopo aver appreso che era un semplice professore di liceo. Allora di solito faceva due calcoli prima di approfondire la conoscenza e, nel caso, le evitava prima che fossero loro a scartarlo. Perciò meglio non farsi illusioni con questa: non poteva permettersela. Le avrebbe offerto un drink senza nutrire aspettative, solo per ricevere in cambio un po' di compagnia. Poi, ognuno per la propria strada. « Posso ordinarti un altro di quello? » e indicò il cocktail.

Mina sorrise di nuovo. « Quanti soldi hai in tasca? »

Lui non comprese subito il senso di una domanda così diretta. « Non lo so, perché me lo chiedi? »

Si avvicinò a pochi centimetri dalla sua faccia, poteva sentire il suo alito dolce.

« Davvero non hai capito cosa faccio o hai voglia di giocare? »

Una prostituta? Non riusciva a crederci. « No, scusa... è che... » provò a giustificarsi, maldestramente.

Il risultato fu scatenare una risata divertita.

Poi cercò di riprendere il controllo della situazione: « Cinquanta euro, ma posso sempre prelevare da un bancomat ». Max non riusciva a credere alle sue stesse parole. Era stato improvvisamente assalito dalla voglia di trasgredire. Trasgredire all'inutile patto d'amore con Sandra e al modo in cui aveva sempre vissuto la propria vita, ligia e forse anche un po' noiosa.

Intanto Mina sembrava soppesare l'offerta e continuava a fissarlo. Era come se lei riuscisse a vederlo meglio di chiunque altro. « Ma sì, sei anche carino » sentenziò. « Ti faccio uno sconto, tanto la serata era persa comunque. »

Max era entusiasta come un bambino. « Ho la macchina qua fuori, potremmo andare ad appartarci. »

La donna scosse il capo, offesa. « Ti sembro una da sedili ribaltabili? »

In effetti, no.

« E poi, con quel maniaco in giro... »

Aveva ragione, c'era la storia del mostro di Roma, l'aveva dimenticato. Le autorità avevano raccomandato alle coppie di non scegliere zone isolate per fare l'amore in macchina. Però c'era sempre la villa di Sabaudia. Era un po' lontana, ma avrebbe potuto pagarle un extra per convincerla. E anche se era inverno e avrebbe fatto un po' freddo, avrebbero potuto accendere il camino. « Andiamo, ti porto al mare. »

Il fuoco scoppiettava, la camera si stava già riscaldando e lui non aveva timori. Stava per tradire Sandra ma non era sicuro che fosse « tecnicamente » un tradimento. Lei non gli aveva detto chiaramente che non l'amava, ma il senso delle sue parole era proprio quello. Non si domandò nemmeno cosa avrebbero pensato i suoi alunni se l'avessero visto così: disteso in un letto di una casa che non era sua, ad attendere che una escort di alto bordo uscisse dal bagno per poter fare sesso con lei.

No, neanche lui riusciva a vedersi così. Per questo aveva preferito mettere subito a tacere eventuali sensi di colpa.

Durante il tragitto in macchina fino a Sabaudia, Mina si era addormentata sul sedile. Lui l'aveva sbirciata per tutto il viaggio, cercando di capire chi fosse realmente la ragazza di trentacinque o forse trentasei anni che si nascondeva dietro la maschera per sedurre gli uomini. Oppure immaginando la sua vita, i suoi sogni, se era stata innamorata o lo era ancora.

Arrivando, lei si era subito guardata intorno. La villa aveva una posizione invidiabile, proprio di fronte al mare. A sinistra c'era il promontorio del Circeo, con il parco naturale. Quella notte era illuminato dalla luna piena. Era il genere di panorama che Max non avrebbe mai potuto permettersi, ma sulla ragazza aveva fatto subito colpo.

Mina gli aveva chiesto dove fosse il bagno. Poi si era sfilata le scarpe col tacco e aveva risalito la scala che conduceva al piano di sopra. Lui si era gustato quella visione, come un angelo che ascende al paradiso.

Le lenzuola nel grande letto matrimoniale erano pulite. Max si era spogliato, riponendo i vestiti ordinatamente, così come faceva a casa, ma senza accorgersene. Un'abitudine dettata dalla buona educazione che stonava con ciò che aveva deciso di fare, un atto così lontano dalla sua indole precisa.

Mina era stata chiara: il rapporto non sarebbe dovuto durare più di un'ora. E niente baci, era la regola. Poi gli aveva affidato una scatola di preservativi che teneva nella borsa, sicura che lui sapesse cosa farci.

Max spense la luce e attese, trepidante, che lei apparisse da un momento all'altro nella cornice della porta, magari vestita solo della biancheria intima. Sentiva ovunque il suo profumo ed era confuso ed eccitato. Tutto pur di non pensare al dolore che gli aveva dato Sandra.

Quando scorse il lampo oltre la soglia buia, gli sembrò uno scherzo dell'immaginazione. Ma, dopo qualche istante, ce ne fu un secondo. Allora si voltò istintivamente verso la finestra. Ma fuori il cielo era nitido, nessun temporale all'orizzonte, e c'era ancora la luna.

Solo al terzo bagliore si rese conto che, in realtà, si trattava del flash di una macchina fotografica.

Ed era sempre più vicino.

2

L'avevano rinchiuso in una stanza senza finestre.

Prima, però, i poliziotti avevano permesso a un medico di visitarlo. Dopo essersi accertati delle sue condizioni di salute, l'avevano spostato là dentro. La porta si era chiusa e da allora Marcus non aveva più saputo nulla né visto nessuno.

C'erano solo la sedia su cui era seduto e un tavolo di acciaio. L'unica luce era quella di un neon appeso al soffitto, e sulla parete c'era una ventola che immetteva aria nuova nell'ambiente e che produceva un fastidioso e incessante ronzio.

Aveva perso la nozione del tempo.

Quando gli avevano domandato le sue generalità, aveva fornito quelle false che usava come copertura. Siccome non aveva con sé documenti, aveva dettato loro un numero di telefono, abilitato proprio per simili emergenze. Rispondeva la segreteria telefonica di un funzionario dell'ambasciata argentina presso il Vaticano. In realtà, Clemente avrebbe trovato il messaggio e si sarebbe presentato poco dopo presso il commissariato con un falso passaporto diplomatico che avrebbe dimostrato che lui era Alfonso García, delegato straordinario per le questioni di culto, e lavorava per conto del governo di Buenos Aires.

Non era mai accaduto che il penitenziere avesse bisogno di quel complicato stratagemma. In teoria, la polizia italiana avrebbe dovuto rilasciarlo in forza dell'immunità che copriva i diplomatici. Ma stavolta la faccenda era parecchio seria.

C'era di mezzo la morte di un vicequestore. E Marcus era l'unico testimone.

Non sapeva se Clemente si fosse già attivato per tirarlo fuori. I poliziotti potevano trattenerlo a oltranza, ma sarebbero state sufficienti ventiquattr'ore per verificare che non esisteva alcun

Alfonso García che lavorava per il governo argentino e far crollare così la sua copertura.

Ma al momento Marcus non era preoccupato per se stesso. Temeva per Sandra.

Dopo aver ascoltato lo scambio di battute tra Fernando e la donna dai capelli rossi, era cosciente che anche lei correva dei pericoli. Chissà come stava adesso e se era al sicuro. Non poteva permettere che le accadesse qualcosa. Così decise che, nonostante Clemente, appena gli agenti avessero varcato nuovamente la soglia lui avrebbe raccontato tutto. Cioè che stava seguendo un'indagine parallela sul mostro di Roma e che era coinvolto un gruppo di persone che copriva l'assassino. E avrebbe detto dove si trovava Kropp. Così avrebbero potuto proteggere Sandra.

Non era sicuro che gli avrebbero creduto, ma avrebbe fatto in modo che non potessero ignorare le sue parole.

Sì, Sandra prima di qualsiasi cosa. Prima di tutto.

Da quando l'avevano buttato giù dal letto nel corso della notte, il commissario Crespi non si era fermato neanche un minuto. Il suo organismo reclamava un'abbondante dose di caffeina e le tempie gli pulsavano per il mal di testa, ma non aveva nemmeno il tempo di prendere un'aspirina.

Il commissariato di piazza Euclide, ai Parioli, era in fermento. Gli uomini andavano e venivano dal magazzino in cui era stato ritrovato il corpo senza vita di Moro. Ma nessuno si era ancora venduto alla stampa, notò Crespi. Nutrivano tutti troppo rispetto per il vicequestore per tradire facilmente la sua memoria. Perciò, la notizia della sua morte era ancora riservata. Ma per quanto? Entro mezzogiorno il dirigente generale di pubblica sicurezza avrebbe tenuto una conferenza coi media per comunicare l'accaduto.

Ma erano troppi gli interrogativi in attesa di risposta. Cosa ci faceva Moro in quel posto abbandonato? Di chi era il cadavere rinvenuto a pochi metri da lui? Qual era stata la dinamica della sparatoria? C'erano segni di pneumatici, perciò era presente una seconda vettura oltre a quella del vicequestore: era servita a qualcuno per scappare? E che ruolo aveva il misterioso diplomatico argentino che avevano trovato legato e imbavagliato?

L'avevano condotto presso il commissariato di piazza Euclide perché era il più vicino, ma anche per sottrarlo ai giornalisti che presto si sarebbero avventati sulla vicenda. Da lì dirigevano le operazioni. Non sapevano quanto l'accaduto c'entrasse con la storia del mostro di Roma, ma non avrebbero lasciato che dell'omicidio di uno dei loro si occupassero i carabinieri.

Anche perché il ROS da qualche ora era impegnato con un'altra grana.

Per quanto ne sapeva Crespi, quella notte era stata abbastanza movimentata. Poco dopo le quattro, al numero per le emergenze era arrivata una strana telefonata. Una ragazza, con un chiaro accento dell'Est, aveva denunciato in preda al panico un'aggressione avvenuta in una casa sul litorale di Sabaudia.

Quando i carabinieri si erano presentati alla villa, avevano trovato il cadavere di un uomo in una camera da letto. Un colpo di pistola, preciso al cuore, apparentemente esploso da un revolver Ruger SP101 – lo stesso del mostro.

Ma al ROS non erano ancora sicuri che non si trattasse solo di una coincidenza o di un emulatore. La ragazza era riuscita a scappare ma, dopo aver dato l'allarme, era svanita nel nulla. Adesso la stavano cercando e intanto cercavano anche eventuali tracce di DNA nella villa per confrontarle con quello dell'assassino che era in loro possesso.

A differenza dell'uccisione di Moro, l'episodio di Sabaudia era già di pubblico dominio, anche se non erano ancora state diffuse le generalità del morto. Crespi sapeva che ciò costituiva il motivo principale per cui la stampa non aveva ancora fiutato nulla riguardo alla fine del vicequestore.

Erano occupati a scoprire il nome della nuova vittima del mostro.

Perciò c'era tutto il tempo per torchiare questo Alfonso García prima che qualche funzionario d'ambasciata si presentasse per reclamarne la liberazione appellandosi all'immunità diplomatica. L'uomo gli aveva fornito un numero di telefono per verificare le sue generalità, ma Crespi si era guardato bene dal chiamare.

Lo voleva solo per sé. E l'avrebbe fatto parlare.

Prima, però, aveva bisogno urgentemente di un caffè. Perciò uscì nella fredda mattina romana e attraversò piazza Euclide diretto al bar omonimo.

« Commissario » si sentì chiamare.

Crespi stava per entrare nel locale, ma si voltò. Vide un uomo che gli veniva incontro agitando un braccio. Non sembrava un giornalista. Era chiaramente filippino e lo scambiò per un domestico in servizio in una delle case signorili del quartiere Parioli.

« Buongiorno, commissario Crespi » disse Battista Erriaga appena lo raggiunse. Aveva un po' di fiatone perché aveva corso. « Posso parlarle un momento? »

« Ho molta fretta » replicò l'altro, seccato.

« Ci vorrà pochissimo, glielo prometto. Le vorrei offrire un caffè. »

Crespi voleva prendere il suo espresso in santa pace e scaricare subito lo scocciatore. « Guardi, non voglio essere scortese perché non so nemmeno chi sia lei e perché sa il mio nome, ma non ho tempo, gliel'ho detto. »

« Amanda. »

« Come scusi? »

« Lei non la conosce, ma è una ragazzina intelligente. Ha quattordici anni e frequenta le superiori. Come tutte quelle della sua età, ha mille sogni e mille progetti per la testa. Le piacciono molto gli animali e da un po' di tempo le piacciono anche i ragazzi. Ce n'è uno che le fa il filo, lei se n'è accorta e vorrebbe che si dichiarasse. Forse la prossima estate finalmente riceverà il suo primo bacio. »

« Di chi sta parlando? Non conosco nessuna Amanda. »

Erriaga si batté una mano sulla fronte. « Certo, che stupido che sono! Lei non la conosce perché, in realtà, non la conosce nessuno. In effetti, Amanda sarebbe dovuta nascere quattordici anni fa, ma sua madre è stata investita sulle strisce pedonali in un quartiere di periferia da un pirata della strada che poi è scappato e non è stato mai trovato. »

Crespi ammutolì.

Erriaga lo fissò, duro. «Amanda era il nome che quella donna aveva scelto per sua figlia. Non lo sapeva? A quanto pare, no.»

Il commissario ansimava, guardava l'uomo che aveva davanti ma ancora non riusciva a parlare.

«So che lei è un uomo molto religioso: va ogni domenica a messa e fa la comunione. Ma non sono qui per giudicarla. Anzi, me ne frego se riesce a dormire la notte oppure se pensa ogni giorno a ciò che ha fatto col desiderio di costituirsi ai suoi colleghi. Lei mi serve, commissario.»

«A cosa le servo?»

Erriaga spinse la porta a vetri del bar. «Si faccia offrire questo benedetto caffè e le spiegherò ogni cosa» disse con la solita, falsa gentilezza.

Poco dopo erano seduti nella saletta al piano superiore del locale. Oltre ad alcuni tavolini, l'arredamento consisteva in un paio di divani di velluto. Imperversavano il grigio e il nero. Unica nota differente era un enorme poster fotografico che ricopriva una parete: ritraeva gli spettatori di un cinema, forse degli anni Cinquanta, con indosso degli occhialini 3D.

Davanti a quel pubblico immobile e silente, Erriaga riprese a parlare: «L'uomo che avete trovato stanotte, legato e imbavagliato, sul luogo in cui è morto il vicequestore Moro...»

Crespi era stupito. Si domandò come ne fosse a conoscenza. «Ebbene?»

«Dovrà farlo liberare.»

«Cosa?»

«Ha capito bene. Adesso tornerà al commissariato e, con un pretesto che lascio scegliere a lei, lo farà andar via.»

«Io... Io non posso.»

«Sì che può, invece. Non sarà necessario farlo scappare, basterà mostrargli l'uscita. E le assicuro che non lo rivedrete più. Sarà come se non fosse mai stato presente sulla scena del crimine.»

«Ci sono delle tracce che dimostrano il contrario.»

Erriaga aveva pensato pure a quello: quando Leopoldo Strini, il tecnico del LAT, lo aveva svegliato quella mattina con la notizia della morte di Moro, raccontandogli la storia « in anteprima », Battista lo aveva istruito per distruggere le prove del coinvolgimento dell'unico sopravvissuto alla sparatoria. « Non si preoccupi di altro. Perché non ci saranno strascichi, glielo assicuro. »

L'espressione di Crespi s'indurì. Dal modo in cui strinse i pugni, Erriaga comprese che il poliziotto integerrimo che era in lui si rifiutava di accettare un simile ricatto.

« E se invece decidessi di tornare al commissariato e confessare ciò che ho fatto quattordici anni fa? Se adesso l'arrestassi per aver tentato di ricattare un pubblico ufficiale? »

Erriaga sollevò le braccia. « Liberissimo di farlo. Anzi, non glielo impedirei » affermò senza timore. Poi rise. « Lei crede davvero che io sia venuto qui senza mettere in conto un simile rischio? Non sono così stupido. E pensa sul serio che lei sia la prima persona che convinco con lo stesso metodo? Si sarà domandato come ho fatto a sapere una storia che solo lei credeva di conoscere... Ebbene, questo vale anche per altri. E sono persone meno integerrime di lei, glielo assicuro: farebbero di tutto per salvaguardare i loro segreti. E se chiedessi dei favori, non saprebbero facilmente dirmi di no. »

« Che genere di favori? » Crespi cominciava a capire, infatti tentennava.

« Lei ha una bella famiglia, commissario. Se decide di dare ascolto alla coscienza, non sarà il solo a pagare. »

Crespi smise di stringere i pugni e abbassò il capo, sconfitto. « Così, da oggi in poi, dovrò sempre guardarmi le spalle nel timore di vederla riapparire, perché magari verrà a chiedermi altri piaceri. »

« Lo so, sembra terribile. Ma provi a guardarla in un altro modo: meglio convivere con una scomoda eventualità che passare il resto dell'esistenza nella vergogna e, soprattutto, in galera per omicidio colposo e omissione di soccorso. »

3

Sandra non era in casa.

Aveva chiamato in questura, pensando che avesse già iniziato il turno, ma gli avevano risposto che aveva preso un giorno di riposo. Marcus era fuori di sé, doveva trovarla, assicurarsi che stesse bene.

Verso metà mattinata riuscì a mettersi in contatto con Clemente. Attraverso la solita casella vocale, l'amico lo mise al corrente che il mostro probabilmente era tornato a colpire quella notte, a Sabaudia. Che un uomo di cui non veniva reso noto il nome era morto, ma la donna che era con lui era riuscita a scappare e a dare l'allarme, ma poi era sparita e nessuno sapeva chi fosse. Per analizzare l'accaduto, si diedero appuntamento in una « casa staffetta » nel quartiere Prati.

Marcus arrivò per primo e attese. Non sapeva perché la polizia l'avesse lasciato andare tanto facilmente. A un certo punto, la porta della stanza in cui l'avevano rinchiuso si era aperta e il commissario Crespi era entrato con dei moduli. Glieli aveva fatti firmare distrattamente, come se non fosse interessato a ciò che faceva. Poi gli aveva comunicato che era libero di tornarsene a casa, con il solo obbligo di essere reperibile in caso avessero dovuto riascoltarlo.

A Marcus, che aveva indicato un numero di telefono e un indirizzo falsi, era sembrata una procedura inconsueta e fin troppo sbrigativa. Tanto più perché era stato testimone della morte di un vicequestore. Nessuna pattuglia lo aveva riaccompagnato al domicilio che aveva indicato per assicurarsi che avesse detto il vero. Nessuno gli aveva raccomandato di cercarsi un avvocato. E, soprattutto, nessun magistrato aveva ascoltato la sua versione.

All'inizio, il penitenziere sospettava una trappola. Ma poi

aveva optato per qualcosa di diverso. La potente intercessione di qualcuno. Non certo Clemente.

Marcus era stanco dei sotterfugi, di doversi guardare costantemente le spalle e, in particolar modo, di non conoscere mai esattamente le motivazioni alla base delle sue missioni. Così, appena l'amico varcò la soglia, lo aggredì. «Cosa mi stai nascondendo?»

«A che ti riferisci?» si schermì quello.

«A tutta questa storia.»

«Adesso calmati, per favore. Proviamo a ragionare insieme, sono convinto che tu stia commettendo un errore.»

«Si suicidano» ribatté Marcus con veemenza. «Hai capito cosa ho detto? I seguaci di Kropp, quelli che proteggono il mostro, sono così risoluti, così convinti del proprio credo da accettare di sacrificare la vita per raggiungere lo scopo. Credevo che il medico legale che si getta da una finestra o il vecchio che brucia vivo nell'incendio che lui stesso ha appiccato fossero effetti collaterali, conseguenze impreviste ma necessarie. Mi sono detto: si sono trovati con le spalle al muro e hanno scelto di morire. Invece no! Loro *volevano* morire. È una forma di martirio.»

«Come puoi dire una cosa del genere?» chiese l'altro, inorridito.

«Gliel'ho visto fare, Clemente» rispose pensando a Fernando e a come Olga gli avesse porto la pistola e comunicato che, per decisione di Kropp, per lui era finita. «Dal principio ho nutrito dei dubbi. Le frasi del mostro registrate nel confessionale di Sant'Apollinare, tu che per convincermi a indagare mi parli di una 'seria minaccia che grava su Roma'... Minaccia per chi?»

«Lo sai.»

«No, io non lo so più. Ho l'impressione che il mio compito, fin dall'inizio, non fosse quello di fermare il mostro.»

Clemente provò a smarcarsi da quella conversazione, dirigendosi verso la cucina. «Preparo un caffè.»

Marcus lo fermò, afferrandogli un braccio. «L'uomo con la testa di lupo è la risposta. Sono una setta, un culto di qualche tipo: la vera missione era fermare loro.»

Clemente osservò la mano che gli stringeva il braccio. Era stupito, deluso. « Dovresti cercare di contenerti. »

Ma Marcus non ne aveva alcuna intenzione. « I miei superiori, quelli che da tre anni mi danno ordini attraverso di te e che io non ho mai visto in faccia, non sono affatto interessati alla sorte di quelle coppiette che sono state uccise, né di quelle che probabilmente lo saranno presto. A loro preme soltanto contrastare questa specie di religione del male. E mi hanno usato, ancora una volta. » Era come nel caso della suora smembrata nei giardini vaticani. Allora aveva trovato un muro di ostilità davanti a sé. Ma Marcus non riusciva a dimenticare.

« *Hic est diabolus.* » La consorella della poveretta aveva ragione. Il diavolo era entrato in Vaticano, ma forse era accaduto anche prima di allora.

« Sta succedendo la stessa cosa che è successa con l'uomo con la borsa grigia. E tu sei loro complice » lo accusò Marcus.

« Sei ingiusto. »

« Davvero? Allora dimostrami che mi sbaglio: fammi parlare con chi comanda. »

« Lo sai che non si può. »

« Già, è vero: 'A noi non è dato chiedere, a noi non è dato sapere. Noi dobbiamo soltanto ubbidire' » disse, citando le parole che gli ripeteva sempre Clemente. « Invece stavolta chiederò e voglio delle risposte. » Afferrò per il bavero quello che aveva sempre considerato un amico, l'uomo che, quando era in un letto d'ospedale privo di memoria, gli aveva restituito dei ricordi e un nome, la persona di cui si era sempre fidato, e lo spinse contro il muro. Il gesto sorprese anche lui, Marcus non credeva di esserne capace, ma ormai aveva superato un confine e non poteva tornare indietro. « In questi anni, studiando i peccati degli uomini raccolti nell'archivio della penitenzieria, ho imparato a conoscere il male, ma ho anche capito che tutti abbiamo una colpa e che non basta esserne consapevoli per essere perdonati. Prima o poi, ci sarà un conto da pagare. E io non voglio scontare i peccati degli altri. Chi sono quelli che decidono per me, gli alti prelati che controllano la mia esistenza, il 'livello superiore'? Voglio saperlo! »

« Ti prego, lasciami andare. »

« Ho consegnato la mia vita nelle loro mani, ne ho il diritto! »

« Ti prego... »

« Io non esisto, ho accettato l'invisibilità, ho rinunciato a tutto. E adesso tu mi dirai chi... »

« Non lo so! »

Quella manciata di parole fu pronunciata di getto, in esse risuonava esasperazione ma anche frustrazione. Marcus fissò Clemente. I suoi occhi erano lucidi: era sincero. La dolorosa ammissione dell'amico, quel « non lo so » pronunciato come liberatoria risposta alla violenza della sua domanda, aprì come un baratro fra loro. Tutto avrebbe potuto aspettarsi, perfino che i suoi ordini arrivassero dal papa in persona. Ma non quello.

« Le disposizioni mi vengono comunicate attraverso una casella vocale, esattamente come io faccio con te. Sempre la stessa voce, ma non so altro. »

Marcus lo lasciò andare, era allibito. « Come è possibile? Tu mi hai insegnato tutto ciò che so: mi hai raccontato i segreti della penitenzieria, mi hai fatto conoscere i misteri della mia missione. Credevo che avessi una lunga esperienza... »

Clemente andò a sedersi al tavolo, si prese la testa fra le mani. « Ero un prete di campagna, in Portogallo. Un giorno arrivò una lettera. Era firmata con un sigillo del Vaticano: si trattava di un incarico a cui non mi potevo sottrarre. All'interno c'erano le istruzioni per rintracciare un uomo ricoverato in un ospedale, a Praga: aveva perso la memoria e io avrei dovuto consegnargli due buste. In una c'era un passaporto con un'identità fittizia e del denaro per ricominciare la propria vita da zero, nell'altra un biglietto ferroviario per raggiungere Roma. Se lui avesse scelto la seconda, avrei ricevuto ulteriori istruzioni. »

« Ogni volta che mi insegnavi qualcosa di nuovo... »

« ... io l'avevo appena imparata. » Clemente sospirò. « Non ho mai capito perché avessero scelto me. Non avevo doti particolari, né avevo mai manifestato l'ambizione di fare carriera. Ero felice nella mia parrocchia, con i miei fedeli. Organizzavo le gite per gli anziani, mi occupavo del catechismo dei bambini. Battezzavo, sposavo, dicevo messa tutti i giorni. E ho dovuto abbandonare tutto.» Poi sollevò lo sguardo su Marcus. «Mi manca ciò che ho lasciato. Perciò, sono solo anch'io.»

Il penitenziere non riusciva a crederci. «Per tutto questo tempo...»

«Lo so, ti senti tradito. Ma non potevo sottrarmi. Ubbidire e tacere, questo è il nostro dovere. Noi siamo servitori della Chiesa. Siamo preti.»

Marcus si sfilò dal collo la medaglietta con l'effigie di san Michele Arcangelo e gliela scagliò contro. «Puoi dire loro che non ubbidirò più ciecamente e che non li servirò. Dovranno cercarsi qualcun altro.»

Clemente era amareggiato ma non disse una parola, invece si chinò a raccogliere la sacra effigie. Poi fissò Marcus mentre si dirigeva verso la porta e usciva richiudendosela alle spalle.

4

Varcò la soglia della soffitta in via dei Serpenti. E lei era lì.

Marcus non le domandò come avesse saputo dove fosse casa sua, né si chiese come fosse entrata. Quando Sandra si alzò dalla branda su cui era seduta ad aspettarlo, lui si mosse istintivamente verso di lei. E lei, altrettanto istintivamente, lo abbracciò.

Rimasero così, stretti e in silenzio. Marcus non poteva vedere il suo volto ma sentiva l'odore dei suoi capelli, il calore del suo corpo. Sandra teneva il capo appoggiato al suo torace e ascoltava il battito segreto del suo cuore. Lui provò una grande pace, come se avesse trovato il proprio posto nel mondo. Lei realizzò che l'aveva voluto dal primo momento, anche se fino ad allora non l'aveva ammesso.

Si strinsero più forte, forse consapevoli di non poter andare oltre.

Poi fu Sandra a staccarsi per prima. Ma solo perché avevano un compito da svolgere insieme. « Devo parlarti, c'è poco tempo. »

Marcus acconsentì, ma per un momento non fu in grado di guardarla negli occhi. Però si accorse che lei stava fissando la foto attaccata al muro, quella dell'uomo con la tracolla grigia. L'assassino della suora nei giardini vaticani. Prima che potesse chiedergli qualcosa, la precedette con una domanda: « Come hai fatto a trovarmi? »

« Ho incontrato un uomo stanotte. Sa tutto di te, mi ha mandato qui. » Sandra si distrasse dal fotogramma e iniziò a raccontare cosa era accaduto al Colosseo.

Marcus stentava a credere alle sue parole. Qualcuno sapeva. Non solo il suo indirizzo, ma lo scopo della sua missione.

« Era al corrente che ti conoscevo » disse Sandra. « E che tre anni fa mi hai aiutata a scoprire cos'era accaduto a mio marito. »

Come faceva a essere così informato?

L'uomo le aveva confermato che a proteggere il bambino di sale era una setta. Sandra si dilungò nei particolari di quella spiegazione, anche se era convinta che lo sconosciuto le avesse taciuto qualcosa.

« È come se mi avesse svelato parte di un segreto per non dovermelo rivelare per intero. È come se fosse stato in qualche modo costretto dalle circostanze... Non saprei definire meglio la mia sensazione. »

Invece era tutto chiarissimo. Chiunque fosse, conosceva molte cose e sapeva come servirsene. Marcus ebbe come l'impressione che avesse avuto un ruolo anche nel suo rilascio di quella mattina.

« Infine mi ha detto che mi avrebbe aiutato a fermare il mostro. »

« E come? »

« Mi ha mandato da te. »

Sono io la risposta? Sono io la soluzione? Marcus non riusciva a crederci.

« Ha detto che solo tu saresti stato in grado di capire il racconto dell'assassino. »

« Ha usato proprio questa parola? *Racconto*? »

« Sì. Perché? »

L'assassino narratore, si disse Marcus. Allora era vero: Victor cercava di raccontargli una storia. Chissà dove era arrivato. Ripensò alla foto ricevuta dalla governante degli Agapov all'ospizio: il padre e i gemelli. *Anatoli Agapov teneva per mano il figlio ma non Hana.*

« Ha detto che mettendo insieme il lavoro di Moro e le tue scoperte saresti giunto alla verità » proseguì intanto Sandra.

La verità. Lo sconosciuto la conosceva. Perché non rivelarla e basta? E come sapeva ciò che aveva scoperto la polizia? E, soprattutto, ciò che aveva scoperto lui?

Ma in quel momento Marcus comprese che Sandra non era al corrente di ciò che era accaduto a Moro. E fu costretto a darle la brutta notizia.

« No » fu la sua reazione incredula. « Non è possibile. » Si sedette nuovamente sulla branda, lo sguardo perso nel vuoto. Stimava il vicequestore Moro, era un'enorme perdita per il corpo. Poliziotti come lui lasciavano il segno ed erano sempre destinati a cambiare le cose.

Marcus non osò disturbarla, finché non fu lei a chiedergli di proseguire.

«Andiamo avanti» disse soltanto.

Venne il turno del penitenziere di aggiornarla sul resto. Le rivelò dell'istituto Hamelin, di Kropp e dei suoi seguaci, dell'uomo dalla testa di lupo e dello psicopatico sapiente. Victor Agapov era il nome del mostro e da bambino aveva ucciso sua sorella gemella, Hana.

«Perciò non sono omicidi a sfondo sessuale» precisò Marcus. «Sceglie le coppiette perché solo così può rivivere l'esperienza di quando era piccolo. Ritiene di essere innocente riguardo alla morte di Hana, e fa alle donne ciò che vorrebbe fare a lei.»

«È mosso dalla rabbia.»

«Infatti, alle vittime maschili riserva un trattamento differente: nessuna sofferenza, solo un colpo mortale.»

Sandra era al corrente di ciò che era accaduto quella notte a Sabaudia – in città non si parlava d'altro. «A proposito di vittime maschili» disse. «Mentre ti aspettavo, ho fatto una telefonata a un vecchio amico carabiniere: il ROS è impenetrabile in questo momento. Il nome della vittima di Sabaudia lo tengono segreto e della ragazza che ha dato l'allarme non sanno ancora nulla se non che aveva un accento dell'Est. Comunque pare che abbiano la certezza che nella villa sul mare ci fosse proprio l'assassino: in casa c'era il suo DNA.»

Marcus ci rifletté un po' su. «La ragazza riesce a scappare, perciò il mostro non può completare la solita messinscena. Ma ci tiene lo stesso a far sapere che è opera sua.»

«Così, tu pensi che sia stato intenzionale?»

«Sì, non prende più precauzioni: è una firma.»

Per Sandra il ragionamento filava. «Sono giorni che preleviamo campioni genetici da sospettati o criminali con precedenti per reati sessuali: è probabile che ormai abbia intuito che abbiamo il suo DNA. Perciò non gli importa.»

«Al Colosseo, lo sconosciuto ti ha detto di fornirmi tutti gli elementi che aveva in mano Moro.»

«Sì» confermò Sandra. Poi si guardò intorno, nella soffitta semivuota. «Hai qualcosa per scrivere?»

Marcus le consegnò un pennarello. Lo stesso che usava tre anni prima, quando nei sogni riemergevano frammenti della memoria che aveva perso, e lui li scriveva sul muro accanto alla branda. Quella reminiscenza provvisoria, fatta di scritte frettolose e sbilenche, era rimasta sulla parete per molto tempo. Poi l'aveva cancellata, sperando di dimenticare di nuovo. Ma non era successo. Quel ricordo era la pena che doveva scontare per il resto della vita.

Perciò, quando Sandra cominciò a scrivere sul muro gli indizi e le prove presenti sulla lavagna della sala operativa dello SCO, il penitenziere provò uno spiacevole senso di *déjà vu*.

Omicidio pineta di Ostia:

Oggetti: zaino, corda da alpinista, coltello da caccia, revolver Ruger SP101.

Impronte del ragazzo sulla corda da alpinista e sul coltello lasciato nello sterno della ragazza: gli ha ordinato di legare la ragazza e di colpirla se voleva salvarsi la vita.

Uccide il ragazzo sparandogli alla nuca.

Mette il rossetto alla ragazza (per fotografarla?).

Lascia un manufatto di sale accanto alle vittime (una bambolina?).

Dopo aver ucciso si cambia d'abito.

Omicidio agenti Rimonti e Carboni:

Oggetti: coltello da caccia, revolver Ruger SP101.

Uccide l'agente Stefano Carboni con un colpo di pistola al torace.

Spara all'agente Pia Rimonti, ferendola allo stomaco. Poi la de-

nuda. L'ammanetta a un albero, la tortura e la finisce con un coltello da caccia. La trucca (per fotografarla?).

Omicidio autostoppisti:
Oggetti: coltello da caccia, revolver Ruger SP101.
Uccide Bernhard Jäger con un colpo di pistola alla tempia.
Uccide Anabel Meyer con diverse coltellate all'addome.
Anabel Meyer era incinta.
Seppellisce i corpi e gli zaini delle vittime.

Sandra ultimò la lista, poi aggiunse quel poco che sapevano sull'ultima aggressione.

Omicidio Sabaudia:
Oggetti: revolver Ruger SP101.
Uccide un uomo (il nome?) con un colpo di pistola al cuore.
La ragazza che era con lui riesce a scappare e a dare l'allarme. Non si trova. Perché? (Accento dell'Est.)
L'assassino lascia volutamente il proprio DNA sulla scena: vuole che si sappia che è opera sua.

Marcus si avvicinò all'elenco e, portandosi le mani ai fianchi, iniziò a studiarlo. Conosceva praticamente tutto. Molti di quei dati li aveva appresi dalla stampa, ad altri era giunto da solo. «Il mostro ha colpito quattro volte, ma gli elementi della prima aggressione sono più rilevanti degli altri. Perciò ci serviremo solo di quelli per cercare di capire cosa ci aspetta ancora.»

E, proprio fra essi, c'era qualcosa che il penitenziere non sapeva.

«Nell'aggressione di Ostia, alla fine c'è scritto 'Dopo aver ucciso si cambia d'abito'. Che significa?»

«È così che abbiamo trovato il suo DNA» affermò Sandra con una punta di orgoglio. Era merito suo. Raccontò a Marcus della madre di Giorgio Montefiori, la prima vittima. La donna aveva richiesto con insistenza la restituzione degli effetti personali del figlio. Una volta ottenuti, si era presentata in questura asserendo che la camicia che le avevano dato non era di Giorgio perché non c'erano le sue iniziali ricamate. Nessuno le aveva dato retta, solo Sandra l'aveva fatto per compassione. Ma la donna aveva ragione. « Così è stato facile dedurre cosa fosse accaduto: dopo aver costretto Giorgio ad accoltellare Diana Delgaudio e averlo ucciso con un colpo di pistola alla nuca, l'assassino si è cambiato d'abito. Per farlo, ha appoggiato i suoi vestiti sul sedile posteriore della macchina, dove c'erano quelli dei due ragazzi che si erano spogliati per fare l'amore. Andando via, il mostro ha confuso le due camicie, lasciando lì la propria. »

Marcus ragionò sulla dinamica. Qualcosa nella sua testa non tornava. « Perché l'ha fatto? Perché cambiarsi? »

« Forse perché temeva di essersi sporcato col sangue dei ragazzi e non voleva destare sospetti nel caso qualcuno l'avesse fermato, magari una pattuglia per un semplice controllo dei documenti. Se hai appena ammazzato due persone, meglio non rischiare, giusto? »

Non ne era sicuro. « Costringe il ragazzo ad accoltellare la partner, poi gli riserva una specie di esecuzione, piazzandosi alle sue spalle per spararg1i in testa: si è tenuto sempre a distanza dal sangue... Perché cambiarsi allora? »

« Dimentichi che poi si è sporto nell'abitacolo per truccare il volto di Diana. Il rossetto, ricordi? Per metterglielo è arrivato molto vicino alla ferita sul suo sterno. »

Forse Sandra aveva ragione, forse il cambio d'abito era solo una precauzione, magari un po' eccessiva. « Ma manca comunque un dettaglio nel delitto di Ostia » disse il penitenziere. « Cioè Diana Delgaudio che riemerge per poco dal coma e scrive *loro*. »

« I medici hanno detto che si trattava di una specie di riflesso incondizionato, di una parola emersa casualmente dalla memoria insieme al gesto di scrivere. E sappiamo con certezza che ad agire è stato solo Victor Agapov. Credi davvero che a questo punto abbia importanza? »

Al principio, Marcus pensava di no. « Sappiamo che in questa storia è coinvolta una setta. E se ci fosse stato uno di loro? Magari qualcuno che seguiva il mostro di nascosto. » Non era disposto a credere alle parole di Fernando: il falso monco gli aveva detto che avevano perso i contatti con Victor dopo che questi era uscito dall'istituto Hamelin.

« Allora perché mai Astolfi avrebbe dovuto togliere la statuina di sale dalla scena del crimine solo il giorno dopo? Se c'era davvero qualcuno della setta quella notte, l'avrebbe fatto allora. »

Anche questo era vero. Ma tanto il cambio d'abiti quanto la parola *loro* suonavano come note stonate messe insieme al resto.

« Cosa facciamo adesso? » chiese Sandra.

Marcus si voltò verso di lei. Poteva sentire ancora il profumo dei suoi capelli. Un brivido lo scosse, ma non lo diede a vedere. Invece tornò lucido sull'indagine. « Dovrai trovare la ragazza di Sabaudia prima che lo facciano carabinieri e polizia. Ci serve. »

« E come faccio? Non ho mezzi. »

« Ha un accento dell'Est e non si fa trovare... Perché? »

« Il mostro potrebbe averla scovata e uccisa nel frattempo, non lo sappiamo. Ma cosa c'entra il suo accento? »

« Mettiamo che sia ancora viva e che abbia semplicemente paura delle forze dell'ordine: magari ha dei precedenti per qualcosa. »

« Una criminale? »

« Veramente, pensavo a una prostituta. » Marcus fece una pausa. « Mettiti nei suoi panni: è scampata a un omicidio, ha dato l'allarme perciò ritiene di aver fatto il proprio dovere. Ha dei soldi da parte ed è straniera: può cambiare aria da un momento all'altro, non ha alcun interesse a rimanere in Italia. »

« A maggior ragione se ha visto in faccia il mostro e lui sa che in giro c'è qualcuno che può riconoscerlo » convenne Sandra.

« Oppure non sa nulla, non ha visto nulla e, semplicemente, si nasconde in attesa che si calmino le acque. »

« Tutto esatto. Ma anche carabinieri e poliziotti saranno giunti alle stesse conclusioni » gli fece notare lei.

« Sì, ma loro la cercheranno setacciando il suo ambiente dall'esterno. Noi abbiamo un contatto all'interno... »

« Chi? »

« Cosmo Barditi. » L'uomo l'aveva messo sulla pista del bambino di sale con il libro di fiabe. Ma, soprattutto, gestiva un locale di spettacoli sadomaso: l'SX.

« Come potrebbe aiutarci un morto? » disse Sandra.

« Sua moglie » affermò Marcus riferendosi alla donna a cui aveva dato dei soldi perché lasciasse subito Roma insieme alla sua bambina di due anni. Adesso sperava che non avesse seguito il consiglio. « Dovrai andare da lei, dirle che ti manda l'amico di Cosmo che le ha detto di sparire. Io e lei siamo gli unici a conoscere la storia, ti crederà. »

« Perché non vieni insieme a me? »

« Abbiamo un paio di problemi di cui occuparci. Uno riguarda l'uomo misterioso del Colosseo: dobbiamo capire chi è e perché ha deciso di aiutarci. Temo che non sia un atteggiamento disinteressato. »

« E l'altro problema? »

« Per risolvere quello dovrò fare una visita che finora ho dovuto rimandare. »

5

Il portone del palazzo del Seicento era solo accostato.

Marcus spinse il battente e si ritrovò in un grande atrio con un giardino segreto. C'erano alberi e fontane di pietra, con statue di ninfe che raccoglievano fiori. Intorno allo spazio aperto si sviluppava l'edificio signorile, con un belvedere circondato da colonne doriche.

La bellezza di quel posto ricordava molto quella di altri palazzi romani, certamente più illustri e sfarzosi, come palazzo Ruspoli o palazzo Doria Pamphilj al Corso.

A sinistra, un enorme scalone di marmo conduceva ai piani superiori. Marcus iniziò a salire.

Varcò la soglia di un salone affrescato. Mobili d'epoca e arazzi arredavano riccamente la stanza. C'era un odore leggero che invadeva l'ambiente, l'odore di una casa antica. Di legno stagionato, di pitture a olio, d'incenso. Era un odore accogliente, che sapeva di storia e di passato.

Il penitenziere proseguì oltre, attraversando stanze simili alla prima, unite le une alle altre senza alcun corridoio che le separasse, tanto che gli sembrò di entrare sempre nella stessa.

Dai quadri alle pareti, personaggi di cui ormai si era perso il nome – dame, nobili e cavalieri – osservavano il suo passaggio, ed era come se i loro occhi, apparentemente immobili, invece si spostassero insieme con lui.

Dove saranno adesso? si chiese Marcus. Cosa è rimasto di loro? Forse solo un dipinto, un volto che un artista compiacente ha reso più grazioso, trasgredendo un poco al patto con la verità. Credevano che così il loro ricordo sarebbe durato a lungo, ma invece erano diventati oggetti d'arredamento, come un qualsiasi soprammobile.

Mentre formulava quei pensieri, un suono venne a cercarlo.

Era basso e costante. Una sola nota ripetuta all'infinito. Come un messaggio in codice. Come un invito. Si offriva di fargli da guida.

Marcus lo seguì.

Andando avanti, il suono diventava sempre più nitido, segno che si stava avvicinando alla fonte. Si trovò davanti a una porta semichiusa. Il suono proveniva dal luogo oltre quel confine. Il penitenziere lo varcò.

Un'ampia stanza con un grande letto a baldacchino. Le tende di velluto che lo circondavano erano chiuse, impedendo di vedere chi vi era disteso. Ma dai moderni macchinari disposti lì intorno si potevano intuire molte cose.

C'era un'apparecchiatura per il controllo del battito cardiaco – era da lì che proveniva il suono guida. Monitor che registravano i parametri vitali. E c'era una bombola d'ossigeno, il cui tubicino spariva sotto il tendaggio del letto.

Il penitenziere si avvicinò lentamente e solo allora si accorse che in un angolo della camera c'era un corpo accasciato su una poltrona. Ebbe un'incertezza quando riconobbe Olga, la donna dai capelli rossi. Ma era immobile e aveva gli occhi chiusi.

Solo andandole vicino si rese conto che non stava dormendo. Aveva le mani congiunte in grembo, e reggeva ancora la siringa con cui, verosimilmente, si era iniettata qualcosa. Il punto esatto era sul collo, all'altezza della giugulare.

Marcus le sollevò le palpebre per accertarsi che fosse davvero morta. Solo quando fu sicuro, tornò a interessarsi al letto.

Arrivato nei pressi, scostò uno dei drappi di velluto, certo di trovare un secondo cadavere.

Invece c'era un uomo pallido, con pochissimi capelli biondi sulla testa, spettinati. Occhi grandi e una mascherina d'ossigeno che gli copriva parte della faccia. Il torace sotto le coperte si sollevava e si abbassava lentamente. Sembrava un corpo rimpicciolito – come da un incantesimo maligno, come in una fiaba.

Il professor Kropp alzò gli occhi stanchi su di lui. E sorrise.

Poi, con fatica, sfilò una mano ossuta da sotto le coperte e si scostò la mascherina dalla bocca. «Appena in tempo» sussurrò.

Marcus non provava alcuna pietà per quell'uomo in fin di vita. «Dov'è Victor?» domandò con durezza.

Kropp scosse lievemente il capo. «Non lo troverai. Neanche io so dov'è. E se non mi credi, sai già che al punto in cui sono arrivato le torture e le minacce non servono più.»

Marcus si sentiva bloccato, come in un vicolo cieco.

«Tu non hai compreso Victor, nessuno lo ha compreso» proseguì il vecchio, parlando molto lentamente. «Di solito, noi non uccidiamo di persona gli animali che mangiamo, giusto? Ma se fossimo spinti dalla fame, lo faremmo? E saremmo anche disposti a nutrirci di un cadavere umano se da ciò dipendesse la nostra sopravvivenza? In condizioni estreme facciamo cose che altrimenti non faremmo. Così per alcuni individui uccidere non è una scelta, vi sono costretti. C'è qualcosa dentro di loro che li obbliga a farlo. L'unico modo che hanno per liberarsi da quell'insopportabile oppressione è assecondarla.»

«Stai giustificando un assassino.»

«Giustificare? Che vuol dire questa parola? Un cieco dalla nascita non sa cosa significhi vedere, perciò in effetti non sa di essere cieco. Così, un uomo che non conosce il bene non sa di essere cattivo.»

Marcus si piegò su di lui per parlargli a un orecchio. «Risparmiami l'ultimo sermone, fra poco il tuo demonio ti accoglierà all'inferno.»

Il vecchio si voltò sul cuscino e lo fissò. «Lo dici, ma non lo pensi veramente.»

Marcus si ritrasse.

«Tu non credi né al diavolo né all'inferno, non ho forse ragione?»

Dentro di sé il penitenziere fu costretto ad ammettere con fastidio che sì, aveva ragione. «Come puoi permetterti di morire in un posto come questo? In tutto questo sfarzo?»

«Tu sei come quei poveri stolti là fuori che per tutta la vita si fanno le domande sbagliate e aspettano risposte che per questo non arriveranno.»

« Spiegati meglio, sono curioso... » lo sfidò Marcus.

« Tu credi che questo sia opera di pochi individui. Io, Astolfi, Olga che giace su quella poltrona, Fernando e Giovanni. Ma noi siamo solo una parte del tutto. Noi abbiamo solo fornito un esempio. Altri sono dalla nostra parte, restano nell'ombra perché nessuno li capirebbe, ma vivono ispirandosi al nostro esempio. Ci sostengono, e pregano per noi. »

Sentir parlare di preghiere blasfeme fece inorridire il penitenziere.

« I nobili che abitavano in questo palazzo erano dalla nostra parte fin dai tempi antichi. »

« Quali tempi antichi? »

« Credi che si riduca tutto al presente? Negli ultimi anni abbiamo marchiato col nostro simbolo i peggiori fatti di sangue perché la gente capisse e si risvegliasse dal torpore. »

« Parli dell'uomo con la testa di lupo. » Marcus pensò ai casi di cui lo sconosciuto del Colosseo aveva parlato a Sandra: una babysitter, un pedofilo, un padre di famiglia che aveva sterminato i suoi cari...

« Però il proselitismo non basta. È sempre necessario mandare un segnale che tutti possano comprendere. È come nelle fiabe: c'è sempre bisogno di un malvagio. »

« Ecco il perché dell'istituto Hamelin: coltivare bambini che da grandi diventassero dei mostri. »

« E poi è arrivato Victor, e ho capito che era quello giusto. Ho riposto in lui la mia fiducia, e non mi ha deluso. Quando avrà terminato di raccontare la sua storia, anche tu capirai e ti stupirai. »

Ascoltando quei vaneggiamenti, Marcus avvertì un improvviso senso di oppressione. *Capirai e ti stupirai.* Sembrava una profezia.

« Chi sei? » chiese il vecchio.

« Prima ero un prete, adesso non lo so più » rispose sinceramente. Inutile avere segreti per un moribondo.

Kropp si mise a ridere ma la risata divenne subito un accesso di tosse. Poi si riprese. « Vorrei che tu avessi una cosa... »

« Non voglio niente da te. »

Ma Kropp lo ignorò e, con uno sforzo che sembrò insostenibile, allungò un braccio verso il comodino. Prese un cartoncino ripiegato e lo porse a Marcus. « Capirai e ti stupirai » ripeté.

Marcus accettò con riluttanza il dono di Kropp e lo aprì.

Era una mappa.

Una piantina di Roma su cui in rosso era tracciato un percorso che partiva da via del Mancino e giungeva fino a piazza di Spagna, fin sotto alla celebre scalinata di Trinità dei Monti.

« Cosa c'è qui? »

« Il finale della tua fiaba, bambino senza nome. » Kropp si riposizionò la mascherina dell'ossigeno sulla bocca, e chiuse gli occhi. Marcus rimase a osservare ancora un po' il suo torace che si alzava e si abbassava con il respiro. Poi decise che ne aveva abbastanza.

Quel vecchio presto sarebbe morto. Da solo, come meritava. Nessuno era in grado di salvarlo, nemmeno Kropp stesso poteva con un estremo pentimento. E il penitenziere non era certo disposto ad accordargli il perdono dei suoi peccati con un'ultima benedizione.

Perciò si allontanò da quel letto di morte con l'intenzione di lasciare per sempre quella casa. Nella mente, l'immagine di una vecchia foto ingiallita.

Un padre insieme ai propri figli gemelli. *Anatoli Agapov che teneva per mano Victor ma non Hana.*

Perché, se la governante della famiglia aveva detto che l'uomo voleva più bene a lei?

Era venuto il momento di andare dove tutto era iniziato. La villa degli Agapov lo stava aspettando.

6

Fissava il telefono sul tavolo da almeno due ore.

Era una cosa che da adolescente aveva fatto spesso, pregando che il ragazzo che le piaceva la chiamasse. Si concentrava con tutta se stessa, confidando nel potere del proprio sguardo, sperando che un richiamo telepatico spingesse l'oggetto del suo amore ad alzare la cornetta e a comporre il suo numero.

Non funzionava mai. Ma Sandra ci credeva ancora, anche se adesso per una ragione diversa.

Chiama, avanti, chiama...

Era seduta nell'ufficio di Cosmo Barditi, all'SX. Aveva seguito le istruzioni del penitenziere e si era presentata a casa dalla moglie dell'uomo. La donna era in procinto di partire, stava per recarsi in aeroporto con la figlia di due anni. L'aveva intercettata appena in tempo.

Sandra non aveva detto di essere una poliziotta, si era presentata come suggerito da Marcus. La moglie di Barditi all'inizio era stata un po' restia a darle ascolto, voleva chiudere per sempre i conti con quella faccenda, ed era comprensibile che avesse anche paura per la sua bambina. Ma quando Sandra le aveva detto che un'altra donna, forse una prostituta, era in pericolo, aveva deciso di collaborare.

La poliziotta aveva compreso ciò che probabilmente il penitenziere non aveva colto: anche la moglie di Barditi doveva aver avuto un passato difficile. Forse una vita di cui non andava fiera e che si era messa alle spalle, ma non aveva comunque dimenticato cosa significasse aver bisogno di aiuto e non trovare nessuno pronto a offrirtelo. Così aveva preso l'agenda del marito e aveva cominciato a chiamare tutti i suoi contatti. Agli interlocutori diceva sempre la stessa cosa: se qualcuno conosceva la ragazza straniera coinvolta nell'omicidio di Sabaudia, doveva trasmetterle un semplice messaggio.

C'era qualcuno che la stava cercando e che poteva darle una mano, e ciò non comportava assolutamente il coinvolgimento della legge.

La donna non poteva fare altro per Sandra. Subito dopo si erano trasferite all'SX, perché avevano indicato il numero del locale, un recapito conosciuto e sicuro. Eventualmente, il luogo era perfetto anche per un incontro.

Da allora era iniziata la lunga attesa di Sandra davanti al telefono muto.

La moglie di Barditi, ovviamente, era voluta andare con lei. Aveva affidato la figlioletta alla vicina, perché dalla morte del marito non aveva più messo piede in quel posto, che era rimasto chiuso da allora.

Perciò, appena entrate nell'ufficio di Cosmo, erano state accolte dal cattivo odore e la donna aveva notato con orrore che sul tavolo e sul pavimento c'erano ancora vistose macchie scure, rinsecchite: sangue e altri materiali corporei che l'uomo aveva perso dopo il colpo di pistola alla testa. La morte era stata subito rubricata come suicidio, perciò la polizia scientifica aveva compiuto solo i rilievi di routine e si potevano vedere ancora i residui dei reagenti chimici. Il corpo era stato rimosso, ma nessuno aveva pulito. Esistevano ditte specializzate in quel genere di lavoro: con particolari prodotti, riuscivano a far sparire ogni traccia che potesse ricordare che in quel luogo era avvenuto un atto cruento. Ma Sandra aveva sempre notato che i parenti del defunto dovevano essere messi al corrente che esisteva la possibilità di affidare a terzi quel compito, perché non erano in grado di pensarci da soli. Forse perché erano sconvolti, o forse perché si dà sempre per scontato che qualcun altro svolgerà l'ingrato dovere.

Perciò, mentre Sandra era seduta a fissare il telefono, la donna che era con lei era intenta a ripulire ogni cosa con un secchio d'acqua, uno straccio e del normalissimo detergente per pavimenti. Aveva provato a dirle che quel tipo di sporcizia non sarebbe andato via, che era necessario ricorrere a qualcosa di più potente per rimuoverlo. Ma la donna aveva risposto che ci avrebbe provato lo stesso. Era sotto shock e continuava a strofinare con forza, senza fermarsi.

È troppo giovane per fare la vedova, si disse Sandra. E pensò a se stessa, che a ventisei anni aveva dovuto affrontare la morte di David. Ognuno aveva diritto alla propria dose di follia davanti a una perdita. Lei, per esempio, aveva deciso di fermare il tempo. In casa non aveva spostato nulla e si era addirittura circondata delle cose che più detestava di suo marito quando era ancora in vita. Come i sigaretti all'anice o il dopobarba dozzinale. Aveva paura di smarrire il suo odore. Non poteva sopportare l'idea che qualcos'altro dell'uomo che amava, anche il dettaglio più insignificante e la più odiosa fra le sue abitudini, sparisse dalla sua esistenza.

Adesso provava pena per quella ragazza. Se non si fosse presentata da lei come le aveva detto Marcus, se non avesse rispettato alla lettera le istruzioni ricevute dal penitenziere, non sarebbero venute lì, in quell'ufficio. E forse la donna a quell'ora sarebbe stata in aeroporto, pronta a partire e a ricominciare. E non china su un pavimento, a rimuovere ciò che restava dell'uomo che aveva amato.

In quel momento, il telefono squillò.

La donna interruppe ciò che stava facendo e alzò lo sguardo verso Sandra, che sollevò subito la cornetta.

« Chi cazzo sei? » la anticipò una voce femminile.

Era lei. La prostituta che stava cercando, la riconobbe dall'accento dell'Est. « Voglio aiutarti. »

« Vuoi aiutarmi e metti in piedi tutto questo casino per trovarmi? Lo sai, brutta stronza, da chi sto cercando di nascondermi? »

Faceva la dura ma era spaventata, notò Sandra. « Adesso calmati, ascoltami e prova a ragionare. » Doveva apparire più forte, era l'unico modo per convincerla a fidarsi. « A me sono bastate un paio d'ore e qualche telefonata per stanarti, quanto pensi che ci metterà il mostro? Ti dico una cosa a cui forse non hai pensato: è un criminale, avrà certo contatti nell'ambiente, perciò non è escluso che qualcuno lo stia già aiutando anche senza conoscere le sue intenzioni. »

La ragazza non disse nulla per un po'. Buon segno, stava riflettendo. « Sei una donna, posso credere a quello che mi dici... » Era una constatazione ma anche una richiesta.

Sandra capì perché Marcus aveva affidato a lei quel compito: il mostro era un uomo, ed erano soprattutto i maschi a essere capaci di crudeltà ed efferatezza. Per cui era più facile fidarsi di una donna. « Sì, puoi credermi » la rassicurò.

Dall'altro capo ci fu un nuovo silenzio, un po' più prolungato. « Va bene » disse la ragazza straniera. « Dove ci vediamo? »

Giunse al locale un'ora più tardi. Portava sulle spalle uno zainetto con le sue cose. Aveva un paio di sneakers rosse, i pantaloni larghi di una tuta grigia e una felpa blu col cappuccio, con sopra un giubbotto maschile di pelle, da aviatore. La scelta dell'abbigliamento non era casuale, notò Sandra. Era una bella ragazza sui trentacinque anni, forse anche qualcuno in più, di quelle che non passano inosservate. Ma non voleva farsi notare, per questo indossava vestiti sciatti. Comunque non aveva rinunciato a truccarsi, come se la parte più femminile di lei avesse opposto resistenza prevalendo almeno in quello.

Erano sedute in uno dei salottini nella sala grande dell'SX. La moglie di Barditi era andata via e le aveva lasciate sole: non voleva avere più nulla a che fare con quella faccenda e Sandra non la biasimava.

« È stato terribile. » La ragazza stava raccontando cos'era accaduto la notte prima, e intanto si mangiava le unghie infischiandosene di rovinare lo smalto rosso che le ricopriva. « Non so nemmeno come ne sono uscita viva. »

« Chi era l'uomo con te? » domandò Sandra, visto che l'identità della vittima maschile era ancora riservata e nessun telegiornale ne parlava.

La ragazza la fissò, dura. « Ha importanza? Non ricordo come si chiama e, pure se fosse, non so nemmeno se è il suo vero nome. Credi che gli uomini siano sinceri con una come me?

Specie quelli sposati o che hanno una donna, e lui mi ha dato proprio quest'impressione.»

Aveva ragione lei, non aveva alcuna importanza al momento. «D'accordo, va' avanti.»

«Mi ha portato alla villa e ho chiesto di andare in bagno per prepararmi. Lo faccio sempre, è un'abitudine, ma credo che stavolta mi abbia salvato la pelle. Mentre ero chiusa lì, è accaduto qualcosa di strano... Da sotto la porta ho visto accendersi dei lampi. Ho capito subito che si trattava di una macchina fotografica, ma ho pensato che il cliente avesse escogitato qualche giochetto. Mi capitano quelli così, ma le foto sono una perversione che posso accettare.»

Sandra pensò al mostro, al fatto che proprio lei avesse compreso che fotografava le vittime.

«Naturalmente, gli avrei chiesto un extra per quello. Mi andava bene e stavo per uscire dal bagno, ma ho sentito lo sparo.»

La ragazza non riusciva ad andare avanti col racconto, il ricordo la terrorizzava ancora. «Cosa è successo?» la incoraggiò Sandra.

«Ho spento la luce e mi sono rannicchiata accanto alla porta, sperando che lui non si fosse accorto che ero lì. Intanto lo sentivo camminare per la casa: mi stava cercando. Mi avrebbe trovato, perciò dovevo decidere in fretta cosa fare. In bagno c'era una finestra, ma era piccola, non ci passavo. E poi non me la sarei comunque sentita di saltare di sotto, potevo rompermi una gamba e rimanere bloccata lì. E se lui poi mi avesse raggiunto...» Piegò lo sguardo verso il basso. «Non so dove ho trovato il coraggio. Ho raccolto i miei vestiti, perché se fossi scappata nuda non sarei andata lontano, col freddo che faceva.» Poi commentò: «È incredibile come funzioni il cervello quando sei in pericolo».

Stava divagando, ma Sandra non voleva più interromperla.

«Ho aperto la porta del bagno, era tutto buio. Ho cominciato a camminare per la casa, cercando di ricordare come fossero disposti gli ambienti. In fondo al corridoio c'era il fascio di una torcia che spaziava in una delle stanze. Lui era lì. Se fosse uscito, mi avrebbe visto sicuramente. Avevo pochi secondi per raggiungere le scale: erano a metà strada fra me e lui. Ma non mi decidevo, mi sembrava che ogni mio movimento producesse un rumore fortissimo, che lui avrebbe potuto sentire.» Fece una pausa. «Poi ho raggiunto la scala e, lentamente, ho cominciato a scendere i gradini, mentre al piano di sopra c'era parecchia agitazione: lui non mi trovava e doveva essere molto arrabbiato.»

«Non ha detto nulla? Non ha urlato o imprecato mentre ti cercava?»

La ragazza scosse il capo. «Era silenzioso, e questo mi metteva addosso ancora più paura. Poi ho visto la porta d'ingresso, che però era chiusa dall'interno e non c'era la chiave. Avrei voluto piangere, stavo per arrendermi. Per fortuna ho trovato la forza di cercare un'altra uscita... Lui intanto stava scendendo di sotto, sentivo i suoi passi. Ho aperto una finestra e mi sono gettata fuori senza sapere cosa mi attendesse oltre il davanzale. C'era il vuoto e sono atterrata su qualcosa di morbido. Era sabbia, ma poi ho cominciato a scivolare lungo un pendio, senza riuscire a fermarmi, fino alla spiaggia. Sono caduta di schiena, il dolore mi ha tolto il respiro. Quando ho aperto gli occhi, ho visto la luna piena. Me n'ero dimenticata. Ero un bersaglio facile con tutta quella luce. Ho alzato lo sguardo verso la finestra da cui ero scappata e ho visto un'ombra...» La ragazza si rintanò nelle spalle. «Non l'ho visto in faccia, ma lui vedeva me. Mi fissava. Immobile. Poi ha sparato.»

«Ha sparato?» domandò Sandra.

«Sì, ma mi ha mancata di un metro, forse meno. E allora mi sono alzata e ho cominciato a correre. La sabbia mi rallentava, ed ero sempre più disperata. Ero sicura che mi avrebbe centrata, che da un momento all'altro avrei avvertito una puntura bollente dietro la schiena – non so perché, ma ho immaginato così il dolore.»

«E lui ha continuato a sparare?»

«Ho contato altri tre colpi, poi più nulla. Deve essere sceso a cercarmi, ma io ho risalito il pendio e raggiunto la strada. Mi sono nascosta dietro un bidone della spazzatura e ho atteso che facesse giorno. Sono state le ore peggiori della mia vita.»

Sandra riusciva a capirla. «Poi che è successo?»

« Ho chiesto un passaggio a un camionista, da una stazione di servizio ho chiamato il numero delle emergenze per denunciare l'accaduto. Poi sono tornata a casa nella speranza che quel bastardo non sapesse dove vivevo. In fondo, come poteva? Avevo la mia borsa coi documenti con me, il tizio che mi voleva scopare era la prima volta che lo vedevo e non ero mai stata in quella villa. »

Sandra soppesò il racconto. È stata fortunata, si disse. « Non mi hai detto il tuo nome. »

« Non voglio dirtelo, è un problema? »

« Dimmi almeno come devo chiamarti. »

« Mina, chiamami Mina. »

Forse era il nome che usava per lavorare. « Io però voglio dirti chi sono: mi chiamo Sandra Vega e sono una poliziotta. »

Sentendoglielo dire, la ragazza scattò in piedi. « Vaffanculo! Al telefono mi hai detto niente polizia! »

« Lo so, calmati adesso: non sono qui in veste ufficiale. »

Afferrò lo zainetto, decisa ad andare via. « Mi prendi per il culo? Chi se ne frega in che veste sei! Sei una sbirra, punto. »

« Sì ma adesso sono stata onesta con te, potevo anche non dirtelo. Ascoltami. Sto lavorando con qualcuno che non è un poliziotto e con cui dovresti parlare. »

« Qualcuno chi? » chiese sospettosa e rabbiosa.

« Ha potenti agganci in Vaticano, può farti sparire dalla circolazione per un po', ma tu dovrai aiutarci. »

La ragazza si bloccò. In fondo, non aveva altra scelta, era spaventata e non sapeva dove andare. Così si rimise a sedere. Nella foga, le era risalita la manica del giubbotto di pelle insieme a quella della felpa.

Sandra notò che aveva una cicatrice sul polso sinistro, come quella che avrebbe una persona che in passato ha tentato il suicidio.

La ragazza si accorse del suo sguardo e la nascose di nuovo sotto gli abiti. « Di solito la copro con un bracciale così i clienti non se ne accorgono » si giustificò. Il tono di voce adesso era triste. « Ne ho già passate troppe in vita mia... Hai detto che potevi aiutarmi, perciò ti prego: fammi uscire da quest'incubo. »

« D'accordo » promise Sandra. « Adesso andiamo: ti porto a casa mia, sarà più sicuro » disse, prendendole lo zainetto che conteneva le sue cose.

7

La dimora degli Agapov era situata in un luogo isolato, fuori dal tempo.

La campagna circostante era ancora come doveva apparire verso la fine del Settecento, l'epoca in cui era stata edificata la villa, quando in quei boschi e fra quelle colline si annidavano pericoli di ogni genere. I viaggiatori meno accorti cadevano negli agguati dei briganti, venivano derubati e poi sgozzati senza pietà, per non lasciare testimoni. I corpi venivano sepolti in una fossa comune e nessuno ne avrebbe saputo più nulla. A quei tempi, nelle notti di plenilunio si potevano scorgere in lontananza i fuochi accesi dalle streghe che, secondo le leggende, a Roma e dintorni non mancavano mai. E nel buio Medioevo venivano condannate a bruciare sullo stesso fuoco con cui avevano celebrato i loro demoni.

Marcus aveva impiegato più di un'ora a giungere sul posto. Erano da poco trascorse le sette di sera ma la luna, certamente meno piena della notte precedente, aveva già iniziato il suo cammino verso il punto più alto di un freddo cielo stellato.

Dall'esterno, la casa appariva enorme, così come gliel'aveva descritta la governante che vi aveva lavorato per sei anni. Tuttavia, la vecchia all'ospizio non l'aveva preparato all'aspetto più impressionante di quella dimora.

Vista da lontano, sembrava una chiesa.

Marcus pensò a quanti, nel tempo, l'avessero scambiata per un edificio di culto. Forse per volontà di chi l'aveva fatta costruire o a causa del genio eccentrico dell'architetto che l'aveva concepita, la facciata era in stile gotico e si sviluppava in piccole guglie che sembravano ascendere verso il cielo. La pietra grigia con cui era stata realizzata rifletteva la luce lunare, creando ombre ossute sotto i cornicioni e riverberi bluastri sulle vetrate che coprivano le finestre, decorate come quelle di un duomo.

Sul cancello principale si stagliava un grande cartello di un'agenzia immobiliare con la scritta «Vendesi» ben in evidenza. Sotto di esso, tuttavia, si notavano i segni lasciati da precedenti annunci, che nel tempo avevano fallito il medesimo scopo.

La casa era chiusa.

Il giardino che la circondava consisteva in un palmizio – altra stravaganza di quel luogo. Gli alberi, però, erano avvolti dalla spessa corteccia che si formava quando rimanevano troppo a lungo privi di cure esperte.

Il penitenziere scavalcò l'inferriata e si incamminò lungo il viale, verso lo scalone esterno che portava alla veranda e, quindi, all'ingresso. Rammentò che la vecchia dell'ospizio gli aveva detto che, quando lì abitavano gli Agapov, lei dirigeva una servitù di otto persone. Ma che nessuno di loro era autorizzato a rimanere oltre il tramonto. Perciò, erano tutti costretti ad andar via prima che la giornata terminasse, per tornare solo il giorno dopo. Marcus pensò che, se fosse stato ancora vivo, Anatoli Agapov non avrebbe accettato la sua presenza lì, a quell'ora.

Cosa accadeva di notte in quella casa?

Il penitenziere aveva portato con sé dall'auto una torcia elettrica e il cric. Si servì di quest'ultimo per aprire il portone di legno chiaro che forse lo separava dalla risposta a quella domanda.

La luce della luna gli sgusciò fra le gambe come un gatto, precedendolo oltre la soglia. Un cigolio sinistro, degno di una storia di fantasmi, lo accolse dandogli il benvenuto. Ma, in fondo, proprio questo Marcus era venuto a fare: a risvegliare lo spirito di una bambina. Hana.

Pensò all'estremo tentativo di Kropp di distrarlo dalla sua impresa. La specie di mappa che gli aveva consegnato sicuramente conduceva a un altro inganno.

«Il finale della tua fiaba, bambino senza nome...» Ma il penitenziere non ci era cascato.

Ora era lì. Sperava ci fosse anche la storia che cercava.

Ancora una volta avrebbe usato le parole della governante come guida. Quando le aveva chiesto che tipo fosse Anatoli Agapov, lei aveva risposto: « Era un uomo austero, rigido. Credo che non gli piacesse stare a Roma. Lavorava all'ambasciata russa, ma trascorreva molto tempo in casa, chiuso nel suo studio ».

Lo studio. Era il primo posto da cercare.

Lo trovò dopo aver girovagato un bel po' per la casa. Non era facile distinguere le camere fra loro, anche perché i mobili erano ricoperti da teli bianchi che li proteggevano dalla polvere. Sollevandoli in cerca di qualche indizio, Marcus aveva potuto scoprire che oggetti di uso quotidiano, arredi e suppellettili erano rimasti al loro posto. Chiunque avesse acquistato la villa un giorno – sempre che accadesse – avrebbe ereditato ogni cosa appartenuta agli Agapov, anche senza conoscere la loro storia e il dramma che si era consumato fra quegli oggetti.

Nello studio c'era una grande libreria. Davanti a essa, un tavolo di quercia. Con gesti rapidi, Marcus liberò tutti i mobili dai sudari che li nascondevano. Si sedette sulla poltrona dietro alla scrivania, in quello che doveva essere il posto di comando di Anatoli Agapov. Si mise a frugare fra i cassetti. Il secondo da destra, però, era incastrato. Il penitenziere si aggrappò con entrambe le mani al pomello e tirò, finché non si aprì violentemente, cadendo per terra con un rumore che riecheggiò per la casa.

All'interno c'era una cornice, che però al momento era a pancia in giù, per terra. Marcus la voltò. Conteneva una foto che già conosceva: gliel'aveva affidata la governante e poi era stata bruciata da Fernando.

Questa, però, era identica.

Un'immagine dai colori sbiaditi dal tempo, che risaliva agli anni Ottanta. Forse un autoscatto. Al centro, Anatoli Agapov – non troppo alto, robusto, sui cinquant'anni, con indosso un completo scuro, cravatta e gilet, i capelli pettinati all'indietro e il pizzetto nero. Alla sua destra, Hana – un vestitino di velluto rosso, capelli non troppo lunghi ma nemmeno corti e la frangetta sollevata con un nastro. Era l'unica che sorridesse. Alla sinistra dell'uomo, Victor – completo e cravatta, capelli a caschetto con la frangetta che gli cadeva sugli occhi, l'aria triste.

Un padre e i suoi bambini, gemelli quasi perfettamente identici.

Nella foto c'era sempre il dettaglio che aveva infastidito il penitenziere fin dall'inizio. *Anatoli Agapov teneva per mano Victor ma non Hana.*

Marcus si era domandato a lungo il perché visto che, a detta della governante, era la piccola la preferita del padre.

« Le uniche volte che l'ho visto sorridere era insieme ad Hana. »

Perciò, si chiese di nuovo se quello nella fotografia fosse un gesto d'affetto o un modo per imporre la propria autorità. E se la mano paterna fosse un guinzaglio per Victor. Al momento non aveva una spiegazione, perciò si mise in tasca la fotografia e decise di proseguire l'ispezione della casa.

Man mano che attraversava le stanze, gli tornavano in mente altre frasi della vecchia all'ospizio, riferite ai due gemelli.

« Vedevamo soprattutto Hana. Sfuggiva al controllo del padre e ci veniva a trovare in cucina o mentre sbrigavamo le faccende domestiche. Era una bambina di luce. »

La bambina di luce, a Marcus era piaciuta quella definizione. Sfuggiva al controllo del padre? Che significava? Se l'era già chiesto, e se lo chiese ancora.

« I bambini non andavano a scuola e non avevano nemmeno un insegnante privato: era il signor Agapov a occuparsi personalmente della loro istruzione. E non avevano amici. »

Quando Marcus aveva chiesto di Victor, la governante aveva affermato: « Mi crede se le dico che in sei anni l'ho visto forse otto, nove volte in tutto? ». E, in un secondo momento, aveva aggiunto: « Non parlava. Stava zitto e osservava. Un paio di volte l'ho sorpreso che mi guardava in silenzio, nascosto nella sua stanza ».

E mentre faceva scorrere la torcia in quegli ambienti, Marcus riusciva a scorgere ancora la presenza di Victor in ogni angolo, dietro un divano, oppure una tenda. Adesso era solo un'ombra fugace, prodotta dalla sua immaginazione, o forse da quella stessa casa, infestata ancora dall'infanzia di quel bambino triste.

Al piano superiore trovò le stanze dei bambini.

Erano l'una accanto all'altra, molto simili. I lettini con le spalliere di legno intarsiato e colorato, un tavolino da studio con una sedia. In quella di Hana prevaleva il rosa, in quella di Victor il marrone. In quella di Hana c'era una casa per le bambole, perfettamente arredata. In quella di Victor un piccolo pianoforte a muro.

« Se ne stava sempre rintanato nella sua stanza. Ogni tanto lo sentivamo suonare il piano. Era molto bravo. Ed era un genio in matematica. Una delle cameriere, rimettendo a posto le sue cose, aveva trovato fogli e fogli pieni di calcoli. »

Infatti, erano lì. Marcus li vide ammucchiati nella libreria, insieme a tomi di algebra e di geometria e a un vecchio pallottoliere. Nella stanza di Hana, invece, c'era un grande armadio pieno di vestiti da bambina. Nastri colorati, scarpe lucide appaiate sui ripiani, cappellini. I regali di un padre affettuoso per la figlia prediletta. Victor aveva vissuto male la competizione con la sorella. Un movente perfetto per ucciderla.

« Com'era il rapporto fra i due bambini? Victor e Hana andavano d'accordo? »

« Ogni tanto sentivamo i bambini litigare, però passavano anche del tempo insieme: il loro gioco preferito era nascondino. »

Nascondino, si ripeté Marcus. Il gioco prediletto dagli spettri. « Come è morta Hana? » aveva chiesto alla vecchia.

« Oh, padre. Un mattino sono arrivata alla villa con il resto della servitù e abbiamo trovato il signor Agapov seduto sulle scale esterne. Aveva la testa fra le mani e piangeva disperato. Diceva che la sua Hana era morta, che una febbre improvvisa se l'era portata via. »

« E voi gli avete creduto? »

« Solo finché non abbiamo trovato il sangue nel letto della bambina e il coltello. »

Il coltello, l'arma preferita del mostro insieme al revolver Ruger, ripeté fra sé Marcus. Chissà se Victor poteva essere fermato già allora. Nessuno, però, aveva denunciato la cosa.

« Il signor Agapov era un uomo molto potente, cosa potevamo fare? Ha fatto mandare subito la bara in Russia, perché Hana fosse seppellita accanto alla madre. Poi ha licenziato tutti. »

Anatoli Agapov si era servito della sua immunità diplomatica per insabbiare l'accaduto. Aveva messo Victor all'Hamelin e non era più uscito da quella casa, finché non era morto.

L'uomo era vedovo, ma solo ora Marcus si accorse che, nel corso della sua visita, non aveva trovato nulla che rievocasse il ricordo di una madre e di una moglie prematuramente scomparsa.

Non una foto, non un cimelio. Niente.

Il tour della casa si concluse in soffitta, in mezzo a vecchi mobili e cianfrusaglie. Ma c'era anche qualcos'altro.

Una porta chiusa.

Oltre alla serratura, c'erano tre lucchetti di diverse dimensioni che sigillavano l'uscio. Il penitenziere non si domandò nemmeno il perché di tante precauzioni: senza esitare, prese una vecchia sedia e cominciò a scagliarla contro il battente. Una, due, più volte. Finché non cedette.

Sollevò il fascio della torcia e in un istante seppe il motivo per cui in quella casa non c'era traccia della signora Agapov.

8

Le aveva preparato il divano per dormire a casa sua, a Trastevere.

Poi, mentre Mina faceva la doccia, si era messa a cucinare per lei. Aveva avuto la tentazione di frugare nel suo zainetto, forse avrebbe trovato un documento con la sua vera identità. Ma poi aveva desistito. La ragazza cominciava a fidarsi di lei, Sandra era convinta che sarebbe riuscita a farla aprire di più.

C'era una differenza d'età di qualche anno fra loro e, pur essendo più giovane, Sandra aveva nutrito subito l'istinto di comportarsi da sorella maggiore. Provava compassione per Mina, per la sua esistenza, forse frutto di un passato burrascoso e triste. Si domandò se almeno qualche volta, di fronte agli svariati bivi che la vita sottopone a ognuno, avesse potuto scegliere che direzione prendere.

Sandra apparecchiò la tavola e accese la tv. C'era il telegiornale. Ovviamente, si parlava solo dell'ultimo delitto del mostro, a Sabaudia. I cronisti lo descrivevano come un mezzo fallimento dell'omicida, visto che la vittima di sesso femminile stavolta era riuscita a fuggire. Non si sapeva ancora nulla sull'identità dell'uomo assassinato.

A quanto pare, i carabinieri del ROS sono più bravi dei poliziotti dello SCO a custodire i segreti, si disse Sandra. Poi si domandò se, come aveva detto Mina, l'uomo che era morto aveva una moglie o una compagna e se almeno lei era stata avvertita nel frattempo. Provò pena per quella donna, anche se non la conosceva. In quel momento si accorse che Mina era ferma sulla soglia della cucina, avvolta nell'accappatoio di Max che le aveva prestato. Fissava la tv con un'aria scossa. Sandra afferrò il telecomando e spense per non turbarla oltre.

« Hai fame? » domandò. « Siediti, è pronto. »

Mangiarono quasi in silenzio, perché la ragazza improvvisamente non era più di molte parole. Forse cominciava a emergere in lei il ricordo emotivo di quanto le era accaduto e, soprattutto, la consapevolezza del destino a cui era scampata. Fino a quel momento, l'adrenalina aveva sopito ogni reazione, adesso era normale che fosse sotto shock.

Sandra notò che, mentre mangiava, Mina teneva il braccio sinistro sotto il tavolo. Forse non voleva che le capitasse ancora ciò che era successo all'SX, quando le aveva mostrato involontariamente la cicatrice sul polso. Se ne vergognava.

« Un tempo sono stata sposata » disse la poliziotta, cercando di stimolare la sua curiosità. « Un uomo buono, si chiamava David. È morto. »

Mina sollevò gli occhi dal piatto, sorpresa.

« È una lunga storia » aggiunse Sandra.

« Se non ne vuoi parlare, perché me l'hai detto? »

Sandra posò la forchetta sul tavolo e la guardò. « Perché non sei l'unica a cui sia passato per la mente di fare qualcosa di estremamente stupido, ma anche di terribilmente efficace, per scacciare il dolore. »

Mina si afferrò il polso con una mano. « Dicono che se hai fallito la prima volta, la seconda poi è più facile. Non è vero. Ma non perdo la speranza di farcela, un giorno. »

« Però, mentre il mostro ti sparava addosso stanotte, non sei rimasta immobile ad aspettare le pallottole. »

La ragazza fu costretta a rifletterci. Poi scoppiò a ridere. « Hai ragione. »

Sandra rise con lei.

Ma Mina tornò seria. « Perché fai questo per me? »

« Perché aiutare gli altri mi fa stare meglio. Ora, per favore, finiamo di cenare: hai bisogno di una bella dormita. »

Mina rimase immobile.

« Cosa c'e? » le chiese Sandra, accorgendosi che qualcosa non andava.

« Ti ho mentito. »

Pur non conoscendo la bugia, Sandra non ne era sorpresa. « Qualunque cosa sia, è rimediabile. »

Mina si morse un labbro. « Non è vero che non l'ho visto in faccia. »

Sandra non si mosse, lo stupore l'aveva paralizzata. « Stai dicendo che saresti in grado di riconoscere il mostro? »

La ragazza annuì. « Credo di sì. »

Sandra si alzò dal tavolo. « Allora dobbiamo andare subito alla polizia. »

« No! » urlò Mina, allungando un braccio per fermarla. « Ti prego » aggiunse piano.

« Dobbiamo fare subito un identikit, prima che il ricordo svanisca. »

« Non me lo scorderò finché campo, credimi. »

« Non è vero: già dopo qualche ora la memoria risulta falsata. »

« Se vado alla polizia, per me sarà finita. »

A cosa si riferiva? Perché tanto timore della legge? Sandra non riusciva a capire, ma doveva lo stesso fare qualcosa. « Sei brava nelle descrizioni? »

« Sì, perché? »

« Perché io lo sono a disegnare. »

Nella stanza segreta nella soffitta della villa c'era un cavalletto con in cima una macchina fotografica professionale. Davanti a quella, una specie di set con uno sfondo colorato intercambiabile. C'erano diversi arredi che potevano essere collocati sulla scena – uno sgabello, un divano, una dormeuse. E anche una sedia davanti a un tavolino con uno specchio: sul ripiano, tutto l'occorrente per truccarsi. Fard multicolori, ciprie, pennelli, rossetti.

Marcus, però, fu attratto subito dalla schiera di vestiti femminili sulle grucce di un appendiabiti. Li illuminò con la torcia, ma poi li passò in rassegna con la mano. Di vari colori, eleganti, da sera, di seta, di raso... Il penitenziere notò subito un particolare che lo scosse.

Le taglie di quegli indumenti non erano da donna. *Bensì da bambina.*

Ma temeva che la vera sorpresa si celasse dietro la tenda che nascondeva un angolo della stanza. Infatti, quando la scostò, come previsto si trovò davanti la camera oscura in cui Anatoli Agapov sviluppava le fotografie. C'erano vaschette, acidi e reagenti, una tank, un ingranditore, la lampadina che emetteva luce inattinica rossa.

In un angolo del tavolo da lavoro, una pila di foto alla rinfusa. Forse quelle scartate. Marcus allungò un braccio per prenderle. Appoggiò la torcia per avere entrambe le mani libere e sfogliarle.

Erano immagini ambigue, dissonanti, sgradevoli. In tutte era ritratta una bambina, Hana. Indossava le mise che aveva visto appese sull'appendiabiti.

La bambina sorrideva, sembrava contenta mentre ammiccava all'obiettivo. Ma Marcus riusciva a scorgere lo stesso il suo profondo disagio.

In apparenza non c'era nulla di male, il sesso non c'entrava niente. Sembrava un gioco. Ma guardando bene quegli scatti, c'era qualcosa di malato. La malattia di un uomo che ha sostituito la moglie morta con la figlioletta e alimenta la propria follia con un'oscena esibizione.

Ecco perché mandava sempre via la servitù prima del tramonto. Voleva restare solo per fare questo. E Victor aveva ereditato la perversione del padre? Per questo truccava e fotografava le vittime femminili?

Mentre il penitenziere scorreva ormai meccanicamente le foto, e la rabbia cresceva dentro di lui, s'imbatté in un'altra immagine di famiglia. Era molto simile a quella che gli aveva mostrato la vecchia all'ospizio e che poi aveva ritrovato in un cassetto della scrivania dello studio di Anatoli Agapov. Il padre insieme ai suoi figli gemelli. L'autoscatto in cui Hana sorrideva e Anatoli teneva per mano soltanto Victor.

Solo che in questa *la bambina non c'era.*

Erano presenti solo padre e figlio. Stessa inquadratura, stessa postura. Stessa luce. Come era possibile? A Marcus venne in mente di confrontarla con l'altra che aveva in tasca.

A parte quel vistoso particolare, erano identiche. Fra le due, l'originale era per forza quella in cui il padre dava la mano a Victor.

«Dio mio, aiutami» si sentì dire il penitenziere.

Era un fotomontaggio.

Hana non esisteva.

9

La bambina di luce esisteva soltanto nelle foto.

Era un'illusione ottica. Il prodotto dell'impressione della pellicola di una macchina. Non era reale.

Nel video girato all'istituto Hamelin, il Victor di nove anni diceva la verità: lui non aveva ucciso la sorella, per il semplice fatto che Hana non esisteva. Ma Kropp e i suoi non gli avevano creduto. Nessuno gli aveva creduto.

Hana era il frutto della fantasia malata di suo padre.

« *Victor e Hana andavano d'accordo?* »

« *Ogni tanto sentivamo i bambini litigare, però passavano anche del tempo insieme: il loro gioco preferito era nascondino.* »

A nascondino, si ripeté Marcus. Aveva detto proprio così la governante.

Nessuno aveva mai visto i due gemelli insieme.

Anatoli Agapov si era inventato la bambina per soddisfare una perversione, o forse solo perché era pazzo. E aveva costretto il figlio ad assecondare la sua follia, facendogli indossare abiti femminili.

Victor, col tempo, si era reso conto che il padre voleva più bene alla sorellina immaginaria, così aveva cominciato a convincersi di essere lei per ottenere l'affetto del genitore.

La sua personalità a quel punto si era sdoppiata.

Ma la parte maschile non era completamente soggiogata, ogni tanto lui tornava a essere Victor e ricominciava a soffrire perché si sentiva escluso dalle attenzioni paterne.

Chissà fino a quando era durata quella storia, chissà quanto aveva resistito il bambino. Finché un giorno non ce l'aveva fatta più decidendo di « uccidere » Hana per punire il padre.

Marcus ricordava ciò che aveva detto la governante: Anatoli Agapov era sconvolto, aveva rimpatriato la salma della figlioletta coprendo l'accaduto grazie all'immunità diplomatica di cui godeva.

Ma nella bara non c'era nessuno, ora il penitenziere lo sapeva.

Uccidendo Hana, Victor aveva raggiunto lo scopo, era libero. Ma non poteva prevedere che il padre, nel proprio delirio, avrebbe deciso di farlo ricoverare all'Hamelin, mettendolo insieme a bambini che avevano realmente commesso crimini crudeli e affidandolo alle cure di Kropp e i suoi.

Marcus non riusciva a immaginare un destino peggiore. Victor era passato da un supplizio a un altro, senza averne alcuna colpa.

Ciò, negli anni, lo aveva fatto diventare un mostro.

Uccide le coppiette perché in loro vede se stesso e la sorella. Il movente è l'ingiustizia che ha subito, si ripeté il penitenziere.

Ma c'era di più.

Però per quello aveva bisogno di parlare con Sandra. Si fermò in una stazione di servizio per telefonarle.

La scuola per fotorilevatori prevedeva un corso di identikit.

Gli allievi si alternavano nel ruolo del testimone e in quello del disegnatore. Il motivo era semplice: bisognava imparare a osservare, a descrivere e a riprodurre. Altrimenti avrebbero sempre demandato tutto il lavoro alla macchina fotografica. Invece il loro compito in futuro sarebbe stato quello di guidare l'obiettivo come se stessero « disegnando ».

Per Sandra non fu difficile ricostruire il volto del mostro grazie ai dettagli forniti da Mina. Alla fine, le fece vedere il risultato. « Può andare? »

La ragazza lo osservò bene. « Sì, è lui » affermò, determinata.

A quel punto, fu Sandra a riservare un'occhiata più attenta a quel volto. E, come previsto, si stupì della sua normalità.

Il mostro era un uomo come tanti.

Occhi piccoli e marroni, fronte spaziosa, un naso leggermente più grosso del normale, labbra sottili, niente barba né baffi. Negli identikit, le facce avevano sempre un'espressione neutra.

Non c'era odio, né rancore. Non traspariva nulla dell'animo del soggetto a cui si riferivano. Ecco perché non facevano paura.

«Bene, ottimo lavoro» disse alla ragazza con un sorriso.

«Grazie» rispose lei. «Era da tanto che qualcuno non mi faceva complimenti.» E finalmente sorrise, più serena.

«Va' a letto, sarai stanca» le disse Sandra, continuando a interpretare il ruolo di sorella maggiore. Poi la poliziotta andò nella stanza accanto e scansionò il disegno per mandarlo via mail al commissario Crespi e anche al ROS.

In memoria del vicequestore Moro, si disse.

Ma, prima di ultimare l'operazione, il suo cellulare squillò. Numero sconosciuto. Sandra rispose lo stesso.

«Sono io» disse subito il penitenziere. Il suo tono era concitato.

«Abbiamo un identikit del mostro» annunciò Sandra, trionfante. «Ho fatto come mi avevi detto e ho trovato la prostituta di Sabaudia: è stata lei a fornirmi la descrizione. Adesso è a casa mia e stavo per mandar...»

«Lascia perdere» disse Marcus un po' troppo sbrigativamente. «Lei ha visto Victor, *noi dobbiamo cercare Hana.*»

«Come sarebbe?»

Il penitenziere la aggiornò rapidamente sulla sua visita alla villa e sulla bambina di luce. «Avevo ragione, le risposte sono tutte nella prima scena del crimine: la pineta di Ostia. L'assassino narratore: il finale della storia coincide con l'inizio. Ma gli indizi più rilevanti sono proprio quelli che sembravano più marginali: la parola 'loro' scritta da Diana Delgaudio e il fatto che l'assassino si sia cambiato d'abito.»

«Spiegati meglio...» lo invitò lei.

«Quando si è svegliata momentaneamente dal coma, Diana voleva mandarci un messaggio: Hana e Victor sono entrambi presenti sulla scena dei delitti. Loro.»

«Come è possibile? Lei non esiste.»

«L'assassino si cambia d'abito: è questo il punto! Nel tempo, Victor è diventato definitivamente Hana. Infatti, quando da piccolo impersonava la sorella non era più un bambino chiuso e silenzioso, diventava una bambina simpatica che piaceva a tutti e a cui tutti volevano bene. Crescendo ha fatto una scelta, e ha scelto Hana per essere accettato.»

«Ma per uccidere torna a essere Victor. Per questo si cambia i vestiti.»

«Esatto. E dopo l'omicidio torna a essere Hana. Infatti a Ostia, nell'auto dei ragazzi avete rinvenuto una camicia maschile, lasciata per sbaglio al posto di quella di Giorgio Montefiori.»

«Perciò dovremo cercare una donna» concluse Sandra.

«Il DNA, ricordi? Non gli importa che la polizia o i carabinieri abbiano questa pista, lui sa di essere perfettamente mimetizzato perché loro stanno cercando un uomo.»

«Ma lui *è* un uomo» gli fece notare Sandra.

«Le tracce genetiche lasciate nella villa di Sabaudia non erano una firma ma una sfida. È come se dicesse: tanto non mi troverete mai.»

«Perché?»

«Credo che si senta sicuro del suo travestimento perché in questi anni ha cambiato sesso» affermò Marcus. «Hana voleva cancellare Victor, ma lui ogni tanto riemerge. Hana sa che Victor potrebbe farle del male: come quella volta da piccoli, quando ha cercato di ucciderla. Allora gli fa ammazzare le coppiette e gli fa rivivere quell'esperienza in cui lui vince su di lei: è un modo per tenerlo buono. Lui non vede le vittime come amanti, ma come fratello e sorella, ricordi?»

«Di che stai parlando? Non ti seguo: hai detto che Victor da piccolo ha cercato di uccidere Hana?»

«Sì. Credo che Victor da bambino abbia compiuto qualche atto di autolesionismo, come tagliarsi le vene.»

Al tramonto la servitù lasciava la casa.

Victor li guardava dalla finestra della sua camera. Li osservava mentre percorrevano il lungo viale d'ingresso, fino al grande cancello. Ed esprimeva sempre lo stesso desiderio: andare via con loro.

Ma non poteva. Non era mai uscito dalla villa.

Anche il sole lo abbandonava, scendendo veloce oltre la linea dell'orizzonte. E iniziava la paura. Ogni sera. Avrebbe voluto che arrivasse qualcuno a portarlo via di lì. Succedeva così nei film o nei romanzi, no? Quando il protagonista era in pericolo c'era sempre qualcuno che correva in suo soccorso e lo salvava. Victor chiudeva gli occhi e pregava con tutto se stesso che accadesse. A volte si convinceva che sarebbe davvero andata così. Ma per lui non veniva mai nessuno.

Non tutte le sere, però, erano uguali. A volte il tempo passava indifferente, e lui poteva dedicarsi ai numeri – l'ultimo rifugio che gli rimaneva. Altre volte, però, il silenzio della casa veniva interrotto dalla voce di suo padre.

« Dove sei? Dove si trova adesso la mia piccola kukla*, la mia bambolina? » ripeteva in tono suadente.*

La dolcezza serviva per stanarlo. C'erano stati giorni in cui Victor aveva tentato di sfuggirgli. Esistevano dei posti in cui nessuno l'avrebbe trovato – li cercava insieme ad Hana, quando giocavano a nascondino nella grande casa. Ma non si poteva rimanere nascosti per sempre.

Così, col tempo Victor aveva imparato a non opporre resistenza. Andava nella camera della sorella, sceglieva un vestito nell'armadio, lo indossava. E diventava Hana. Quindi si sedeva sul letto e attendeva.

« Ecco la mia magnifica kukla *» diceva con un sorriso suo padre, allargando le braccia.*

Poi la prendeva per mano e insieme andavano in soffitta.

«Le bamboline belle devono dimostrare di meritare la loro bellezza.»

Victor si metteva su uno sgabello e lo guardava preparare la macchina fotografica e sistemare le luci tutt'intorno. Suo padre era un perfezionista. Dopodiché, l'uomo passava in rassegna con cura gli abiti che teneva nella stanza segreta, gliene porgeva uno e spiegava cosa voleva che facesse. Prima, però, provvedeva personalmente al trucco. Aveva una predilezione per il rossetto.

Certe volte, Hana provava a rifiutarsi. Allora suo padre andava su tutte le furie.

«È stato tuo fratello a convincerti, non è vero? È sempre lui, quel piccolo, inutile bastardo.»

Hana sapeva che lui avrebbe potuto prendersela con Victor – quell'uomo le aveva già mostrato il revolver che teneva nascosto in un cassetto.

«Punirò Victor come ho punito quella buona a nulla di sua madre» minacciava.

Così lei cedeva – cedeva sempre.

«Brava la mia kukla, *stavolta non servirà la corda.»*

Victor pensava che, se ci fosse stata la mamma, forse sarebbe andata diversamente. Erano davvero poche le cose che ricordava di lei. Il profumo delle sue mani, per esempio. E il calore del suo seno, quando lo stringeva a sé per farlo addormentare e cantava per lui. Nient'altro. In fondo, era stata presente solo nei primi cinque anni della sua vita. Però sapeva che era bella. «La più bella di tutte» diceva ancora il marito quando non era in collera con la sua anima. Perché ormai non poteva più arrabbiarsi con lei, non poteva urlarle il proprio disprezzo.

Victor sapeva che, non potendo più rivolgersi alla moglie, adesso era diventato lui l'oggetto dell'odio di Anatoli Agapov.

A Mosca, dopo la morte della mamma, il padre l'aveva cancellata dalla loro esistenza. Aveva gettato via ogni cosa che potesse ricordarla. I trucchi con cui si faceva bella, gli abiti nell'armadio, gli oggetti di uso quotidiano, i soprammobili con cui negli anni aveva decorato la loro casa.

E le fotografie.

Le aveva bruciate tutte nel camino. Al loro posto erano rimaste tante cornici vuote. Erano piccoli buchi neri che ingoiavano ogni cosa avessero intorno. Padre e figlio provavano a ignorarle, ma era difficile e spesso non ci riuscivano. Allora poteva capitare che fossero seduti a tavola e gli occhi venissero attratti da uno di quei vuoti presente nella stanza.

Victor riusciva a conviverci, ma per suo padre stavano diventando un'ossessione.

Poi, un giorno era entrato nella sua cameretta portando una gruccia con un abitino da femmina, giallo a fiori rossi. Senza una parola di spiegazione, gliel'aveva fatto indossare.

Victor rammentava ancora nitidamente la sensazione provata mentre era in piedi in mezzo alla stanza, scalzo sul pavimento freddo. Anatoli Agapov lo osservava, serio. Il vestito era di un paio di taglie più grande e Victor si sentiva ridicolo. Ma per suo padre non era così.

« Dovremo farti crescere un po' i capelli » aveva sentenziato alla fine, emergendo dalle proprie riflessioni.

Poi suo padre aveva acquistato la macchina fotografica e, in seguito, anche tutto l'occorrente. Poco a poco, era diventato un esperto. E non sbagliava più le taglie dei vestiti – ormai era bravo anche in quello.

Così Victor aveva cominciato a posare per lui, all'inizio pensando che fosse una specie di gioco. Anche dopo però, pur trovando strana quella situazione, aveva continuato a obbedire alla volontà del padre. Non si domandava mai se fosse giusto o sbagliato, perché i bambini sanno bene che i genitori hanno sempre ragione.

Allora non ci vedeva nulla di male, e del resto aveva da sempre paura di dirgli di no – qualcosa gli diceva di non farlo. Ma a un certo punto si era detto: se un gioco fa paura, allora forse non è soltanto un gioco.

La conferma a quel presentimento era arrivata il giorno in cui suo padre, invece di chiamarlo Victor, aveva usato un altro nome per lui. Era avvenuto in modo del tutto naturale, nel contesto di una frase come tante.

« Adesso potresti metterti di profilo, Hana? »

Da dove veniva quel nome pronunciato con tanta gentilezza? In principio, Victor aveva pensato a un errore. Ma poi la stranezza si era ripetuta, fino a diventare un'abitudine. E quando aveva provato a domandare al genitore chi fosse Hana, lui aveva risposto semplicemente: « Hana è tua sorella ».

Quando aveva finito di scattarle le foto, Anatoli si chiudeva nella camera oscura per sviluppare la propria opera. Allora Hana sapeva che il suo compito era terminato. Poteva scendere di sotto, e tornare a essere Victor.

A volte, però, Victor indossava gli abiti di Hana senza che il padre glielo chiedesse. E faceva visita alla servitù. Aveva notato che erano ben predisposti verso la sorella. Le facevano grandi sorrisi, le rivolgevano la parola, s'interessavano a lei. E Victor aveva scoperto che per lui era molto più facile interagire con gli estranei quando portava quei vestiti. Gli altri non erano più ostili e distanti, non gli riservavano quello sguardo che lui odiava più di ogni altra cosa. Lo « sguardo della compassione », lo chiamava. L'aveva visto sul volto di sua madre il giorno in cui era morta. Il suo cadavere lo fissava ed era come se dicesse: « Povero Victor ».

Il padre, però, non era sempre cattivo con lui. C'erano momenti in cui qualcosa cambiava, e Victor sperava che fosse per sempre. Come quando aveva voluto che posassero insieme per un autoscatto. Niente Hana quella volta, solo padre e figlio. E allora Victor aveva trovato il coraggio di prendergli addirittura la mano. E la cosa veramente incredibile era stata che suo padre non aveva scostato la propria. Era stato bellissimo.

Ma nessun cambiamento era duraturo. In seguito era tornato a essere tutto come sempre. E Hana era di nuovo la preferita. Però, dopo la foto col padre, dentro Victor si era rotto qualcosa, la delusione era una ferita che non poteva più ignorare.

E lui era stanco di avere sempre più paura.

Un giorno era chiuso nella sua camera – era un giorno di pioggia, e a lui non piaceva la pioggia. Era disteso a pancia in giù sul tappeto e stava risolvendo delle equazioni – un modo per perdersi, per non pensare a niente. Gli era capitata davanti agli occhi un'equazione generica di secondo grado.

$ax^2 + bx + c = 0$

Per determinare l'incognita x i termini dell'equazione dovevano essere uguali a zero. Perciò dovevano annullarsi. La sua mente matematica ci aveva messo poco a elaborare la soluzione. A sinistra dell'equazione c'erano lui e Hana. Per essere uguali a zero dovevano annullarsi a vicenda.

Così gli era venuta l'idea.

Zero era un bel numero. Era uno stato di quiete, una condizione imperturbabile. Le persone ignoravano il vero valore dello zero. Zero per loro era la morte, ma per lui poteva essere la libertà. In quel momento, Victor aveva compreso che nessuno sarebbe venuto a portarlo via da lì. Era inutile sperare. Ma forse la matematica poteva ancora salvarlo.

Così era andato nella stanza di Hana, aveva indossato il più bello dei suoi vestiti e si era disteso nel suo letto. Poco prima, aveva rubato il vecchio coltello da caccia del padre. All'inizio se l'era appoggiato sulla pelle, solo per saggiarlo. Era freddo. Poi aveva chiuso gli occhi e stretto i denti, ignorando la voce della sorella che, dentro di lui, lo pregava di non farlo. Invece aveva sollevato la lama e l'aveva lasciata ricadere sul polso sinistro, strisciandola. Aveva sentito l'acciaio affondare nella carne. Il dolore era stato insopportabile. Una sostanza calda e vischiosa gli era scivolata lungo le dita. Poi, lentamente, aveva perso i sensi.

Niente più Victor. Niente più Hana.

Zero.

Quando aveva riaperto gli occhi, suo padre lo teneva fra le braccia cingendogli il polso con un asciugamani, per fermare il sangue. Piangeva disperato e lo cullava. Poi dalle sue labbra era uscita una frase che Victor in un primo momento non aveva compreso bene.

« La mia Hana non c'è più. » E poi: « Cosa hai fatto Victor? Cosa hai fatto? »

Solo dopo Victor avrebbe compreso che quella modesta cicatrice sul polso era un'imperfezione di cui Anatoli Nikoliavič Agapov non avrebbe mai tollerato la vista. Non sulla candida pelle della sua kukla. *Da quel giorno, avrebbe smesso di fotografarla. Quel giorno, Hana era morta.*

Solo lei, però. Era questa la grande sorpresa, l'incredibile novità. Anche se stava male, Victor era felice come non lo era mai stato.

Il padre, invece, aveva continuato a piangere davanti alla servitù. E anche alcuni fra loro erano commossi. Poi Anatoli aveva mandato via tutti, via per sempre.

La nuova vita senza la paura era durata solo un mese. Il tempo di spedire una bara a Mosca e di far rimarginare bene la cicatrice. Una sera, prima che Victor si addormentasse, la porta della sua stanza si era aperta lasciando entrare la luce del corridoio, come una lama d'argento. Sulla soglia, aveva riconosciuto la sagoma del padre. Il volto di Anatoli era in ombra e Victor non poteva vedere che espressione avesse. Per un momento aveva immaginato che stesse sorridendo.

L'uomo non si era mosso. Poi, però, aveva parlato con una voce neutra, glaciale.

« Non puoi più stare qui. »

In quel momento, il cuore di Victor era franato.

« C'è un posto in cui devono stare i bambini cattivi come te. È lì che vivrai da domani, sarà la tua nuova casa. E non tornerai mai più qui. »

10

«... *Credo che Victor da bambino abbia compiuto qualche atto di autolesionismo, come tagliarsi le vene...*»

L'ultima frase di Marcus tolse il fiato a Sandra.

«Mio Dio, è qui.»

«Cosa stai dicendo?»

Deglutì a fatica. «È lei, la prostituta è Hana. Chiama la polizia.» Poi riagganciò subito, perché non le restava molto tempo. Pensò a dove fosse la sua pistola. In camera da letto. Troppo lontana, non ce l'avrebbe mai fatta a raggiungerla. Ma doveva provarci.

Fece un passo oltre la soglia e stava per procedere nel corridoio, ma si bloccò. Vide la ragazza, era di spalle. E si era cambiata.

Indossava abiti maschili. Pantaloni scuri, una camicia bianca.

Victor si voltò, aveva in mano la reflex di Sandra. «Anche a me piace fotografare, sai?»

La poliziotta non si mosse, però notò che aveva aperto il suo zainetto e aveva posato sul divano, in ordine, una macchina fotografica e un vecchio coltello da caccia.

Victor si accorse del suo sguardo. «Oh sì» disse. «Il revolver era inutile, l'ho già usato ieri notte.»

Sandra indietreggiò fino a trovarsi con le spalle al muro.

«Ho sentito la tua chiamata di poco fa» affermò Victor riponendo la reflex. «Ma credi che non l'avessi previsto? Era tutto calcolato: io sono molto bravo in matematica.»

Ogni parola con uno psicopatico poteva innescare una reazione imprevedibile. Per questo, Sandra aveva deciso di tacere.

«Perché non mi parli più? Ti sei offesa?» chiese l'altro, mettendo il broncio. «Ieri notte, a Sabaudia, non ho sbagliato, ho solo separato le soluzioni dell'equazione.»

Che stava dicendo? A che si riferiva?

« I termini si annullano. Il risultato è zero. »

Sandra si sentì attraversare da un fremito tremendo. « Max » le scappò piano.

L'altro annuì.

Sandra sentì che gli occhi le si riempivano di lacrime. « Perché noi? »

« Ti ho vista l'altra sera in televisione, quando ti segnavi al contrario mentre quel poliziotto parlava. Cosa significa quel segno? L'ho visto fare altre volte all'istituto dove mi hanno rinchiuso da bambino, ma non l'ho mai capito. »

Ancora silenzio.

Victor alzò le spalle, come se in fondo non gli importasse. « Seguo sempre ciò che dicono di me giornali e tv. Ma tu mi hai colpito anche perché, quando ti ho vista, stavi rimettendo a posto una macchina fotografica. E come ti ho detto, a me piacciono le macchine fotografiche. Eri perfetta per il mio gioco. »

Victor si rabbuiò. « Era ciò che mio padre diceva sempre ad Hana per convincerla a posare per lui. 'È solo un gioco, *kukla*, non devi avere paura.' »

Sandra spinse indietro i talloni, fino a toccare il battiscopa. Facendosi guidare dal tatto, cominciò a spostarsi piano verso destra, radente il muro.

« È strano il modo in cui si comportano le persone prima di morire, l'hai notato? La ragazza di Ostia urlava e chiedeva al suo ragazzo di non accoltellarla. Ma io gli ho detto di farlo e lui l'ha fatto. Secondo me, non le voleva bene... Invece la poliziotta, Pia Rimonti, alla fine mi ha ringraziato. Sì, mi ha detto proprio grazie quando mi sono stancato di torturarla e le ho comunicato che a quel punto l'avrei uccisa. »

Sandra era furiosa perché riusciva a immaginare esattamente la scena.

« L'autostoppista tedesca neanche me la ricordo. Supplicava, ma io non capivo la sua lingua. Ho scoperto solo dopo che cercava di dirmi del bambino che aveva dentro di sé. E Max... »

Sandra non era sicura di voler sapere come fosse morto. Una lacrima le scivolò sul viso. Victor se ne accorse.

« Come fai a piangere per lui? Ti stava tradendo con una prostituta. »

Lo disse con un tono che irritò Sandra.

« Ti è piaciuto il racconto della mia fuga dalla villa di Sabaudia? Hana ha una fervida fantasia. In questi anni ha impersonato molte donne, ingannando gli uomini che incontrava. Mina è il personaggio che le riesce meglio. Le piace andare con gli uomini, avrebbe continuato se non fossi tornato da lei. »

Intanto, Sandra era riuscita a spostarsi di un metro.

« Dopo che ha cambiato sesso credeva di essersi sbarazzata di me. Ma ogni tanto riapparivo. Le prime volte ero solo un pensiero, una voce nella sua testa. Una notte lei era con un cliente e quando sono apparso e ho visto quella scena, mi sono messo a gridare e gli ho vomitato sull'uccello. » Rise. « Avresti dovuto vedere la faccia di quell'uomo mentre se ne andava schifato. Voleva picchiarmi, ma se ci avesse provato, l'avrei ucciso con le mie mani. Non saprà mai quanto è stato fortunato. »

Sandra non era più sicura che Victor avrebbe avuto voglia di chiacchierare ancora per molto. Doveva fare qualcosa, i minuti passavano veloci e non veniva nessuno a soccorrerla.

La porta d'ingresso era ormai a pochi passi. Se fosse uscita per le scale, lui l'avrebbe sicuramente raggiunta, ma avrebbe potuto mettersi a urlare, attirando l'attenzione di qualcuno.

« In realtà, io non vorrei ucciderti, ma devo. Perché ogni volta che lo faccio, Hana si spaventa molto e dopo mi lascia più spazio. Sono sicuro che, col tempo, ci sarò di nuovo soltanto io, Victor... Lo so che tutti preferiscono mia sorella, ma ho scoperto che c'è un'altra cosa che attira l'attenzione delle persone... La paura. Anche quella è un sentimento, no? »

Sandra scattò verso l'uscita. Victor fu preso alla sprovvista, ma riuscì a pararsi davanti a lei per frenare la sua corsa. Sandra lo travolse, ma lui l'afferrò saldamente per un braccio. Lei lo trascinò lungo il corridoio, mentre lui la colpiva ripetutamente sulla schiena con il pugno.

« Non puoi andare via, nessuno può andare via da qui, *kukla*! »

Sandra aprì la porta d'ingresso e si ritrovò all'esterno. Voleva urlare ma non aveva fiato nei polmoni. Era stato consumato dal panico, non dalla corsa.

Victor la mandò a sbattere con la nuca sul pavimento e lei quasi perse i sensi. Nonostante la vista offuscata, riuscì a scorgerlo rientrare. Dov'era andato? Sandra provò a rialzarsi sulle braccia, ma ricadde e urtò la tempia. Le lacrime ora le riempivano gli occhi. Attraverso quel velo liquido e lattiginoso lo vide tornare verso di lei con il volto trasfigurato dalla furia.

Aveva preso il coltello.

Sandra chiuse gli occhi, pronta a ricevere il primo fendente. Ma invece di avvertire dolore, sentì un urlo stridulo di donna. Riaprì le palpebre e intravide Victor, disteso per terra. Sopra di lui c'era un uomo, di spalle. Lo teneva fermo. Il mostro si dimenava, gridando disperato, ma l'altro non mollava la presa.

L'urlo di donna divenne maschile, e poi nuovamente femminile. Fu raggelante.

L'uomo si voltò verso Sandra. «Tutto bene?»

Lei provò ad annuire, ma non fu sicura di esserci riuscita.

«Sono un penitenziere» la tranquillizzò Clemente.

Sandra non aveva mai visto il suo volto, non conosceva il suo nome, ma gli credeva. Poi l'uomo assestò un pugno a Victor, che finalmente tacque. «Se ne vada da qui» provò a dirgli lei con un filo di voce. «La polizia... il vostro segreto...»

Clemente sorrise soltanto.

Solo allora Sandra si accorse del coltello che gli spuntava dalla pancia.

11

Quando Marcus giunse a Trastevere non poté superare il cordone di polizia.

Si fermò ai margini della zona di sicurezza, mescolandosi fra i curiosi e i fotografi che erano accorsi sulla scena.

Nessuno capiva cosa stesse accadendo, ma le voci si inseguivano.

Qualcuno parlava dell'uomo che gli agenti avevano portato via in manette poco prima e del fatto che i poliziotti dello SCO esultassero mentre lo infilavano in una macchina che era partita a tutta velocità, insieme a un corteo di lampeggianti, in un concerto di sirene.

Però intravide Sandra che, scortata da due paramedici, raggiungeva con le proprie gambe un'ambulanza. Capì che le era successo qualcosa ma, fondamentalmente, stava bene.

Tirò un sospiro di sollievo, ma durò poco.

Dalle scale del palazzo scesero dei portantini con una barella. Su di essa era disteso un uomo con il volto coperto da un respiratore. Era Clemente. Come aveva fatto a sapere di Sandra? Lui non gliene aveva mai parlato... Vide che lo caricavano a bordo di una seconda ambulanza, che però non partiva.

Perché non andate? Quanto ci mettete?

Il veicolo rimaneva fermo con gli sportelli chiusi. All'interno s'intravedeva del movimento. Poi finalmente si avviò, ma a sirene spente.

Marcus intuì che l'amico non ce l'aveva fatta.

Aveva voglia di piangere, di maledirsi per come si erano lasciati l'ultima volta. Invece, con sua grande sorpresa, a bassa voce si mise a pregare.

Lo fece in mezzo alla folla, senza che nessuno se ne accorgesse. Mentre tutti intorno si curavano di altro. In fondo, era sempre così che andava.

Io sono invisibile, ripeté a se stesso. Io non esisto.

Per la quinta lezione del suo addestramento, Clemente si era presentato a casa sua nel cuore della notte, senza alcun preavviso.

« Dobbiamo andare in un posto » gli aveva annunciato, senza aggiungere altro.

Marcus si era vestito in fretta e insieme avevano lasciato la soffitta in via dei Serpenti. Avevano vagato per il centro di una Roma deserta, a piedi. Finché non erano giunti davanti all'ingresso di un antico palazzo.

Clemente aveva preso dalla tasca una pesante chiave di ferro brunito, molto antica, con cui aveva aperto il portone, lasciando che fosse Marcus a entrare per primo.

Il luogo era vasto e silenzioso, come una grande chiesa. Una fila di candele indicava un percorso lungo una scala di marmo rosa.

« Vieni » gli aveva mormorato. « Gli altri sono già arrivati. »

Gli altri? Chi erano gli altri? si era chiesto Marcus.

Avevano salito lo scalone e imboccato un ampio corridoio affrescato da scene che lui, in principio, non aveva saputo interpretare. Poi si era accorto che si trattava di riproduzioni di celebri episodi dei Vangeli. Gesù che resuscitava Lazzaro, le nozze di Cana, il battesimo di Gesù...

Clemente aveva intercettato il suo sguardo dubbioso davanti a quelle pitture. « È come nella Cappella Sistina » si era affrettato a precisare. « Lì l'affresco michelangiolesco del Giudizio universale *serve ad ammonire e a istruire i cardinali riuniti in conclave per eleggere il nuovo papa circa la gravità del compito che li aspetta. Qui le scene del Vangelo hanno lo stesso scopo: ricordare a chi transita che la missione che sta per portare a termine dev'essere ispirata solo alla volontà dello Spirito Santo. »*

« Quale missione? »

« Lo vedrai. »

Poco dopo erano giunti in prossimità di un parapetto di marmo, ornato da un colonnato che girava tutt'intorno a un grande spazio circolare. Prima che potessero affacciarsi, però, Clemente aveva tirato a sé Marcus, dicendo: « Dobbiamo restare nell'ombra ».

Si erano posizionati dietro una delle colonne e finalmente Marcus aveva potuto guardare.

Nella sala sottostante c'erano dodici confessionali disposti in cerchio, intorno a un grande candelabro dorato che poggiava su un piedistallo. Su di esso c'erano dodici candele accese.

Il numero dodici ricorrente ricordava quello degli apostoli, aveva notato subito Marcus.

Di lì a poco avevano iniziato a entrare nella sala alcuni uomini con indosso una cappa scura, che impediva di scorgerne il volto. Man mano che passavano accanto al candelabro, con due dita smorzavano la fiamma di una candela. Quindi andavano a posizionarsi all'interno dei confessionali.

La procedura era durata finché non era rimasto acceso un solo cero, e anche un confessionale era vuoto. Nessuno spegnerà la candela di Giuda, si era detto il penitenziere. Nessuno prenderà il suo posto.

Quell'unico lumicino era la sola luce nella sala.

« L'Ufficio delle Tenebre » aveva spiegato Clemente a voce bassa. « È il nome del rituale a cui stai assistendo. »

Quando la disposizione era stata completata e tutti erano seduti ai propri posti, aveva fatto il suo ingresso un altro personaggio della liturgia, con una cappa di raso rosso.

Portava un grande cero acceso, luminosissimo, che aveva restituito visibilità alla sala. Lo aveva sistemato in cima al candelabro. Il cero rappresentava Cristo. A quel punto, Marcus aveva compreso dove fossero.

Il Tribunale delle Anime.

Parlandogli dell'Archivio dei Peccati custodito dai penitenzieri, Clemente gli aveva spiegato che per quelli più gravi – i peccati mortali – era necessario riunire un apposito organo giudicante, composto da alti prelati ma anche da semplici sacerdoti, tutti scelti a caso, che insieme avrebbero deciso se accordare o meno il perdono al penitente.

Era ciò che stava per avvenire davanti ai suoi occhi in quel momento.

L'uomo con la cappa rossa avrebbe prima letto il testo col peccato, poi si sarebbe speso in un'accusa feroce del peccatore, che restava sempre anonimo. Il prelato chiamato a questo ingrato ma fondamentale ministero era conosciuto come l'Avvocato del Diavolo.

Fra i suoi compiti c'era anche quello di istruire le cause di beatificazione e santificazione di quegli uomini che, in vita, avevano dimostrato di possedere attitudini divine. A lui toccava dimostrare il contrario. Nel rito del Tribunale delle Anime, invece, l'Avvocato del Diavolo prendeva proprio le parti del demonio, perché, stando alle Scritture, a quest'ultimo non avrebbe certo fatto piacere che un peccatore fosse assolto dalle proprie colpe. Ciò gli avrebbe fatto perdere un'anima per l'inferno.

Al di là di significati arcaici ormai superati o simbologie di chiara origine medioevale, il Tribunale delle Anime conservava una potente dimensione ancestrale, tanto da farlo somigliare a uno strumento del destino.

Il giudizio non verteva sul peccato in sé, bensì sull'anima di un peccatore. Sembrava che in quel luogo si decidesse se questi era ancora meritevole di far parte della schiera della stessa umanità.

Dopo la dissertazione dell'Avvocato del Diavolo, infatti, sarebbe iniziata la discussione fra i membri chiusi nei confessionali. Alla fine, il giudizio sarebbe stato espresso in modo inequivocabile. Ciascuno di loro si sarebbe alzato dal proprio posto e, uscendo dalla sala, avrebbe deciso se riaccendere o meno la candela che aveva spento entrando. Questo avveniva prendendo un bastoncino da una ciotola e intingendolo nella fiamma del cero che rappresentava Cristo.

Alla fine, il numero delle candele che risultavano accese sul candelabro determinava il perdono o la condanna del penitente. Ovviamente, prevaleva la maggioranza. In caso di parità, il giudizio era comunque favorevole.

Il processo, dunque, stava per iniziare.

L'uomo con la cappa rossa aveva preso un foglio e cominciato a leggere con voce stentorea che era riecheggiata per la sala: il peccato – la culpa gravis *– di quella notte riguardava una donna che ave-*

va strappato la vita del figlioletto di due anni perché, a suo dire, era affetta da una forma di grave depressione.

Terminato di leggere, l'uomo con la cappa rossa si era preparato a iniziare la sua requisitoria. Ma prima aveva fatto scivolare all'indietro il cappuccio di raso, perché era l'unico che potesse mostrare il proprio volto.

L'Avvocato del Diavolo era un orientale.

12

Il cardinale Battista Erriaga s'infilò di nuovo l'anello pastorale.

L'anulare della mano destra era rimasto fin troppo tempo sguarnito del sacro gioiello. Finalmente aveva potuto anche lasciare la stanza dell'albergo di quart'ordine in cui aveva soggiornato nelle ultime notti e tornarsene a casa, nello splendido attico con vista sui Fori Imperiali, a pochi passi dal Colosseo.

Con la cattura del bambino di sale il suo compito era quasi esaurito. Adesso Roma poteva anche sapere che l'Avvocato del Diavolo era tornato in città.

Il fantasma del suo amico Min, che tanto l'aveva tormentato in quei giorni, non era ancora svanito. Ma era di nuovo una presenza silente nella sua coscienza. Non gli dava fastidio, perché era stato proprio grazie al gigante buono se Erriaga era giunto fino ai vertici della Chiesa.

Da giovane si era macchiato di un assassinio. Aveva ucciso brutalmente Min, reo soltanto di averlo preso in giro, e per questo l'avevano imprigionato. Battista aveva rifiutato la condanna, ritenendola ingiusta e ribellandosi a ogni forma di autorità durante il corso di tutta la detenzione. Ma era l'indole dell'adolescente inquieto che agiva e parlava, in realtà la parte più profonda di lui soffriva per quanto commesso.

Finché un giorno non aveva incontrato un prete, e allora tutto era cambiato.

Il sacerdote aveva cominciato a parlargli dei Vangeli e delle Scritture. Gradualmente, con pazienza, aveva convinto Battista a liberarsi del proprio peso. Ma, dopo che gli aveva confessato il proprio peccato, il prete non l'aveva assolto subito. Gli aveva invece spiegato che era necessario trascrivere e trasmettere la sua *culpa gravis* a un apposito tribunale che si trovava a Roma. Così aveva fatto ed erano trascorsi lunghi giorni in cui Battista aveva temuto che per lui non ci sarebbero mai stati perdono né redenzione. Ma poi il verdetto era arrivato.

La sua anima era salva.

In quel frangente, Erriaga aveva intravisto la possibilità di rivoluzionare la propria vita. Il Tribunale delle Anime era lo strumento straordinario che gli avrebbe consentito di evolvere da quella magra esistenza e di evitare la certezza di un destino da misera nullità. Quale potere si celava nel giudizio delle anime degli uomini! Non sarebbe stato più l'umile e inutile discendente di un alcolizzato – il figlio della scimmia ammaestrata.

Aveva convinto il prete a istradarlo sul cammino per prendere i voti. Non era mai stato mosso da una sincera vocazione, bensì da una sana ambizione.

Negli anni seguenti aveva perseguito il proprio scopo con impegno e abnegazione. Per prima cosa era riuscito a cancellare ogni traccia del proprio passato: nessuno l'avrebbe mai collegato a un omicidio avvenuto in uno sparuto villaggio delle Filippine. Quindi si era meritato ogni gradino della scala gerarchica che era riuscito a salire. Da semplice prete a vescovo, da monsignore a cardinale. E, infine, aveva ottenuto l'incarico per cui si era preparato per tutta la vita. Anzi, viste le sue competenze, era quasi scontato che scegliessero proprio lui.

Da oltre vent'anni celebrava l'Ufficio delle Tenebre in seno al tribunale. Formulava l'accusa a carico dei penitenti e, nel contempo, conosceva i loro più subdoli segreti. La loro identità era celata dall'anonimato, ma Battista Erriaga era in grado di risalire a loro tramite piccoli dettagli contenuti nelle confessioni.

Ormai era davvero esperto in quell'attività.

Nel tempo aveva imparato a servirsi di ciò che sapeva per ottenere favori. Non gli piaceva chiamarli ricatti, anche se la sostanza poteva apparire esattamente quella. Ogni volta che usava il suo immenso potere, lo faceva solo per il bene della Chiesa. Che ciò comportasse un vantaggio anche per lui, era un aspetto del tutto marginale.

Non provava alcuna pietà per i penitenti. Quegli uomini si confessavano solo per proseguire indisturbati la loro vita. Erano dei vigliacchi perché così evitavano di misurarsi apertamente con la legge. Molti di loro, inoltre, ottenevano il perdono e tornavano a fare esattamente ciò che facevano prima.

Erriaga riteneva che il sacramento della confessione fosse uno dei guasti del cattolicesimo. Un bel lavaggio periodico della coscienza e il gioco è fatto!

Perciò non aveva remore a sfruttare quei peccatori, a usare i loro vizi per ottenere vantaggi a fin di bene. Ogni volta che si presentava da uno di loro, questi rimaneva allibito sentendosi raccontare il proprio segreto. Il fatto che non capissero subito come facesse a conoscerlo era la prova che avevano perfino dimenticato di essersi confessati con un prete. Ecco quanto poco contava il perdono per loro!

Mentre si guardava allo specchio dopo aver indossato uno dei suoi consueti completi scuri di alta sartoria, ma con il colletto bianco da prete al posto della cravatta, e dopo essersi infilato al collo la catena con la grande croce d'oro e di rubini, Erriaga recitò a bassa voce una preghiera per l'anima di Min.

In gioventù si era macchiato di un peccato tremendo, ma almeno non aveva avuto la sfrontatezza di perdonarselo.

Quando ebbe terminato, decise di uscire di casa, perché aveva ancora una cosa da fare per ultimare il proprio compito.

Il segreto constava di tre livelli. Il primo era il bambino di sale. Il secondo l'uomo con la testa di lupo. Ed erano stati entrambi svelati.

Ma il terzo doveva rimanere tale. Altrimenti, la Chiesa avrebbe pagato un prezzo enorme. E lui con essa.

13

Marcus ci aveva riflettuto a lungo.

Era inutile appostarsi fuori dall'ospedale in cui l'avevano ricoverata in via del tutto precauzionale. C'erano già nugoli di fotografi e reporter che l'aspettavano in attesa di rubare un'immagine o una dichiarazione.

Sandra era il personaggio del momento. Insieme a Victor Agapov, ovviamente.

Il mostro era stato condotto in carcere e, secondo le poche informazioni in possesso della stampa, si rifiutava ostinatamente di rispondere alle domande dei magistrati. Per cui le attenzioni si concentravano sulla giovane poliziotta, vittima ed eroina dell'epilogo della vicenda.

Marcus sperava di vederla, di parlare con lei, ma non poteva farsi avanti. Il dolore per la scomparsa di Clemente lo perseguitava come una presenza molesta, ingombrante. Dopo la morte del suo unico amico, Sandra era l'unico antidoto alla solitudine.

Fino a quel momento, il penitenziere aveva sempre pensato di essere solo, ma non era vero. Forse perché aveva sempre creduto che Clemente avesse una propria vita oltre il rapporto fra loro due: persone con cui interagiva, comunicava, con cui poteva ridere o confidarsi. Già il fatto di conoscere i loro superiori sembrava un vantaggio. Invece Clemente era esattamente come lui, senza nessuno. Con la grande differenza che non se ne lamentava mai, non lo faceva pesare come invece faceva lui.

Marcus avrebbe voluto comprendere la solitudine di Clemente, farsene carico. Così avrebbe potuto condividere anche la propria. E allora sarebbero stati davvero amici.

«Ero un prete di campagna, in Portogallo. Un giorno arrivò

una lettera. Era firmata con un sigillo del Vaticano: si trattava di un incarico a cui non mi potevo sottrarre. All'interno c'erano le istruzioni per rintracciare un uomo ricoverato in un ospedale, a Praga... Non ho mai capito perché avessero scelto me. Non avevo doti particolari, né avevo mai manifestato l'ambizione di fare carriera. Ero felice nella mia parrocchia, con i miei fedeli... A noi non è dato chiedere, a noi non è dato sapere. Noi dobbiamo soltanto ubbidire... »

Quella notte, Clemente aveva salvato Sandra sacrificando se stesso. Il motivo principale per cui Marcus voleva vederla era per dirle la verità sul conto dell'amico.

Si era recato ad attenderla nell'unico posto in cui sarebbe stato possibile incontrarsi, lontano dalla folla e dai curiosi. Lontano da tutti. Non era sicuro che Sandra avrebbe intuito che lui la stesse aspettando proprio lì, ma ci sperava. Perché era il primo posto in cui si erano visti, tre anni prima. La sagrestia di San Luigi dei Francesi.

« Sono qui » disse prima che lui aprisse bocca, come se si fossero dati veramente quell'appuntamento e lei volesse scusarsi del ritardo.

Marcus le andò incontro, ma si frenò. L'ultima volta si erano abbracciati, adesso non era il caso. Sandra aveva il volto scavato, gli occhi gonfi di pianto.

« Sono una stupida. È colpa mia se Max è morto. »

« Non credo sia dipeso da te. »

« Invece sì. Se non mi fossi segnata al contrario mentre mi riprendevano in televisione, quel bastardo non ci avrebbe scelti. »

Marcus ignorava quella parte della storia. Anzi, si era chiesto come mai proprio Sandra, proprio Max. Ma non era stato ancora in grado di darsi una risposta. Quando apprese come erano andati i fatti, decise di tacere.

« I suoi studenti sono sconvolti, non riescono a darsi pace. Hanno preparato un ricordo, fra poco si terrà una breve cerimonia nella palestra della scuola. » Finì la frase e guardò l'ora, come una che ha molta fretta. « Il magistrato ha autorizzato il rimpatrio della salma. Stasera un volo lo riporterà in Inghilterra.» Poi aggiunse: «Io lo accompagnerò».

Marcus la guardava senza riuscire a parlare. Erano a una distanza di un paio di metri l'uno dall'altra, ma nessuno dei due ce la faceva a colmarla. Era come se ci fosse un baratro nel mezzo.

«Devo per forza andare con lui, dovrò parlare con sua madre, con suo padre e con i suoi fratelli, conoscerò i vecchi amici che non ha fatto in tempo a presentarmi e vedrò per la prima volta il posto in cui è nato, e loro mi vedranno e penseranno che l'ho amato fino all'ultimo e non sarà vero, io...»

Lasciò che quella parola rimanesse in bilico sullo strapiombo che li divideva.

«Tu cosa?» chiese Marcus.

Stavolta toccò a Sandra tacere.

«Perché sei venuta qui?»

«Perché ho fatto una promessa.»

Marcus rimase deluso dalla risposta. Avrebbe voluto sentirsi dire che era per lui.

«Il tuo amico si chiamava Clemente, vero? Ed era un penitenziere.»

Allora Sandra sapeva chi l'aveva salvata... Clemente era venuto meno alla regola dei penitenzieri... «*Nessuno dovrà sapere della tua esistenza. Mai. Potrai dire chi sei solo nel tempo che intercorre fra il lampo e il tuono...*»

Sandra si frugò in tasca, prese qualcosa e gliela porse senza avvicinarsi. «Prima di morire, mi ha chiesto di darti questa.»

Marcus fece un passo in avanti e vide cosa c'era nel palmo della mano. La medaglietta con l'effigie di san Michele Arcangelo che brandiva la spada infuocata.

«Ha detto che era importante. E che tu avresti capito.»

Marcus rammentò il momento di rabbia in cui gliel'aveva scagliata addosso. Era stato davvero quello il loro addio? E ciò lo gettò in una disperazione ancora più cupa.

«Devo andare» disse Sandra.

Si avvicinò e gli mise fra le mani la medaglietta di Clemente. Poi si sollevò un po' sulle punte dei piedi e gli diede un bacio sulle labbra. Un lunghissimo, infinito bacio. « In un'altra vita » disse poi.

« In un'altra vita » promise Marcus.

A tarda sera, tornò nella soffitta di via dei Serpenti. Chiuse la porta e attese prima di accendere la luce. Dalla finestra entrava il fioco barlume che proveniva dalla distesa dei tetti di Roma.

Ora sì che era completamente solo. Definitivamente solo.

Era triste. Ma se Sandra avesse fatto durare di più quel bacio, e avesse fatto diventare quell'addio un'altra cosa, magari la richiesta di essere amata, lui come si sarebbe comportato? Aveva fatto un giuramento molti anni prima, un voto di castità e obbedienza. Davvero sarebbe stato disposto a scioglierlo? E per diventare cosa?

Lui era un cacciatore del buio. Non si trattava di una professione, era la sua natura.

Il male non era semplicemente un comportamento da cui scaturivano effetti e sensazioni negative. *Il male era una dimensione.* E il penitenziere riusciva a scorgerla, vedendo ciò che gli altri non potevano vedere.

E nel quadro che aveva davanti adesso mancava ancora qualcosa.

Chi era l'uomo che Sandra aveva incontrato al Colosseo? Come faceva a essere al corrente delle indagini di polizia? E, soprattutto, come era possibile che conoscesse Marcus e la penitenzieria?

Doveva ancora rispondere a quegli interrogativi. Il cacciatore del buio non aveva scelta. Ma avrebbe cominciato l'indomani, adesso era troppo stanco.

Accese la piccola lampada che si trovava accanto alla branda. La prima cosa che vide fu il fotogramma dell'uomo con la tracolla grigia. L'assassino della suora di clausura. Non poté fare a meno di pensare che l'attrito con Clemente era iniziato proprio dal caso del cadavere smembrato nei giardini vaticani e, soprattutto, dalla sua insistenza per conoscere i loro superiori. Era stato ingiusto con lui. Il disperato «Non lo so» dell'amico gli risuonava ancora dentro.

Si ricordò della medaglietta che Clemente aveva voluto restituirgli prima di morire – san Michele Arcangelo, il protettore dei penitenzieri. Era venuto il momento di indossarla di nuovo. La cercò frugandosi in tasca, ma insieme a quella tirò fuori anche un cartoncino ripiegato. Ci mise un po' a ricordare che si trattava della mappa che gli aveva dato Kropp. Entrambi quegli oggetti provenivano da uomini che stavano per morire. Marcus stava per sbarazzarsi del secondo, perché non tollerava quel paragone. Ma, prima di strappare il foglio, si costrinse a osservarlo un'ultima volta.

Il centro di Roma, un percorso che da via del Mancino conduceva fino a piazza di Spagna, alla base della scalinata che portava alla chiesa di Trinità dei Monti. Poco più di un chilometro a piedi.

Capirai e ti stupirai, aveva detto il vecchio.

Ma cosa poteva esserci proprio in mezzo a uno dei luoghi più celebri e frequentati di Roma? Quale segreto poteva celarsi davanti agli occhi di tutti?

Prima di quel momento Marcus aveva pensato a una trappola, a un modo per distrarlo dal suo scopo principale: trovare Victor. Adesso, però, considerò la cosa con un animo diverso: Kropp avrebbe potuto spedirlo nell'angolo più remoto e sconosciuto della città se avesse voluto soltanto ingannarlo. Non aveva senso ciò che invece aveva fatto.

«*Il finale della tua fiaba, bambino senza nome.*»

Fu solo osservando meglio la mappa che Marcus si accorse di un dettaglio. Anzi, *un'anomalia.* Non tutto il percorso segnato in rosso passava per le strade cittadine. Varie volte sembrava attraversare i palazzi.

Non sopra, si disse Marcus.

Sotto.

Il percorso era nel sottosuolo.

14

Per Roma c'era uno strano fermento.

La gente riempiva le strade rifiutandosi di andare a dormire. La città celebrava la fine dell'incubo del mostro. L'effetto più straordinario erano le veglie che erano sorte spontaneamente in tutti i quartieri. Qualcuno sceglieva un posto a caso per deporre dei fiori o accendere una candela per le vittime e dopo un po' quel posto si riempiva di altre testimonianze – peluche, foto, bigliettini. La gente si fermava, si prendeva per mano, molti pregavano.

Le chiese erano aperte. Quelle che di solito erano meta solo di turisti adesso erano piene di fedeli. Nessuno avvertiva più l'imbarazzo di mostrarsi mentre ringraziava Dio.

Una fede sfrontata e gioiosa. Così appariva agli occhi di Marcus. Ma lui non poteva unirsi a quel carnevale, non ancora.

Via del Mancino era nei pressi di piazza Venezia.

Il penitenziere aveva atteso che la strada fosse momentaneamente deserta per calarsi nel tombino dell'acquedotto capitolino, che corrispondeva anche all'inizio del percorso indicato nella mappa di Kropp. Spostando il coperchio di ghisa, aveva scoperto una scaletta che scendeva per diversi metri nel sottosuolo. Solo quando giunse alla fine dei gradini, accese la torcia.

Illuminò la stretta galleria in cui correva il condotto. Nelle pareti del tunnel c'erano sedimenti di epoche diverse. Strati di cemento armato, di terriccio ma anche di tufo e travertino. Uno di questi era un composito di cocci di anfore di argilla. All'epoca degli antichi romani, spesso i vecchi recipienti inutilizzati venivano reimpiegati come materiale di costruzione.

Marcus s'incamminò e la sua torcia faceva la spola fra il pavimento dissestato e la mappa che teneva in mano. Incontrò diversi bivi sul cammino e fece più volte fatica a orientarsi. Ma, a un certo punto, si trovò davanti una galleria che non c'entrava nulla con l'acquedotto, probabilmente scavata molti secoli prima.

La imboccò. Dopo alcuni metri, si accorse che le pareti erano ricoperte di scritte. Erano in greco antico, in latino e in aramaico. Alcune parole erano state corrose dal tempo e dall'umidità.

Una catacomba, pensò.

Erano aree cimiteriali cristiane o ebraiche e si trovavano in varie zone di Roma. Le più antiche risalivano al II secolo d.C., quando fu imposto il divieto di seppellire i morti entro i confini delle mura.

Era strano che ce ne fosse una proprio a due passi da piazza di Spagna, pensò.

Quelle cristiane, solitamente, erano dedicate a un santo. La più famosa era proprio quella che ospitava la tomba di san Pietro, diversi metri sotto la basilica simbolo del cattolicesimo. Una volta l'aveva visitata con Clemente che gli aveva anche narrato la storia del ritrovamento dei resti dell'apostolo nel 1939.

Mentre procedeva, Marcus scandagliò meglio i muri con la torcia nella speranza che qualcosa gli rivelasse dove si trovava.

Lo vide alla base di una delle pareti. Era alto pochi centimetri. Non lo riconobbe subito, perché all'inizio gli sembrò soltanto l'effigie di un omino di profilo con le gambe allargate nel gesto di camminare.

Poi scorse la testa di lupo.

La postura indicava che voleva essere seguito. Marcus lo fece. Man mano che procedeva, ritrovò più volte il simbolo, posto sempre più in alto e di dimensioni via via maggiori. Segno che chiunque avesse realizzato quel murale antichissimo prometteva di svelare qualcosa d'importante alla fine del tragitto.

Quando l'uomo con la testa di lupo raggiunse la sua altezza, a Marcus parve di camminargli accanto. E fu una sensazione sgradevole. Parecchi metri sopra la sua testa, la gente sfilava col cuore colmo di una fede ritrovata. Lui, là sotto, marciava fianco a fianco col demonio.

Sbucò in una stanza circolare, una specie di pozzo senza uscita. Il soffitto era basso, ma il penitenziere notò che ci stava perfettamente, anche senza doversi piegare. Sulle pareti, tutt'intorno, la figura antropomorfa con la testa di lupo era replicata ossessivamente. Marcus illuminò con la torcia, uno per uno, tutti quegli esseri gemelli. Finché non giunse all'ultimo della schiera. E rimase sconcertato.

La figura era diversa. La testa di lupo gli era stata levata e gli giaceva accanto, come una maschera. Sotto quell'effigie c'era sempre stato un volto umano. Un volto che Marcus conosceva bene, perché l'aveva visto migliaia di volte.

L'uomo senza quel travestimento era Gesù Cristo.

«Sì, sono cristiani» disse una voce maschile alle sue spalle.

Marcus si voltò di scatto, puntando la torcia. L'uomo si portò una mano sulla faccia, ma solo perché la luce lo stava abbagliando.

«Potresti abbassarla, per favore?»

Il penitenziere lo fece, e anche quello calò il braccio. Marcus si rese conto di averlo visto in un'altra circostanza, in una notte al Tribunale delle Anime.

L'Avvocato del Diavolo.

Invece Battista Erriaga lo vedeva per la prima volta. «Speravo che non saresti arrivato a questo punto» confidò pensando al terzo livello del segreto, ormai rivelato.

«Che significa 'sono cristiani'?» chiese Marcus all'uomo vestito di nero ma con la croce e l'anello cardinalizi.

«Che credono in Dio e in Cristo, esattamente come me e te. Anzi, forse la loro fede è più forte e feconda della nostra, Marcus.»

L'uomo conosceva il suo nome. «Perché proteggere il male, allora?»

«A fin di bene» disse Erriaga, rendendosi conto che il concetto poteva stridere alle orecchie di un profano. «Vedi, Marcus, in tutte le grandi religioni monoteistiche Dio è sia buono che cattivo, benevolo e vendicatore, compassionevole e spietato. È così per gli ebrei e per i musulmani. I cristiani, invece, a un certo punto della loro storia hanno distinto Dio dal diavolo... Dio doveva essere solo buono, buono per forza. E ancora oggi paghiamo il prezzo di questa scelta, di quest'errore. Abbiamo nascosto il diavolo all'umanità, come si nasconde lo sporco sotto un tappeto. Per ottenere cosa? Abbiamo assolto Dio dai suoi peccati solo per assolvere noi stessi. È un atto di grande egoismo, non credi? »

« Allora Kropp e i suoi accoliti fingevano di essere satanisti. »

« Se il vero Dio è sia buono che cattivo, cos'è realmente il satanismo se non un altro modo per venerarlo? Alla vigilia dell'anno Mille – nel 999 – alcuni cristiani costituirono la *Confraternita di Giuda*. Sostenevano qualcosa che era già evidente nelle Sacre Scritture, cioè che senza l'apostolo traditore non ci sarebbe stato il martirio di Cristo, e senza il martirio non avremmo avuto il cristianesimo. Giuda – il male – era stato essenziale. Compresero che c'era bisogno del diavolo per alimentare la fede nel cuore degli uomini. Così inventarono dei simboli che scuotessero le coscienze: cos'è il 666 se non un 999 rovesciato? E le croci capovolte sono pur sempre croci! È questo che la gente non vede, non capisce. »

« La Confraternita di Giuda » ripeté Marcus, pensando alla setta di Kropp. « Il male amplifica la fede » concluse poi, inorridito.

« Hai visto anche tu cosa sta accadendo là fuori stanotte. Hai guardato bene quegli uomini e quelle donne che pregavano? Li hai guardati negli occhi? Erano felici. Quante anime si sono salvate grazie a Victor? Parlagli del bene e ti ignoreranno. Mostragli il male e ti presteranno attenzione. »

« E quelli che sono morti? »

« Se siamo fatti a immagine e somiglianza di Dio, allora anche lui può essere malvagio. Un esercito per esistere ha bisogno di una guerra. Senza il male, gli uomini non avrebbero bisogno della Chiesa. E ogni guerra, alla fine, conta le proprie vittime. »

« Allora Diana e Giorgio, i due poliziotti, gli autostoppisti, Max, Cosmo Barditi... Sono solo un inevitabile effetto collaterale? »

« Sei ingiusto. Anche se non mi credi, anch'io ho cercato di fermare la strage, proprio come te. Ma l'ho fatto a modo mio, badando a un interesse superiore. »

« Quale? » lo sfidò il penitenziere.

Erriaga affilò lo sguardo sul suo interlocutore, perché non amava essere provocato. « Chi credi che abbia dato a Clemente l'ordine di affidarti l'indagine sul mostro dopo che avevamo trovato la registrazione del messaggio nel confessionale di Sant'Apollinare? »

Marcus rimase spiazzato.

« Hai sempre desiderato conoscere il volto dei tuoi superiori. » Battista allargò entrambe le braccia e si indicò il petto. « Eccomi qui: cardinale Battista Erriaga. In tutto questo tempo hai sempre operato per me. »

Marcus non sapeva cosa dire. La rabbia e l'amarezza stavano prendendo il sopravvento sul ragionamento. « Sapevi fin dall'inizio chi era il bambino di sale, e non mi hai offerto subito l'opportunità di fermarlo. »

« Non era così semplice: Kropp e i suoi dovevano essere fermati per primi. »

Marcus adesso vedeva ogni cosa chiaramente. « Certo. Perché la tua unica preoccupazione era che si venisse a sapere che la Chiesa era al corrente dell'esistenza della Confraternita di Giuda. Gente che credeva nel nostro stesso Dio: un'onta troppo grande da svelare. »

Erriaga constatò che l'uomo che aveva davanti – quello che aveva scovato a Praga, senza memoria in un letto d'ospedale e con una pallottola in fronte, quello che aveva fatto istruire da Clemente – aveva un'indole fortissima, e se ne compiacque. Aveva scelto bene. « Da Innocenzo III in poi il papa è stato definito 'il dominatore dei mostri'. Il messaggio era chiaro: la Chiesa non ha paura di confrontarsi con la propria storia, né con la parte più infima e deprecabile della natura umana: il peccato. Quando i nostri nemici vogliono colpirci ci rinfacciano l'opulenza, il nostro essere così lontani dai dettami di Cristo, di povertà e generosità verso il prossimo. Allora affermano che il diavolo è entrato in Vaticano... »

Hic est diabolus, rammentò Marcus.

« E hanno ragione » affermò a sorpresa Erriaga. « Perché solo noi possiamo tenere a bada il male. Ricordalo. »

« Ora che so, non sono più sicuro di voler ancora far parte di tutto questo... » Marcus si incamminò verso il tunnel che conduceva all'uscita.

« Sei un ingrato. *Io* ho mandato subito Clemente a casa di Sandra Vega quando ho appreso dalle mie fonti che la vittima di Sabaudia era il suo compagno. *Io* ho compreso il pericolo che correva e ho agito di conseguenza. La tua donna è viva grazie a *me*! »

Il penitenziere ignorò la provocazione del cardinale e gli passò accanto. Poi si fermò per voltarsi un'ultima volta. « Il bene è l'eccezione, il male è la regola. Me l'hai insegnato tu. »

Battista Erriaga scoppiò in una fragorosa risata che risuonò nel budello di roccia. « Non avrai mai una vita come gli altri. Non puoi essere ciò che non sei. È la tua natura. »

Poi aggiunse una cosa che fece rabbrividire Marcus.

« Tornerai. »

EPILOGO

Il dominatore dei mostri

« Sei quasi pronto » gli aveva annunciato Clemente in una mattina di marzo. « Manca solo una lezione al termine del tuo addestramento. »

« Non so se è davvero come dici » aveva replicato Marcus, perché era ancora pieno di dubbi. « Le emicranie continuano a tormentarmi, e faccio anche un incubo ricorrente. »

Clemente allora si era frugato nelle tasche. Aveva estratto una medaglietta di metallo, come quelle che si potevano comprare per pochi spiccioli nei negozi di souvenir di piazza San Pietro, ma mostrandogliela come se avesse un incredibile valore.

« Questo è san Michele Arcangelo » aveva detto, indicando l'angelo con la spada di fuoco. « Ha scacciato Lucifero dal paradiso, gettandolo all'inferno. » Poi gli aveva preso la mano, consegnandogli la medaglia. « È il protettore dei penitenzieri. Mettila al collo e portala sempre con te, ti aiuterà. »

Marcus aveva accolto il dono con la speranza che lo proteggesse davvero. « E la mia ultima lezione quando avverrà? »

Clemente aveva sorriso. « Al momento giusto. »

Marcus non aveva compreso il senso delle parole dell'amico. Ma era sicuro che un giorno sarebbe stato tutto chiaro.

Alla fine di febbraio a Lagos il termometro registrava quaranta gradi, con un tasso d'umidità dell'ottantacinque per cento.

Nella seconda città dell'Africa, dopo Il Cairo, si contavano oltre ventuno milioni di abitanti, che aumentavano ogni giorno di duemila unità. Era un fenomeno che si poteva percepire: da quando era lì, Marcus aveva visto accrescere la dimensione della baraccopoli che si estendeva fuori dalla sua finestra.

Aveva scelto una casa in periferia, sopra un'officina che riparava vecchi camion. Non era molto grande e, anche se si era abituato a convivere con il caos della metropoli, il caldo notturno gli impediva di dormire bene. Le sue cose erano stipate in un armadio a muro, aveva un frigorifero che risaliva agli anni Settanta e un piccolo angolo cottura in cui cucinava i pasti. La ventola sul soffitto emetteva un ronzio ritmico, simile al volo di un calabrone.

Nonostante le scomodità, si sentiva libero.

Si trovava in Nigeria da circa otto mesi, ma aveva trascorso gli ultimi due anni a girare da un posto all'altro. Paraguay, Bolivia, Pakistan e poi Cambogia. Andando a caccia di « anomalie » era riuscito a sgominare una rete di pedofili, a Gujranwala aveva fermato un cittadino svedese che sceglieva i paesi più poveri per commettere omicidi e dare sfogo al suo bisogno di uccidere, senza però correre il rischio di essere catturato, a Phnom Penh aveva scoperto un ospedale in cui contadini bisognosi vendevano i propri organi agli occidentali per poche centinaia di dollari. Adesso era sulle tracce di una banda dedita alla tratta degli esseri umani: quasi un centinaio fra donne, uomini e bambini erano scomparsi nel giro di pochi anni.

Aveva iniziato a interagire con le persone, comunicava con

loro. Era stato il suo desiderio per tanto tempo. Non aveva dimenticato l'isolamento patito a Roma. Ma anche adesso, la sua indole solitaria emergeva all'improvviso. Così, prima che si creassero legami stabili riempiva la sacca e ripartiva.

Aveva paura dell'impegno. Perché l'unico rapporto affettivo che aveva saputo creare dopo aver riacquistato la memoria si era concluso amaramente. Pensava ancora a Sandra, ma sempre meno. Ogni tanto si chiedeva dove fosse e se era felice. Ma non si avventurava mai a immaginare se ci fosse qualcuno accanto a lei, o se lei stesse ricambiando i suoi pensieri. Sarebbe stato inutilmente doloroso.

Invece gli capitava spesso di parlare con Clemente. Avveniva nella sua testa, un dialogo intenso e costruttivo. Gli diceva tutte le cose che non aveva saputo o voluto dirgli quando era vivo. Provava una stretta allo stomaco solo quando ripensava all'ultima lezione del suo addestramento, quella che non avrebbero mai fatto insieme.

Due anni prima aveva rifiutato di essere ancora un prete. Ma dopo un po' aveva scoperto che non era così che funzionava. Si poteva rinunciare a qualsiasi cosa, ma non a una parte di sé. Erriaga aveva ragione: qualunque cosa avesse fatto, ovunque fosse andato, quella era la sua natura. Nonostante i dubbi che lo tormentavano, non poteva farci niente. Così, di tanto in tanto, quando trovava una chiesa abbandonata, entrava e celebrava messa. A volte accadeva qualcosa che non sapeva spiegare. Durante la funzione, inaspettatamente qualcuno arrivava e si metteva ad ascoltare. Non era sicuro che Dio esistesse veramente, ma il bisogno di lui accomunava le persone.

L'alto uomo di colore lo stava pedinando da quasi una settimana.

Marcus lo notò ancora una volta mentre si aggirava per il chiassoso e variopinto mercato di Balogun. Si teneva sempre a una decina di metri di distanza. Il posto era un vero labirinto dove si vendeva di tutto, ed era facile confondersi fra la gente. Ma Marcus ci aveva messo poco ad accorgersi di lui. Dal modo in cui lo seguiva si poteva desumere che non fosse molto esperto in quel genere di attività, ma non si poteva mai sapere. Forse l'organizzazione criminale su cui stava indagando si era accorta di lui e gli aveva messo un osservatore alle calcagna.

Marcus si fermò accanto al chiosco di un venditore d'acqua. Si slacciò il colletto della camicia di lino bianco e chiese un bicchiere. Mentre beveva, si passò un fazzoletto sul collo per asciugarsi il sudore, approfittando per guardarsi intorno. Anche l'uomo si era fermato e adesso fingeva di guardare le stoffe colorate su una bancarella. Indossava una specie di tunica chiara e portava una borsa di tela.

Decise che doveva fare qualcosa.

Attese che la voce del muezzin cominciasse a richiamare i fedeli alla preghiera. Una parte del mercato si fermò, poiché la metà della popolazione di Lagos era di fede musulmana. Marcus ne approfittò per accelerare il passo nel dedalo di stradine. L'uomo dietro di lui lo imitò. Era il doppio della sua stazza perciò Marcus non credeva di poter prevalere in uno scontro, inoltre non sapeva nemmeno se era armato, ma temeva che lo fosse. Doveva giocare d'astuzia. Si infilò in un vicolo deserto e si nascose dietro una tenda. Attese che l'uomo gli passasse davanti e poi gli saltò alle spalle, facendolo cadere di faccia a terra. Quindi si piazzò sopra di lui, stringendogli il collo in una morsa con entrambe le braccia.

« Perché mi segui? »

« Aspetta, fammi parlare. » Il gigante non provava a reagire, ma si opponeva soltanto alla stretta, per non soffocare.

« Sono loro che ti mandano? »

« Non capisco » provò a protestare l'uomo in un francese imperfetto.

Marcus strinse ancora più forte. « Come mi hai trovato? »

« Sei un prete, vero? »

Sentendoglielo dire, mollò un poco la presa.

« Mi hanno riferito che c'è uno che indaga sulle persone

scomparse...» Poi con un paio di dita tirò fuori dal colletto della tunica un laccio di cuoio a cui era appesa una croce di legno. «Puoi fidarti, sono un missionario.»

Marcus non era sicuro che fosse la verità, ma lo lasciò andare lo stesso. Con un po' di fatica, l'uomo si voltò mettendosi a sedere. Quindi si portò una mano alla gola e tossì, mentre provava a riprendere fiato.

«Come ti chiami?»

«Padre Emile.»

Marcus gli tese la mano e lo aiutò a rialzarsi. «Perché mi hai seguito? Perché non ti sei fatto avanti e basta?»

«Perché volevo prima accertarmi che fosse vero ciò che si dice di te.»

Marcus rimase colpito. «E cosa si dice?»

«Che sei un prete, perciò sei la persona giusta.»

Giusta per cosa? Non capiva.

«Come fai a saperlo?»

«Ti hanno visto celebrare messa in una chiesa abbandonata... Allora, è vero? Sei un prete?»

«Lo sono.» Poi lasciò che il grosso sacerdote proseguisse il suo racconto.

«Il mio villaggio si chiama Kivuli. Da noi sono decenni che si combatte una guerra di cui tutti fingono di non sapere. Periodicamente, poi, abbiamo problemi con l'acqua e ci sono casi di colera. Per via del conflitto, a Kivuli non vengono dottori e gli operatori umanitari spesso sono giustiziati dalle parti in lotta perché ritenuti spie mandate dal nemico. Per questo sono a Lagos, per trovare i farmaci che ci servono per arginare l'epidemia... Mentre ero qui ho sentito parlare di te e sono venuto a cercarti.»

Marcus non avrebbe mai immaginato che fosse così semplice trovarlo. Forse ultimamente aveva allentato un po' troppo la guardia. «Non so chi ti abbia raccontato certe cose, ma non è vero che posso aiutarti. Mi dispiace.» Gli voltò le spalle e stava per andarsene.

«Ho fatto un giuramento.»

L'uomo aveva pronunciato la frase con un tono di supplica, ma Marcus lo ignorò.

Padre Emile non demorse. « L'ho promesso a un amico sacerdote prima che il colera se lo portasse via. Mi ha insegnato a essere tutto ciò che sono, era il mio maestro. »

All'ultima frase, Marcus ripensò a Clemente e si bloccò.

« Padre Abel ha guidato la missione di Kivuli per quarantacinque anni » proseguì l'uomo, consapevole di aver creato una breccia.

Marcus si voltò.

« Le esatte parole prima di spirare sono state: 'Non dimenticate il giardino dei morti'. »

Marcus registrò la frase. Ma quel plurale, « morti », non gli piaceva.

« All'incirca vent'anni fa, ci sono stati degli omicidi nel villaggio. Tre giovani donne. Io non ero ancora arrivato a Kivuli, so che le ritrovarono nella foresta, massacrate. Padre Abel non si dava pace per ciò che era successo. Per il resto della vita ha voluto soltanto che il colpevole fosse punito. »

Marcus era scettico. « Vent'anni sono un lasso di tempo troppo lungo per poter compiere un'indagine: le tracce ormai sono andate perse. E il colpevole magari è morto, specie se non sono avvenuti altri omicidi. »

Ma l'uomo non si rassegnava. « Padre Abel aveva scritto anche una lettera in Vaticano per raccontare l'accaduto. Non ha mai ricevuto risposta. »

Marcus rimase colpito dall'affermazione. « Perché proprio il Vaticano? »

« Perché secondo padre Abel il colpevole era un prete. »

La novità lo scosse. « Conosci anche il suo nome? »

« Cornelius Van Buren, un olandese. »

« Ma padre Abel non ne era sicuro, vero? »

« No, ma aveva un fortissimo sospetto. Anche perché padre Van Buren all'improvviso è sparito e allora sono cessati anche gli omicidi. »

Sparito, si disse Marcus. C'era qualcosa in quella vecchia storia che lo spingeva a occuparsene. Forse perché il colpevole era un prete. O forse perché il Vaticano, pur investito della faccenda, l'aveva completamente ignorata. « Dove si trova il tuo villaggio? »

« Sarà un viaggio lungo » disse l'uomo. « Kivuli è in Congo. »

Impiegarono quasi tre settimane per giungere a destinazione.

Due delle quali accampati in attesa in un piccolo centro abitato a trecento chilometri dalla città di Goma. Da quasi un mese, infatti, nella zona di Kivuli imperversava una cruenta battaglia.

Da una parte c'erano le milizie del CNDP. « *Congrès National pour la Défense du Peuple* » aveva puntualizzato padre Emile. « Si tratta di tutsi filoruandesi. Il nome li fa sembrare dei rivoluzionari, in pratica sono solo stupratori assetati di sangue. » Dall'altra parte c'era l'Esercito Regolare della Repubblica Democratica del Congo che, poco a poco, si stava riprendendo i territori in mano ai ribelli.

Avevano trascorso diciotto giorni accanto alla radio, aspettando che la situazione si calmasse per permettere loro di affrontare l'ultima parte del viaggio. Marcus era riuscito anche a convincere un elicotterista ad accettare una somma di danaro per portarli lì. Alla mezzanotte del diciannovesimo giorno era finalmente giunta la notizia di una fragile tregua.

Si era creata una finestra di qualche ora, e ne avevano subito approfittato.

L'elicottero volava basso e a luci spente nella notte, per non farsi abbattere dall'artiglieria di uno qualsiasi fra i due eserciti. L'area era interessata da un forte temporale. Da un lato era un vantaggio, perché la pioggia avrebbe coperto il rumore dei rotori. Dall'altro costituiva un pericolo, perché ogni volta che in cielo si accendeva un lampo qualcuno dal basso avrebbe potuto localizzarli.

Mentre volavano verso la destinazione, Marcus guardava di sotto, chiedendosi cosa dovesse aspettarsi in quella foresta e se non fosse stato un azzardo andare lì per qualcosa accaduto così tanto tempo prima. Ma ormai non poteva più tirarsi indietro, si era impegnato con padre Emile e sembrava che per quell'uomo fosse di vitale importanza che lui vedesse ciò che aveva da mostrargli.

Strinse la medaglietta con san Michele Arcangelo e pregò che ne valesse davvero la pena.

Atterrarono in uno spiazzo fangoso in mezzo alla vegetazione.

Il pilota disse qualcosa in un francese approssimativo, ad alta voce per sovrastare il frastuono del motore. Non compresero le sue parole, ma il senso era che dovevano fare in fretta, perché non li avrebbe aspettati a lungo.

Si allontanarono correndo verso il muro di arbusti. S'infilarono nell'intrico e da lì in poi padre Emile camminò stando qualche passo avanti a Marcus, che intanto si domandava come facesse il sacerdote a sapere che era la direzione giusta. Era buio e la pioggia cadeva dritta e pesante sulle loro teste, picchiando sulla folta vegetazione, come una percussione caotica, assordante. A quel punto, padre Emile scostò un ultimo ramo e spuntarono all'improvviso in mezzo a un villaggio di argilla e lamiera.

Davanti a loro si presentò una scena caotica.

Gente che correva da una parte all'altra sotto l'acqua incessante, un andirivieni di sacchi di plastica azzurra che contenevano i poveri averi delle famiglie. Uomini che radunavano il poco bestiame nel tentativo di metterlo al riparo. Bambini che piangevano stretti alle gambe delle madri e neonati portati sulla schiena, avvolti in teli colorati. Marcus ebbe subito l'impressione che nessuno sapesse esattamente dove andare.

Padre Emile intuì i suoi pensieri e rallentò il passo per spiegare. « Fino a ieri qui c'erano i ribelli e domattina, invece, i militari entreranno nel villaggio e prenderanno il loro posto. Ma non verranno come liberatori: bruceranno le case e le provviste perché gli avversari non possano trovare scorte, nel caso dovessero tornare. E uccideranno tutti, con l'accusa fittizia di aver collaborato col nemico. Servirà come monito per i villaggi vicini. »

Mentre si guardava intorno, Marcus sollevò il capo come se

avesse intercettato un suono. In effetti, in mezzo alla pioggia scrosciante e alle voci concitate, si udiva un canto. Proveniva da un largo edificio di legno. Dall'interno filtrava una luce giallognola.

Una chiesa.

«Non tutti lasceranno questo posto stanotte» puntualizzò padre Emile. «I vecchi e i malati resteranno qui.»

Chi non ce la faceva a scappare sarebbe rimasto, si ripeté Marcus. In balia di chissà quale orrore.

Padre Emile lo afferrò per un braccio e lo scosse. «Hai sentito il pilota, no? Fra un po' se ne andrà, dobbiamo sbrigarci.»

Furono nuovamente fuori dal villaggio, ma dalla parte opposta a dove erano atterrati. Mentre andavano, padre Emile aveva reclutato un paio di uomini perché potessero aiutarli. Portarono con loro vanghe e rudimentali lanterne.

Giunsero nei pressi di una piccola valle che probabilmente un tempo ospitava il greto di un fiume. Nella parte più alta c'erano delle sepolture.

Un piccolo cimitero con tre croci.

Padre Emile disse qualcosa in un dialetto simile allo swahili e gli uomini cominciarono a scavare. Poi passò una vanga a Marcus e, insieme, anche loro diedero una mano.

«Kivuli nella nostra lingua significa 'ombra'» affermò il sacerdote. «Il villaggio ha preso il nome dal corso d'acqua che scorre ogni tanto in questa piccola valle. In primavera il fiume appare al calare del sole, per poi sparire il mattino dopo, proprio come un'ombra.»

Marcus intuì che il fenomeno era in qualche modo legato alla natura del suolo.

«Vent'anni fa, padre Abel ha voluto che queste sepolture fossero poste lontano dal cimitero del villaggio, in quest'area che d'estate è priva di vegetazione, anche se lui la chiamava 'il giardino dei morti'.»

Il terreno carsico era il posto migliore per conservare dei corpi, preservandoli dall'azione del tempo. Un obitorio naturale.

«Quando le tre ragazze furono uccise, non c'era modo di condurre un'indagine di qualche tipo. Ma padre Abel sapeva che un giorno qualcuno sarebbe venuto per fare delle domande. Chiunque fosse, avrebbe voluto sicuramente vedere i corpi.»

E quel momento, in effetti, era giunto.

Uno dei cadaveri venne riesumato prima degli altri. Marcus lasciò la vanga e si avvicinò alla fossa. L'acqua che cadeva dal cielo la riempiva, ma i resti erano avvolti in un telo di plastica. Marcus si inginocchiò nel fango e lo strappò con le mani. Padre Emile gli porse una lanterna.

Puntandola, Marcus si accorse che, in effetti, il cadavere si era ben conservato in quella culla di calcare. Aveva subito una sorta di mummificazione. Perciò, anche dopo vent'anni, le ossa erano ancora integre e rivestite da brandelli di tessuti, simili a una scura pergamena.

«Avevano sedici, diciotto e ventidue anni» affermò padre Emile, riferendosi alle vittime. «Lei è stata la prima, la più piccola.»

Marcus, però, non riusciva a capire come fosse morta. Allora si avvicinò, in cerca del segno di una ferita o di una scalfittura sulle ossa. Scorse qualcosa che lo colpì, ma la pioggia spense la fiammella.

Non può essere, si disse. Si fece passare subito un'altra lanterna. Allora *vide*, e si ritrasse rapidamente dalla buca, cadendo all'indietro.

Se ne stava così, con le mani e la schiena affondate nel fango e, sul volto, un'espressione attonita.

Padre Emile confermò la sua intuizione. «La testa è stata tagliata di netto, così come le braccia e le gambe. Era rimasto integro solo il torso. I resti erano sparsi in pochi metri e la ragazza era stata spogliata dei vestiti, che erano stati ridotti a brandelli.»

Marcus faceva fatica a respirare, mentre la pioggia si abbatteva su di lui, impedendogli di ragionare. Aveva già visto un cadavere come quello.

«*Hic est diabolus.*»

La giovane suora di clausura smembrata nel bosco dei giardini vaticani.

Il diavolo è qui, pensò. L'uomo con la tracolla grigia nel fotogramma tratto dal filmato della telecamera di sicurezza, l'essere a cui aveva dato la caccia senza esito, era stato a Kivuli diciassette anni prima del delitto in Vaticano, da cui erano trascorsi ormai tre anni.

« Cornelius Van Buren » disse a padre Emile, ricordandosi il nome del missionario olandese che probabilmente aveva commesso quegli omicidi. « Nel villaggio c'è qualcuno che l'ha conosciuto? »

« È passato tanto tempo, e la vita media è molto breve da queste parti. » Ma poi ci pensò meglio: « Però c'è un'anziana. Una delle ragazze uccise era sua nipote ».

« Devo parlarle. »

Padre Emile lo guardò, perplesso. « L'elicottero » gli rammentò.

« Correrò il rischio: portami da lei. »

Giunsero davanti alla chiesa e padre Emile entrò per primo. All'interno, lungo le pareti erano distesi i malati di colera. I familiari li avevano abbandonati per scappare, ora gli anziani si occupavano di loro. Un grande crocefisso di legno vegliava su tutti da un altare colmo di candele.

I vecchi cantavano per i più giovani. Era un canto carico di dolcezza e malinconia, ognuno sembrava aver accettato il proprio destino.

Padre Emile andò in cerca della donna, la trovò in fondo alla navata. Si stava prendendo cura di un ragazzo a cui metteva stracci bagnati sulla fronte per far scendere la febbre. Il sacerdote fece un cenno a Marcus, convocandolo. Si accovacciarono entrambi accanto a lei. Padre Emile disse qualcosa alla donna nella loro lingua. Lei poi spostò lo sguardo sul forestiero, studiandolo con enormi e limpidissimi occhi marroni.

« Parlerà con te » annunciò padre Emile. « Cosa vuoi che le chieda? »

« Se ricorda qualcosa di Van Buren. »

Il sacerdote tradusse la domanda. La donna ci pensò un momento e poi rispose, decisa. Marcus attendeva che finisse, sperando che le sue parole gli svelassero qualcosa d'importante.

«Dice che quel prete era diverso dagli altri, sembrava più buono, invece non lo era. E c'era qualcosa nel modo in cui guardava le persone. E quel qualcosa non le piaceva.»

La donna riprese a parlare.

«Ha detto che in questi anni ha cercato di cancellare per sempre il suo volto dalla memoria e ci è riuscita. Si scusa con te, ma non vuole ricordare ancora. È sicura che sia stato lui a uccidere la sua nipotina, ma adesso lei è in pace e fra poco si ritroveranno nel mondo di là.»

Ma a Marcus non bastava. «Chiedile di raccontarti qualcosa del giorno in cui Van Buren è sparito.»

Padre Emile lo fece. «Dice che una notte gli spiriti della foresta sono venuti a prenderlo per portarlo all'inferno.»

Gli spiriti della foresta... Marcus sperava in una risposta diversa.

Padre Emile comprese il suo scoramento. «Devi capire che qui convivono superstizione e religione. Questa gente è cattolica ma continua a coltivare credenze legate ai culti del passato. È così da sempre.»

Marcus ringraziò la donna con un cenno del capo e stava per rialzarsi, ma lei indicò qualcosa. In un primo momento, lui non capì. Poi si accorse che ce l'aveva con la medaglietta che portava al collo.

San Michele Arcangelo, il protettore dei penitenzieri.

Allora Marcus se la sfilò dal collo, le prese una mano e adagiò la collanina nel palmo rugoso. Quindi lo richiuse, come fosse uno scrigno. «Che questo angelo ti protegga stanotte.»

La donna accolse il dono con un sorriso lieve. Si guardarono ancora per qualche istante, per dirsi addio, poi Marcus si rialzò.

Percorsero a ritroso il tragitto verso l'elicottero. Il pilota aveva già riacceso il motore e le eliche volteggiavano nell'aria. Marcus arrivò fino allo sportello ma poi si voltò: padre Emile non era accanto a lui, si era fermato molto prima. Allora tornò indietro, ignorando gli strali del pilota.

« Vieni, cosa aspetti? » gli disse.

Ma il missionario scosse il capo senza dire nulla. Marcus comprese che non avrebbe nemmeno cercato rifugio nella giungla come gli altri abitanti del villaggio. Invece, sarebbe tornato nella chiesa e avrebbe atteso la morte insieme ai suoi fedeli che non erano in grado di fuggire.

« La Chiesa ha fatto grandi cose con le missioni a Kivuli e in posti simili, non lasciare che un mostro distrugga questo bene » affermò padre Emile.

Marcus annuì, poi abbracciò il gigante. Poco dopo, salì a bordo del velivolo che in pochi secondi prese quota nel sipario grigio di pioggia. Sotto di lui, il missionario levò la mano in un cenno di saluto. Marcus ricambiò il gesto, ma non si sentiva sollevato. Avrebbe voluto possedere il coraggio di quell'uomo. Un giorno, si disse. Forse.

Quella notte era stata gravida di sorprese. Aveva il nome di un assassino che fino a quel momento era un demonio sconosciuto. Erano trascorsi vent'anni, ma forse era ancora in tempo per la verità.

Ma per quella, Marcus sarebbe dovuto tornare a Roma.

Cornelius Van Buren aveva ucciso altre volte.

Era riuscito a trovare traccia di lui in vari luoghi del pianeta. In Indonesia, in Perú, ancora in Africa. Il diavolo approfittava del proprio status di missionario per muoversi indisturbato per il mondo. Ovunque era stato, aveva lasciato un segno del suo passaggio. Alla fine, Marcus aveva contato quarantasei cadaveri femminili.

Ma quelle vittime erano tutte precedenti a quelle di Kivuli.

Il villaggio del Congo era stato la sua ultima meta. Poi era svanito nel nulla. « Una notte gli spiriti della foresta sono venuti a prenderlo per portarlo all'inferno » aveva detto padre Emile traducendo le parole dell'anziana del villaggio.

Certo Marcus non poteva escludere del tutto che, nel frattempo, Van Buren avesse colpito altre volte e altrove. E che lui, semplicemente, non fosse stato in grado di trovare traccia di quei delitti. In fondo, avvenivano sempre in luoghi remoti e arretrati.

A ogni modo, diciassette anni dopo Kivuli, Van Buren era riapparso con un cadavere mutilato nei giardini del Vaticano. E poi era sparito di nuovo.

Perché quella fugace apparizione? E dove era andato nei tre anni successivi all'omicidio della suora? Marcus aveva calcolato che ormai l'uomo avesse un'età che si aggirava intorno ai sessantacinque anni: era probabile che nel frattempo fosse morto?

Un dato gli era balzato subito agli occhi. Van Buren sceglieva accuratamente le sue vittime.

Erano giovani, innocenti e molto belle.

Era pensabile che si fosse stancato del suo passatempo?

Il cardinale Erriaga aveva predetto che sarebbe accaduto.

« Tornerai » aveva affermato con una risata.

E infatti, alle diciassette e trenta di un martedì pomeriggio, il penitenziere si attardava nella Cappella Sistina insieme all'ultimo gruppo di visitatori. Mentre tutti ammiravano gli affreschi, lui osservava attentamente i movimenti degli addetti alla sicurezza.

Quando i custodi invitarono i presenti ad avviarsi perché i musei vaticani stavano per chiudere, Marcus uscì dalla fila e s'introdusse in un corridoio laterale. Da lì scese le scale di servizio che portavano nel cortile della Pigna. Nei giorni precedenti aveva compiuto altre visite, ma in realtà erano dei sopralluoghi per studiare le telecamere che vigilavano sul perimetro interno alla Città del Vaticano.

Aveva trovato dei buchi nel sistema di videosorveglianza. Grazie a essi, riuscì a raggiungere indisturbato l'area dei giardini.

Il sole primaverile stava tramontando lentamente, ma presto sarebbe stato buio. Così si nascose fra le siepi di bosso e attese. Rammentò la prima volta che era stato lì insieme a Clemente: l'area era stata messa in una specie di quarantena per permettere a loro due di attraversare indisturbati il parco.

Chi era stato a organizzare quell'impresa all'apparenza impossibile? Erriaga, naturalmente. Ma perché poi dalle alte sfere nessuno aveva mosso un dito per aiutare Marcus a portare a termine l'indagine sulla morte della suora?

C'era un evidente controsenso.

Il cardinale avrebbe potuto seppellire la faccenda nel silenzio, invece aveva voluto che il penitenziere vedesse e, soprattutto, sapesse.

Quando calò l'oscurità, Marcus uscì dal nascondiglio e si avviò verso l'unica parte dei giardini in cui la vegetazione poteva crescere libera.

Il bosco di due ettari in cui gli inservienti si recavano unicamente per rimuovere i rami secchi.

Arrivato sul posto, accese la piccola torcia che aveva con sé, cercando di ricordare dov'era posizionato il cadavere della suora. Individuò il punto che anni prima era stato recintato col nastro giallo della gendarmeria. Il male è una dimensione, rammentò a se stesso, perché sapeva bene cosa doveva fare.

Cercare le *anomalie*.

Per farlo, era necessario rievocare il ricordo di quanto era accaduto quel giorno in presenza di Clemente.

Un torso umano.

Era nudo. All'epoca aveva pensato subito al *Torso del Belvedere*, la gigantesca statua mutila di Ercole conservata nei musei vaticani. Ma la suora aveva subito un trattamento animale. *Qualcuno* le aveva staccato di netto testa, gambe e braccia. Giacevano a pochi metri, sparpagliate insieme agli abiti scuri, lacerati.

No, non « qualcuno ».

« Cornelius Van Buren. » Ora poteva finalmente pronunciare in quel posto il nome del colpevole.

L'assassinio era stato brutale. Ma c'era stata una logica dietro, un disegno. Il diavolo sapeva come muoversi all'interno delle mura. Aveva studiato i luoghi, le procedure di controllo, aveva aggirato le misure di sicurezza, esattamente come aveva fatto lui stesso poco prima.

« Chiunque sia stato, è venuto dall'esterno » aveva detto Clemente.

« Come fai a saperlo? »

« Conosciamo il suo volto. Il corpo è qui da almeno otto, nove ore. Questa mattina, molto presto, le telecamere di sicurezza hanno ripreso un uomo sospetto che si aggirava nella zona dei giardini. Era vestito da inserviente, ma risulta che sia stata rubata una divisa. »

« Perché lui? »

« Guarda tu stesso. »

Clemente gli aveva mostrato il fotogramma delle telecamere di sicurezza. Nel fermo immagine c'era un uomo vestito da giardiniere, con il volto parzialmente celato dalla visiera di un cappellino. Caucasico, età indefinibile ma sicuramente oltre i cinquant'anni. Aveva una borsa grigia a tracolla. Sul fondo s'intravedeva una macchia più scura.

« I gendarmi sono convinti che lì dentro ci sia una piccola

accetta o un oggetto simile. Doveva averla usata da poco, la macchia che vedi probabilmente è sangue.»

«Perché proprio un'accetta?»

«Perché era l'unico tipo di arma che potesse trovare qui. È escluso che sia riuscito a introdurre qualcosa da fuori, superando i varchi di sicurezza, le guardie e i metal detector.»

«Però l'ha portata via con sé per cancellare le tracce, nel caso i gendarmi si fossero rivolti alla polizia italiana.»

«In uscita è molto più semplice, non ci sono controlli. E poi, per andar via senza dare nell'occhio è sufficiente confondersi col flusso dei pellegrini o di turisti.»

Ripensando a quel dialogo, Marcus individuò subito l'errore.

Dopo Kivuli, Van Buren smette di uccidere per diciassette anni e sparisce. Forse non si è fermato, pensò. È diventato semplicemente più accorto e ha imparato a coprire meglio le tracce dei suoi delitti.

Ma allora perché correre un rischio enorme venendo a uccidere proprio in Vaticano?

Marcus intuì di essersi lasciato ingannare dal modo in cui Van Buren aveva eluso i controlli. Doveva ammetterlo: era rimasto affascinato. Ma adesso, in quel bosco deserto, rivide la sua posizione. Un predatore come Van Buren non avrebbe accettato il pericolo di farsi catturare.

Perché uccidere gli piaceva troppo.

E allora cosa era accaduto?

Sia lui sia Clemente avevano dato per scontato che l'assassino fosse entrato e uscito dal Vaticano.

E se invece fosse sempre stato lì?

In fondo, ciò avrebbe spiegato la sua perfetta conoscenza dei sistemi di sicurezza. Ma Marcus escluse quell'ipotesi perché, durante la sua indagine senza esito, aveva scandagliato la vita di tutti coloro, laici o religiosi, che operavano all'interno del piccolo Stato e che avevano qualcosa in comune con l'uomo del fotogramma – caucasico e di oltre cinquant'anni di età.

Un fantasma, si disse. Uno spettro capace di apparire e scomparire a suo piacimento.

Mosse la piccola torcia per illuminare gli alberi. Il diavolo aveva scelto il posto perfetto per colpire. Lontano dagli sguardi. E aveva scelto anche la vittima perfetta.

« La sua identità è un segreto » aveva detto Clemente riferendosi alla giovane suora di clausura. « È uno dei dettami dell'ordine a cui appartiene. »

In pubblico le suore coprivano il proprio volto con un drappo. Marcus l'aveva visto indosso alle consorelle, quando erano giunte per recuperare i resti della poveretta.

« *Hic est diabolus.* »

Così gli aveva detto una di loro, avvicinandosi mentre Clemente lo tirava via.

Il diavolo è qui.

Perché l'assassino ha scelto proprio una di loro?, si chiese Marcus.

« Ogni tanto, le suore passeggiano nel bosco » aveva detto Clemente. « Perché raramente qualcuno viene in questo luogo, e possono pregare indisturbate. »

L'affermazione avrebbe dovuto fargli pensare che l'omicida l'avesse scelta a caso. Una donna che aveva deciso di non esistere più per il resto dell'umanità, e che inoltre si trovava nell'unico luogo isolato del Vaticano, il bosco. La persona giusta nel posto giusto. Le altre vittime, però, le aveva volute *giovani, innocenti e molto belle.*

Marcus rammentò di quando si era chinato per guardarla meglio. L'incarnato candido, i piccoli seni, il sesso esposto così impudicamente. I capelli biondi e cortissimi sulla testa mozzata. Gli occhi azzurri, levati al cielo come in una supplica.

Anche lei, perciò, era giovane, innocente e molto bella. Ma se si copriva il volto con un drappo, come faceva l'assassino a saperlo?

« La conosceva. »

Lo disse di getto, senza neanche accorgersene. Improvvisamente i pezzi cominciarono a combaciare. Davanti ai suoi occhi si componevano come in un antico quadro del Caravaggio, come quello custodito in San Luigi dei Francesi, davanti al quale era iniziato il suo addestramento.

E nel dipinto c'erano tutti. Cornelius Van Buren, la suora di clausura che gli aveva sussurrato « *Hic est diabolus* », Battista Erriaga, san Michele Arcangelo, l'anziana donna di Kivuli, perfino Clemente.

« Cerca l'anomalia, Marcus » diceva il suo mentore. E Marcus la trovò.

Stavolta l'anomalia era lui.

« C'è un piccolo convento di clausura al di là del bosco » aveva detto Clemente. E Marcus s'incamminò proprio in quella direzione.

Dopo un po', la vegetazione si diradò e gli apparve un basso edificio grigio, austero. Dietro i vetri delle finestre si poteva scorgere una luce giallognola, come di candele. E ombre che si muovevano con lentezza ma con ordine.

Il penitenziere si avvicinò al portoncino e bussò una volta. Poco dopo, qualcuno tolse i fermi e aprì l'uscio. La suora aveva il volto coperto da un drappo nero. Lo guardò, e poi indietreggiò subito per farlo entrare, come se lo stessero aspettando.

Marcus mise piede all'interno e davanti a lui le consorelle erano schierate. Si accorse subito che non si era sbagliato. Candele. Le religiose avevano scelto d'isolarsi dal resto dell'umanità, rinunciando a qualsiasi tecnologia o strumento di conforto. E quel luogo di silenzio, fuori dal tempo, si trovava proprio nel mezzo del piccolo territorio del Vaticano, al centro di un'enorme e caotica metropoli come Roma.

« È difficile comprendere la scelta di queste suore, molti pensano che potrebbero andare a fare del bene fra la gente invece di rinchiudersi fra le mura di un convento » aveva affermato Clemente. « Ma mia nonna diceva sempre: 'Non sai quante volte queste suorine hanno salvato il mondo con le loro preghiere'. »

Ora lo sapeva. Era vero.

Nessuno indicò a Marcus dove andare. Ma appena si mosse, le consorelle cominciarono a scansarsi a turno, per indicargli la direzione. Così giunse alla base di una scalinata. Prima guardò in alto, poi cominciò a salire. La sua mente era affollata di pensieri, ma tutti adesso avevano un senso.

La risata di Erriaga... « *Non avrai mai una vita come gli altri.*

Non puoi essere ciò che non sei. È la tua natura. » Il cardinale lo sapeva: Marcus avrebbe continuato a vedere le anomalie, i segni del male. Era il suo talento e la sua maledizione. E non sarebbe mai riuscito a dimenticare il corpo dilaniato della suora. Van Buren aveva disseminato fin troppi cadaveri in giro per il mondo perché Marcus non s'imbattesse nuovamente in lui. E poi era la sua *natura*, non sapeva fare niente di diverso. « *Tornerai.* » E infatti, era tornato.

« *E la mia ultima lezione quando avverrà?* » aveva chiesto a Clemente.

E lui aveva sorriso: « *Al momento giusto* ».

Era quella l'ultima lezione del suo addestramento. Per questo Erriaga tre anni prima aveva voluto che andasse nel bosco a vedere il cadavere smembrato. Non c'era nulla da scoprire che il cardinale già non sapesse.

« *Una notte gli spiriti della foresta sono venuti a prenderlo per portarlo all'inferno.* » Padre Emile aveva tradotto proprio così le parole dell'anziana. Poi la donna aveva indicato la medaglietta che Marcus portava al collo e lui gliel'aveva regalata.

San Michele Arcangelo, il protettore dei penitenzieri.

Ma la donna non l'aveva indicata perché la voleva: in realtà gli stava semplicemente dicendo di averne viste di identiche la notte in cui Van Buren era sparito da Kivuli.

I cacciatori del buio – gli spiriti della foresta – erano già sulle tracce del missionario. L'avevano scovato, portandolo via.

Giunto in cima alle scale, Marcus si accorse che in fondo al corridoio alla sua sinistra c'era un'unica stanza da cui proveniva un debole bagliore. Si avvicinò senza fretta, finché non arrivò nei pressi di pesanti sbarre di ferro brunito.

La porta di una cella.

Ebbe la conferma del perché, nei diciassette anni successivi a Kivuli, Cornelius Van Buren non aveva più ucciso nessuno.

Il vecchio era seduto su una sedia di legno scuro. Le spalle ricurve, indosso un logoro maglione nero. Una branda era accostata al muro. E c'era solo uno scaffale pieno di libri. Van Buren, infatti, stava leggendo.

È sempre rimasto qui, si disse Marcus. Il diavolo non si era mai mosso dal Vaticano.

« *Hic est diabolus.* » Così gli aveva detto la suora andandosene dal bosco. Sarebbe bastato riflettere meglio sulle sue parole. Voleva avvertirlo. Forse era inorridita per ciò che aveva subito una sua consorella. Così aveva deciso di spezzare il voto del silenzio.

Il diavolo è qui.

Un giorno, Cornelius aveva scorto in modo fortuito il volto di una delle suore che lo accudivano e vigilavano su di lui. Era innocente, giovane e molto carina. Così aveva trovato il modo per scappare e aggredirla nel bosco, mentre era sola. Ma la sua fuga non doveva essere durata molto. Subito dopo, qualcuno doveva averlo ricondotto nella sua prigione. Marcus riconobbe in un angolo la tracolla grigia, ancora si poteva notare la macchia di sangue rinsecchito sul fondo della borsa.

Il vecchio distolse gli occhi dal libro e si voltò verso di lui. La barba incolta e a tratti biancastra gli chiazzava il viso scavato. Lo fissò con uno sguardo gentile. Ma Marcus non si lasciò ingannare.

« Mi avevano detto che saresti venuto. »

Le parole scossero il penitenziere. Ma erano solo la conferma di ciò che già sapeva. « Cosa vuoi da me? »

Il vecchio prete gli sorrise. Aveva denti radi e ingialliti. « Non avere timore, questa è solo una nuova lezione del tuo addestramento. »

« Saresti tu la mia lezione? » domandò con disprezzo.

« No » gli rispose il vecchio. « Io sono il maestro. »

Una conversazione con l'autore

La prima domanda che viene in mente a chiunque legga i tuoi romanzi, specialmente Il tribunale delle anime *e poi* Il cacciatore del buio *è: quanto di tutto questo è vero? Bene, puoi rivelarcelo?*

Subito dopo l'uscita del *Tribunale delle anime*, il primo romanzo di questa serie, sono stato perseguitato da una domanda da parte dei lettori.

« Ma esiste davvero l'Archivio dei Peccati? »

La mia risposta è stata sempre la stessa: « Esiste e i penitenzieri hanno perfino un sito internet: www.penitenzieria.va ».

Credo che a nessuno sembrasse possibile che le vicende del romanzo fossero basate su fatti reali. Ovviamente mi sono preso la libertà letteraria di manipolarli per tirarne fuori un racconto. Ma non me la sono sentita di biasimare chi aveva messo in dubbio la veridicità di situazioni e personaggi. Lo stupore di chi non aveva mai sentito parlare della Paenitentiaria Apostolica, il più antico dicastero del Vaticano, era simile al mio quando mi hanno rivelato per la prima volta questa storia. Non dimenticherò mai cosa è accaduto nella mia testa in quel momento. Ho maturato istantaneamente una domanda e una considerazione. La prima: « Possibile che nessun autore abbia mai raccontato dei penitenzieri? » E poi: « È una materia formidabile per un romanzo! »

Come ti sei imbattuto in questa storia tanto incredibile quanto veritiera?

Ogni scrittore spera di imbattersi in una storia « originale », è il Sacro Graal di tutti i narratori. Per questo, io sarò sempre debitore a una persona.

Quando ho incontrato per la prima volta padre Jonathan non riuscivo a credere di trovarmi davanti una specie di « sbirro », così simile ai protagonisti dei miei adorati polizieschi degli anni Settanta, e che questi fosse addirittura un prete! Inoltre c'era anche qualcosa di « gotico » nei suoi racconti, come se lui operasse davvero al confine di un'oscura dimensione. Ancora oggi, padre Jonathan offre il proprio contributo alle forze dell'ordine quando ci sono casi in cui è difficile decifrare il male. L'esperienza ricavata dall'Archivio talvolta è essenziale per comprendere, almeno in parte, ciò che sembra totalmente incomprensibile.

Questo percorso ti ha aiutato a capire meglio la natura umana? In altri termini, cosa hai imparato in merito ai concetti di « bene » e « male »?

La verità che nessuno vuole ascoltare è che, nel corso della storia, il bene è evoluto insieme con l'umanità, mentre il male è rimasto sempre uguale a se stesso.

Con l'eccezione dei reati legati al progresso tecnologico, i crimini, specie quelli più efferati, sono restati identici nei secoli. All'epoca degli antichi romani c'erano assassini seriali esattamente come adesso (solo che, ovviamente, non li chiamavano serial killer). Nonostante abbiamo avuto millenni per studiare e conoscere il male, ancora oggi non riusciamo a spiegare cosa spinga un nostro simile a compiere un atto feroce per il puro piacere di compierlo. Nella parte storica dell'Archivio dei Peccati, quella consultabile, si trovano testimonianze accurate di ciò. Per esempio, nel 1997 ho concluso i miei studi universitari con una tesi su un celebre « mostro » italiano, un assassino di bambini. Affetto da un disturbo narcisistico della personalità, questi non ha mai lesinato i dettagli macabri delle uccisioni, quasi vantandosi delle proprie « imprese ». Non a caso, quando i poliziotti gli davano ancora la caccia, lasciò per loro un messaggio in una cabina telefonica in cui si firmava « il mostro ». Ebbene, nell'Archivio è custodita la confessione di un giovane che ha commesso lo stesso tipo di reato. Le parole che ha usato per descrivere ciò che era accaduto nella sua mente mentre uccideva quegli innocenti erano molto simili a quelle usate dal mio mostro. Solo che il giovane penitente è vissuto nella prima metà del Cinquecento!

Tu hai una formazione in giurisprudenza e in criminologia, sei un profondo conoscitore delle pieghe più oscure della mente. C'è ancora qualcosa in questo campo che ti sorprende o che ti coglie impreparato?

Padre Jonathan mi aveva messo in guardia circa l'eventualità di trovare inaccettabili molte delle cose che mi raccontava. A volte è stato molto difficile ammettere di essere incredibilmente impreparati davanti a certe manifestazioni del male. Ho selezionato con cura le storie da raccontare nel romanzo, cercando di non cadere nella tentazione di rivelare troppo dei casi che ho studiato per documentarmi. C'è una strana componente della nostra natura che subisce la pericolosa attrazione di ciò che è malvagio. È la stessa che, per esempio, ci spinge a condannare apertamente un assassino di bambini ma anche a volerne seguire morbosamente le gesta sui media. Fateci caso, si ricordano sempre meglio i nomi dei colpevoli, piuttosto che quelli delle vittime...

Molti dettagli, in questo romanzo, sono veritieri e storici, non soltanto la Penitenzieria Apostolica. Ci puoi dire qualcosa in più sulla Confraternita di Giuda, per esempio?

Nel Medioevo alcuni cristiani si convinsero della necessità di preservare il Male nella storia perché, solo grazie a esso, gli uomini avrebbero ancora avuto bisogno di Dio e, soprattutto, della Chiesa.

Ma come fare a conciliare il Male con la fede?

La soluzione era convertire i malvagi senza che lo sapessero.

Essi dovevano continuare ad agire per il Male, però questo doveva essere finalizzato al bene. Per raggiungere l'obiettivo, iniziarono nuovi adepti fra i criminali con l'ingannevole promessa che avrebbero venerato il diavolo. Nel loro tempio era presente una statua antropomorfa: un uomo con la testa di lupo. Solo i veri confratelli, però, sapevano che sotto la maschera si celava il volto di Cristo. Gli altri pregavano quell'essere che credevano malvagio, invece stavano rivolgendo le loro preghiere al figlio di Dio.

L'eresia della Confraternita di Giuda fu punita gravemente dall'Inquisizione.

Quanto tempo hai lavorato al romanzo, tra ricerche e scrittura vera e propria?

Ho scritto questo romanzo nel corso di un anno, ma la sua genesi risale a molto tempo prima. Le storie dei luoghi che ho descritto sono il frutto di ricerche e di letture, ma soprattutto sono il regalo che molti amici romani mi hanno fatto nel corso degli anni. A loro devo la scoperta di leggende e di misteri, a loro devo la visita di angoli segreti e sconosciuti. Immaginate cosa ho provato, per esempio, quando ho appreso dell'esistenza di un vero bosco di due ettari in mezzo alla Città del Vaticano!

Qual è il tuo rapporto con Roma?

Chi non è nato a Roma o non ci ha vissuto per una buona parte della propria vita, non può sapere cosa nasconda realmente la città più unica del mondo. Roma mi ospita da molti anni, ormai. Perciò, posso affermare che non esiste un posto uguale sul pianeta. Non a caso, chiunque viene qui sente di far parte da sempre di questo luogo, e comprende subito che la definizione di *Città Eterna* è perfettamente meritata.

Ringraziamenti

Stefano Mauri, il mio editore. Fabrizio Cocco, il mio editor. Giuseppe Strazzeri, il direttore editoriale di Longanesi. Raffaella Roncato. Cristina Foschini. Elena Pavanetto. Giuseppe Somenzi. Graziella Cerutti.

Luigi Bernabò, il mio agente.

Michele, Ottavio e Vito, i miei testimoni. Achille.

Antonio e Fiettina, mio padre e mia madre.

Chiara, mia sorella.

Elisabetta, *inscindibilmente.*

Indice

DONATO CARRISI
IL SUGGERITORE

Qualcosa di sconvolgente è accaduto, qualcosa che richiede tutta l'abilità degli agenti della Squadra Speciale guidata dal criminologo Goran Gavila. Il loro è un nemico che sa assumere molte facce, che li mette costantemente alla prova in un'indagine in cui ogni male svelato porta con sé un messaggio. Ma, soprattutto, li costringe ad affacciarsi nel buio che ciascuno si porta dentro. Sarà con l'arrivo di Mila Vasquez che gli inganni sembreranno cadere uno dopo l'altro, grazie anche al legame speciale che comincia a formarsi fra lei e Gavila. Ma un disegno oscuro è in atto, e ogni volta che la Squadra sembra riuscire a dare un nome al male, ne scopre un altro ancora più profondo...

DONATO CARRISI

IL TRIBUNALE DELLE ANIME

Roma, una ragazza è scomparsa. Forse è stata rapita, se è ancora viva non le resta molto tempo. Marcus è un cacciatore del buio, addestrato a scovare il male. Solo lui può salvare la ragazza, perché c'è un particolare che rende quel caso diverso da ogni altro. Ma Marcus è tormentato dai dubbi. Sandra è addestrata a riconoscere i dettagli fuori posto: è in essi che si annida la verità. Sandra è una fotorilevatrice della Scientifica. Il suo sguardo è quello di chi è a caccia di indizi. E di un colpevole. Ma c'è un dettaglio fuori posto anche nella sua vita. E la ossessiona. Quando le strade di Marcus e di Sandra si incrociano, rivelano un mondo segreto e terribile, nascosto nelle pieghe oscure di Roma. Un mondo che risponde a un disegno superiore, tanto perfetto quanto malvagio...

DONATO CARRISI

L'IPOTESI DEL MALE

C'è una sensazione che tutti, prima o poi, abbiamo provato nella nostra vita: il desiderio di scomparire. Ma c'è qualcuno per cui questa non è una sensazione passeggera. C'è qualcuno che ne viene divorato, inghiottito. Queste persone spariscono davvero. Spariscono nel buio. Nessuno sa perché. Nessuno sa che fine fanno. Ma se d'improvviso queste persone scomparse... tornassero? E non solo: se tornassero non per riprendere la propria vita, non per riallacciare contatti perduti, non per riannodare i fili di un'esistenza spezzata... ma tornassero per uccidere? Mila Vasquez ha i segni del buio sulla propria pelle, le ferite che il buio le ha inferto hanno segnato per sempre la sua anima. Forse per questo, è la migliore in quello che fa. E quello che fa è dare la caccia a quelli che tutti hanno dimenticato: gli scomparsi. E quando gli scomparsi tornano dal buio per uccidere, Mila capisce che per fermare il male deve formulare un'ipotesi convincente, solida, razionale... Un'ipotesi del male. Ma sa anche che è solo quello: un'ipotesi. E che per verificarla non c'è che una soluzione: consegnarsi al buio.

DONATO CARRISI

LA DONNA DEI FIORI DI CARTA

Il monte Fumo è una cattedrale di ghiaccio, teatro di una battaglia decisiva. Ma l'eco dei combattimenti non varca l'entrata della caverna in cui avviene un confronto fra due uomini. Uno è un prigioniero che all'alba sarà fucilato, a meno che non riveli nome e grado. L'altro è un medico che ha solo una notte per convincerlo a parlare, ma che ancora non sa che ciò che sta per sentire è molto più di quanto ha chiesto e cambierà per sempre anche la sua esistenza. Perché le vite di questi due uomini sono misteriosamente legate e dipendono dalle risposte a tre domande. Chi è il prigioniero? Chi è Guzman? Chi era l'uomo che fumava sul *Titanic*? Questa è la storia della verità nascosta nell'abisso di una leggenda. Questa è la storia di un eroe insolito e della sua ossessione. Questa storia ha attraversato il tempo e ingannato la morte, perché è destinata al cuore di una donna misteriosa.

Fotocomposizione Editype S.r.l.
Agrate Brianza (MB)

Finito di stampare
nel mese di settembre 2014
per conto della Longanesi & C.
dal Nuovo Istituto Italiano d'Arti Grafiche - Bergamo
Printed in Italy